Ullstein Krimi

Ullstein Krimi
Lektorat: Martin Compart
Ullstein Buch Nr. 10288
im Verlag Ullstein GmbH,
Frankfurt/M – Berlin – Wien
Titel der englischen
Originalausgabe:
Lay her among the Lilies

Neuauflage des Ullstein Krimis 803
im Verlag Ullstein GmbH,
Frankfurt/M – Berlin – Wien

Umschlaggestaltung & Fotorealisation:
Welfhard Kraiker & Karin Szekessy

Printed in Germany 1985
Druck und Verarbeitung:
Ebner Ulm
ISBN 3 548 10288 3

Februar 1985

CIP-Kurztitelaufnahme
der Deutschen Bibliothek

Chase, James Hadley:
Die Katze im Sack:
Kriminalroman. / James Hadley Chase.
Übers. von E. u. W. Elwenspoek. –
Neuaufl. d.
Ullstein-Krimi 803. –
Frankfurt/M; Berlin;
Wien: Ullstein, 1985.
(Ullstein-Buch; Nr. 10288:
Ullstein-Krimi)
Einheitssacht.: Lay her among the
lilies ‹dt.›
ISBN 3-548-10288-3
NE: GT

Vom selben Autor
in der Reihe der
Ullstein Bücher:

Geier sind geduldig (1984)
Hallo, ist da jemand? (10011)
Der Mann mit dem blauen Gesicht (10034)
Cade (10046)
Leichen sind lästig (10058)
Einen Kopf kürzer (10079)
Nett wie ein Loch im Kopf (10085)
Gesucht wird: Mallory (10101)
Jaff Barratts Ratten (10113)
Ein Double für die Falle (10122)
Der Mini-Killer (10136)
Keine Versicherung gegen Mord – Alibi auf Tonband – Ein Ticket für die Todeszelle (10148)
Trau keinem Schurken (10153)
Keine Orchideen für Miss Blandish (10163)
Lotosblüten für Miss Quon (10175)
Falls Sie Ihr Leben lieben (10187)
Was steckt hinterm Feigenblatt? (10197)
Schöner Abend für Ganoven (10212)
Jagt den Killer (10240)
Geld stinkt nicht (10276)

James Hadley Chase

Die Katze im Sack

Kriminalroman

Übersetzt von
E. und W. Elwenspoek

Mit einem Nachwort
von Martin Compart

Ullstein Krimi

Erstes Kapitel

I

Es war einer dieser heißen, atemlosen Julitage, so erfreulich, wenn man im Badeanzug mit einem hübschen, blonden Mädchen am Strand liegt, aber so unerträglich, wenn man wie ich in seinem Büro an den Schreibtisch gefesselt ist.

Das Brausen des Vormittagsverkehrs auf dem Orchid Boulevard, das Dröhnen eines Flugzeugs, das über dem Strand kreiste, untermalt von dem Rauschen der Brandung, kam durch die offenen Fenster. Die Klimaanlage, irgendwo im Eingeweide des Orchid Building verborgen, tat ihr Bestes, um es mit der steigenden Temperatur aufzunehmen. Heiße und goldene Sonnenstrahlen malten Muster auf meinen Büroteppich, den Paula gekauft hatte, um meinen Klienten zu imponieren, und der mir immer zu kostbar erschien, um darauf zu treten.

Ich saß hinter meinem Schreibtisch, auf den ich ein paar alte Briefe verstreut hatte, um Paula vorzutäuschen, daß ich arbeite, falls sie plötzlich hereinkäme. Ein High-ball, stark genug, um Eisenbeton zu sprengen, stand hinter ein paar ehrfurchtgebietenden Gesetzbüchern verborgen, und jedesmal, wenn ich danach griff, klingelte mir das Eis darin angenehm im Ohr.

Es war jetzt gerade dreieinhalb Jahre her, seit ich Universal Services gegründet hatte, eine Unternehmung, die jeden Auftrag übernahm; vom Spazierenführen des Lieblingspudels bis zur handgreiflichen Belehrung eines Erpressers, der am Bankkonto eines Klienten schmarotzen wollte. Seiner Natur nach war es ein Unternehmen im Dienst von Millionären, da unsere Honorarforderungen hoch waren. Aber auf der anderen Seite waren in Orchid City Millionäre so zahlreich wie der Sand am Meer. Während dieser dreieinhalb Jahre hatten wir viel Spaß gehabt, etwas Geld verdient und Aufträge der verschiedensten Art übernommen. Selbst mit Morden hatten wir es zu tun gehabt.

In den letzten Tagen war das Geschäft so ruhig gewesen wie eine alte Jungfer, die während eines Vortrages ihre Stulle muffelt. Routineaufträge kamen genügend herein, aber darum kümmerte sich Paula Bensinger. Nur wenn etwas Ungewöhnliches auftauchte, machten Jack Kerman, mein Assistent, und ich uns auf die Socken. Und nichts Ungewöhnliches war aufgetaucht, folglich saßen wir abwartend herum, dezimierten den Inhalt einer Whiskyflasche und taten gegenüber Paula so, als ob wir angestrengt beschäftigt seien.

Jack Kerman, lang, hager und geschniegelt, hatte sich in dem tiefen, den Klienten vorbehaltenen Ledersessel ausgestreckt. In seinem dichten, schwarzen Haar war eine breite, weiße Strähne, und er trug einen Schnurrbart à la Clark Gable. Er rieb sich mit dem beschlagenen High=ball=Glas an der Stirn und ruhte sich für das, was kommen sollte, aus. In seinem untadelhaften, olivgrünen Sommeranzug und einer gelb und rot gestreiften Krawatte, seine schmalen Füße in extravaganten, weißen Wildlederschuhen mit grauen Einsätzen, sah er genauso aus, als sei er den Seiten des *Esquire* entsprungen.

Nach einem langen, brütenden Schweigen sagte er: »Das war eine Puppe! Wenn du der die Arme abhackst, schmeißen sie die Venus von Milo auf den Müll.« Er rekelte sich in eine bequemere Stellung und seufzte: »Wenn ihr wenigstens einer die Arme festgehalten hätte! Junge, die war stark. Und ich war dumm genug, mir einzubilden, es wäre 'ne Kleinigkeit.«

»Erzähle mir nichts«, wehrte ich ab und griff nach meinem Glas. »Den Anfang kenne ich schon lange. Das letzte, was ich an einem Morgen wie heute hören will, sind Auszüge aus deinem Liebesleben. Lieber lese ich gleich Krafft=Ebink.«

»Mit dem alten Esel kommst du auch nicht weiter«, antwortete Kerman verächtlich. »Alles Interessante hat er auf Latein geschrieben.«

»Und du wirst dich wundern, wie viele Leute Latein lernen, nur um ihn zu verstehen. Das nenne ich zwei Fliegen mit einem Schlag erwischen.«

»Das bringt mich wieder auf meine Blonde«, seufzte Kerman und streckte seine langen Beine. »Ich begegnete ihr gestern abend in Barneys Drugstore . . .«

»Ich interessiere mich nicht für Blondinen«, erklärte ich streng. »Statt hier herumzusitzen und über Mädchen zu sprechen, solltest du lieber versuchen, uns Aufträge zu verschaffen. Manchmal frage ich mich, wofür ich dich überhaupt bezahle.«

Darüber dachte Kerman mit überraschtem Gesicht nach.

»Willst du denn neue Aufträge?« fragte er schließlich. »Ich dachte immer, es genügt, wenn Paula die Arbeit tut und wir davon leben.«

»Im Prinzip richtig, aber hin und wieder ist es vielleicht gar nicht so schlecht, wenn du selbst auch etwas zu deinem Unterhalt beiträgst.«

Kerman war erleichtert.

»Ja, hin und wieder. Im Augenblick dachte ich schon, du meintest jetzt gleich.« Er schlürfte an seinem Glas und schloß die Augen. »Aber diese Blonde, von der ich dir dauernd erzählen will. Die war nicht nur hübsch, sondern auch gescheit. Als ich versuchte, mich mit ihr zu verabreden, erklärte sie mir, sie liefe keinem Mann nach. Weißt du, was ich darauf gesagt habe?«

»Nun, was hast du gesagt?« fragte ich, weil er es mir sowieso erzählt hätte, und wenn ich mir nicht seine Lügen anhörte, wer sollte es dann mit meinen tun?

Kerman lachte.

»Fräulein«, sagte ich, »kann sein, daß Sie nicht hinter Männern herlaufen. Aber eine Mausefalle braucht auch nicht hinter den Mäusen herzulaufen. Klug, was? Darauf war sie sprachlos. Du brauchst mich nicht so sauer anzusehen. Vielleicht hast du es schon mal gehört, aber sie hatte es nicht, und jedenfalls war sie platt.«

Und dann wurde, ehe ich noch mein Glas verstecken konnte, die Tür aufgestoßen und Paula fegte herein.

Paula war groß, dunkel und hübsch, mit kühlen, festen, braunen Augen und einer Figur voller Ideen — meine Ideen natürlich, nicht ihre. Sie faßte sehr schnell auf, war bis zur Rücksichtslosigkeit tüchtig und bei der Arbeit unermüdlich. Sie war es gewesen, die mich ermutigt hatte, Universal Services zu gründen, und hatte das Geld aufgebracht, uns über die ersten sechs Monate hinwegzubringen. Es war ausschließlich ihrer Tüchtigkeit, mit der geschäftlichen Seite des Unternehmens fertig zu werden, zu verdanken, daß sich unsere Agentur erfolgreich durchsetzte. Wenn ich der Kopf in dem Unternehmen war, mußte man sie das Rückgrat nennen. Ohne sie wäre es innerhalb einer Woche zusammengebrochen.

»Habt ihr nichts Besseres zu tun, als herumzusitzen und zu trinken?« fragte sie ungehalten, pflanzte sich vor meinem Schreibtisch auf und sah mich strafend an.

»Könnten wir denn etwas Besseres tun?« fragte Kerman nur mäßig interessiert.

Sie warf ihm einen vernichtenden Blick zu und heftete ihre hellen, braunen Augen wieder auf mich.

»Tatsächlich waren Jack und ich gerade im Begriff, nach neuen Aufträgen zu suchen«, erklärte ich und schob hastig meinen Stuhl zurück. »Komm, Jack, wir wollen losgehen und sehen, was wir finden.«

»Und wo wollt ihr suchen? In Finnegans Bar wahrscheinlich?« fragte Paula höhnisch.

»Das ist ein guter Gedanke«, meinte Kerman. »Finnegan weiß vielleicht etwas für uns.«

»Vielleicht siehst du dir erst das hier an, ehe du gehst.« Paula wedelte mit einem schmalen Briefumschlag vor meinem Gesicht. »Der Hausmeister hat es gerade gebracht. Er fand den Brief in der Tasche des Trenchcoats, den du ihm so großmütig überlassen hast.«

»Wirklich?« sagte ich und nahm den Umschlag. »Das ist komisch. Ich habe den Trenchcoat seit über einem Jahr nicht mehr getragen.«

»Der Poststempel bestätigt das«, antwortete Paula beunruhigend gelassen. »Der Brief wurde vor vierzehn Monaten aufgegeben. Es kann doch nicht sein, daß du ihn einfach in deine Tasche gesteckt und dann vergessen hast? Dir kann das doch nicht passieren, oder . . .?«

Der Brief war in einer sauberen, weiblichen Handschrift an mich adressiert und ungeöffnet.

»Kann mich nicht erinnern, daß ich ihn je gesehen habe«, antwortete ich.

»In Anbetracht, daß du dich nie an etwas zu erinnern scheinst, solange ich es dir nicht ins Gedächtnis zurückrufe, überrascht mich das nicht«, sagte Paula spitzig.

»Eines schönen Tages, meine kleine Harpyie«, bemerkte Kerman freundlich, »wird dich mal einer übers Knie legen und dann . . .«

»Das hilft bei ihr nichts«, sagte ich und riß den Umschlag auf. »Ich habe es versucht. Das macht es nur noch schlimmer.« Zwischen Daumen und Zeigefinger zog ich ein Blatt Briefpapier und fünf Einhundert-Dollar-Noten aus dem Umschlag.

»Alle guten Geister«, rief Kerman aus und sprang auf. »Und das hast du dem Hausmeister gegeben?«

»Jetzt fang du nicht auch noch an«, sagte ich und las den Brief.

Crestways
Foothill Boulevard
Orchid City, 15. Mai 1958

Können Sie es einrichten, mich morgen nachmittag um drei Uhr an der obengenannten Adresse aufzusuchen? Ich möchte Sie bitten, festzustellen, ob meine Schwester von jemand erpreßt wird. Wie ich gehört habe, übernehmen Sie derartige Aufträge. Behandeln Sie diesen Brief bitte als vertraulich und dringend. Als Anzahlung füge ich fünfhundert Dollar bei.

Janet Crosby

Darauf folgte ein langes und schmerzliches Schweigen. Nicht einmal Jack Kerman wußte, was er sagen sollte. Wir hingen in unserem Gewerbe von Empfehlungen ab, und fünfhundert Dollar, die einem voraussichtlichen Klienten gehörten, vierzehn Monate zu behalten, ohne auch nur den Empfang zu bestätigen, war nicht der richtige Weg, um Empfehlungen zu bekommen.

»Dringend und vertraulich«, murmelte Paula. »Nachdem er es vierzehn Monate für sich behalten hat, gibt er es dem Hausmeister, damit der es allen seinen Kumpanen zeigt. Einfach großartig.«

»Halt den Mund«, knurrte ich. »Warum hat sie denn nicht angerufen und eine Erklärung verlangt? Sie muß erraten haben, daß der Brief verlorenging. Aber einen Moment mal, sie ist doch überhaupt tot. Eines der Crosby-Mädchen ist gestorben. War das nicht Janet?«

»Ich glaube ja«, antwortete Paula. »Das habe ich gleich heraus.«

»Und such alles zusammen, was wir über die Crosbys sonst haben.«

Als sie in ihr Büro hinausgegangen war, sagte ich: »Ich bin überzeugt, daß sie tot ist. Wahrscheinlich müssen wir das Geld ihrem Nachlaßverwalter zurückgeben.«

»Wenn wir das tun«, erklärte Kerman, der immer Hemmungen

hatte, sich von Geld zu trennen, »erfährt es die Presse. Und diese Geschichte wird eine glänzende Reklame für die Art und Weise, wie wir unsere Geschäfte führen. Wir müssen sehr vorsichtig sein, Vic. Vielleicht ist es gescheiter, das Zeug zu behalten und kein Wort darüber zu verlieren.«

»Das geht auf keinen Fall. Wir sind vielleicht nicht sehr tüchtig, aber wir müssen wenigstens ehrlich sein.«

Kerman faltete sich wieder in dem Sessel zusammen.

»Es ist sicherer, schlafende Hunde in Ruhe zu lassen. Macdonald Crosby hatte doch was mit Öl zu tun?«

»Hatte er. Er ist tot. Er wurde vor rund zwei Jahren durch einen Unglücksfall erschossen.« Ich nahm den Brieföffner auf und begann Löcher in die Schreibunterlage zu stoßen. »Unverständlich, wie ich den Brief einfach in dem Mantel lassen konnte. Das werde ich von Paula mein Leben lang zu hören bekommen.«

Kerman, der Paula kannte, grinste mitfühlend. »Gib ihr ein Küßchen, wenn sie anfängt zu sticheln«, riet er mir hilfsbereit, »aber ich bin froh, daß ich das nicht war.«

Ich bohrte weiter Löcher in das Löschpapier, bis Paula mit einer Handvoll Zeitungsausschnitten zurückkam.

»Sie starb am 15. Mai an einem Herzschlag, dem gleichen Tag, an dem sie den Brief schrieb. Kein Wunder, daß du nichts mehr von ihr gehört hast«, sagte sie, während sie die Tür hinter sich schloß.

»An einem Herzschlag? Wie alt war sie denn?«

»Fünfundzwanzig.«

Ich legte den Brieföffner hin und griff nach einer Zigarette.

»Das erscheint mir verdammt jung, um an einem Herzschlag zu sterben. Aber nun erzähle uns mal, was du herausgefunden hast.«

»Nicht sehr viel. Das meiste wissen wir schon«, sagte Paula und setzte sich auf die Kante meines Schreibtisches. »Crosby verdiente seine Millionen mit Öl. Er war ein sturer, unliebenswürdiger Quäker, mit einem Horizont so breit wie ein Drahtseil. Er war zweimal verheiratet, hatte aus jeder Ehe eine Tochter. Janet, vier Jahre älter als ihre Schwester, stammt von seiner ersten Frau, Maureen aus zweiter Ehe. 1953 zog er sich von den Geschäften zurück und ließ sich in Orchid City nieder. Vorher lebte er in San Franzisko. Die beiden Mädchen sind denkbar verschieden. Janet war fleißig und verbrachte den größten Teil ihrer Zeit mit Malen. Ein paar ihrer Bilder hängen im Arts Museum. Sie scheint großes Talent besessen zu haben, war zurückhaltend, hatte aber ein scharfes Temperament. Maureen ist die Schönheit der Familie. Sie ist wild, zügellos und genußsüchtig. Bis zu Crosbys Tod lieferte sie durch ihre Skandale der einen oder anderen Art den Zeitungen ständig Stoff für Schlagzeilen.«

»Was für Skandale?« fragte ich.

»Vor etwas über zwei Jahren überfuhr und tötete sie auf der Centre

Avenue einen Mann. Gerüchte behaupteten, sie sei betrunken gewesen, was wahrscheinlich erscheint, denn sie trank wie ein Fisch. Crosby brachte es mit der Polizei in Ordnung, und sie kam mit einer hohen Geldstrafe für undiszipliniertes Fahren davon. Ein andermal ritt sie auf einem Pferd den Orchid Boulevard entlang, ohne ein Fädchen am Leib. Jemand hatte gewettet, daß sie es nicht wagen würde, aber sie tat es doch.«

»Das will ich genau wissen«, sagte Kerman und richtete sich auf= geregt auf. »Hatte sie oder das Pferd kein Fädchen am Leib?«

»Sie natürlich, du Esel.«

»Und wo war ich da? Ich habe es nicht gesehen.«

»Sie kam nur fünfzig Meter weit, ehe sie festgenommen wurde.«

»Wenn ich dabeigewesen wäre, wäre sie nicht so weit gekommen.«

»Jedenfalls sieht sie nach einem aussichtsreichen Opfer für Erpresser aus«, sagte ich dazwischen.

Paula nickte.

»Über Crosbys Tod wißt ihr Bescheid. Er reinigte in seinem Arbeits= zimmer ein Gewehr, als es losging und ihn tötete. Drei Viertel seines Vermögens hinterließ er Janet, ohne daß er eine Bedingung daran knüpfte. Ein Viertel war für Maureen, wurde aber von Treuhändern verwaltet. Als Janet starb, bekam Maureen das gesamte Vermögen, und seitdem scheint sie sich gebessert zu haben. Seit sie ihre Schwester verlor, ist sie nicht einmal mehr von der Presse erwähnt worden.«

»Wann starb Crosby?« fragte ich.

»Im März 1958, zwei Monate vor Janet.«

»Wie angenehm für Maureen.«

Paula zog ihre Augenbrauen hoch.

»Ja. Janet war durch den Tod ihres Vaters sehr erschüttert. Sie war nie sehr kräftig gewesen, und in der Presse hieß es, daß ihr der Schock über den Tod ihres Vaters den Rest gab.«

»Trotzdem war es für Maureen sehr angenehm. Mir gefällt das nicht, Paula. Vielleicht bin ich von Natur aus argwöhnisch. Janet schrieb, daß offenbar jemand ihre Schwester erpreßt. Darauf stirbt sie sofort an einem Herzschlag, und ihre Schwester bekommt das Geld. Mir scheint das viel zu gelegen für Maureen.«

»Ich sehe nicht, was wir dabei tun könnten«, sagte Paula und runzelte die Stirn. »Wir können doch keinen toten Klienten vertreten.«

»O doch, das können wir.« Ich klopfte auf die fünfhundert Dollar. »Entweder muß ich das Geld hier zurückgeben, oder ich versuche es zu verdienen. Ich glaube, ich tue das letztere.«

»Vierzehn Monate sind eine lange Zeit«, sagte Kerman zweifelnd. Die Spur ist sicher längst kalt.«

»Wenn überhaupt eine Spur da ist«, fügte Paula hinzu.

»Auf der anderen Seite«, entgegnete ich und schob meinen Stuhl zurück, »wenn an Janets Tod irgend etwas mysteriös ist, haben vier=

zehn Monate ein angenehmes Gefühl der Sicherheit geschaffen, und wenn man sich sicher fühlt, nimmt man sich nicht in acht. Ich denke, ich werde Maureen Crosby aufsuchen und feststellen, wie es ihr gefällt, das Geld ihrer Schwester auszugeben.«

Kerman stöhnte.

»Etwas prophezeit mir, daß die kurze Ruhepause vorbei ist«, sagte er mißmutig, »mir kam sie gleich zu schön vor, um lange zu dauern. Muß ich sofort an die Arbeit, oder kann ich warten, bis du zurückkommst?«

»Warte bis ich zurückkomme«, antwortete ich und ging zur Tür. »Aber wenn du dich mit deiner Mausefalle verabredet hast, dann sage ihr Bescheid, sie solle sich eine andere Maus suchen.«

II

Crestways, der Besitz der Crosbys, versteckte sich hinter niedrigen, von Schlinggewächsen überwucherten Mauern, über die sich eine hohe gestutzte Hecke aus australischen Fichten erhob, und dahinter kam dann noch ein verzinkter, von Stacheldraht gekrönter Maschendrahtzaun. Schwere hölzerne Tore mit einem Guckloch im rechten Flügel verschlossen die Einfahrt.

Am Foothill Boulevard zogen sich noch rund ein halbes Dutzend ähnlicher Anwesen entlang und erstreckten sich bis zur Crystal-Lake-Wüste. Jedes Grundstück wurde vom nächsten durch etwa einen Morgen Niemandsland mit Buschwerk, wildem Salbei, Sand und Hitze getrennt.

Ich blieb in meinem alten Buick sitzen und betrachtete ohne sonderliches Interesse das hölzerne Tor. Von dem verschnörkelten Namensschild abgesehen, das den Namen des Hauses bekanntgab, unterschied es sich in nichts Besonderem von den vielen anderen Millionärshäusern in Orchid City. Sie versteckten sich alle hinter undurchdringlichen Mauern. Sie hatten alle hohe, hölzerne Tore, um unwillkommene Besucher fernzuhalten. Sie strömten alle das gleiche ehrfurchtgebietende Schweigen, den gleichen Duft nach Blumen und gründlich gesprengtem Rasen aus. Zwar konnte ich nicht hinter das Tor sehen, aber ich wußte, daß dort der gleiche, von Rhododendron eingefaßte Weg und der gleiche versteckte Rosengarten wie überall lagen. Wenn man eine Million Dollar besitzt, muß man im selben Maßstab wie die anderen Millionäre leben, sonst halten sie einen für schäbig. So war es, so ist es, und so wird es immer bleiben — wenn man eine Million Dollar besitzt.

Niemand schien es eilig zu haben, mir das Tor zu öffnen, darum schleppte ich mich aus dem Wagen und hing mich an das Ende der Kette zur Glocke. Die Glocke war gedämpft worden und bimmelte zaghaft.

Nichts geschah. Die Sonne knallte auf mich herunter. Die Temperatur stieg noch um ein paar Grad. Es war selbst für einen so kleinen Aufwand, wie noch einmal an der Glocke ziehen, zu heiß. Statt dessen stieß ich das Tor auf, das unter meiner Berührung knarrend zurückwich. Ich sah eine Rasenfläche vor mir, die für Panzermanöver groß genug war. Das Gras war in diesem Monat noch nicht geschnitten worden. Im vorigen Monat übrigens auch nicht. Auch hatte sich im Frühling niemand um die beiden langen Beete zu beiden Seiten der Auffahrt gekümmert; im letzten Herbst auch nicht. Narzissen und Tulpen bildeten zwischen den toten Knospen von Päonien ein braunes unordentliches Muster, verdorrte Nelken wechselten sich mit vernachlässigtem Rittersporn und anderen Stauden ab. Ein Saum von abgetretenem Gras verunzierte die Kanten des Rasens. Zwischen den Platten des Fahrweges wucherte Unkraut. Eine verwilderte Kletterrose schwankte haltlos in der trägen Brise von der heißen Wüste. Ein ungeliebter, ungepflegter Garten. Und während ich ihn betrachtete, konnte ich mir das ungehaltene Knurren des alten Crosby vorstellen, wenn er das gesehen hätte.

Am Ende der langen Auffahrt konnte ich das Haus erkennen. Ein zweistöckiges, aus Bruchsteinen errichtetes Gebäude mit einem roten Ziegeldach, grünen Fensterläden und weit ausladenden Balkonen. Sonnenblenden verdeckten die Fenster. Niemand zeigte sich auf dem grüngepflasterten Patio. Ich entschloß mich, den Weg lieber zu gehen, als den Kampf mit dem Tor aufzunehmen, um den Buick hindurchzubringen.

Auf dem halben Weg auf der unkrautüberwucherten Auffahrt kam ich an einem dieser großen, verdorrten Bäume, die man von blühenden Schlingpflanzen überwuchern läßt, vorbei. In seinem Schatten kauerten drei Chinesen auf ihren Hacken und würfelten. Es war ihnen zu lästig, aufzusehen, als ich stehenblieb und sie anstarrte. Genau wie es ihnen schon seit langem zu lästig war, sich um den Garten zu kümmern. Drei schmutzige, gedankenlose Kerle, die Zigaretten mit gelblichem Papier rauchten und sich um nichts in der Welt sorgten.

Ich wanderte weiter.

Die nächste Biegung der Auffahrt brachte mich an das Schwimmbassin. Hier mußte es ja ein Schwimmbassin geben, aber es brauchte nicht so wie dieses zu sein. Es war kein Wasser darin, und auf dem von Rissen durchzogenen Kachelboden wuchs Unkraut. Die Betoneinfassung war von einem bräunlichen, verdorrten Moos bedeckt. Ein weißes Sonnensegel, das einmal sehr hübsch ausgesehen haben mußte, hatte sich teilweise losgerissen und schlug in der Brise streitsüchtig nach mir.

Im rechten Winkel zum Haus stand eine Reihe Garagen, die Doppeltüren waren geschlossen. Ein kleiner Bursche in schmutzigen Flanellhosen, einem Unterhemd und einer Chauffeursmütze hockte auf einem Ölfaß in der Sonne und schnitzelte an einem Stück Holz. Er sah mir mürrisch entgegen.

»Jemand zu Hause?« fragte ich, während ich in meinen Taschen nach einer Zigarette suchte und sie anzündete, als ich eine fand.

So lange brauchte er auch, bis er genügend Kraft gesammelt hatte, um zu antworten: »Stören Sie mich nicht, Mann. Ich habe zu tun.«

»Das sehe ich«, sagte ich und blies ihm Rauch ins Gesicht. »Vielleicht treffe ich Sie mal, wenn Sie mehr Zeit haben.«

Er spuckte genau in einen Topf mit einer Pelargonie vom letzten Sommer, bei der sich keiner die Mühe gemacht hatte, die Ableger abzunehmen, und schnitzelte weiter. Für ihn war ich danach nicht mehr als eine Verunzierung der Landschaft.

Ich hatte nicht den Eindruck, daß ich von ihm etwas Brauchbares erfahren konnte, und außerdem war es zu heiß, mich mit ihm abzugeben. Darum ging ich weiter zum Haus, kletterte die breite Treppe hinauf und legte mich mit meinem ganzen Gewicht gegen die Klingel.

Über dem Haus lag eine Friedhofsstille. Ich mußte lange warten, bis jemand auf mein Klingeln reagierte. Ich hatte nichts dagegen, zu warten. Ich stand jetzt im Schatten, und die verschlafene »Kommst-du-heut-nicht-kommst-du-morgen-Atmosphäre«, die hier herrschte, übte fast einen hypnotischen Einfluß auf mich aus. Wenn ich noch viel länger hier blieb, würde ich vielleicht selbst anfangen zu schnitzeln.

Die Tür öffnete sich, und einer, der als Butler gelten konnte, musterte mich in der Weise wie einer, dem man ansieht, der aus dem besten Schlaf gerissen worden ist. Er war ein großer, hagerer Vogel mit eckigem Kinn, grauhaarig und eng beieinanderstehenden, gelblichen Augen. Er trug eine dieser wespenfarbenen Westen und eine schwarze Hose, die aussah, als ob er darin geschlafen hätte, was vermutlich zutraf, keine Jacke, aber seine Hemdärmel verrieten, daß sie gern mal wieder gewaschen werden würden, wenn's nicht so lästig wäre.

»Ja«, sagte er distanziert und hob die Augenbrauen.

»Zu Miss Crosby.«

Ich bemerkte, daß er in der hohlen Hand eine brennende Zigarette zu verstecken versuchte.

»Miss Crosby empfängt jetzt nicht«, antwortete er und begann die Tür zu schließen.

»Ich bin ein alter Freund. Mich wird sie empfangen«, antwortete ich und schob meinen Fuß vor, um die Tür zu blockieren. »Ich heiße Malloy. Sagen Sie ihr das, und passen Sie auf, wie sie reagiert. Ich wette, sie läßt gleich Champagner kommen.«

»Miss Crosby ist nicht wohlauf«, sagte er mit tonloser Stimme, als wenn er eine nebensächliche Rolle bei der Probe eines nebensächlichen Stückes ablese. »Sie empfängt keine Besuche. Ich werde ihr sagen, daß Sie hier waren.« Er drückte die Tür zu, ohne meinen Fuß zu bemerken. Es überraschte ihn, als er feststellte, daß er die Tür nicht schließen konnte.

»Wer pflegt sie denn?« fragte ich und lächelte ihn an.

Sein Gesicht nahm einen ratlosen Ausdruck an. Sein Leben war schon so lange still und ruhig verlaufen, daß er jede Übung verloren hatte, es mit etwas Nichtalltäglichem aufzunehmen.

»Schwester Gurney.«

»Dann möchte ich Schwester Gurney sprechen«, erklärte ich ihm und legte mein Gewicht leicht gegen die Tür.

Mangel an körperlicher Betätigung, zuviel Schlaf, zuviel Zigaretten und freier Zugang zum Keller hatten jeden Rest Kraft, den er vielleicht mal besessen hatte, aufgeweicht. Er gab unter meinem Druck nach wie ein junges Bäumchen vor einer Planierraupe.

Ich fand mich in einer übergroßen Halle wieder, vor mir eine breite Treppe, die in einem weiten Halbkreis ins obere Stockwerk führte. Auf halber Höhe stand eine weißgekleidete Gestalt: eine Krankenschwester.

»Schon gut, Benskin«, sagte sie, »ich komme.«

Der große hagere Vogel schien erleichtert zu sein, daß er gehen konnte. Er warf mir einen kurzen, verwunderten Blick zu, schlich sich durch die Halle in einen Gang und verschwand hinter einer mit Molton bespannten Tür.

Die Krankenschwester kam langsam die Stufen herunter, als ob sie wisse, daß sie einen erfreulichen Anblick biete, und sich gern bewundern ließe. Keine Sorge, ich bewunderte sie ausführlich. Sie war die Krankenschwester aus einem Musical, die Art, die jedesmal die Fieberkurve ihres Patienten durcheinanderbringt, wenn er sie sieht. Eine Blondine mit scharlachroten Lippen und leuchtendblauen Augen. Ein sehr verlockendes Wesen, eine Symphonie aus Kurven und Sinnlichkeit, so aufregend und lebendig und heiß wie die Flamme eines Schweißbrenners. Wenn ich jemals von ihr gepflegt würde, wäre ich für den Rest meines Lebens bettlägerig.

Inzwischen war sie in meine Reichweite gekommen, und ich mußte den Wunsch, nach ihr zu greifen, gewaltsam unterdrücken. An ihrem Augenausdruck konnte ich erkennen, daß ihr bewußt war, welchen Eindruck sie auf mich machte, und ich bildete mir ein, daß sie sich für mich ebenso interessierte wie ich mich für sie. Mit einem langen, schlanken Finger schob sie eine hervorgekrochene Locke unter ihre Schwesternhaube zurück. Der rotgeschminkte Mund verzog sich zu einem Lächeln. Ihre blaugrünen Augen leuchteten unter langen Wimpern aufmerksam und hoffnungsvoll.

»Ich hatte gewünscht, Miss Crosby zu sprechen«, begann ich. »Wie ich höre, ist sie nicht wohlauf.«

»Das stimmt. Ich fürchte, es geht ihr auch nicht gut genug, daß sie Besucher empfangen kann.« Sie hatte eine tiefe Altstimme, die mein Rückgrat in Schwingungen versetzte.

»Das ist sehr schade«, antwortete ich und warf schnell einen Blick auf ihre Beine. Betty Grables waren vielleicht schöner, aber kaum wesentlich. »Ich bin gerade erst in die Stadt gekommen. Ich bin ein alter Freund von ihr und hatte keine Ahnung, daß sie krank ist.«

»Es geht ihr schon seit einigen Monaten nicht gut.«

Ich hatte den Eindruck, daß sie Maureen Crosbys Krankheit nicht gerade für ein besonders interessantes Unterhaltungsthema hielt. Es war nur ein Eindruck. Ich konnte mich irren, aber es schien mir nicht so.

»Nichts Ernsthaftes, hoffe ich?«

»Nun, ernsthaft nicht, aber sie braucht viel Ruhe.«

Wenn sie irgendeinen Anstoß bekommen hätte, wäre das ihr Stichwort zu gähnen gewesen.

»Nun, ruhig scheint es hier ja zu sein«, sagte ich und lächelte. »Auch für Sie, wie mir scheint.«

Mehr brauchte sie nicht. Man konnte ihr ansehen, daß sie nur zu bereit war, ihr Herz auszuschütten.

»Ruhig? Ich könnte ebensogut in der Grabkammer einer Pyramide eingemauert sein«, rief sie aus. Und dann erinnerte sie sich, daß sie ja als Krankenschwester in der besten Tradition Florence Nightingales erscheinen mußte, und es gelang ihr, zu erröten. »Aber das hätte ich wohl nicht sagen dürfen, wie? Es ist nicht sehr fein.«

»Mir gegenüber brauchen Sie nicht fein zu sein«, tröstete ich sie. »Mit mir ist es leicht auszukommen. Und wenn ich einen doppelten Scotch mit Wasser dazu habe, ist es noch leichter.«

»Nun, das ist gut.« Ihre Augen stellten eine Frage, und meine gaben ihr die Antwort. Sie kicherte plötzlich. »Falls Sie nichts Besseres zu tun haben . . .«

»Ein alter Freund von mir sagte immer: ›Was kann man denn Besseres tun?‹«

Die sorgfältig gepflegten Augenbrauen hoben sich.

»Vielleicht könnte ich ihm das sagen, wenn er es wirklich wissen will.«

»Sagen Sie es mir statt dessen.«

»Bei Gelegenheit vielleicht. Wenn Sie aber wirklich einen Drink wollen, kommen Sie mit. Ich weiß, wo hier der Scotch versteckt gehalten wird.«

Ich folgte ihr in einen großen Raum, der sich an die Halle anschloß. Bei jedem Schritt wiegte sie sich anmutig ein bißchen in den Hüften. Ich hätte den ganzen Tag hinter ihr hergehen und sie bewundern können.

»Setzen Sie sich«, sagte sie und deutete auf ein drei Meter breites Sofa. »Ich mixe Ihnen einen Drink.«

»Fein«, sagte ich und ließ mich in die behaglichen Polster sinken. »Aber unter einer Bedingung. Ich trinke nie allein. In dem Punkt bin ich besonders heikel.«

»Mir geht es genauso«, antwortete sie.

Ich sah zu, wie sie eine Flasche Johnny Walker, zwei große Gläser und eine Flasche Soda aus den Hintergründen eines großen Büfetts heraussuchte.

»Wir können auch Eis haben, aber das würde bedeuten, daß ich Benskin rufen muß, und im Augenblick können wir es wohl ohne Benskin aushalten. Meinen Sie nicht?« fragte sie und warf mir unter ihren langen Wimpern einen überredenden Blick zu.

»Verzichten wir auf das Eis, aber seien Sie vorsichtig mit dem Soda. Damit kann man guten Whisky verderben.«

Sie goß drei Zoll Scotch in die beiden Gläser und fügte einen Teelöffel Soda hinzu.

»Scheint Ihnen das so richtig?«

»Ausgezeichnet«, antwortete ich und streckte bereitwillig meine Hand aus. »Vielleicht sollte ich mich vorstellen. Ich heiße Vic Malloy, für meine Freunde einfach Vic, und alle hübschen Blondinen sind meine Freunde.«

Sie setzte sich, ohne sich die Mühe zu machen, ihren Rock glattzuziehen. Sie hatte hübsche Knie.

»Sie sind der erste Besucher seit fünf Monaten«, sagte sie. »Ich fing schon an zu glauben, über dem Haus hier liege ein Fluch.«

»So sieht es beinahe aus. Können Sie mir das nicht erklären? Als ich zum letztenmal hier war, was es ein gut gepflegtes Anwesen, nicht ein Musterbeispiel für eine Wildnis. Arbeitet hier denn überhaupt niemand mehr?«

Sie hob ihre gut geformten Schultern.

»Wie es so geht, wenn sich niemand darum kümmert.«

»Wie krank ist denn Maureen?«

Sie schmollte: »Können wir denn nicht von etwas anderem reden? Ich habe Maureen so satt.«

»Ich kann es auch ohne sie aushalten«, antwortete ich und versuchte den Whisky. Er war stark genug, um in die Haut eines Büffels Löcher zu brennen. »Aber ich kenne sie schon seit vielen Jahren, und ich bin neugierig. Was fehlt ihr denn nun wirklich?«

Sie legte ihren blonden Kopf zurück und ließ den größten Teil des Whiskys in ihre cremeweiße, recht hübsche Kehle hinunterlaufen. Die Art und Weise, wie sie den scharfen Whisky trank, ließ auf einige Begabung in dieser Hinsicht schließen.

»Ich darf es Ihnen eigentlich nicht sagen«, antwortete sie und lächelte. »Aber wenn Sie mir versprechen, nicht ein Wort . . .«

»Nicht ein Wort«, versicherte ich.

»Sie macht eine Entziehungskur durch. Das ist streng vertraulich.«

»Ist es sehr schlimm?«

Sie hob die Schultern. »Es reicht.«

»Und inzwischen tanzen die Mäuse, solange die Katze schläft?«

»So kann man es nennen. Niemand kommt auch nur in die Nähe des Hauses, und vermutlich wird es eine Weile dauern, bis sie sich wieder zeigen kann. Solange sie die Wände hoch klettert und Schreikrämpfe hat, macht es sich das Personal leicht. Das ist doch nur richtig so, oder nicht?«

»Gewiß, dann können sie sich's natürlich leicht machen.«

Sie leerte ihr Glas. »Nun wollen wir Maureen vergessen. Ich bekomme nachts schon genug von ihr und brauche nicht auch noch über sie zu reden.«

»Sie haben Nachtdienst? Das ist aber schade.«

»Warum?« Die blaugrünen Augen wurden wachsam.

»Ich dachte, es wäre nett, Sie abends mal einzuladen und Ihnen ein paar Sachen zu zeigen.«

»Was für Sachen?«

»Zunächst habe ich eine hübsche Sammlung Radierungen.«

Sie kicherte. »Wenn es etwas gibt, was ich noch lieber habe, als eine Radierung, dann ist es eine Sammlung von Radierungen.« Sie stand auf und ging zu der Whiskyflasche. Ich konnte meinen Blick nicht von ihren wiegenden Hüften lösen. »Geben Sie mir Ihr Glas«, fuhr sie fort. »Aber Sie trinken ja gar nicht?«

»Ich lasse mir nur Zeit. Außerdem könnte ich mir denken, daß es noch was Besseres gibt als Trinken.«

»Wirklich? So etwas habe ich erwartet.« Sie goß sich ein und verzichtete diesmal ganz auf das Sodawasser.

»Wer pflegt denn Maureen tagsüber?« fragte ich, als sie zum Sofa zurückkam.

»Schwester Flemming. Sie wird Ihnen nicht gefallen. Sie haßt Männer einfach.«

»Tatsächlich?« Sie setzte sich neben mich, Hüfte an Hüfte. »Kann sie uns hören?«

»Das würde nichts ausmachen. Aber sie kann es nicht. Sie ist oben im linken Flügel, der auf die Garagen geht. Dort haben sie Maureen untergebracht, als sie ihre Anfälle bekam.«

Das war gerade das, was ich wissen wollte.

»Zum Teufel mit allen Männerhasserinnen«, sagte ich und glitt mit meinem Arm über die Rückenlehne des Sofas hinter ihrem Kof vorbei. Sie lehnte sich dagegen. »Hassen Sie auch Männer?«

»Das kommt auf den Mann an.« Ihr Gesicht war dicht vor meinem, und ich berührte mit meinen Lippen ihre Schläfe. Es schien ihr zu gefallen.

»Wie wäre es mit diesem Mann zum Beispiel?«

»Er läßt sich ertragen.«

Ich nahm ihr das Whiskyglas aus der Hand und stellte es auf den Boden.

»Das wird mir im Weg sein.«

»Es wäre schade, ihn zu verschütten.«

»Sie werden ihn auch bald brauchen.«

»Meinen Sie?«

Sie kam mir entgegen, ihr Mund begegnete meinem. So verharrten wir eine Weile. Dann stieß sie mich plötzlich zurück und stand auf. Einen Augenblick glaubte ich, sie sei eins der Mädchen, die sich einmal küssen lassen, und damit genug. Aber ich irrte mich. Sie ging durch das Zimmer zur Tür und drehte den Schlüssel um. Dann kam sie zurück und setzte sich wieder neben mich.

III

Ich parkte den Buick vor dem County Building an der Ecke Feldman und Centre Avenue, kletterte die Treppe hinauf und betrat eine Welt vergilbender Akten, stiller Gänge und altgewordener Verwaltungsangestellter des mittleren Dienstes, die darauf hofften, daß ihr Vordermann endlich wegsterben würde.

Das Register der Geburten und Sterbefälle befand sich im ersten Stock. Ich füllte ein Formular aus, schob es dem rothaarigen Schreiber durch das Gitter hin, der es abstempelte, mein Geld nahm und mit der Hand auf die Doppelreihen der Aktenschränke deutete.

»Suchen Sie selbst, Mr. Malloy«, sagte er, »es ist in der sechsten Reihe von links.«

Ich bedankte mich.

»Wie gehen die Geschäfte?« fragte er und beugte sich über die Barriere, offensichtlich willens, seine und meine Zeit zu vergeuden. »Ich habe Sie seit Monaten hier nicht mehr gesehen.«

»War auch nicht hier«, antwortete ich. »Meine Geschäfte gehen gut. Und wie ist's bei Ihnen? Stirbt immer noch jemand?«

»Geboren werden auch welche. Damit gleicht sich's aus.«

»Das kann schon sein.« Ich wollte nicht mit ihm schwatzen. Ich war müde, nicht nur die Hitze hatte mich erschöpft. Ich trat zu den Aktenschränken. Die Schublade mit »C« schien fast eine Tonne zu wiegen, und es gelang mir mit Mühe, sie auf einen Tisch zu hieven. Ich blätterte durch und fand schließlich Janet Crosbys Sterbeurkunde. Ich zog einen alten Briefumschlag und einen Bleistift aus der Tasche. Sie war am 15. Mai 1958 an akuter Endocarditis gestorben, was das auch immer sein mochte.

Sie wurde als unverheiratet und fünfundzwanzig Jahre alt bezeichnet. Die Sterbeurkunde war von einem Dr. John Bewley unterschrieben. Ich notierte mir den Namen des Arztes und blätterte dann zurück, bis ich Macdonald Crosbys Todesurkunde fand. Er war an einer durch eine Schußwaffe verursachten Gehirnverletzung gestorben. Der Arzt war J. Salzer, der Coroner Franklin Lessways. Ich notierte das auch, ließ die Schublade stehen, wo sie war, schlenderte zu dem Schreiber, der mich mit träger Neugier beobachtete.

»Haben Sie jemand, der die Schublade zurückstellt?« fragte ich und stützte mich mit dem Ellbogen auf die Barriere. »Ich bin nicht mehr so kräftig, wie ich einmal war.«

»Das besorge ich schon, Mr. Malloy.«

»Was anderes. Wer ist Dr. John Bewley, und wo wohnt er?«

»Er hat ein kleines Haus an der Skyline Avenue«, erklärte mir der Schreiber, »aber wenn Sie einen guten Arzt suchen, gehen Sie lieber nicht zu ihm.«

»Warum? Was ist mit ihm los?«

Der Schreiber hob müde die Schultern.

»Zu alt. Vor fünfzig Jahren war er vielleicht ganz brauchbar. Ein richtiger Landdoktor. Ich fürchte, er glaubt, daß Trepanieren dasselbe ist wie eine Büchse Bohnen aufmachen.«

»Damit hat er doch recht?«

Der Schreiber lachte.

»Das kommt darauf an, von wessen Schädel Sie dabei reden.«

»Stimmt. Er ist also nur ein alter Quacksalber, was?«

»Das trifft ihn genau. Aber er richtet wenigstens keinen Schaden an. Ich glaube nicht, daß er mehr als ein Dutzend Patienten hat.« Er kratzte sich am Ohr und sah mich mit eulenartigem Ausdruck an. »Arbeiten Sie an einem Fall?«

»Ich arbeite nie«, antwortete ich. »Bis zum nächsten Mal denn.«

Ich schritt durch das harte Sonnenlicht die Stufen vor dem Gebäude hinunter, langsam und nachdenklich. Ein Mädchen, das eine Million wert war, stirbt plötzlich, und sie holen einen alten Landarzt. Nicht ganz das Übliche bei Millionären. Man sollte meinen, daß ein ganzes Schock der teuersten Medizinmänner der Stadt in einem Fall, der so wichtig war wie ihrer, gerufen worden wäre.

Ich kletterte in den Buick und trat auf den Anlasser. In der Richtung gegen den Verkehr parkte auf der anderen Straßenseite eine olivgrüne Dodge-Limousine. Hinter dem Steuer saß ein Mann, einen lohfarbenen Hut mit einem karierten Band auf dem Kopf. Er las eine Zeitung. Ich hätte weder ihn noch den Wagen beachtet, wenn er nicht plötzlich aufgesehen, die Zeitung hastig nach hinten geworfen und den Motor angelassen hätte, als er mich erblickte. Daraufhin sah ich ihn näher an und wunderte mich, weshalb er so plötzlich das Interesse an seiner Zeitung verloren hatte. Er schien mir sehr groß zu sein und hatte Schultern wie ein Scheunentor. Sein Kopf saß dicht auf den Schultern, ohne Hals erkennen zu lassen. Er trug einen schmalen, schwarzen Schnurrbart, und seine Augen waren hinter den Lidern halb versteckt. Jemand hatte ihn einmal sehr hart auf die Nase und auf das eine Ohr geschlagen, die sich davon nie ganz erholt hatten. Er sah wie einer der harten

Kerle in einem Film der Warner Brothers aus, die Sorte, die für Humphrey Bogart und so den Kopf hinhalten müssen.

Ich lenkte den Buick in den Verkehrsstrom, fuhr ohne Eile nach dem Osten, die Centre Avenue hinauf und behielt den Rückspiegel im Auge.

Der Dodge zwängte sich durch den entgegenkommenden Verkehr, wendete mitten auf der Straße trotz wütenden Gehupes und fluchender Fahrer, und folgte mir. Ich hätte es nicht für möglich gehalten, daß das einer auf der Centre Avenue fertigbringt und damit durchkommt. Aber entweder schliefen die Polizisten gerade, oder es war ihnen zu heiß, sich darum zu kümmern.

An der Kreuzung der Westwood Avenue sah ich wieder in den Spiegel. Der Dodge war dicht hinter mir. Ich konnte den Fahrer über das Steuer gebeugt sehen, eine Zigarre zwischen die Zähne geklemmt, den einen Ellenbogen auf dem heruntergedrehten Fenster. Ich fuhr vor, damit ich sein Nummernschild sehen konnte und lernte es auswendig. Wenn er mich beschattete, dann lieferte er schlechte Arbeit. Auf der Hollywood Avenue beschleunigte ich mein Tempo bis zur Spitzengeschwindigkeit von fünfundsechzig. Der Dodge zögerte einen Augenblick, schoß dann vor und brauste hinter mir her. Beim Foothills Boulevard lenkte ich zum Straßenrand und bremste scharf. Der Dodge brauste vorbei. Der Fahrer sah nicht zu mir herüber. Er fuhr in Richtung der Straße nach Los Angeles und San Franzisko weiter.

Ich notierte seine Nummer auf dem alten Umschlag neben Dr. Bewleys Namen und verstaute ihn sorgfältig in meiner Hüfttasche. Dann setzte ich den Buick wieder in Bewegung und fuhr die Skyline Avenue entlang, bis ich ein Messingschild entdeckte, das in der Sonne glänzte. Es war an einem niedrigen, hölzernen Tor befestigt, hinter dem ein kleiner Garten mit einem Bungalow aus kanadischen Fichten lag. Ein bescheidenes, stilles, kleines Haus, fast eine Hütte neben den ultramodernen Wohnhäusern zu seinen beiden Seiten.

Ich hielt an und beugte mich aus dem Fenster, aber aus dieser Entfernung konnte ich die verwitterte Schrift auf der Platte unmöglich entziffern. Also stieg ich aus, um sie mir näher anzusehen. Selbst dann war sie noch schwer auszumachen, aber es genügte, um mir zu bestätigen, daß hier Dr. John Bewley wohnte.

Als ich nach der Klinke des Gartentors griff, kam der olivgrüne Dodge die Straße entlang zurückgerollt und fuhr vorbei. Der Fahrer schien nicht zu mir herüberzusehen, aber ich wußte, daß er beobachtet hatte, wohin ich ging. Ich blieb stehen und sah hinter dem Wagen her. Er fuhr schnell, und ich verlor ihn aus den Augen, als er in die Westwood Avenue einbog.

Ich schob den Hut in den Nacken, zog ein Päckchen Lucky Strike aus der Tasche, zündete eine an und steckte die Zigaretten wieder fort. Dann drückte ich die Klinke zu dem Tor hinunter und ging über den Kiesweg auf den Bungalow zu.

Der Garten war klein und dicht bepflanzt und so sauber und ordentlich wie ein Kasernenhof bei einer Inspektion. Gelbe, verblichene Sonnenblenden, die ihre besten Tage hinter sich hatten, verdeckten die Fenster. Die Haustür hätte einen neuen Anstrich vertragen. Das galt überhaupt für den ganzen Bungalow.

Ich preßte meinen Daumen auf den Klingelknopf und wartete. Nach einer Weile bemerkte ich, daß jemand hinter einer Sonnenblende versteckt zu mir herausspähte. Dagegen konnte ich nichts tun, als ein freundliches Gesicht zeigen und weiter warten. Ich zeigte also ein freundliches Gesicht und wartete weiter.

Gerade als ich dachte, ich müßte doch noch einmal klingeln, hörte ich so ein Geräusch, wie eine Maus in einer Speisekammer es macht, und die Tür wurde geöffnet. Die Frau, die mich anblickte, war mager und klein und vogelartig. Sie trug ein schwarzes Seidenkleid, das vielleicht vor fünfzig Jahren modern gewesen war, wenn man in der Einsamkeit lebte und einem niemals jemand eine Modezeitschrift schickte. Ihr hageres, altes Gesicht war müde und erschöpft, ihr Blick verriet mir, daß ihr Leben wenig Freude kannte.

»Ist der Doktor da?« fragte ich und nahm meinen Hut ab, weil ich erkannte, daß sie Höflichkeit zu schätzen wisse.

»Gewiß.« Auch ihre Stimme klang erschöpft. »Er ist hinten im Garten, ich werde ihn rufen.«

»Nein, tun Sie das nicht. Ich gehe lieber zu ihm in den Garten. Ich komme nicht als Patient, ich wollte nur eine Frage an ihn stellen.«

»Wie Sie wollen.« Der Funke Hoffnung, der in ihren Augen erschienen war, erlosch wieder. Kein Patient. Kein Honorar. Nur ein gesunder, kräftiger junger Mann mit einer Frage.

»Sie werden ihn doch nicht lange aufhalten? Er sieht es nicht gern, daß man ihn stört.«

»Es wird nicht lange dauern.«

Ich hob meinen Hut, verbeugte mich in der Art, von der ich hoffte, daß sich Männer vor ihr in ihren besseren Tagen verbeugt hatten, und zog mich über den Gartenweg zurück. Sie schloß die Haustür. Einen Augenblick später entdeckte ich ihren Schatten, als sie mir hinter der Blende eines der Vorderfenster nachblickte.

Ich folgte dem Pfad um den Bungalow in den Hintergarten. Dr. Bewley verbrachte vielleicht keine Wunder als Heilkünstler, aber als Gärtner war er zweifellos auf der Höhe. Ich hätte die drei chinesischen Gärtner der Crosbys gern hergebracht, um ihnen das zu zeigen. Vielleicht hätte sie das aus ihrer Lethargie geweckt.

Im Hintergrund des Gartens stand vor einer Riesendahlie ein großer, alter Mann in einer weißen Alpakajacke, einem gelben Panamahut, gelblichweißer Hose und Stiefeletten. Er betrachtete die Dahlie in der Weise, wie einem der Doktor in den Hals sieht, wenn man Ah-aa sagt, und fand es wahrscheinlich bedeutend interessanter.

Er sah scharf auf, als ich mich ihm auf ein paar Schritte näherte. Sein Gesicht war faltig und welk, ähnlich der Haut einer Backpflaume, und die Mähne starrer, weißer Haare hing ihm bis über die Ohren. Es war weder ein altes noch ein kluges Gesicht, sondern das Gesicht eines sehr verbrauchten Mannes, der mit sich zufrieden ist und der keine sehr hohen Ansprüche an sich stellt. Eines, der keinen Ehrgeiz mehr hat, aber eigensinnig und beschränkt ist, und der sich nicht geschlagen gibt.

»Guten Tag«, sagte ich, »ich hoffe, daß ich Sie nicht störe.«

»Sprechstunde ist von fünf bis sieben«, antwortete er so leise, daß ich ihn kaum verstehen konnte. »Ich kann Sie jetzt nicht behandeln, junger Mann.«

»Ich komme nicht als Patient zu Ihnen«, sagte ich und blickte über seine Schulter auf die Dahlie. Sie war wunderschön, acht Zoll im Durchmesser, wenn nicht noch größer, und makellos. »Ich heiße Vic Malloy und bin ein alter Freund von Janet Crosby.«

Mit seinem knotigen Zeigefinger berührte er leicht die Blüte.

»Von wem?« fragte er uninteressiert. Er war nicht mehr als ein beschränkter alter Mann, der sich in erster Linie für seine Blumen interessierte.

»Janet Crosby«, wiederholte ich. Es war heiß in der Sonne, und das Summen der Bienen und der Duft der Blumen machte mich auch ein bißchen schläfrig.

»Was ist mit ihr?«

»Sie haben ihren Totenschein unterschrieben.«

Er löste seinen Blick von der Dahlie und sah mich an.

»Wer sind Sie, haben Sie gesagt?«

»Victor Malloy. Ich bin etwas nachdenklich über Janets Tod.«

»Weshalb sind Sie darüber nachdenklich?« fragte er, und ein Funken Alarm leuchtete in seinen Augen auf. Er wußte selbst, daß er alt und beschränkt und geistesabwesend war. Er wußte, daß er es riskierte, früher oder später einen Fehler zu begehen, wenn er weiterhin praktizierte. Ich erkannte, daß er befürchtete, ich wolle ihn jetzt anklagen, diesen Fehler begangen zu haben.

»Verstehen Sie mich recht«, sagte ich freundlich, denn ich wollte ihn nicht verstören. »Ich war drei oder vier Jahre fort. Seit vielen Jahren war ich mit Janet Crosby befreundet und hatte keine Ahnung, daß sie herzkrank war. Als ich von ihrem unerwarteten und plötzlichen Tod erfuhr, empfand ich einen schweren Schock. Ich möchte mich überzeugen, daß nichts versäumt wurde.«

Ein Muskel in seinem Gesicht zuckte, seine Nasenflügel bebten.

»Was meinen Sie damit – versäumt wurde? Sie starb an akuter Endocarditis. Die Symptome waren unverkennbar. Im übrigen war Dr. Salzer dort. Es wurde nichts versäumt. Ich weiß nicht, was Sie wollen.«

»Nun, das freut mich zu hören. Aber was ist akute Endocarditis eigentlich genau?«

Er runzelte nachdenklich die Stirn, und einen Augenblick dachte ich, er würde mir erklären, das wisse er auch nicht. Er faßte sich aber noch rechtzeitig, durchwühlte sein altes, ausgedörrtes Gedächtnis und sagte langsam, als lese er aus einem antiquierten medizinischen Handbuch ab: »Das ist eine progressive bakterielle Infektion der Herzklappen. Bruchstücke des zerfallenden Gewebes der Klappen werden durch das Blut in den ganzen Körper getragen. Es war aussichtslos. Selbst wenn man mich früher gerufen hätte, wäre ich nicht in der Lage gewesen, ihr zu helfen.«

»Das machte mir Sorge, Doc«, sagte ich und lächelte, um ihm zu zeigen, daß ich auf seiner Seite stehe.

»Aber warum hat man Sie zugezogen? Sie waren doch nicht ihr behandelnder Arzt? Oder doch?«

»Aber nein«, antwortete er fast ärgerlich. »Trotzdem war es durchaus in Ordnung, mich zu konsultieren. Ich wohne in der Nähe. Es wäre ein Verstoß gegen die Berufsethik gewesen, wenn Dr. Salzer die Todesurkunde unterschrieben hätte.«

»Wer ist denn Dr. Salzer?«

Er fing wieder an, schläfrig auszusehen, und seine Finger tasteten suchend nach der Dahlie. Ich erkannte, daß er in Ruhe gelassen werden, sein ausgetrockneter Verstand in der friedvollen Betrachtung seiner Blumen dösen und nicht von einem athletischen Burschen wie mich, der seine Zeit überflüssig in Anspruch nahm, behelligt werden wollte.

»Er leitet eines dieser privaten Sanatorien unmittelbar neben dem Besitz der Crosbys«, antwortete er schließlich. »Er ist ein Freund der Familie. Seine Stellung erlaubt ihm nicht, eine Sterbeurkunde zu unterschreiben. Er ist kein approbierter praktischer Arzt. Ich war sehr geschmeichelt, als er mich um meine Unterstützung bat.«

Das konnte ich mir vorstellen. Ich hätte gern gewußt, was sie ihm bezahlt hatten.

»Hören Sie, Doc«, sagte ich. »Ich möchte hier klarsehen. Ich habe versucht, Maureen Crosby zu sprechen, aber es geht ihr nicht gut. Ich fahre bald wieder fort, aber ehe ich abreise, möchte ich ein genaues Bild haben. Alles, was ich erfuhr, war, daß Janet Crosby plötzlich starb. Sie sagen, sie war herzkrank. Wie ist es geschehen? Waren Sie dort, als sie starb?«

»Nun, nein«, antwortete er, und in seinen trüben Augen flackerte es wieder alarmiert. »Ich kam etwa eine halbe Stunde, nachdem der Tod eingetreten war. Sie war im Schlaf gestorben. Die Symptome waren unverkennbar. Dr. Salzer sagte mir, daß sie schon seit einigen Monaten an der Krankheit gelitten habe. Er hatte sie behandelt. Man kann in diesen Fällen wenig tun, außer dem Patienten Ruhe verordnen. Ich verstehe nicht, weshalb Sie so viele Fragen stellen.« Er sah hoffnungsvoll zu dem Haus hinüber, um festzustellen, ob seine Frau ihn nicht rufe. Aber das tat sie nicht.

»Das tue ich nur, um mich selbst zu überzeugen«, erklärte ich und lächelte wieder. »Sie kamen also in das Haus und trafen Salzer dort an. War es so?«

Er nickte und wurde mit jeder Sekunde argwöhnischer.

»War sonst jemand da?«

»Miss Crosby, die jüngere meine ich, sie war auch da.«

»Meinen Sie Maureen?«

»So heißt sie, glaube ich.«

»Und Salzer brachte Sie in Janets Zimmer? Kam Maureen auch mit?«

»Ja. Sie gingen beide mit mir in das Zimmer. Die Schwester schien sehr verstört.« Er griff nach der Dahlie. »Sie weinte . . . Vielleicht hätte man eine Obduktion durchführen sollen«, sagte er plötzlich. »Aber ich versichere Ihnen, es war nicht erforderlich. Akute Endocarditis ist unverkennbar. Man muß auf die Gefühle der Hinterbliebenen Rücksicht nehmen.«

»Trotzdem kommt Ihnen aber jetzt, nach vierzehn Monaten, der Gedanke, man hätte doch eine Obduktion vornehmen sollen?« Ich legte eine leichte Schärfe in meine Stimme.

»Genaugenommen hätte sie erfolgen müssen, weil Dr. Salzer sie behandelt hat und er, wie er mir erklärte, Dr. phil., nicht Dr. med. ist. Aber die Symptome . . .«

»Ja . . . sind unverkennbar. Noch etwas, Doc. Haben Sie Janet Crosby vorher jemals gesehen? Ich meine, vor ihrem Tod?«

Er wurde wachsam, fragte sich, ob ich ihm eine Falle stelle.

»Ich habe sie in ihrem Wagen vorbeifahren sehen, aber nicht aus der Nähe.«

»Also auch nicht nahe genug, um zu erkennen, ob sie Symptome für eine Herzkrankheit erkennen ließ?«

Er blinzelte.

»Das verstehe ich nicht.«

»Es war doch so: Sie litt seit ein paar Monaten unter der Krankheit. Sie sagten, Sie hätten sie in ihrem Wagen gesehen. Wie lange war das her? Ich meine, daß Sie sie sahen? Wie lange vor ihrem Tod?«

»Einen Monat, vielleicht zwei. Genau erinnere ich mich nicht.«

»Ich will auf folgendes hinaus«, erklärte ich geduldig. »Hätte sie mit dieser Krankheit Symptome gezeigt, die Sie erkannt hätten, wenn Sie sie vor ihrem Tod aus der Nähe gesehen hätten?«

»Das halte ich kaum für möglich.«

»Aber trotzdem sind die Symptome — unverkennbar?«

Er leckte sich über seine dünnen Lippen.

»Ich verstehe wirklich nicht, was Sie eigentlich wollen«, antwortete er und begann zurückzuweichen. »Ich habe nicht länger Zeit für Sie Meine Zeit ist kostbar. Ich muß Sie bitten, mich zu entschuldigen.«

»Selbstverständlich, Doc«, sagte ich. »Vielen Dank. Entschuldigen Sie, daß ich Sie aufgehalten habe. Aber Sie wissen ja, wie das ist. Ich wollte mich nur vergewissern. Ich hatte das Mädchen gern.«

Er antwortete nicht, sondern wich weiter auf das Rosenbeet zurück.

»Nur noch eines, Doc. Wie kam es, daß Dr. Salzer Macdonald Crosbys Totenschein unterschrieb, als er durch einen Unglücksfall erschossen wurde? Verstieß es nicht gegen die Berufsethik, daß das ein nicht approbierter Heilkundiger tat?«

Er sah mich an, wie man eine große Spinne ansieht, die man unversehens in seiner Badewanne findet.

»Belästigen Sie mich nicht«, sagte er mit unsicherer Stimme. »Fragen Sie ihn selbst. Kommen Sie nicht mir damit.«

»Ja«, antwortete ich, »das ist eine gute Idee. Doktor, das werde ich tun, danke.«

Er drehte sich um und ging über den Gartenweg auf seine Rosen zu. Von hinten sah er noch älter aus, als er war. Ich beobachtete ihn, wie er eine welke Rose abzupfte und bemerkte, daß seine Hand stark zitterte. Vermutlich hatte ich ihm seinen Nachmittag verdorben.

Die kleine vogelartige Frau stand hoffnungsvoll auf der Veranda vor der Haustür, als ich dort vorbeikam. Sie gab vor, mich nicht zu sehen.

»Ich fürchte, ich habe die Zeit des Doktors lange in Anspruch genommen«, sagte ich und lüftete meinen Hut. »Er meinte, sie sei wertvoll. Halten Sie fünf Dollar für ausreichend?«

Ihre müden Augen bekamen Glanz, ihr Gesicht erhellte sich.

»Das ist sehr aufmerksam von Ihnen«, antwortete sie, und sah vorsichtig nach hinten in den Garten auf den alten, gebeugten Rücken und den gelben Panamahut.

Ich drückte ihr eine Fünfdollarnote in die Hand. Sie schnappte danach wie eine Eidechse nach einer Fliege. Ich hatte den Verdacht, daß der Alte hinten im Garten nie etwas davon zu sehen bekommen würde. Wenigstens hatte ich ihr nicht den Nachmittag verdorben.

IV

Ich stieß die Tür zu meinem Büro auf und marschierte hinein. Jack Kerman döste in dem Sessel beim Fenster. Paula saß an meinem Schreibtisch und arbeitete an einer ihrer zahllosen Karteien, mit denen sie unsere Finger am Puls von Orchid City hielt und aus denen wir erfuhren, wer wer und was war, wer sich in der Stadt aufhielt und wer die Stadt verlassen hatte, wer wen heiratete und so weiter. Obwohl vier Mädchen ständig an den Karteien arbeiteten, bestand sie darauf, die wichtigsten selbst auf dem laufenden zu halten.

Sie stand von dem Sessel auf, als ich meinen Hut nach Kerman warf, um ihn zu wecken. Er grunzte überrascht, rieb sich die Augen und gähnte.

»Wie schmeckt die Arbeit?« fragte er, »oder hast du noch nicht angefangen?«

»Habe ich«, antwortete ich und setzte mich. Ich griff nach einer Zigarette, zündete sie an, krempelte meine Ärmel hoch und begann zu erzählen. Ich berichtete ihnen alle Einzelheiten, außer meiner Privatunterhaltung mit Schwester Gurney. Das ließ ich aus, weil ich wußte, daß Paula sie nicht gebilligt und Kerman sich zu sehr darüber aufgeregt hätte, um noch klar denken zu können. »Es ist nicht viel«, schloß ich, »aber es genügt mir, um es der Mühe wert zu halten, mich weiter um die Geschichte zu kümmern. Vielleicht steckt nichts dahinter, vielleicht aber doch. Wenn ja, dann ist es desto besser, je weniger Aufsehen wir erregen. Wir müssen vermeiden, daß jemand einen Tip bekommt.«

»Wenn dieser Bursche in dem Dodge dich beschattet hat, dann scheint mir schon jemand einen Tip bekommen zu haben«, hielt mir Jack Kerman vor.

»Ja. Aber dessen können wir nicht sicher sein. Vielleicht interessierte ihn nur mein Gesicht. Vielleicht übte er Detektivspielen.« Ich griff nach dem Telefon. »Verbinden Sie mich mit dem Headquarters der Polizei«, sagte ich dem Mädchen in der Telefonzentrale.

»Du hast seine Wagennummer?« fragte Paula, und blätterte durch einen Packen Karten in ihren Händen.

»Ich will sie vergleichen«, antwortete ich. »Geben Sie mir Inspektor Mifflin«, fuhr ich fort, als sich eine gelangweilte Stimme als Headquarters meldete. Es folgte ein Knacken in der Leitung, und dann meldete sich Mifflins knarrende Stimme mit einem: »Hallo?«

Tim Mifflin war ein guter, zuverlässiger Polizeibeamter, und wir hatten aus verschiedenen Anlässen zusammen gearbeitet. Wenn ich Gelegenheit dazu hatte, half ich ihm, und wenn er es konnte, half er mir. Er hatte großen Respekt vor meiner Nase, wenn es um Rennwetten ging, und er hatte das Glück, sich nebenbei dadurch etwas zu verdienen, daß er meine Tips befolgte.

»Hier Malloy«, sagte ich. »Wie geht es, Tim?«

»Als ob dich das interessiert«, knurrte er. »Meine Gesundheit ist dir völlig gleichgültig und wird es auch bleiben. Was willst du denn jetzt schon wieder?«

»Wissen, wem ein olivgrüner Dodge gehört. Die Nummer ist OR 3345.«

»Die Art, wie du uns benutzt, um zu verdienen, ist mehr als eine Frechheit«, sagte Mifflin. »Wenn Brandon je dahinterkommt, was ich für dich alles tue, werde ich gefeuert.«

»Keine Sorge, ich werde es ihm nicht sagen. Es liegt also bei dir«, antwortete ich und grinste. »Und noch was, da wir gerade vom Geldverdienen reden. Wenn du zur Abwechslung mal einen Schnitt machen willst, dann setze dein letztes Hemd auf Crap Apple, morgen um vier Uhr dreißig ist das Rennen.«

»Meinst du wirklich mein letztes Hemd?«

»Verlaß dich drauf. Verkauf dein Haus, verpfände deine Frau, brich in Brandons Panzerschrank ein. So gut ist der Tip. Du bekommst sechs für zwei. Das einzige, was das Pferd am Sieg verhindern kann, ist, daß jemand es erschießt.«

»Vielleicht tut's einer«, meinte Mifflin, der immer übertrieben vorsichtig war. »Aber wenn du es sagst . . .«

»Die sicherste Wette, die es je gegeben hat. Aber wie ist es nun mit der Nummer?«

»Gewiß, gewiß. Immer mit der Ruhe, du hast sie in zehn Sekunden.«

Während ich wartete, sah ich, daß Jack Kerman geschäftig an dem anderen Telefon wählte.

»Was machst du denn da?« fragte ich ihn.

»Ich rufe meinen Buchmacher an. Der Tip klingt gut.«

»Laß es bleiben. Ich erzähle ihm nur, was ich von einem anderen gehört habe. Für einen Polizisten ist der Tip sicher genug, aber nicht für einen Freund.«

Kerman ließ den Hörer auf die Gabel fallen, als ob ich ihn gebissen hätte.

»Und wenn er nun sein Haus verpfändet und seine Frau verkauft? Du weißt doch, wie dämlich er in diesen Dingen ist.«

»Hast du sein Haus und seine Frau mal gesehen? Nein? Ich aber. Ich tue ihm damit nur einen Gefallen.« Als Mifflin sich wieder meldete, fragte ich: »Nun, hast du sie?«

»Du hast doch OR 3345 gesagt?«

»Ja.«

»Der Wagen ist auf den Namen Jonathan Salzer eingetragen. Das Sanatorium am Foothill Boulevard. Wolltest du das wissen?«

Ich unterdrückte die Aufregung in meiner Stimme.

»Kann sein. Wer ist Salzer? Weißt du etwas über ihn?«

»Nicht viel. Er betreibt so ein Privatsanatorium. Wenn einer Bauchschmerzen hat, füttert er ihn mit Obstsaft und läßt ihn gären. Daran verdient er ganz gut.«

»Nichts Krummes nebenbei?«

»Mach mich nicht wahnsinnig. Hat er doch nicht nötig. Er nimmt auch ohne das einen Haufen Geld ein.«

»Ah so. Danke schön.«

»Bist du wirklich von dem Pferd überzeugt?«

»Natürlich«, entgegnete ich und winkte Kerman zu. »Du kannst dein Hemd darauf riskieren.«

»Ich werd's mal mit fünf Dollar versuchen. Keinen Cent mehr.«

Ich hing ein. »Fünf Dollar. Was für eine hemmungslose Spielernatur.«

»Also Salzers Wagen«, meinte Kerman.

Ich nickte.

»Vielleicht haben wir damit etwas in der Hand.« Ich sah zu Paula. »Wissen wir etwas über Salzer?«

»Ich werde nachsehen.« Sie legte eine Karte vor mich. »Das hier könnte dich interessieren. Es sind alle Informationen, die wir über Janet Crosby haben.«

Ich las die Einzelheiten, während sie in das Karteizimmer ging, das neben dem Vorzimmer lag.

»Tanzen, Tennis und Golf«, sagte ich überlegend und sah Kerman fragend an. »Klingt nicht gerade nach einer Herzkrankheit. Ihre nächsten Freunde waren Joan Parmetta und Douglas Sherrill. Vor ein paar Jahren war sie mit Sherrill verlobt, brach aber die Beziehung zu ihm ab. Gründe sind nicht angegeben. Wer ist dieser Sherrill eigentlich?«

»Nie von ihm gehört. Soll ich's feststellen?«

»Es wäre auch nicht schlecht, wenn du mal zu diesem Mädchen Parmetta gingst. Sage ihnen, du seiest ein alter Freund von Janet aus San Franzisko, als sie noch dort wohnte. Du mußt dich über die Familie informieren, falls sie versuchen sollten, dich auszuhorchen. Das besorgt dir Paula. Was ich wissen will, Jack, ist, wie sie darauf reagieren, daß Janet herzkrank war. Vielleicht hatte sie wirklich ein schwaches Herz. Wenn aber nicht, dann haben wir etwas in der Hand, das uns weiterführt.«

»Klarer Fall«, sagte Kerman.

Paula kam wieder herein.

»Viel besagt es nicht«, begann sie, »aber Salzer eröffnete sein Sanatorium 1950. Eine luxuriöse Angelegenheit. Er nimmt zweihundert Dollar die Woche.«

»Muß ganz hübsch was abwerfen«, meinte ich neidisch.

»Es muß wirklich Verrückte geben. Man stelle sich doch vor, so viel Geld für ein Glas Obstsaft täglich«, sagte Kerman fassungslos. »Das klingt ganz wie ein Beruf für uns.«

»Sonst noch etwas?«

»Er ist verheiratet, spricht fließend Französisch und Deutsch, hat einen Doktorgrad in Philosophie. Keine Hobbys, keine Kinder, Alter dreiundfünfzig«, las Paula von der Karte ab. »Das ist alles, Vic.«

»Also gut«, sagte ich und stand auf. »Hilf Jack bitte. Er will was über dieses Parmettamädchen und über Sherrill wissen. Ich gehe auf ein Wort zu Mutter Bendix hinunter. Ich will sehen, woher das Personal der Crosbys kommt. Der Butler kam mir halbseiden vor. Vielleicht hat sie ihm die Stellung verschafft.«

V

Auf den ersten Blick, genaugenommen auch auf den zweiten, konnte man Mrs. Martha Bendix leicht mit einem Mann verwechseln. Sie leitete die Bendix-Vermittlung für Hausangestellte. Sie war groß und breitschultrig, trug ihr Haar kurz geschnitten, eine männliche Hemdbluse mit Krawatte unter einer männlichen Tweedjacke. Nur wenn sie aufstand und hinter ihrem Schreibtisch hervorkam, stellte man überrascht fest, daß sie auch einen Tweedrock, seidene Strümpfe und kräftige Damenschuhe trug. Sie gab sich sehr herzlich, und wenn man nicht aufpaßte oder sich nicht außerhalb ihrer Reichweite hielt, konnte es passieren, daß sie einem kräftig auf den Rücken schlug, was man noch zwei bis drei Stunden lang nachher spürte. Ihr Lachen war ebenso laut wie das Dröhnen eines Zwölfpfünders, und wenn man nicht darauf gefaßt war, konnte sie einen damit schwer erschrecken. Nicht gerade eine Frau, mit der ich gern leben würde, aber sie war eine gute Seele und ging großzügig mit ihrem Geld um.

»Komm herein, Vic«, dröhnte Mrs. Bendix über ihren mit Papieren bestreuten Schreibtisch. »Setz dich. Du hast dich seit Tagen nicht mehr sehen lassen. Wo treibst du dich denn dauernd rum?«

Ich setzte mich und strahlte sie an.

»Hier und dort«, erklärte ich. »Ich versuche, den bösen Wolf von der Tür fernzuhalten. Ich komme, weil ich ein bißchen Hilfe brauche, Martha. Haben Sie den Crosbys Personal vermittelt?«

»Schon lange nicht mehr.« Sie beugte sich nieder, hob eine Flasche Scotch, zwei Gläser und eine Handvoll Kaffeebohnen aus ihrem Schreibtisch. »Faß dich kurz«, fuhr sie fort, »ich will Mary nicht erschrecken. Sie schätzt es nicht, wenn ich während der Arbeitszeit trinke.«

»Ist Mary das Mädchen mit den Kaninchenzähnen draußen?«

»Kümmere dich nicht um ihre Zähne. Dich beißt sie doch nicht.« Sie reichte mir ein Glas halb voll Scotch und drei Kaffeebohnen. »Meinst du die Crosbys am Foothill Boulevard?«

Ich bestätigte, daß ich die Crosbys am Foothill Boulevard meinte.

»Ich habe ihnen einmal Personal vermittelt. Aber seitdem nicht mehr. Das war vor etwa sechs Jahren. Ich besorgte ihnen das gesamte Hauspersonal. Als Janet Crosby starb, wurde allen gekündigt und neue eingestellt. Sie kamen deswegen aber nicht zu mir.«

Ich probierte den Scotch. Er war sanft und seidig und beeindruckte mich tief.

»Heißt das, daß sie das gesamte Personal rausschmissen?«

»Das habe ich doch gerade gesagt.«

»Und wo sind die Leute geblieben?«

»Ich habe sie woanders untergebracht.«

Das ließ ich mir durch den Kopf gehen.

»Hören Sie, Martha. Nur zwischen Ihnen und mir und den Kaffeebohnen. Ich versuche herauszufinden, was hinter Janets Tod steckt. Ich habe einen Tip, und es kann die Mühe lohnen, sich darum zu kümmern — vielleicht auch nicht. Jedenfalls ich bin nicht restlos überzeugt, daß sie wirklich an einer Herzkrankheit starb. Darum möchte ich mit jemand von dem alten Personal darüber sprechen. Vielleicht haben die etwas bemerkt. Der Butler zum Beispiel. Wer war das?«

»John Stevens«, sagte Mrs. Bendix, nachdem sie kurz überlegt hatte. Sie leerte ihr Glas, schob drei Kaffeebohnen in den Mund, brachte Scotchflasche und Glas außer Sicht und drückte mit dem Daumen auf einen Knopf auf ihrem Schreibtisch.

Das Mädchen mit den Kaninchenzähnen kam hereingeschlichen.

»Wo arbeitet John Stevens jetzt, Mary?«

Die Kaninchenzähne flöteten, sie wolle es feststellen. Nach ein paar Minuten kam sie zurück und verkündete: »Stevens arbeitet jetzt für Gregory Wainwright, Hillside, Jefferson Avenue.«

»Und Janets Zofe, wo ist die jetzt?« fragte ich.

Mrs. Bendix scheuchte Mary fort. Als sie draußen war, sagte sie: »Dieses Miststück arbeitet nicht mehr. Und wenn sie auf den Knien bei mir angekrochen käme, ich würde ihr keine Stellung mehr vermitteln.«

»Was hat sie denn angestellt?« fragte ich und schob voller Hoffnung mein leeres Glas vor sie hin. »Seien Sie nicht kleinlich, Martha. Ein Drink ist für große und kräftige Männer wie Sie und mich gar nichts.«

Mrs. Bendix kicherte, zog die Flasche wieder heraus und goß ein.

»Was hat sie angestellt?« wiederholte ich, nachdem wir uns zugeprostest hatten.

»Sie taugt nichts«, antwortete Mrs. Bendix mit finster gerunzelter Stirn. »Es ist ein verdammtes, faules Frauenzimmer.«

»Reden wir noch von der gleichen Person? Ich spreche von Janet Crosbys Zofe.«

»Ich auch«, bestätigte Mrs. Bendix und stopfte noch drei Kaffeebohnen in ihren Mund. »Eudora Drew, so heißt sie. Sie ist übergeschnappt. Ich suchte eine gute Zofe für Mrs. Randolph Playfair. Ich machte mir die Mühe, diese Drew aufzusuchen, um ihr die Stellung anzubieten, und sie sagte, ich könne mich aufhängen. Das ist doch keine Art, mit mir zu reden. Sie sagte, sie würde überhaupt nicht mehr arbeiten, und wenn mir der Strick reißen sollte, würde sie mir gern einen festeren kaufen.« Finster brütete Mrs. Bendix über diese unverdiente Beleidigung nach. »Ich hatte sie immer für ein gutes, gescheites Mädchen gehalten. Das beweist wieder mal, daß man keiner weiter trauen darf, als man sie werfen kann, nicht wahr? Ich wette, daß sie sich von einem Mann aushalten läßt. Sie wohnt irgendwo in Coral Gables und gibt mächtig an.«

»Wo in Coral Gables?«

»An der Mount Verde Avenue. Interessiert dich das?«

»Könnte sein. Was ist aus dem übrigen Personal geworden?«

»Ich habe sie alle untergebracht. Wenn du willst, gebe ich dir die Adressen, aber sei diskret.«

Ich leerte mein Glas.

»Natürlich. Wenn ich sie brauche, melde ich mich. Wie bald nach Janets Tod wurde diese Drew entlassen?«

»Am nächsten Tag. Das ganze Personal verließ noch vor dem Begräbnis das Haus.«

Ich zerkaute eine Kaffeebohne.

»Wurde dafür ein Grund angegeben?«

»Maureen Crosby verreiste für ein paar Monate. Solange wurde das Haus geschlossen.«

»Es ist nicht üblich, das ganze Personal fortzuschicken, wenn man das Haus für ein paar Monate schließt, oder doch?«

»Natürlich ist es ungewöhnlich.«

»Erzählen Sie mir noch etwas über diese Drew.«

»Was du nicht alles von einem verlangst.« Mrs. Bendix seufzte. »Gib mir das Glas, oder willst du noch einen?«

Ich sagte, ich wolle keinen mehr und sah zu, wie sie den Scotch und die beiden Gläser wieder verbarg. Dann preßte sie ihren Daumen wieder auf den Klingelknopf.

Das Mädchen Mary mit den Kaninchenzähnen tauchte wieder auf und lächelte scheu.

»Such mir Eudora Drews Karte heraus, Kind«, befahl ihr Mrs. Bendix, »ich möchte sie mir ansehen.«

Nach einer Weile kam Mary mit der Karte zurück und reichte sie Mrs. Bendix.

Als sie wieder draußen war, sagte Mrs. Bendix. »Ich weiß nicht, ob du das alles wissen willst, ihr Alter: achtundzwanzig, Adresse der Eltern: 2243 Kellsie Street, Carmel. Drei Jahre bei Mrs. Franklin Lambert, ausgezeichnete Empfehlungen. Janet Crosbys Zofe seit Juli 1953. Hilft dir das?«

Ich hob die Schultern. »Weiß ich noch nicht. Es kann sein. Aber ich gehe wohl am besten mal zu ihr, um mich mit ihr zu unterhalten. Wie kommen Sie darauf, daß sie mit einem Mann lebt?«

»Woher sollte sie sonst Geld haben? Sie arbeitet doch nicht. Es ist entweder ein Mann, oder es sind viele Männer.«

»Vielleicht hat Janet Crosby ihr etwas vermacht?«

Mrs. Bendix zog ihre buschigen Augenbrauen hoch.

»Darauf bin ich noch nicht gekommen. Das kann natürlich sein. Wenn ich es mir überlege, ist das wahrscheinlich die Lösung.«

»Also schön«, sagte ich und stand auf. »Dank für die Drinks, Martha. Besuchen Sie uns, wenn Sie Zeit haben. Bei uns gibt es auch etwas zu trinken.«

»Nichts zu machen«, erklärte Mrs. Bendix fest. »Dieses Mädchen

Bensinger bei euch mißbilligt das. Das kann man ihr an der Nasenspitze ablesen.«

Ich grinste. »Mich mißbilligt sie auch. Darüber mache ich mir keine Sorgen. Warum sollte es Ihnen dann was ausmachen?«

»Tut es nicht. Aber mach dir nichts vor, Vic. Das Mädchen ist in dich verschossen.«

Darüber dachte ich einen Augenblick nach, schüttelte dann den Kopf.

»Irrtum, sie ist in niemand verschossen. Sie ist nicht der Typ dazu.«

Mrs. Bendix stülpte die Lippen vor und gab ein lautes, verächtliches Grunzen von sich.

VI

Coral Gables ist der finstere Teil von Orchid City. Eine Budenstadt, die um den Hafen herum gewachsen ist, in der sich Schwammfischer und Fischhändler, Schildkrötenjäger und Verkaufsbuden angesiedelt haben und in der eine ganze Reihe dunkler Gestalten Unterschlupf findet und unbehelligt bleibt. Die Wasserfront wird von Delmonicos Bar beherrscht, das anrüchigste Lokal an der ganzen Küste, in dem normalerweise vier bis fünf Schlägereien jede Nacht auf dem Programm stehen und in dem die dort verkehrenden Frauen häufig härter als die Männer sind.

Hinter Coral Gables zieht sich die Monte Verde Avenue vorbei, eine unscheinbare Straße mit hüttenähnlichen Häusern auf beiden Seiten, die mehr oder minder nach dem gleichen Schema gebaut wurden. Als Wohnviertel steht es vielleicht eine Stufe über Coral Gables, aber das besagt noch nicht viel. Die meisten dieser Häuser werden von professionellen Spielern, leichten Mädchen, auf elegant zurechtgemachten Schlägertypen und anderen halblichtigen Gestalten und ihrem weiblichen Anhang bewohnt. Das einzige zweistöckige Haus in der Straße gehört Joe Betillo, einem Leichenbestatter, Sargmacher und Quacksalber, der Messerstiche und Schußwunden behandelt.

Ich fuhr mit dem Buick durch diese Straße, bis ich nach etwa dreiviertel ihrer Länge auf der rechten Seite Eudora Drews Wohnung erreichte. Es war ein Holzhaus in Weiß und Blau, mit ausgebautem Dachstock, einem Garten, der aus einem Rasen, gerade groß genug, darauf Halma zu spielen, und zwei müden Blattpflanzen rechts und links des Eingangs bestand.

Ich machte einen Schritt über das Gartentor und klopfte mit dem kleinen Messingklopfer, der seit Monaten nicht geputzt worden war, an die Tür.

Zehn Sekunden lang ereignete sich nichts – länger dauerte es nicht – dann wurde die Tür aufgerissen. Eine kräftige junge Frau in graugrüner Hose und einer weißen Seidenbluse, das dunkle Haar auf dem Kopf zusammengesteckt, musterte mich argwöhnisch, mit leicht blutunterlaufenen Augen. Man konnte sie nicht gerade eine Schönheit nennen, aber sie hatte etwas Animalisches an sich, das jeden Mann veranlassen mußte, sie zweimal anzusehen, und manche sogar dreimal.

Ehe ich meinen Mund aufmachen konnte, sagte sie mit einer Stimme, die etwas melodischer klang als eine Konservendose, die eine Steintreppe herunterrollt, wenn auch nicht sehr viel: »Sparen Sie sich die Mühe, wenn Sie was verkaufen wollen. Ich kaufe nie an der Haustür.«

»Das sollten Sie ans Gartentor schreiben«, antwortete ich fröhlich, »das würde vielen Zeit sparen. Sind Sie Miss Drew?«

»Was geht's Sie an, wer ich bin?«

»Ich habe mit Miss Drew etwas zu besprechen«, erklärte ich geduldig, »etwas sehr Wichtiges.«

»Wer sind Sie?«

»Ich heiße Vic Malloy. Ich bin ein alter Freund von Janet Crosby.«

Ihr rechter Mundwinkel zuckte kurz, aber sonst zeigte sie keine Reaktion.

»Na und?«

»Sind Sie nun Miss Drew oder nicht?«

»Ja, was wollen Sie?«

»Ich hoffte, Sie könnten mir helfen«, sagte ich, stützte mich mit einer Hand schwer gegen die Wand. »Tatsache ist, daß mir an Miss Crosbys Tod einiges unklar erscheint.«

Jetzt nahmen ihre Augen einen wachsamen Ausdruck an.

»Sie wühlen also in alten Geschichten herum. Sie ist schon so lange tot. Jedenfalls weiß ich nichts darüber.«

»Waren Sie dort im Hause, als sie starb?«

Sie zog die Tür etwas an sich heran. »Ich kann Ihnen nur sagen, daß ich nichts darüber weiß, und ich habe auch keine Zeit, mich mit Dingen abzugeben, die mich nichts angehen.«

Ich musterte ihr hartes, argwöhnisches Gesicht.

»Miss Drew, kennen Sie etwas, das kaum ein Geräusch macht und man trotzdem zwei Meilen weit hören kann?« fragte ich und lächelte sie dabei verständnisinnig an.

»Piept's bei Ihnen, oder was ist los?«

»Manche hören es auch doppelt so weit. Raten Sie mal.«

Sie hob ungeduldig ihre festen Schultern. »Also erzählen Sie schon, was ist es?«

»Eine Hundertdollarnote. Zusammengefaltet, wenn man sie zwischen Daumen und Zeigefinger reibt.«

Der mürrische Ausdruck auf ihrem Gesicht verschwand. Ihre Augen öffneten sich ein bißchen weiter.

»Sehe ich so aus, als ob ich mir etwas aus einer Hundertdollarnote mache?« fragte sie verächtlich.

»Selbst Pierpont Morgan macht sich etwas aus einer Hundertdollarnote«, antwortete ich. »Aber es ist auch möglich, daß ich mein Angebot erhöhe, wenn ich etwas finde, das den Preis wert ist.«

Ich konnte ihr ansehen, wie ihr Gehirn arbeitete. Das war wenigstens eine Sprache, die sie verstand. Sie starrte an mir vorbei über die Straße hinweg auf eine Welt voller Dollarzeichen und Geheimnisse. Plötzlich lächelte sie. Ein halbes Lächeln, das nicht mir galt, sondern einem Gedanken, der ihr durch den Kopf ging.

»Wie kommen Sie darauf, daß an ihrem Tod irgend etwas unklar ist?« fragte sie plötzlich und sah mich wieder an.

»Ich habe nicht gesagt, daß meiner Meinung nach daran etwas unklar ist. Ich sagte, daß ich nicht ganz hindurchsehe. Ich bilde mir kein festes Urteil, solange ich nicht die Leute gesprochen habe, die bei ihrem Tod bei ihr waren. Ist Ihnen aufgefallen, daß sie an einer Herzkrankheit litt?«

»Das ist lange her, Mister«, antwortete sie spöttisch. »Für so etwas habe ich ein schlechtes Gedächtnis. Vielleicht fällt mir inzwischen wieder was ein, wenn Sie heute abend um neun noch mal herkommen. Und es hat gar keinen Zweck, wenn Sie nur mit hundert Dollar kommen. Ich bin jetzt ein großes Mädchen und habe große Ansprüche.«

»Wie groß?« fragte ich liebenswürdig.

»Etwa bei fünf. Dann würde es sich lohnen, daß ich in meinem Gedächtnis suche, aber nicht für einen Nickel weniger.«

Ich tat so, als ob ich mir das überlege.

»Um neun Uhr heute abend?« fragte ich.

»Genau dann.«

»Ich möchte so viel nicht anlegen, ohne sicher zu sein, daß die Informationen es auch wert sind.«

»Wenn ich schon einmal anfange, in meinem Gedächtnis zu wühlen, sollte es mich nicht überraschen, auf ein paar für Sie brauchbare Informationen zu stoßen.«

»Dann komme ich also um neun.«

»Bringen Sie das Geld mit, Mister. Ich will es bar in die Hand.«

»Sicher. Wir wollen hoffen, daß es der Anfang einer schönen Freundschaft wird.«

Sie starrte mich lange und nachdenklich an und schloß dann plötzlich die Tür vor meinem Gesicht. Ich ging langsam die paar Schritte über den Rasen zurück, überstieg das Törchen und setzte mich in den Buick.

Warum neun Uhr? fragte ich mich, als ich auf den Anlasser drückte. Warum nicht jetzt gleich? Natürlich hatte das Geld etwas damit zu tun. Aber sie konnte doch nicht wissen, ob ich nicht fünfhundert Dollar in der Tasche hatte. Sie hatte nicht danach gefragt. Sie war eine geschickte, gerissene Puppe, eine, die in allem Bescheid wußte und aus vier und vier ohne weiteres neun zusammenbrachte. Ich jagte den Buick über die Straße, daß die Tachometernadel um achtzig tanzte, nachdem ich die ersten hundert Meter hinter mir hatte. Am Ende der Straße trat ich wuchtig auf die Bremse, um in die Beach Road einzubiegen, verursachte damit bei dem älteren Herrn, der gerade die Straße überquerte, drei Sorten Herzkrankheiten, richtete den Wagen wieder gerade und fuhr weiter, bis ich einen Drugstore sah. Dort hielt ich an, lief über den Bürgersteig in den Laden und stürzte mich ans Telefon.

Paula beantwortete den Anruf nach dem zweiten Klingeln.

»Hier Universal Services«, sagte sie in ihrer freundlichen, höflichen Stimme. »Guten Abend.«

»Und hier ist dein Kompagnon Vic Malloy. Ich bin in einem Drugstore in Coral Gables. Nimm deinen Wagen, mein kluges Kind, und komm ganz schnell hierher. Wir werden zusammen Händchen halten und schmusen. Wie gefällt dir das?«

Für eine kleine Weile herrschte Schweigen. Ich hätte viel darum gegeben, ihr Gesicht zu sehen.

»Wo bist du genau?« fragte sie nur, und es klang dabei so gleichgültig, als hätte ich sie nach der Zeit gefragt.

»In der Beach Road. Komm so schnell du kannst«, antwortete ich und hängte ein.

Ich ließ den Buick vor dem Drugstore stehen und ging bis zur Ecke der Beach Road. Von dort konnte ich Eudora Drews Häuschen sehen. Ich lehnte mich gegen einen Laternenpfahl und hielt meinen Blick auf ihre Haustür gerichtet.

Neun Uhr. Bis dahin mußte ich drei Stunden warten, und ich wünschte, ich hätte Paula gebeten, ein bißchen Scotch und ein Sandwich mitzubringen, um die Zeit totzuschlagen.

Die nächsten zwanzig Minuten klebte ich an dem Laternenpfahl und ließ das Häuschen nicht aus den Augen. Niemand kam heraus, niemand ging hinein. Mehrere hart aussehende Burschen tauchten aus den anderen Häusern auf, und entweder gingen sie oder fuhren sie fort. Drei Mädchen, alle blond und mit schrillen Stimmen, verließen das Häuschen neben dem Eudoras und kamen die Straße entlang auf mich zugeschlendert. Sie schwangen ihre Hüften und beäugten alles, was Hosen anhatte, das ihnen in Sicht kam. Als sie an mir vorbeikamen, sahen sie auch zu mir herüber, aber ich hielt meine Blicke fest auf das Häuschen gerichtet.

Hübsche Gegend hier, dachte ich. Nicht die Art Straße, über die Mary mit den Kaninchenzähnen von Mrs. Bendix gern spazierengehen würde.

Paulas hübscher, kleiner Zweisitzer kam aus der Princess Street um die Ecke gebraust und auf mich zu. Er hielt am Bordstein, und die Tür flog auf. Paula sah in ihrem hübschen, grauen Kostüm sehr schick, aber leicht tiefgekühlt aus. Sie trug keinen Hut, und ihre braunen Augen musterten mich kritisch.

»Wohin?« fragte sie, nachdem ich mich neben sie gesetzt hatte.

»Fahre hier hübsch langsam weiter und halte an der Biegung. Eudoras Haus ist dieses scheußliche weißblaue Dings da rechts«, erklärte ich. Und als der Wagen fuhr, berichtete ich ihr schnell, was geschehen war. »Ich habe den Verdacht, daß sie mit jemand Verbindung aufnimmt«, schloß ich. »Ich kann mich irren, aber ich glaube, es wird sich lohnen, sie für die nächsten beiden Stunden im Auge zu behalten. Die einzige Methode, das Haus zu beobachten, ohne in der Nachbarschaft einen Aufruhr auszulösen, besteht für uns darin, daß wir Liebespaar spielen. Das ist etwas, was alle hier in der Gegend dulden.«

»Bedauerlich, daß du gerade mich dabei als Partnerin hast«, sagte Paula frostig.

»Nun, Kerman war dafür nicht zu gebrauchen«, sagte ich etwas eingeschüchtert, »aber ich kann dir versichern, es gibt Mädchen, die wären glücklich, wenn sie die Chance hätten.«

»Was kann ich dafür, daß manche Mädchen einen komischen Geschmack haben?« fragte Paula und hielt an der Biegung an. »Ist es hier richtig?«

»Ja. Aber nun verdirb um Gottes willen nicht das Ganze. Von dir wird erwartet, daß es dir auch Spaß macht.« Ich legte meinen Arm um ihren Nacken. Sie ließ ihren Kopf dagegen sinken und starrte mürrisch über die Straße nach dem Häuschen. Ich hätte ebensogut mit einer Schaufensterpuppe schäkern können. »Kannst du nicht ein bißchen mehr Teilnahme zeigen?« fragte ich und versuchte, sie ins Ohrläppchen zu kneifen.

»Vielleicht gefällt das deinen Freundinnen«, tadelte sie kühl und zog den Kopf weg. »Mir nicht. Wenn du das Handschuhfach aufmachst, findest du dort Whisky und ein paar Sandwiches. Das ist für dich wahrscheinlich eine bessere Beschäftigung.«

Ich zog meinen Arm von ihrem Nacken zurück und stürzte mich auf das Handschuhfach.

»Du denkst auch an alles«, sagte ich und kaute schon. »Mein voller Mund ist das einzige, was mich daran hindert, dich jetzt zu küssen.«

»Das weiß ich«, antwortete sie spitz, »darum habe ich sie ja mitgebracht.«

Ich kaute an dem zweiten Sandwich, als eine olivgrüne Dodge-Limousine um die Ecke bog. Ich brauchte nicht ein zweites Mal hinzusehen, um festzustellen, daß es der gleiche olivgrüne Dodge mit dem gleichen Fahrer am Steuer war.

Ich kroch auf dem Sitz in mich zusammen, um nicht gesehen zu werden.

»Das ist der Kerl, der mir nachgefahren ist«, sagte ich zu Paula. »Behalt ihn im Auge und paß auf, wo er hingeht.«

»Er hat vor Eudoras Haus gehalten und steigt jetzt aus.«

Vorsichtig hob ich den Kopf, bis ich über den unteren Rand der Windschutzscheibe spähen konnte. Wie Paula gesagt hatte, hatte der

Dodge vor dem blauweißen Häuschen angehalten. Der große Kerl stieg aus, schlug die Tür mit so viel Wucht zu, daß der Wagen beinahe umfiel, und stampfte über den Rasen zur Haustür. Er klopfte nicht, sondern drückte die Klinke hinunter und marschierte hinein. Ein Mann, der es eilig hatte.

»Und das, mein kluges Kind, ist das, was man einen Riecher nennt«, sagte ich zu Paula. »Ich nahm an, sie würde entweder fortgehen oder telefonieren. Nun, sie hat telefoniert. Und der starke Mann ist zur Beratung erschienen. Es sieht zweifellos so aus, als hätte ich den richtigen Griff getan. Was von jetzt an passiert, muß interessant werden.«

»Was willst du tun, wenn er wieder fort ist?«

»Ich werde zu ihr gehen und ihr sagen, ich hätte die fünfhundert Dollar nicht beschaffen können, und abwarten, wie sie sich verhält.«

Ich war mit dem Sandwich fertig und begann gerade mit dem Whisky, als sich die Tür des Häuschens wieder öffnete und der große Bursche herauskam. Nach der Uhr auf dem Armaturenbrett war er elfeinhalb Minuten in dem Haus gewesen. Er sah nach rechts und links, musterte finster Paulas geparkten Wagen, stand aber zu weit weg, um zu erkennen, wer darin saß, kam gelassen den Pfad herunter, sprang über den Zaun, stieg in den Dodge und fuhr in aller Ruhe davon.

»Nun, das hat nicht lange gedauert«, sagte ich. »Wenn jeder mit seinen Geschäften so schnell zu Rande käme, würde sehr viel mehr geschafft werden. Komm, Schatz, wir können unseren Besuch jetzt gleich machen. Wenigstens fährst du mich bis hin und wartest draußen. Ich möchte sie nicht mißtrauisch machen.«

Paula ließ den Motor an und fuhr vor das Tor des blauweißen Häuschens. Ich stieg aus.

»Vielleicht wirst du Schreie hören, vielleicht auch nicht«, sagte ich. »Wenn ja, mach dir nichts daraus. Das kommt dann nur von dem Eindruck, den meine Persönlichkeit auf Eudora macht.«

»Hoffentlich haut sie dir mit einem Bügeleisen über den Kopf.«

»Das kann schon sein. Sie ist der Typ, bei dem man nie weiß. Ich habe ihn sehr gern.«

Ich kletterte über das Tor und ging die paar Schritte bis zur Haustür. Ich klopfte und wartete, pfiff dabei leise vor mich hin. Nichts geschah. Das Haus war so still wie eine Maus, die eine Katze beobachtet.

Ich klopfte wieder, erinnerte mich plötzlich, wie der große Kerl die Straße auf und ab gesehen hatte und erkannte die finstere Bedeutung, die dahinter stak. Ich faßte die Tür an, sie war aber abgeschlossen. Nun war ich an der Reihe, nach rechts und links die Straße hinunterzuspähen. Von Paula in ihrem Wagen abgesehen, war sie so leer wie das Gesicht eines alten Mannes, der keinen Tabak und kein Geld mehr hat. Ich hob den Klopfer, schlug dreimal fest zu und machte damit einen ziemlichen Lärm. Paula beugte sich aus dem Wagenfenster und runzelte unwillig die Stirn.

Ich wartete. Noch immer regte sich nichts. Die Maus beobachtete nach wie vor die Katze. Schweigen brütete über dem Haus.

»Fahre zur Beach Road hinunter«, sagte ich zu Paula, »und warte dort auf mich.«

Sie ließ den Motor an und fuhr ab, ohne mich anzusehen.

Das ist eines der besonders guten Dinge an Paula. Sie erkennt eine brenzlige Situation, wenn sie vorliegt, und tut, ohne zu fragen, was man ihr sagt.

Wieder sah ich die Straße hinauf und hinunter, fragte mich unbehaglich, ob mich jemand aus einem der Häuser in Sichtweite hinter dem Vorhang versteckt beobachte. Das mußte ich riskieren. Ich schlich um das Haus herum nach hinten. Die Hintertür stand offen. Ich glitt leise heran und spähte in die Küche. Sie präsentierte sich, wie man es in einem Haus, das Eudora Drew bewohnte, nicht anders erwarten konnte. Wahrscheinlich spülte sie nur einmal im Monat. Überall, im Spülbecken, auf dem Tisch, auf den Stühlen und selbst auf dem Fußboden, standen schmutzige Teller, Schüsseln und Gläser. Der Müllkübel war mit leeren Gin- und Whiskyflaschen vollgestopft. Eine Bratpfanne voll angebrannten Fetts, von Schmeißfliegen bedeckt, starrte mir höhnisch vom Spülstein entgegen. Es herrschte ein gut abgestimmter Dunst nach Verfall, Schmutz und saurer Milch. So zu leben war nicht gerade mein Geschmack, aber Geschmäcker sind eben verschieden.

Ich durchquerte die Küche, öffnete die Tür und blickte in den kleinen unordentlichen Gang. Die Türen von dort führten vermutlich ins Wohn- und ins Eßzimmer. Ich schlich zur Tür rechts, sah mehr Unordnung, mehr Staub, mehr verlotterten Haushalt. Eudora war nicht drin. Sie war auch nicht in ihrem Wohnzimmer. Folglich blieben nur die oberen Räume. Leise stieg ich die Treppe hinauf, fragte mich, ob sie vielleicht bade und deshalb nicht auf das Klopfen geantwortet habe, aber es schien mir doch zu unwahrscheinlich. Von ihr war kaum zu erwarten, daß sie plötzlich ein Bad nahm.

Sie war in dem vorderen Schlafzimmer. Der große Kerl hatte gründliche Arbeit geleistet, und sie hatte sich nach besten Kräften gewehrt. Sie lag quer über dem zerwühlten Bett, die Beine gespreizt, ihre Bluse am Rücken aufgerissen. Um ihren Hals war ein rotblauer Seidenschal geknotet — vermutlich ihr eigener. Ihre Augen starrten aus einem blauschwarzen Gesicht heraus, ihre Zunge war von etwas schaumigem Schleim umgeben. Es war kein hübscher Anblick, und sie war auch nicht schnell gestorben.

Ich wendete meine Blicke von ihr ab und sah mich in dem Zimmer um. Nichts war angetastet worden. Es war ebenso unordentlich und verstaubt wie die anderen Räume, und es stank nach abgestandenem Parfüm.

Ich trat still zur Tür, ohne wieder auf das Bett zu sehen, verließ das Zimmer und ging in den Gang. Ich achtete darauf, daß ich nichts berührte, und auf dem Weg hinunter wischte ich mit meinem Taschentuch das Treppengeländer ab. Ich ging in die stinkige, kleine Küche, stieß die Fliegentür auf, die vom Wind zugeweht worden war, ging durch den Garten, stieg über das Tor, schlenderte ohne Hast zu der Stelle, an der Paula auf mich wartete.

Zweites Kapitel

I

Polizeicaptain Brandon saß hinter seinem Schreibtisch und betrachtete mich finster. Er war ein Mann auf der falschen Seite der Fünfziger, klein, neigte zum Fettwerden, hatte eine Mähne dicken Haares, so weiß wie frisch gefallener Schnee, und Augen, die so hart, so freundlich und so ausdruckslos wie die Verschlußkappen von Bierflaschen waren.

Wir bildeten ein interessantes Quartett. Da war Paula, die kühl und unberührt im Hintergrund saß. Da war Tim Mifflin, der an der Wand lehnte, regungslos, nachdenklich und so still wie ein Hundertjähriger, der schlummert. Da war ich, im Stuhl des Ehrengastes vor dem Schreibtisch, und da war natürlich Polizeicaptain Brandon.

Der Raum war groß und luftig und gut möbliert. Auf dem Boden lag ein schöner türkischer Teppich, verschiedene bequeme Sessel standen herum, und ein oder zwei Reproduktionen von Landschaften van Goghs hingen an den Wänden. Der große Schreibtisch stand in der Ecke des Raumes zwischen zwei Fenstern, von denen man einen Überblick über das Geschäftsviertel der Stadt hatte.

Ich war schon früher in diesem Zimmer gewesen und erinnerte mich noch an die kleinen Unerfreulichkeiten, die ich dort erfahren hatte. Brandon liebte mich ebensosehr wie Hiroshima die Atombombe, und ich rechnete wieder mit Unerfreulichkeiten. Das Gespräch hatte nicht sehr glücklich begonnen, und es wurde auch nicht besser. Brandon fingerte schon mit einer Zigarre, ein Trick, der sein Mißvergnügen zu erkennen gab.

»Also gut«, sagte er mit seiner dünnen, ungehaltenen Stimme, »beginnen wir noch einmal von vorn. Sie hatten diesen Brief . . .« Er beugte sich vor und starrte auf Janet Crosbys Brief, als sei das Papier mit Tetanusbakterien infiziert. Er achtete sorgfältig darauf, daß er ihn nicht berührte. »Er ist datiert vom 15. Mai 1958.«

Nun, das bewies wenigstens, daß er lesen konnte. Ich antwortete nichts darauf.

»Mit diesem Brief kamen fünf Hundertdollarnoten. Stimmt's?«

»Stimmt«, bestätigte ich.

»Sie erhielten den Brief am 16. Mai, steckten ihn aber ungeöffnet in Ihre Manteltasche und vergaßen ihn. Erst als Sie den Mantel verschenkten, wurde er wiedergefungen. Stimmt's?«

»Stimmt.«

Er sah stirnrunzelnd auf die Zigarre hinunter, legte sie dann unter seine breite, fette Nase.

»Eine sehr tüchtige Art der Geschäftsführung.«

»So etwas kann passieren«, entgegnete ich kurz. »Ich erinnere mich noch genau. Während des Tetzi-Prozesses verlegte die Polizei ...«

»Wir reden hier nicht vom Tetzi-Prozeß«, unterbrach mich Brandon mit einer Stimme, mit der man Schinken schneiden konnte. »Wir reden von diesem Brief hier. Sie gingen also zum Haus der Crosbys, in der Absicht, Miss Maureen Crosby aufzusuchen. Stimmt's?«

»Ja«, antwortete ich. Ich bekam das alles langsam satt.

»Aber sie konnten sie nicht sprechen, weil sie krank ist, und darum mußten Sie Ihre Nase noch tiefer in diese Geschichte stecken, indem Sie Miss Janet Crosbys Zofe aufsuchten. Stimmt's?«

»Wenn Sie es so nennen wollen, ich habe nichts dagegen.«

»Ist das richtig oder nicht?«

»Doch, doch, sicher.«

»Diese Person Drew sagte, sie verlange fünfhundert Dollar, ehe sie Auskünfte gebe. Das behaupten Sie. Und so ganz glaube ich es noch nicht. Sie beobachteten das Haus, und nach einiger Zeit fuhr ein olivgrüner Dodge vor, und ein großer Mann ging in das Haus. Er blieb etwa zehn Minuten darin, ehe er wieder herauskam. Dann gingen Sie hinein und fanden sie tot. Stimmt's?«

Ich nickte.

Er entfernte die Bauchbinde von der Zigarre und griff nach Streichhölzern. Während der ganzen Zeit starrte er mich mit seinen Bierflaschenverschlußaugen unverwandt an.

»Sie behaupten, der Dodge gehört Dr. Salzer«, sagte er und riß ein Streichholz an seiner Schuhsohle an.

»Das sagt Mifflin. Ich bat ihn, die Nummer nachzuprüfen.«

Brandon sah zu Mifflin hinüber, der mit leeren Blicken die gegenüberliegende Wand betrachtete.

»Eine halbe Stunde, nachdem Malloy Sie anrief und nach dem Besitzer des Wagens fragte, erhielten Sie von Dr. Salzer die Meldung, daß der Wagen gestohlen worden sei. Das stimmt doch auch, nicht wahr?«

»Jawohl, Sir«, antwortete Mifflin mit steinernem Ausdruck.

Brandons Blicke kamen in meine Richtung zurück.

»Haben Sie das gehört?«

»Gewiß.«

»Also gut.« Brandon hielt das brennende Streichholz an seine Zigarre und zog den Rauch ein.

»Solange Sie das begreifen und solange Sie sich keinen wilden Phantastereien über Dr. Salzer hingeben, ist es gut. Vielleicht wissen Sie es nicht, aber Dr. Salzer ist ein sehr angesehener und ehrenwerter Bürger dieser Stadt. Und ich lasse nicht zu, daß er von Ihnen oder Ihresgleichen belästigt wird. Haben Sie das verstanden?«

Ich zupfte nachdenklich an meiner Nase. Das kam unerwartet.

»Gewiß«, sagte ich.

Er blies mir über den Schreibtisch Rauch ins Gesicht.

»Ich kann Sie nicht leiden, Malloy, und ich kann Ihr stinkiges, kleines Unternehmen auch nicht leiden. Vielleicht hat es seinen Nutzen, aber ich bezweifle es. Ich bin verdammt sicher, daß Sie ein Stänkerer sind. Sie haben vor ein paar Monaten erst in der Sache Cerf genug Dreck aufgerührt, und wenn Sie nicht so aalglatt gewesen wären, hätten Sie sich damals viel Ärger gemacht. Miss Janet Crosby ist tot.« Er beugte sich vor, um noch einmal auf den Brief zu sehen. »Die Crosbys waren und sind eine sehr wohlhabende und einflußreiche Familie, und ich lasse nicht zu, daß sie Ihretwegen Ungelegenheiten hat. Sie haben keinen rechtlichen Anspruch auf die fünfhundert Dollar, die Miss Crosby Ihnen geschickt hat. Sie werden sie ihrem Nachlaßverwalter aushändigen — sofort. Sie werden Miss Maureen Crosby nicht behelligen. Wenn sie Ärger mit Erpressern hat — was ich bezweifle — dann kommt sie zu mir, falls sie Hilfe braucht. Sie haben mit der Angelegenheit nichts zu tun. Und wenn ich feststelle, daß Sie sich mausig machen, werde ich zu Maßnahmen greifen, um Sie dort hinzubringen, wo Sie für sehr lange Zeit niemand mehr lästig fallen können. Haben Sie das verstanden?«

Ich grinste ihn an.

»Langsam fange ich an«, antwortete ich und beugte mich vor, um zu fragen: »Wieviel spendet Ihnen Salzer denn für Ihren Sportfonds, Brandon?«

Das fette weiße und rosa Gesicht nahm eine trübgrünliche Färbung an. Die Bierflaschenverschlußaugen glitzerten wie zersplittertes Glas.

»Ich warne Sie, Malloy«, sagte er mit einem Grollen in der Stimme. »Meine Leute wissen, wie man Strolche wie Sie behandelt. Eines Nachts wird man Sie verprügelt in einer dunklen Seitengasse finden. Lassen Sie Ihre Hände von den Crosbys und von Salzer. Und jetzt raus!«

Ich stand auf.

»Und wieviel bezahlen Ihnen die Crosbys für Ihren Wohlfahrtsfonds, Brandon?« fragte ich. »Wieviel steckte Ihnen der alte Crosby zu, damit Sie Maureens Autounfall vor zwei Jahren, bei dem ein Mann getötet wurde, vertuschten? Ehrenwert und angesehn? Daß ich nicht lache. Salzer ist so ehrenwert und angesehen wie Delmonicos Rausschmeißer. Wie kam es, daß er Macdonald Crosbys Sterbeurkunde unterschrieb, obwohl er nicht einmal approbierter Arzt ist?«

»Hinaus!« sagte Brandon sehr leise.

Wir starrten uns vielleicht den größten Teil von vier Sekunden an, dann zuckte ich mit den Schultern, drehte ihm den Rücken zu und ging zur Tür.

»Komm, Paula, gehen wir, ehe wir hier ersticken«, sagte ich und riß die Tür auf. »Vergiß die Bemerkung über das dunkle Gäßchen nicht. Es ist für mich das gleiche Vergnügen, einen Polizeicaptain wegen Überfalls anzuzeigen wie irgendeinen anderen.«

Ich stampfte hinter Paula durch den langen Gang. Mifflin kam hinter uns her, wie einer, der mit genagelten Schuhen zwischen Eiern herumläuft.

Er holte uns am Ende des Ganges ein.

»Warte einen Augenblick«, sagte er. »Komm hier hinein«, und öffnete die Tür zu seinem Büro.

Wir gingen hinein, weil wir beide, Paula und ich, Mifflin ganz gern mochten und er uns außerdem zu nützlich war, als daß wir ihn verstimmen wollten. Er schloß die Tür und lehnte sich dagegen. Sein rotes, fleischiges Gesicht war verärgert.

»Das war eine feine Art, mit Brandon zu reden«, warf er mir erbittert vor. »Bist du denn ganz und gar von Gott verlassen, Vic? Du weißt genausogut wie ich, daß du auf diese Weise nicht weit kommst.«

»Du hast ganz recht, Tim, aber mir platzte einfach der Kragen«, gab ich zu.

»Ich hätte dich ja gewarnt, ich kam bloß nicht mehr dazu. Du weißt doch genau, daß Brandon dich nicht ausstehen kann.«

»Ja, ja, das weiß ich, aber was sollte ich tun. Ich mußte ihm doch die Geschichte erzählen. Und was bedeutet ihm schon Salzer.«

Mifflin hob resigniert die Schultern. »Salzer ist bei der Polizei gut angeschrieben. Ja, ja, ich weiß schon, sein Sanatorium ist ein undurchsichtiger Laden, aber gesetzwidrige Handlungen sind ihm nicht nachzuweisen.« Er senkte die Stimme und fuhr fort: »Wo, bildest du dir ein, hat Brandon denn seinen Cadillac her? Dazu reicht das Gehalt eines Polizeicaptains nicht aus. Und noch etwas: Maureen Crosby hat für Brandons Sohn das Collegestudium bezahlt. Und sie kommt auch für die Arztrechnungen für Brandons Frau auf. Du hast dir ausgerechnet zwei von Brandons wichtigsten Gönnern ausgesucht.«

»Ich dachte mir schon, daß hinter Brandons Wut etwas Derartiges steckte. Aber hör zu, Tim. Hat Salzer seinen Wagen tatsächlich als gestohlen gemeldet?«

»Ja. Ich habe selbst mit ihm am Telefon gesprochen.«

»Und was willst du nun wegen dieses Mordes unternehmen? Alles oder gar nichts?«

»Selbstverständlich werden wir den Burschen finden. Ich weiß, was du denkst, Vic. Aber du irrst dich. Salzer ist zu gerissen, um sich auf so etwas Riskantes wie Mord einzulassen. Den kannst du streichen.«

»Also gut.«

»Und sei vorsichtig. Die Warnung vor den Prügeln war keine leere Drohung. Du wärest nicht der erste und bist bestimmt nicht der letzte, der von hinten ein paar über den Kopf bekommt, weil Brandon ihn nicht leiden kann. Ich warne dich. Passe auf.«

»Danke, Tim, das werde ich. Aber keine Angst, ich weiß mich zu wehren.«

Mifflin rieb sich mit dem Handrücken über seine unförmige Nase. »Das ist nicht so einfach, wie du dir denkst. Sobald du dich wehrst, bekommst du eine Anzeige wegen Widerstands gegen die Staatsgewalt angehängt. Sie werden die Anschuldigung gegen dich fälschen und dich festnehmen, und dann kannst du wirklich etwas erleben.«

Ich klopfte ihm auf den Arm. »Keine Sorge. Ich mache mir auch keine. Sonst noch was?«

Mifflin schüttelte den Kopf. »Sei höllisch vorsichtig«, warnte er noch einmal, öffnete die Tür seines Büros und spähte nach rechts und links in den Korridor, um sich zu vergewissern, daß die Luft rein war. Dann winkte er uns hinaus.

Wir gingen die Treppe hinunter in die Halle. Zwei große Kriminalbeamte in Zivil lungerten in der Nähe der Doppeltür. Der eine von ihnen hatte brandrotes Haar und ein bleiches, schwammiges Gesicht. Der andere war dünn und sah so hart wie ein rostiges Stück Gußstahl aus. Sie musterten uns beide gründlich und nachdenklich, und der Rothaarige spuckte genau in den sechs Meter entfernten Spucknapf.

Wir gingen an ihnen vorbei, die Stufen hinunter und traten auf die Straße.

II

Hinter dem Orchid Building liegt eine schmale Sackgasse, die in erster Linie als Parkplatz für die Wagen der Mitarbeiter der Firmen bestimmt ist, die in dem Gebäude ihr Büro haben. Und am hintersten Ende der Sackgasse liegt Finnegans Bar.

Mike Finnegan ist ein alter Freund von mir. Es ist nützlich, ihn zu kennen, denn er besitzt Kontakt mit den meisten Ganoven und Vorbestraften, die nach Orchid City kommen, und er hat eine Ahnung von den meisten krummen Dingern, die gedreht werden sollen. Vor ein paar Jahren kam ich zufällig zu einer Auseinandersetzung zwischen Finnegan und drei Raufbolden, die Finnegan unbedingt mit einer abgebrochenen Whiskyflasche an den Kragen wollten. Finnegan schien zu glauben, daß diesen dreien das auch gelungen wäre, wenn ich nicht dazwischengekommen wäre, und zeigte sich in einer Weise dankbar, die mir schon peinlich wurde.

Aber außer einer wichtigen Informationsquelle war Finnegans Bar ein geeigneter Platz, um sich nachmittags zu treffen, und ich vermutete, daß ich Kerman dort finden würde. Ich parkte den Buick vor der Tür und ging mit Paula hinein.

Es war kurz nach elf, und nur ein paar Nachzügler hockten vor der Bar. Jack Kerman saß, wie zu erwarten, an einem Ecktisch, vor sich eine Zeitung ausgebreitet und eine Flasche Scotch in bequemer Reichweite. Er sah auf und winkte.

Während wir durch das Lokal gingen, nickte ich Finnegan zu, und er antwortete mit einem breiten Zähnefletschen. Finnegan hätte auf einer Schönheitskonkurrenz nie Chancen gehabt. Er hatte die Figur eines Gorillas, und sein gegerbtes und zernarbtes Gesicht war ebenso häßlich wie humorvoll. Er sah etwa wie eine Kreuzung zwischen King Kong und einem Zehntonnenlaster aus.

Kerman stand auf und verbeugte sich zeremoniell vor Paula.

»Es ist nicht zu glauben, dich in einer Kneipe von dieser Sorte zu sehen«, sagte er. »Erzähle mir nur nicht, daß du deine Sauertöpfigkeit und deine Hemmungen im Büro im Safe versteckt hast.«

»Halt den Mund, Jack«, sagte ich und setzte mich. »Es tut sich was. Ehe ich's dir erzähle: hast du mir etwas mitzuteilen?«

Noch bevor er antworten konnte, trat Finnegan an unseren Tisch.

»'n Abend, Mr. Malloy, 'n Abend, meine Dame.«

Paula lächelte ihm zu. »Noch ein Glas, Mike«, sagte ich. »Ich werde Kerman mit dem Scotch helfen.« Ich sah Paula fragend an. »Kaffee?«

Sie nickte.

»Und Kaffee für Miss Bensinger.«

Nachdem Finnegan das Glas und den Kaffee gebracht hatte und wieder hinter die Bar getreten war, sagte ich: »Nun schieß los.«

»Ich sprach mit Joan Parmetta«, fing Kerman an und rollte mit den Augen. »Sehr hübsch, sehr berückend.« Er zeichnete mit beiden Händen Kurven in die Luft. »Wenn der Butler nicht dauernd seine dumme Nase hereingesteckt hätte, wäre vielleicht eine schöne Freundschaft daraus geworden.« Er seufzte. »Es ist mir ein Rätsel, was Frauen an mir so anziehend finden.«

»Deinen Mangel an Intelligenz«, belehrte ihn Paula, ohne zu zögern. »Frauen empfinden es als eine angenehme Abwechslung, mal einen Mann zu treffen, der sie nicht in Grund und Boden redet.«

»Jetzt Schluß damit«, sagte ich scharf, als sich Kerman langsam von seinem Stuhl erhob und die Hand nach der Whiskyflasche ausstreckte. »Mich interessiert nicht, wie sie aussah. Ich will wissen, was sie über Janet sagte.«

Kerman setzte sich wieder und starrte Paula finster an.

»Sie sagte, sie sei fassungslos gewesen, als sie hörte, daß Janet ausgerechnet an einem Herzleiden starb. Noch zwei Tage vorher spielten sie zusammen Tennis und waren auf einer Tanzerei. Das klingt mir nicht nach einer Herzkrankheit.«

»Sonst noch etwas?«

»Ich fragte sie nach diesem Sherrill. Er befindet sich übrigens nicht in der Stadt; darum habe ich ihn nicht gefunden. Joan Parmetta sagte, daß Janet in Sherrill wahnsinnig verliebt gewesen war. Die beiden steckten viel zusammen. Dann erschien plötzlich, eine Woche vor dem Tod von Macdonald Crosby, Sherrill nicht mehr im Haus der Crosbys, und die Verlobung wurde gelöst. Es wurde kein Grund dafür angegeben, und nicht einmal Joan, die mit Janet eng befreundet war, kam hinter die Geschichte, obwohl sie es versuchte. Janet behauptete, sie hätten Meinungsverschiedenheiten gehabt und sie wolle nicht darüber reden.«

»Sagte sie, was für ein Typ dieser Bursche ist?«

Kerman hob die Schultern. »Sie hat ihn nur ein paarmal gesehen. Sie sagte, er sehe gut aus, aber sie wußte nicht, welchen Beruf er ausübte und ob er Geld hatte oder nicht. Er besitzt ein Haus an der Rossmore Avenue. Klein, aber hübsch. Ein chinesisches Hausmädchen führt seinen Haushalt.« Er warf einen Handkuß zur Decke. »Sie ist auch hübsch. Allerdings habe ich nicht viel aus ihr herausbekommen. Sie hatte auch keine Ahnung, wann er zurückkäme. Dieser Bursche lebt nicht schlecht und muß irgendwo einen Haufen Geld machen. In der Garage stand ein Cadillac, so groß wie ein Schlachtkreuzer, und der Garten sah so aus, als ob er viel Geld hineingesteckt hätte. Er hat auch ein Schwimmbassin und das übliche üppige Drum und Dran. Alles nicht sehr groß, aber dafür sehr, sehr schick.«

»Ist das alles?«

Kerman nickte.

Ich berichtete ihm kurz von meinem Besuch bei Eudora Drew, wie der große Kerl aufgetaucht war, von dem Mord und meiner Begegnung mit Brandon. Während er zuhörte, wurden seine Augen größer und größer, und er vergaß zu trinken.

»Ach, du Grundgütiger«, brach er aus, als ich geendet hatte. »Allerhand für einen Abend. Und was tun wir jetzt? Lassen wir unsere Finger davon?«

»Ich weiß nicht«, antwortete ich und goß mir wieder ein. »Das Geld müssen wir natürlich zurückgeben. Deshalb müssen wir feststellen, wer den Nachlaß verwaltet. Ich wette, es ist nicht Maureen selbst. Sie muß Rechtsanwälte oder irgendeinen Vertreter haben, der sich um ihre Geldangelegenheiten kümmert. Vielleicht ist das aus Crosbys Testament ersichtlich. Ich möchte auch einen Blick in Janets Testament werfen. Ich will wissen, ob sie Eudora Geld vermacht hat. Wenn nicht, wo bekam Eudora dann ihr Geld her? Ich will noch nicht sagen, daß wir den Fall nicht weiter verfolgen, will aber auch nicht sagen, daß wir es tun. Wir wollen erst noch ein paar Fakten ausfindig machen und uns dann entscheiden. Wir müssen dabei sehr vorsichtig vorgehen, denn Brandon kann uns die Hölle heiß machen.«

»Aber wenn wir das Geld zurückgeben, ist der Fall für uns erledigt«, sagte Paula. »Es hat keinen Sinn, umsonst zu arbeiten.«

»Ich weiß«, antwortete ich, »trotzdem interessiert mich diese geschichte. Und außerdem gefällt es mir nicht, von Brandon Befehle entgegenzunehmen.« Ich leerte mein Glas und schob meinen Stuhl zurück. »Nun, wir gehen jetzt wohl am besten nach Hause. Ich habe Schlaf dringend nötig.«

Kerman streckte sich, gähnte und stand auf.

»Mir fällt gerade ein, daß ich morgen die Hofflin-Kinder nach Hollywood begleiten muß« sagte er und zog eine Grimasse. »Eine persönliche Führung durch die Paramount Studios. Wenn nicht die Chance bestände, dabei Jane Mansfield zu sehen, könnte ich auf die Bäume klettern. Vor diesen drei Gören graule ich mich.«

»In Ordnung«, sagte ich. »Aber morgen nachmittag bist du zurück?«

»Ja, falls ich es heil und gesund überstehe.«

»Bis dahin werde ich mich entschieden haben, wie wir uns verhalten. Falls wir weitermachen, müssen wir schnell und unauffällig handeln. Wartet einen Moment, ich muß schnell noch etwas mit Mike besprechen.«

Ich trat an die Bar, hinter der Finnegan träge Gläser polierte. Ein alter Gent mit einem blonden Mädchen verließ gerade das Lokal. Die Blonde warf mir unter ihren dressierten Wimpern einen Blick zu und blinzelte. Ich blinzelte zurück.

Als sie außer Hörweite waren, sagte ich: »Da hat mich heute ein Bursche beschattet, Mike. Groß, mit einer Boxerfigur, zerschlagene Nase und rechts ein Blumenkohlohr, trägt einen lohfarbenen Hut mit einem karierten Band. Raucht Zigarren und sieht aus, als könne er rostige Nägel fressen. Hast du den je gesehen?«

Mike rieb das Glas in seiner Hand, hob es blinzelnd gegen das Licht. Dann stellte er es behutsam in das Regal.

»Klingt wie Benny Dwan. Du kannst sicher sein, daß es Benny ist, wenn er nach Knoblauch stinkt.«

»So nahe bin ich nicht an ihn herangekommen, um das zu riechen. Wer ist Benny Dwan?«

Mike nahm ein neues Glas, spülte es unter dem Hahn ab und begann es zu polieren. Er konnte aufreizend umständlich sein, wenn er Fragen beantwortete. Er dachte sich dabei nichts Besonderes, es war eben so seine Art.

»Ein harter Brocken«, sagte er, musterte mit zusammengekniffenen Augen das Glas und polierte weiter. »Hat einen Posten in Salzers Sanatorium. Er war ein kleiner Spieler, ehe er bei Salzer eintrat. Hat fünf Jahre für einen Raubüberfall im Jahre 1948 auf dem Buckel. Angeblich hat er sich jetzt zurückgezogen, aber das bezweifle ich.«

»Was macht er denn in Salzers Sanatorium?«

Mike hob die Schultern. »Alles mögliche. Wäscht die Wagen, hilft im Garten und derartiges.«

»Das ist wichtig, Mike. Wenn es Dwan ist, hat er einen Mord auf dem Hals.«

Mike spitzte seine dicken Lippen zu einem lautlosen Pfeifen. »Das ist ihm zuzutrauen. In der Rolle habe ich ihn schon gesehen.«

Ich beschrieb ihn noch einmal sorgfältig, bis ins einzelne gehend.

»Ja«, sagte Mike. »das klingt ganz so, als ob er es wäre. Man sieht ihn nie ohne die Zigarre, und seine Nase und sein rechtes Ohr sind schwer zerschlagen. Er muß es sein.«

Ich empfand eine gewisse Aufregung. »Nun, danke, Mike.«

Ich ging zu den beiden wieder zurück, die mich von der anderen Seite des Lokals beobachtet hatten.

»Mike hat den großen Kerl identifiziert«, erklärte ich ihnen. »Er heißt Benny Dwan, und ratet mal, wo er arbeitet: Bei Salzer.«

»Ist es nicht bewundernswert, wie du das so rausfindest?« sagte Kerman grinsend. »Und was tun wir jetzt?«

»Geben Mifflin einen Tip«, antwortete ich. »Wartet bitte noch einen Augenblick, ich werde ihn anrufen.«

Auf dem Headquarters erfuhr ich, daß Mifflin schon nach Hause gegangen sei. Ich schlug seinen Privatanschluß nach und rief dort an. Nach einiger Zeit meldete sich Mifflin verschlafen und ungeduldig.

»Hier Malloy«, sagte ich. »Tut mir leid, daß ich dich geweckt habe, Tim, aber ich bin jetzt ziemlich sicher, daß ich den Kerl, der Eudora Drew ausgelöscht hat, identifizieren kann.«

»Wirklich?« Mifflins Stimme klang lebhafter. »Wer ist es denn?«

»Er heißt Benny Dwan. Und paß auf, Tim, er arbeitet für Salzer. Wenn ihr sofort zum Sanatorium hinausfahrt, könnt ihr ihn vielleicht schnappen.«

Es folgte ein langes, schweres Schweigen. Ich wartete grinsend und stellte mir Mifflins Gesichtsausdruck vor.

»Salzer?« fragte er schließlich. Seine Stimme klang, als hätte er den Mund voller heißer Kartoffeln.

»Ganz richtig. Brandons lieber Freund.«

»Bist du deiner Sache ganz sicher?«

»Klar. Auf jeden Fall kann ich ihn für dich identifizieren, und Paula auch. Das tun wir gern.«

»Willst du das?« Seine Stimme klang unentschlossen und zögernd.

»Gewiß. Natürlich kann es sein, daß Salzer das übelnimmt, aber wer macht sich was aus Salzer, von Brandon abgesehen?«

»Zum Teufel«, sagte Mifflin aufgebracht. »Ich muß mit Brandon darüber reden. Das nehme ich nicht allein auf meine Kappe.«

»Nur zu, sprich mit ihm, aber vergiß nicht, ihm zu sagen, daß ich den Nachtredakteur des *Herald* anrufe und dem die Geschichte gebe. Ich möchte nicht, daß Dwan euch durch die Lappen geht, nur weil Brandon seinen lieben Freund nicht kränken will.«

»Tu das bloß nicht«, schrie Mifflin. »Hör zu, Vic, laß dich um Himmels willen nicht mit der Presse ein. Das ist etwas, worin Brandon gar keinen Spaß versteht.«

»Schade, aber gerade das werde ich tun. Sag ihm das und mach dich auf die Jagd nach Dwan, sonst bekommst du die Presse auf den Hals. Mach's gut, Tim«, und während er immer noch schrie, hängte ich ein.

Paula und Kerman waren in die Nähe des Telefons gekommen und hatten mir zugehört.

»Hast du ihn aus seiner Ruhe aufgescheucht?« fragte Kerman und rieb sich die Hände.

»Nur ein kleiner Schreck in der Abendstunde. Sie scheinen nicht sehr begierig zu sein, Salzer mißzustimmen.« Ich wählte, wartete, und als sich eine männliche Stimme mit *Herald* meldete, bat ich, mit dem Nachtredakteur verbunden zu werden.

Ich brauchte nur zwei Minuten, um ihm den Fall zu berichten. Er stürzte sich darauf, wie sich ein ausgehungerter Mann auf ein Fünfgängemittagessen stürzt.

»Salzer hat Brandon ein bißchen verwöhnt«, erklärte ich. »Mich sollte es nicht überraschen, wenn er versucht, die Geschichte zu vertuschen.«

»Meine Schuld ist es nicht, wenn ihm das gelingen sollte«, antwortete der Nachtredakteur mit einem boshaften Lachen. »Danke, Malloy, ich habe schon lange nach einem Knüppel gesucht, um die Ratte totzuschlagen. Überlassen Sie es nur mir. Ich mache ihn fertig.«

Ich hängte ein und trat aus der Zelle.

»Ich habe so eine Ahnung, als hätte ich Ärger angezettelt«, sagte ich, »und wenn ich recht habe, wird Brandon heute nacht nichts Erfreuliches träumen.«

»Wie schändlich«, meinte Kerman mitfühlend.

III

Wenn man den Orchid Boulevard entlang nach Norden fährt, den Santa Rosa Park hinter sich läßt, erreicht man schließlich eine schmale Straße, die in die Sanddünen und zu meinem Häuschen führt.

Als Heim ist es nicht besonders aufregend, aber es liegt wenigstens außer Hörweite der benachbarten Radios, und es gibt niemand, der Anstoß daran nimmt, wenn man im Bad jodelt. Es ist ein Vier-Zimmer-Bungalow aus knorrigen, kanadischen Fichten mit einem Garten in der Größe eines Taschentuchs und wird von Toni, meinem Filipinoboy, einigermaßen in Ordnung gehalten. Hundert Meter vor meiner Haustür erstreckt sich der blaue Pazifische Ozean, und dahinter und rechts und links davon steht Gebüsch und ein Halbkreis blauer Palmettopalmen. Es ist so einsam und so still wie ein Armengrab, aber mir gefällt es. Ich wohne und schlafe dort seit über fünf Jahren und lege keinen Wert darauf, woanders zu wohnen oder zu schlafen.

Nachdem ich Finnegans Bar verlassen hatte, fuhr ich über die sandige Straße nach Hause. Es war zwanzig Minuten vor Mitternacht. Am Himmel hing wie eine Wassermelone ein großer Mond, und seine harten, weißen Strahlen erhellten das Gebüsch und den Sand wie ein Scheinwerfer. Die See sah wie ein schwarzer Spiegel aus. Die Luft war heiß und ruhig. Wenn ein blondes Mädchen in der Nähe gewesen wäre, hätte es eine romantische Nacht sein können.

Morgen, sagte ich mir, während ich dahinfuhr, steht ein arbeitsreicher Tag bevor. Paula hatte versprochen, sowohl Macdonalds als Janet Crosbys Testament einzusehen, sobald die Dienststellen im County Building öffneten. Ich wollte Schwester Gurney noch einmal aufsuchen und feststellen, wer Maureen Crosbys Rechtsanwalt war, und mit ihm sprechen. Wenn möglich, wollte ich weitere Informationen über Douglas Sherrill sammeln. Wenn die Testamente nichts von Interesse ergaben und wenn Maureens Rechtsanwalt gegen die Art ihrer Behandlung nichts einzuwenden hatte und wenn sich an Douglas Sherrill keine dunklen Punkte fanden, war ich entschlossen, die fünfhundert Dollar zurückzugeben und den Fall als erledigt zu betrachten. Aber im stillen war ich fest überzeugt, daß ich die Angelegenheit nicht fallenlassen würde, obwohl ich bereit war, zuzugeben, daß ich meine Zeit damit vergeudete.

Ich fuhr vor dem Holzschuppen vor, der mir als Garage dient, watete durch den warmen, weichen Sand, um die Tür zu öffnen. Dann stieg ich in den Buick zurück, fuhr ihn hinein, stellte den Motor ab und blieb sitzen, um mir eine Zigarette anzuzünden. Dabei sah ich zufällig in den Rückspiegel und bemerkte in den vom Mond beschienenen Büschen eine Bewegung.

Ich schnippte das Streichholz aus, blieb ganz ruhig sitzen und beobachtete das Gebüsch im Spiegel. Ich schätze, es war etwa fünfzig Meter entfernt, unmittelbar hinter dem Wagen. Wieder bewegte es sich. Zweige wurden gebeugt und zitterten und wurden wieder völlig ruhig.

Es ging kein Wind, folglich gab es auch keinen Grund, weshalb die Büsche sich bewegen sollten. Kein Vogel war groß genug, um die Zweige so stark in Schwingung zu versetzen. Und mir schien, daß jemand — ein Mann oder vielleicht eine Frau — sich hinter ihnen verbarg und die Zweige entweder zur Seite geschoben hatte, um besser zu sehen, oder aus dem Gleichgewicht gekommen war und sich daran einen Halt suchte.

Das gefiel mir nicht. Leute verstecken sich nicht in Gebüschen, es sei denn, sie führen Böses im Schilde. Paula hatte mir schon oft auseinandergesetzt, daß der Bungalow gefährlich einsam lag. In meinem Gewerbe macht man sich Feinde. Und es hatte eine ganze Reihe gegeben, die mir bei dieser oder jener Gelegenheit gedroht hatten, mich kaltzumachen. Ich streckte die Hand aus und zerdrückte meine Zigarette. Der Ort war für jeden mit bösen Absichten verführerisch abge=

legen. Man hätte hier einen kleinen Krieg anfangen können, ohne daß jemand es hörte, und ich dachte voller Bedauern an meinen achtunddreißiger Police Special in meinem Garderobenschrank.

Nachdem ich den Motor abgestellt hatte, hatte ich auch die Scheinwerfer ausgeschaltet, und in der Garage war es pechfinster. Wenn derjenige, der in den Büschen lauerte, etwas beabsichtigte, dann war der Augenblick, wenn ich aus der Garage in das Mondlicht trat, um die Tür zu schließen, der geeignetste. Bei der Beleuchtung und aus der Entfernung konnte ich als Ziel nicht verfehlt werden.

Wenn ich den sich Versteckenden überraschen wollte, mußte ich schnell handeln. Je länger ich im Wagen sitzenblieb, um so wachsamer und argwöhnischer mußte er werden — falls es ein Er war. Und wenn ich nicht in Erscheinung trat, konnte er vielleicht anfangen, von hinten auf den Wagen loszuschießen, in der Hoffnung, mich damit zufällig zu erwischen, immer unter der Voraussetzung, daß er eine Waffe hatte, was ich inbrünstig nicht hoffte.

Ich öffnete die Wagentür und glitt in die Dunkelheit hinaus. Von dort, wo ich stand, konnte ich eine Strecke des Strandes, das dichte Gebüsch und die Bäume im Mondlicht überraschend scharf erkennen. Es wäre Wahnsinn, in das gleißende, weiße Licht hinauszutreten, und das hatte ich auch nicht vor. Ich schlich tiefer in den Schuppen hinein und strich mit der Hand über die rauhen Planken der Rückwand. Vor einiger Zeit war ich nach einer durchfeierten Nacht mit Jack Kerman etwas zu schnell in die Garage hinein und beinahe durch sie hindurchgefahren. Ich wußte, daß ein Teil der losgerissenen Bretter nicht wieder festgenagelt worden war, und meine Absicht war nun, dort eine Öffnung zu machen und mich hinauszuschleichen.

Ich fand eine lockere Planke und drückte gegen sie. Während der ganzen Zeit ließ ich das Gebüsch nicht aus den Augen. Nichts regte sich dort. Wer sich hinter den Büschen auch versteckte, der Betreffende verhielt sich sehr, sehr still. Die Planke gab unter meinem Druck nach. Ich drückte etwas stärker und zwängte mich dann seitlich durch den Spalt. Hinter der Garage lag eine Sandfläche, dann kamen wieder Büsche. Ich flitzte über den Sand und erreichte, ohne ein Geräusch zu machen, eine Deckung, kam dabei aber ziemlich außer Atem. Für diese Art Übung war es reichlich warm, und keuchend kauerte ich mich in den Sand, um zu überlegen.

Das Vernünftigste wäre, hinten herum zum Bungalow zu kriechen, mich außer Sicht zu halten, ins Haus zu schleichen und die Achtunddreißiger aus dem Garderobenschrank zu holen. Wenn ich die erst einmal hatte, fühlte ich mich in der Lage, es mit jedem aufzunehmen, der es sich in den Kopf gesetzt hatte, Ärger zu machen. Ein Schuß aus meinem Schlafzimmerfenster, einen halben Meter über das Gebüsch hinweg, mußte genügen, jeden, der dort lauerte, sehr vorsichtig werden zu lassen.

Der einzige Haken an diesem Plan war, daß der Versteckte vielleicht vermutete, ich hätte ihn bemerkt, weil ich noch nicht aus der Garage gekommen war, und sich vielleicht in dieser Richtung vorschlich, um mir den Weg abzuschneiden. Andererseits konnte er denken, ich sei immer noch in der Garage und hätte Angst, herauszukommen, und war bereit zu warten, bis ich schließlich doch käme.

Ich erhob mich leise auf die Füße und begann mit eingezogenem Kopf auf das Haus zuzuschleichen, wobei ich mich hinter Büschen deckte und vorsichtig auftrat. Soweit Büsche standen, war das alles schön und gut. Aber zehn Meter vor mir hörten sie auf, und dort lag eine etwa sieben Meter breite Lücke. Diese Lücke wirkte entmutigend leer, und das Mondlicht schien sich auf sie zu konzentrieren. Inzwischen war ich auch aus der Deckung des Schuppens herausgekommen. Der Beobachter in dem Gebüsch mußte mich unbedingt sehen, wenn ich dieses offene Stück überquerte.

Ich kroch weiter, bis ich es fast erreicht hatte, hielt dann inne und spähte durch das Gebüsch. Das einzig Tröstliche in der neuen Lage war, daß ich den Abstand zwischen dem Gebüsch, in dem ich die Bewegung bemerkt hatte, und mir erheblich vergrößert hatte. Statt fünfzig Meter war ich jetzt fast hundert davon entfernt, und ein sich bewegendes Ziel, selbst ein so großes wie mich, auf diese Entfernung zu treffen, verlangte einen sicheren Scharfschützen. Ich entschloß mich, etwas zu wagen. Ich nahm meinen Hut ab, faßte ihn an der Krempe und ließ ihn auf das Gebüsch zu durch die Luft segeln, in der Hoffnung, er würde die Aufmerksamkeit von mir ablenken. Ehe er zu Boden fiel, sprang ich auf und rannte los.

Auf festem Grund schnell zu laufen ist einfach. Aber wenn man bis zu den Knöcheln im weichen Sand versinkt, ist Laufen etwas ganz anderes. Mein Körper schoß vor, aber meine Füße blieben mehr oder weniger an der gleichen Stelle. Wenn mein Hut, der durch das Mondlicht segelte, nicht eine Ablenkung geboten hätte, hätte ich eine tote Ente sein müssen.

Ich landete auf Händen und Knien, rappelte mich irgendwie weiter und sprang auf die Deckung zu. Die Stille der Nacht wurde durch den Knall eines Schusses zerrissen. Das Geschoß zischte wie eine gereizte Hornisse über meinen Kopf hinweg. Das war verdammt gut geschossen. Ich streckte mich lang, zog dann die Beine unter mir an, schlug einen Purzelbaum und war wieder in Deckung. Die Waffe knallte noch einmal; diesmal spritzte mir das einschlagende Geschoß Sand ins Gesicht.

Ich war jetzt so ruhig wie eine alte Dame, die weiß, daß Einbrecher in ihrem Haus sind. Schwitzend und fluchend stürmte ich weiter, suchte nach besserer Deckung, brach durch die Büsche und stampfte in dem Sand wie ein durchgehendes Rhinozeros. Wieder knallte die Waffe, und diesmal streifte das Geschoß meinen Handrücken, verletzte die Haut und brannte, als ob ich ein glühendes Schüreisen angefaßt hätte.

Ich ließ mich flach fallen, blieb keuchend liegen, hielt meine Hand, spähte zwischen Wurzeln, Zweigen und stacheligem Strandgras nach allen Seiten, ohne etwas zu sehen.

Wenn dieser Buffalo Bill da draußen es sich in den Kopf gesetzt hatte, näher zu kommen, um mir den Rest zu geben, befand ich mich in einer scheußlichen Lage. Ich mußte weiter. Der Bungalow schien mir noch ziemlich weit entfernt, aber dort fand ich Deckung, und ich war, vorausgesetzt, daß ich mich geräuschlos bewegte, noch ziemlich zuversichtlich, dort hinzugelangen.

Riskieren würde ich zwar nichts mehr. Wer auch da draußen auf mich lauerte, konnte schießen. Auf diese Entfernung hatte er mich fast erwischt: das war Schießen bester Qualität. Ich befand mich nicht in einer Panik, war aber von eisigem Schweiß bedeckt, und mein Herz pochte wie ein Dampfhammer.

Auf Händen und Knien begann ich weiterzukriechen, so schnell wie möglich, ohne ein Geräusch zu machen. Ich war etwa fünfzig Meter weitergekommen, als ich Knistern von trockenem Gras und das plötzliche Knacken eines dürren Zweiges hörte. Ich erstarrte, lauschte, hielt den Atem an, meine Nerven so zittrig wie Spinnenbeine und mit einem ekligen Gefühl in der Wirbelsäule. Wieder knisterte Gras, darauf das leise mahlende Geräusch eines Schrittes auf Sand. Es war nahe. Viel zu nahe. Ich ließ mich flach fallen, preßte mich in den Sand, das Haar im Nacken gesträubt.

Ein paar Schritte entfernt bewegte sich ein Busch. Wieder knackte ein Zweig, dann Stille. Er stand unmittelbar vor mir, und als ich lauschte, bildete ich mir ein, ihn atmen zu hören.

Ich konnte nichts anderes tun als warten, folglich wartete ich. Minuten schlichen vorbei. Wahrscheinlich vermutete er, daß er ganz in meiner Nähe war, und wartete auch, in der Hoffnung, ich würde ein Geräusch machen und damit verraten, wo ich mich befand. Ich war bereit, die ganze Nacht so zu warten, und nach einer Zeit, die mir Stunden zu dauern schien, veränderte er wieder seine Stellung, entfernte sich diesmal aber.

Ich bewegte mich immer noch nicht. Ich lauschte auf seine kaum hörbaren Schritte, wie er von Busch zu Busch schlich und nach mir suchte. Sehr langsam, sehr vorsichtig richtete ich mich auf Hände und Knie auf. Zoll um Zoll hob ich meinen Kopf, bis ich ihn durch die dünnen Zweige der Büsche sehen konnte.

Dann erkannte ich ihn. Es war der große Bursche aus dem Dodge. Dort stand er in seinem lohfarbenen Hut, mit den Schultern wie ein Scheunentor, seiner eingedrückten Nase und seinem zerschlagenen Ohr im hellen Mondlicht. Er war etwa dreißig Schritte von mir entfernt, in seiner Faust einen fünfundvierziger Colt. Er hatte sich von mir halb abgewendet, seine Augen suchten in dem Gebüsch rechts von mir. Wenn ich eine Waffe gehabt hätte, wäre es eine Kleinigkeit gewesen, ihn umzulegen, ihn wie ein Kaninchen abzuschießen, aber ich hatte keine Waffe, und mir blieb nichts anderes übrig, als zu warten und zu hoffen, daß er fortgehe.

Er blieb bewegungslos stehen, gespannt, den Arm mit dem Colt erhoben. Dann drehte er sich um, sah in meine Richtung, kam auf mich zu, etwas ziellos, als ob er nicht ganz sicher sei, daß er die richtige Richtung eingeschlagen hatte, aber entschlossen, mich zu finden.

Mir brach wieder der Schweiß aus. Zehn Schritte weiter, und er mußte unmittelbar auf mich stoßen. Ich kauerte mich zusammen, hörte auf sein vorsichtiges Näherkommen, mit klopfendem Herzen, den Atem mit zusammengepreßten Zähnen angehalten.

Etwa einen Meter vor mir blieb er stehen. Ich konnte seine kräftigen Beine durch das Gebüsch vor mir sehen. Wenn ich an seine Waffe kam . . .?

Er drehte mir den Rücken zu, und ich sprang ihn an. Meine Hände, meine Gedanken, meine Sprungkraft richtete sich nur auf seine Waffe. Mit beiden Händen packte ich sein kräftiges Handgelenk, und meine Schulter rammte seitlich gegen seine Brust und brachte ihn zum Taumeln. Er stieß einen überraschten Ausruf aus, in dem sich Wut mit Schreck mischte. Ich bog sein Handgelenk zurück, preßte seine Finger zusammen, die den Colt gepackt hielten. Für den Bruchteil einer Sekunde hatte ich die Oberhand. Die Überraschung durch meinen Überfall und der Schmerz in seinen Fingern, die ich um den Colt zusammenquetschte, lähmten ihn.

Aber als ich die Waffe endlich hatte, hatte er sich auch schon wieder gefaßt. Seine Faust rammte seitwärts gegen meinen Hals, mit einem furchtbaren Schlag, der genügt hätte, einen Sechszollnagel in einen Eichenbalken zu treiben. Ich flog in die Büsche, hielt den Colt immer noch gepackt und versuchte, den Finger um den Abzug zu bekommen. Aber es gelang ihm mit einem Tritt, mir die Waffe aus der Hand zu schleudern. In hohem Bogen verschwand sie zwischen den Büschen. Nun, das sollte mir recht sein. Ich hatte sie zwar nicht mehr, er aber auch nicht.

Er stürzte auf mich los, ohne auf die Büsche zu achten, aber er hatte den Sand und die Zähigkeit der Zweige überschätzt, und er war noch keine zwei Schritte weit, als sich sein Fuß an einer Wurzel verfing und er hinstürzte. Das ließ mir Zeit, auf die Füße zu kommen und eine freie Stelle zu erreichen. Wenn ich schon mit ihm kämpfen mußte, wollte ich dabei nicht durch Grasbüschel und Wurzelwerk behindert werden. Der Bursche war erheblich schwerer als ich, und sein Schlag hatte die gleiche Wucht wie der Tritt eines Maultieres. Von dem Treffer am Hals war ich immer noch benommen. Von der Sorte wollte ich nicht noch einen abbekommen. Ich hatte nur Aussichten, wenn genug Platz vorhanden war, ihm auszuweichen und ihn dann wieder anzugreifen.

Er war schon wieder auf den Füßen, und im Bruchteil einer Sekunde kam er hinter mir her. Und er war höllisch schnell. Als ich den letzten Busch hinter mir hatte, holte er mich ein. Dem ersten Angriff wich ich aus, erwischte ihn an der Nase, als er wieder angriff, und fing dafür einen Schlag gegen den Kopf ein, daß mir die Zähne klapperten.

Das Mondlicht fiel ihm voll ins Gesicht, als er wieder auf mich loskam. Es war eine kalte, brutale mörderische Maske, das Gesicht eines, der töten will und sich durch nichts und niemand davon abhalten läßt. Ich wischte zur Seite, wirbelte herum und traf ihn auf sein zerschlagenes Ohr, daß er taumelte. Das stärkte mein Selbstvertrauen. Er mochte groß sein, aber man konnte ihn treffen, und es hatte Wirkung. Er grunzte, duckte sich zusammen und schüttelte den Kopf. Mit gekrümmten Fingern streckte er seine Hände aus. Ich wartete nicht auf ihn, sondern schlug mit beiden Fäusten auf ihn los, aber dieses Mal traf ich sein Gesicht nicht, und seine Hände packten vorn meine Jacke und rissen mich gegen ihn.

Wuchtig stieß ich mein Knie nach oben, aber den Trick kannte er und wendete sich rechtzeitig zur Seite, so daß ich ihn nur am Oberschenkel traf. Eine seiner Hände wechselte den Griff und umklammerte meine Kehle, während ich ihm gegen die Rippen trommelte. Er grunzte wieder, aber seine Finger umschlossen wie Stahlklammern meinen Hals. Jetzt ging es ums Ganze. Wenn ich jetzt nur einen Augenblick schwach wurde, war ich erledigt. Und dieser lähmende Griff um meine Kehle konnte mir in wenigen Sekunden alle Kraft nehmen, wenn ich nicht von ihm loskam. Ich hämmerte gegen seine Rippen, aber als sich sein Griff nicht lockerte, stieß ich ihm die Finger in beide Augen.

Gellend schrie er auf, ließ meinen Hals los und taumelte zurück. Ich stürzte ihm nach und schlug weiter zu. Er hielt seine Augen bedeckt und nahm meine Schläge widerstandslos hin. Er konnte sich nicht dagegen wehren und sank in die Knie. Da es keinen Sinn hatte, daß ich mir die Hände an seinen Knochen zerbrach, trat ich zurück und wartete, bis er seine Deckung aufgab.

Sein Atem ging in kurzen, schluchzenden Stößen. Er versuchte wieder auf die Füße zu kommen, aber es gelang ihm nicht. Stöhnend ließ er die Hände sinken, um sich aufzustützen. Darauf hatte ich gewartet. Ich nahm genau Maß und landete einen Schwinger, der in meinem Fuß auf dem Sand begann und auf seiner Kinnspitze endete. Er fiel zurück, griff mit den Händen um sich, scharrte wie ein verwundertes Eichhörnchen im Sand, versuchte noch einmal auf die Füße zu kommen und blieb dann ausgestreckt liegen.

Vorsichtig trat ich näher. Er hatte tatsächlich genug. Als ich sein blutiges Gesicht sah, tat er mir leid. Ich hatte ihn nicht ernstlich verletzen wollen, aber es ging um mein Leben oder seins, und getötet hatte ich ihn nicht.

Ich beugte mich nieder und löste den festen Ledergürtel von seiner

Hose. Dann drehte ich ihn um und band ihm die Hände auf dem Rük=ken zusammen. Ich nahm meinen eigenen Gürtel ab und fesselte ihm damit die Fußgelenke.

Er war zu schwer, um ihn zu tragen, und ich wollte schnell ans Te=lefon und meine Waffe in die Hand bekommen. Ich war der Meinung, er sei gut aufgehoben, bis ich zurückkäme, drehte mich um und lief zu dem Bungalow.

Es dauerte ein paar Minuten, bis ich Mifflin wachbekam. Diesmal war er bösartig wie eine Hornisse, nach der man mit einer Fliegen=klatsche geschlagen hat.

»Schon gut, schon gut«, beruhigte ich ihn, »ich habe Dwan hier.«

»Dwan?« Der Ärger aus seiner Stimme war verschwunden. »Bei dir?«

»Ja. Komm her, bring deine Boys und deinen Wagen mit. Ich möchte heute nacht auch noch einmal schlafen.«

»Dwan? . . . Aber Brandon sagte . . .«

»Zum Teufel mit Brandon«, brüllte ich. »Komm und hol ihn dir ab.«

»Nun, immer mit der Ruhe«, sagte Mifflin gekränkt, »ich komme ja schon.«

Ich knallte den Hörer auf die Gabel. In diesem Augenblick erklang ein Schuß. Irgendwo draußen in den Dünen. Mit zwei schnellen Sprün=gen war ich an meinem Kleiderschrank, packte meine Achtunddreißi=ger. Noch ehe das Echo des Schusses verklungen war, stand ich unter meiner Haustür. Ich stürmte nicht in das Mondlicht hinaus, ich blieb im Schatten der Veranda stehen und sah mich nach allen Seiten um, sah nichts, hörte nichts, hatte aber ein unangenehmes Gefühl.

Dann wurde irgendwo hinter den Palmettopalmen ein Wagen ange=lassen, der schnell durch die Nacht davonbrauste.

Meine Waffe schußbereit, glitt ich die Verandastufen hinunter, über den Gartenweg und die von Mondlicht erhellte Sandfläche. Das Dröh=nen des davonfahrenden Wagens wurde leiser und leiser und verklang schließlich ganz.

Jemand hatte ihn in den Kopf geschossen, aus sehr naher Entfernung. Die Kugel war von der Seite in seinen Schädel gedrungen, die Explo=sionsflamme hatte sein zerschlagenes Ohr versengt.

Er sah sehr harmlos und einsam aus, aber auch sehr tot.

IV

Die kleine Blonde, die im Vorzimmer das Telefon bediente, lächelte mir scheu zu, als ich die Tür aufstieß. Die Glastür trug in goldenen Buchstaben die Aufschrift *»Universal Services«* und in kleineren Buchstaben in der rechten unteren Ecke: *»Geschäftsführer: Victor Malloy«*.

»Guten Morgen, Mr. Malloy«, sagte sie und zeigte ihre hübschen weißen Zähne. Sie hatte eine Stupsnase und die Manieren eines jungen Hundes. Man hatte immer das Gefühl, sie würde anfangen zu wedeln, wenn man sie auf die Schulter klopfte. Ein hübsches Kind, noch keine achtzehn, und nur zwei Dinge brachten ihr Herz zum Klopfen: ich und Bing Crosby.

Die beiden Mädchen hinter den Schreibmaschinen, auch blond und auch wie junge Hunde, lächelten in der Art, wie Teenagers es eben tun, und sagten ebenfalls: »Guten Morgen, Mr. Malloy.«

Mr. Malloy betrachtete prüfend seinen Harem und meinte, es sei ein schöner Tag.

»Miss Bensinger ist drüben im County Building und kommt vermutlich etwas später«, informierte mich Blondchen vom Telefon.

»Danke, Trixy. Ich bin in meinem Büro. Sagen Sie ihr, ich möchte sie sofort sehen, wenn sie kommt.«

Sie neigte den Kopf und warf mir einen Blick zu, der mir vielleicht etwas gesagt hätte, wenn sie ein paar Jahre älter gewesen wäre und nicht für mich arbeitete, drehte sich auf ihrem Drehstuhl um und nahm einen Telefonanruf an.

Ich ging in mein Büro und schloß die Tür. Die Uhr auf meinem Schreibtisch sagte mir, daß es fünf nach zehn war, noch zu früh für einen Drink, obwohl ich Appetit darauf hatte. Nach einem kurzen Zögern kam ich zu der Überzeugung, die Flasche könne nicht beurteilen, ob es noch zu früh sei oder nicht, nahm sie aus der Schreibtischschublade und gönnte mir einen kleinen, wirklich sehr bescheidenen Schluck. Dann setzte ich mich, zündete eine Zigarette an, blätterte die Morgenpost durch, ohne etwas zu finden, was mich interessierte. Ich warf das Ganze in einen Korb für Paula, legte meine Füße auf den Schreibtisch und schloß die Augen. Nach den Aufregungen der Nacht fühlte ich mich in den Nähten etwas ausgefranst.

Ein Brummer summte mir schläfrig um den Kopf herum. Die beiden Schreibmaschinen im Vorzimmer klapperten, Trixy spielte mit ihren Telefonstöpseln, und ich döste.

Um zwanzig Minuten vor elf zuckte ich beim Klang von Paulas Stimme im Vorzimmer zusammen und wachte wieder auf. Ich hatte noch Zeit, meine Füße vom Schreibtisch zu nehmen und den Korb »Ausgang« zu mir zu ziehen, ehe sie die Tür öffnete und hereinkam.

»Da bist du ja«, sagte ich so munter, wie ich konnte, »komm nur herein.«

»Wenn du schon im Büro schlafen mußt, dann versuche wenigstens nicht zu schnarchen«, antwortete sie und zog sich einen Stuhl heran und setzte sich. »Es wirkt demoralisierend auf die jungen Angestellten.«

»Die werden schon seit Jahren demoralisiert«, erwiderte ich grimmig. »Ich habe letzte Nacht ganze zwei Stunden Schlaf bekommen.

Heute morgen bin ich ein müder, alter Mann, der freundlich behandelt werden muß.«

Der Blick ihrer kühlen, braunen Augen ruhte auf den Schrammen auf meinen Backenknochen, und ihre Augenbrauen hoben sich zwei Zentimeter.

»Gab es Ärger?«

»Nun, sagen wir Aufregung.« Und ich berichtete ihr über Benny Dwans Besuch.

»Er ist tot?« fragte sie überrascht. »Wer hat ihn erschossen?«

»Mit Gewißheit weiß ich es nicht, aber ich habe so eine Ahnung«, antwortete ich und hob mühsam meine Füße auf die Schreibtischplatte. »Zehn Minuten nach meinem Anruf bei Mifflin kamen die Polvpen, aber Mifflin war nicht dabei. Erinnerst du dich an die beiden, denen wir im Headquarters begegnet sind? Der eine war rothaarig, und der andere sah zäh aus? Nun, die beiden tauchten auf. Sergeant MacGraw, das ist der Rotkopf, und Sergeant Hartsell. Ein paar netter, manierlicher, ruhiger Schurken. Freundlicher kann man sie sich gar nicht denken. Sie machten kein Hehl daraus, welche Freude sie darüber hatten, Dwan tot vorzufinden. Das ist natürlich verständlich. Aber damit ist Salzer aus allem heraus. Er braucht jetzt nur zu behaupten, daß Dwan nicht mehr für ihn gearbeitet hat. Und weshalb er Salzers Wagen stahl, Eudora Drew umbrachte und versuchte, mich umzulegen? Das soll doch die Polizei herausfinden. Ich wette, daß sie nie dahinterkommen wird.«

»Du sagtest aber, du hättest eine Ahnung, wer ihn erschossen hat.«

»Ja. Als diese beiden Burschen Dwan fortgebracht hatten, suchte ich nach Spuren. Die beiden waren in einem Polizeiwagen gekommen, dessen Reifen eine Rautenspur hinterließ. Die gleiche Spur fand ich hinter meinem Bungalow im Sand. Ich vermute, daß sie früher am Abend schon dagewesen waren, um ein Auge auf mich zu haben, und sich das kleine Theater, das Dwan zu meiner Erbauung aufführte, aus dem ersten Rang ansahen. Als ich ihn dann beruhigt und gefesselt hatte, konnten sie der Versuchung nicht widerstehen. Während ich Mifflin anrief, kümmerten sie sich um Dwan und brachten ihn zum Schweigen.«

»Du meinst, diese beiden Polizeibeamten . . .« begann Paula mit aufgerissenen Augen.

»Wieviel Ärger haben sie sich dadurch gespart?« erklärte ich ihr. »Versetz dich an ihre Stelle. Da ist ein Bursche, der wegen Mordes gesucht wird, der höchstwahrscheinlich auspackt, wenn er vor Gericht gestellt wird. Vermutlich wußte er eine ganze Menge über Dr. Salzer zu erzählen, wofür sich die Zeitungsleser brennend interessieren. Brandon ist Salzers Kumpan. Was wäre bequemer, als Dwan eins zu verpassen und damit die Kosten für den Prozeß und Brandons liebem Geschäftsfreund Ungelegenheiten zu sparen? Das ist doch ganz einfach.

Ich kann mich natürlich irren, aber ich glaube es nicht. Lassen wir das also und wenden wir uns nützlicheren Dingen zu. Hast du die Testamente der Crosbys eingesehen?«

Paula nickte. »Janet hinterließ kein Testament. Crosby vermachte ihr drei Viertel seines Vermögens und ein Viertel Maureen. Janet war offensichtlich sein Liebling. Falls Janet starb, sollte Maureen alles bekommen, vorausgesetzt, daß sie sich anständig benahm. Wenn sie aber jemals in einen Skandal verwickelt werden würde und ihr Name in die Zeitungen käme, sollte das gesamte Vermögen an die Forschungsgemeinschaft in Orchid City übergehen und Maureen nur tausend Dollar im Jahr erhalten. Crosbys Testamentsvollstrecker sind Glynn & Coppley, in der dritten Etage hier in diesem Gebäude. Die Hälfte des Vermögens ist fest angelegt, über die andere Hälfte kann Maureen frei verfügen, vorausgesetzt natürlich, daß sie sich anständig aufführt.«

»Das ist für Erpresser ein gefundenes Fressen«, sagte ich. »Wenn sie einmal irgendwo ausgerutscht ist, und irgendein Lump hat es erfahren, kann der alles aus ihr herausholen, was ihm paßt. Es wird ihr kaum viel Spaß machen, von tausend Dollar im Jahr zu leben. Was meinst du?«

Paula hob ihre Schultern. »Es gibt viele Mädchen, die weniger haben.«

»Gewiß, aber keine Millionärstöchter.« Ich nahm den Brieföffner und begann Löcher in das Löschpapier zu bohren. »Janet hinterließ also kein Testament. Das bedeutet, daß auch Eudora nichts von ihr geerbt hat. Wovon hat sie also gelebt?« Ich blickte auf und starrte Paula nachdenklich an. »Angenommen, sie weiß etwas von Maureens Entziehungskur. Angenommen, sie wurde von Maureen bezahlt, damit sie den Mund hielt. Das wäre eine Möglichkeit. Dann tauche ich auf, und Eudora denkt, sie könne dadurch etwas mehr aus Maureen herausholen. Mir sagt sie, ich solle um neun Uhr wiederkommen, und dann ruft sie entweder Maureen oder deren Bevollmächtigten an, und das könnte Dr. Salzer sein. Tatsächlich vermute ich, daß es Dr. Salzer ist. Vielleicht sagte sie: ›Mehr Geld, oder ich plaudere aus.‹ Salzer schickt Dwan, um sie zur Vernunft zu bringen. Statt dessen aber, vielleicht sogar auch im Auftrag, bringt Dwan sie um. Was hältst du davon?«

»Es klingt einleuchtend«, meinte Paula zweifelnd, »aber es beruht doch alles auf Vermutungen.«

»Stimmt. Es sind Vermutungen. Außerdem gefällt es mir selber nicht.« Ich bohrte drei weitere kleine Löcher in das Löschpapier, ehe ich sagte: »Ich glaube, ich sollte noch einmal mit Schwester Gurney sprechen. Hör zu, Paula. Sie hat tagsüber keinen Dienst. Willst du den Schwesternverband anrufen und versuchen, ihre Privatadresse festzustellen? Erzähle ihnen irgend etwas. Wahrscheinlich geben Sie dir die Adresse.«

Während sie aus dem Büro war, nahm ich ein weiteres Schlückchen aus der Flasche und zündete eine neue Zigarette an. Das nächste ist, sagte ich mir, Schwester Gurney, dann Glynn & Coppley.

Paula kam nach ein paar Minuten zurück und legte einen Zettel auf meine verstümmelte Schreibunterlage.

»Apartment 246, 3882 Hollywood Avenue«, sagte sie. »Wußtest du schon, daß sie eine von Dr. Salzers Pflegerinnen ist?«

»Wirklich?« Ich schob meinen Stuhl zurück. »Was sagt man dazu? Alles führt zu Salzer, oder nicht?« Ich schob ihr den Korb »Ausgang« hin. »Es ist nichts Besonderes dabei, nichts, womit du nicht allein fertig wirst.«

»Wie beruhigend.« Sie nahm den Korb an sich. »Verfolgst du den Fall weiter?«

»Ich weiß es noch nicht. Ich sage es dir heute nachmittag.« Ich griff nach meinem Hut. »Bis dahin.«

Ich brauchte eine halbe Stunde, um die Hollywood Avenue zu erreichen. Durch den Vormittagsverkehr auf der Centre Avenue kam man nur langsam vorwärts, aber ich war auch nicht in Eile.

Hollywood Avenue Nr. 3882 erwies sich als ein sechs Stockwerke hoher Apartmentblock, der in der Absicht, schnelle Gewinne zu erzielen und den Mietern wenig Komfort zu bieten, zusammengeschustert worden war. Die Halle war düster und schäbig, der Fahrstuhl groß genug, um drei Personen aufzunehmen, wenn sie nichts dagegen einzuwenden hatten, sich wie Ölsardinen zusammenzuquetschen. Auf einem abgestoßenen Emailleschild mit einer Hand, die auf die Treppe in den Souterrain hinwies, stand in verblaßten blauen Buchstaben »Hausmeister«. Es hing schief an der Wand.

Ich trat in den Fahrstuhl, schob die Tür zu und drückte auf den Knopf für die zweite Etage. Der Fahrstuhl stieg quietschend, als ob er eigentlich keine Lust habe, nach oben und hielt im zweiten Stock mit einem erleichterten Seufzer an. Ich wanderte durch einen endlosen Korridor, der auf beiden Seiten von schäbigen, abgestoßenen Türen flankiert wurde. Nach einem Weg, der mir eine halbe Meile lang schien, kam ich vor Apartment 246, das sich mit einem zweiten, gegenüberliegenden am toten Ende eines Seitenganges befand. Ich preßte meinen Daumen auf die Klingel, lehnte mich dann gegen die Wand und suchte nach einer Zigarette. Ich fragte mich, ob Schwester Gurney noch im Bett liege. Ich fragte mich auch, ob sie sich freuen würde, mich wiederzusehen, und hoffte es eigentlich.

Ich mußte ein paar Minuten warten, ehe ich etwas hörte, und dann wurde die Tür geöffnet. Schwester Gurney wirkte ohne ihre Schwesterntracht noch reizvoller. Sie trug einen Morgenrock, der bis zu ihren Knöcheln reichte, aber vom Knie an auseinanderfiel.

»Sieh mal einer an«, begrüßte sie mich. »Wollen Sie hereinkommen?«

»Wenn Sie nichts dagegen haben.«

Sie trat beiseite.

»Woher haben Sie meine Adresse?« fragte sie und führte mich in ein kleines Wohnzimmer. »Das ist aber eine Überraschung.«

»Nicht wahr?« bestätigte ich und ließ meinen Hut auf einen Stuhl fallen. »Sie sehen bezaubernd aus.«

Sie lachte geschmeichelt.

»Zufällig sah ich aus dem Fenster und sah sie kommen. Ich hatte also Zeit, mich vorzubereiten. Woher wissen Sie, daß ich hier wohne?«

»Ich rief beim Schwesternverband an. Wollten Sie schlafen gehen?«

»Ja, aber lassen Sie sich dadurch nicht vertreiben.«

»Legen Sie sich ruhig hin, ich setze mich neben sie und halte Ihre Hand.«

Sie schüttelte den Kopf.

»Das ist mir zu langweilig. Trinken wir lieber etwas. Kommen Sie aus einem besonderen Grund? Oder besuchen Sie mich nur aus Freundschaft?«

Ich ließ mich in einen Sessel sinken. »Sowohl als auch, aber vorwiegend aus Freundschaft. Bitten Sie mich nicht, die Drinks zu mischen, ich leide etwas unter dem Wetter und habe letzte Nacht nicht sehr gut geschlafen.«

»Mit wem waren Sie aus?«

»Nein, nein, es hatte einen anderen Grund.« Dankbar griff ich nach dem High-ball, den Sie mir reichte, und trank ihr zu.

Sie ließ sich mir gegenüber auf das Sofa nieder, ihr Morgenmantel klaffte auseinander, und ich riß bewundernd die Augen auf, ehe sie ihn schnell wieder zusammenzog.

»Wissen Sie, ich hatte nie geglaubt, daß ich Sie wiedersehen würde«, sagte sie und legte ihr Kinn auf ihr Glas mit Whisky und Eis. »Ich hielt sie für so einen unzuverlässigen Draufgänger.«

»Ich ein Draufgänger? Da schätzen Sie mich aber ganz falsch ein. Ich bin ein stetiger, ergebener und anhänglicher Typ.«

»Darauf möchte ich wetten — solange es dauert«, sagte sie etwas bitter. »Ist der Drink richtig so?«

»Sehr gut.« Ich streckte meine Beine aus und gähnte. Ich fühlte mich müde und erschöpft und wäre am liebsten in ein Mauseloch gekrochen, um zu schlafen. »Wie lange werden Sie denn Maureen Crosby noch pflegen?« Ich stellte die Frage in gleichgültigem Ton, aber sie warf mir sofort einen schnellen, wachsamen Blick zu.

»Krankenschwestern sprechen nie über ihre Patienten«, sagte sie knapp und trank einen Schluck von ihrem Glas.

»Es sei denn, sie haben einen guten Grund«, antwortete ich. »Im Ernst. Möchten Sie nicht Ihre Stellung wechseln? Ich könnte Ihnen dabei helfen.«

»Und ob ich das möchte. Meine gegenwärtige Arbeit langweilt mich maßlos. Man kann es überhaupt keine Arbeit nennen, denn tatsächlich habe ich nicht das geringste zu tun.«

»Wie ist das möglich? Irgend etwas muß doch für Sie zu tun sein?«

Sie schüttelte den Kopf, setzte an, um etwas zu sagen, aber schwieg dann.

Ich wartete.

»Was haben Sie für eine Stellung für mich?« fragte sie. »Wollen Sie gepflegt werden?«

»Nichts würde mir angenehmer sein: aber nein, ich bin es nicht, sondern ein Freund von mir. Er liegt in einer eisernen Lunge und wünscht sich eine hübsche Pflegerin, um ihn etwas aufzumuntern. Er hat reichlich Geld. Wenn Sie wollen, kann ich bei ihm ein Wort für Sie einlegen.«

Mit gerunzelter Stirn überlegte sie, schüttelte dann den Kopf.

»Es geht nicht. Ich täte es gern, aber da bestehen Schwierigkeiten.«

»Ich kann mir kaum vorstellen, daß diese Schwierigkeiten durch Ihren Verband nicht zu beheben wären.«

»Meine jetzige Stellung wurde mir nicht durch den Schwesternverband vermittelt.«

»Dann ist es doch noch leichter. Wenn Sie frei und unabhängig sind . . .«

»Ich stehe unter Vertrag bei Dr. Salzer. Er betreibt das Salzer-Sanatorium oben am Foothill Boulevard. Sie haben vielleicht davon gehört.«

Ich nickte.

»Ist Salzer Maureens Arzt?«

»Ja. Wenigstens nehme ich das an, obwohl er nie zu ihr kommt.«

»Wen schickt er denn dann? Einen Assistenten?«

»Es kommt nie ein Arzt zu ihr.«

»Das ist doch merkwürdig. Finden Sie nicht?«

»Sie fragen ziemlich viel.«

Ich lächelte sie an.

»Ich bin von Natur aus neugierig. Geht es ihr denn nicht so schlecht, daß sie einen Arzt braucht?«

Sie sah mich prüfend an.

»Ganz im Vertrauen zwischen uns: ich weiß es nicht. Ich habe sie nie gesehen.«

Ich fuhr auf und vergoß dabei etwas von meinem Whisky.

»Sie haben sie nie gesehen? Was soll das heißen? Sie pflegen sie doch, oder nicht?«

»Ich durfte Ihnen das nicht sagen, aber es beunruhigt mich, und ich muß es einmal aussprechen. Versprechen Sie mir, daß Sie darüber schweigen?«

»Wem sollte ich es sagen? Haben Sie tatsächlich Maureen Crosby nie gesehen?«

»Nein. Schwester Flemming läßt mich nicht in das Krankenzimmer hinein. Meine Aufgabe besteht darin, Besucher abzuweisen, und jetzt, wo niemand mehr kommt, habe ich überhaupt nichts mehr zu tun.«

»Womit verbringen Sie denn dann den Abend und die Nacht?«

»Mit nichts. Ich schlafe im Hause, und wenn das Telefon klingelt, muß ich den Anruf beantworten. Aber es ruft nie jemand an.«

»Aber Sie haben doch bestimmt schon einmal in Maureens Zimmer hineingesehen, wenn Schwester Flemming nicht da war?«

»Das habe ich nicht, weil die Tür verschlossen gehalten wird. Ich wette, daß sie nicht einmal im Hause ist.«

»Wo sonst sollte sie denn sein?« fragte ich, beugte mich vor und versuchte nicht einmal, meine Spannung zu verbergen.

»Wenn das stimmt, was Schwester Flemming sagt, könnte sie in dem Sanatorium sein.«

»Und was sagt Schwester Flemming?«

»Das habe ich Ihnen doch schon erzählt. Sie macht eine Entziehungskur durch.«

»Warum aber diese Tarnung, wenn sie im Sanatorium ist? Warum wird es nicht offen zugegeben? Warum werden zwei Krankenschwestern beschäftigt, um ein Krankenzimmer vorzutäuschen?«

»Mein Lieber, wenn ich das wüßte, würde ich es Ihnen sagen«, antwortete Schwester Gurney und leerte ihr Glas. »Es ist verdammt komisch, aber jedesmal, wenn wir beide zusammenkommen, müssen wir über Maureen Crosby sprechen.«

»Nicht die ganze Zeit.« Ich stand auf und setzte mich neben sie auf das Sofa. »Gibt es einen bestimmten Grund, weshalb Sie von Salzer nicht fort können?«

»Mein Vertrag mit ihm läuft noch zwei Jahre. Ich kann ihn nicht brechen.«

Ich erlaubte meiner Hand, ihr über das Knie zu streichen. »Was ist dieser Salzer für ein Mann? Ich habe gehört, er sei ein Quacksalber.«

Sie gab mir einen festen Klaps auf die Hand.

»Er ist in Ordnung«, antwortete sie. «Vielleicht ist er ein Quacksalber, aber die Patienten, die er behandelt, haben sich doch nur überfressen. Er läßt sie hungern, und dafür kassiert er. Dazu braucht man kein approbierter Arzt zu sein.«

Meine Hand schlich wieder zu ihrem Knie zurück. »Glauben Sie, daß es Ihnen gelingen würde, herauszufinden, ob Maureen in dem Sanatorium ist?« fragte ich und versuchte ein kompliziertes Manöver.

Sie schlug mir wieder auf die Hand, diesmal sehr fest.

»Sie können es nicht lassen. Immer diese Maureen.«

Ich rieb mir den Handrücken. »Sie können ganz schön zuschlagen.«

Sie kicherte vergnügt. »Wenn man so aussieht wie ich, muß man das können.«

In diesem Augenblick klingelte es an der Tür, lang und schrill.

»Machen Sie nicht auf«, sagte ich, »ich bin jetzt bereit, nicht mehr von Maureen zu sprechen.«

»Seien Sie nicht albern.« Sie schwang ihre langen Beine von dem Sofa. »Das ist der Bote aus dem Lebensmittelgeschäft.«

»Was hat der Ihnen mehr zu bieten als ich?«

»Das zeige ich Ihnen, wenn ich zurückkomme. Ich will Ihnen zuliebe nicht hungern.«

Sie ging aus dem Zimmer und schloß die Tür hinter sich. Ich benutzte die Gelegenheit, um mein Glas nachzufüllen und streckte mich dann auf dem Sofa aus. Was sie mir gesagt hatte, war hochinteressant. Der ungepflegte Garten, die würfelnden Chinesen, der schnitzelnde Chauffeur, der rauchende Butler, alles zusammen führte offensichtlich zu dem Ergebnis, daß Mauren nicht in Crestways wohnte.

Aber wo mochte sie sein? Hielt sie sich in dem Sanatorium auf? Machte sie wirklich eine Entziehungskur durch? Schwester Flemming müßte es wissen. Auch Dr. Jonathan Salzer. Vermutlich hatten Benny Dwan und Eudora es gewußt. Vielleicht wußten es Glynn & Coppley oder würden es gern wissen, falls sie es noch nicht taten.

Ich begann eine Möglichkeit zu sehen, dieser Angelegenheit eine finanzielle Grundlage zu verschaffen. Meine Gedanken sprangen zu Brandon über. Wenn ich Glynn & Coppley hinter mir hatte, würde Brandon kaum wagen, etwas gegen mich zu unternehmen. Glynn & Coppley waren die besten, die teuersten und die angesehensten Rechtsanwälte in Kalifornien. Sie unterhielten Zweigstellen in San Franzisko, Hollywood, New York und London. Sie gehörten nicht zu der Sorte, die zuließ, daß ein kleiner Polizist wie Brandon ihnen in die Quere kam. Wenn sie wollten, genügte ihr Einfluß, um Brandon mit einer Handbewegung unter den Tisch zu fegen.

Ich schloß die Augen und stellte mir vor, wie angenehm es wäre, Brandon loszukriegen und an seiner Stelle einen guten, anständigen Polizeibeamten wie Mifflin als Chef im Headquarters zu sehen. Wie viel einfacher wäre es für mich, wenn ich dort Unterstützung fände, statt Drohungen, in dunklen Hintergassen verprügelt zu werden.

Dann fiel mir auf, daß Schwester Gurney länger fort blieb, als notwendig gewesen wäre, um ein paar Lebensmittel in Empfang zu nehmen, und ich setzte mich mit gerunzelter Stirn auf. Ich konnte sie nicht sprechen hören. Ich konnte überhaupt nichts hören. Ich stellte mein Glas hin und stand auf, ging quer durch das Zimmer, öffnete die Tür und sah in den Vorraum.

Die Apartmenttür war angelehnt, aber niemand war zu sehen. Ich blickte in den Gang hinaus. Die Tür des gegenüberliegenden Apartments starrte mich ausdruckslos an, und ich kehrte in den Vorraum zurück. Vielleicht ist sie im Bad, dachte ich, und ging wieder ins Wohnzimmer. Dort saß ich und wartete, wurde immer ungeduldiger und stand nach fünf Minuten schließlich auf und ging wieder zur Tür.

Irgendwo in dem Apartment schaltete sich schwirrend ein Kühlschrank ein. Ich erschrak so, daß ich halb aus der Haut fuhr. Mit lauter Stimme rief ich »Hallo«, bekam aber keine Antwort. Ich öffnete die Tür gegenüber vom Wohnzimmer und blickte in einen Raum, der offensichtlich ihr Schlafzimmer war.

Sie war nicht darin. Ich sah sogar unter dem Bett nach. Ich ging in das Badezimmer, in die Küche, in einen weiteren, winzigen Raum, der wahrscheinlich ein Gästezimmer war. In keinem war sie zu finden. Ich ging ins Wohnzimmer zurück, aber dort war sie auch nicht.

Die Vermutung begann mir zu dämmern, daß sie gar nicht in ihrem Apartment war, darum ging ich zur Wohnungstür, durch den Gang, bis ich in den Hauptkorridor kam. Ich sah nach rechts und links. Nichts als nichtssagende Türen, nichts rührte sich, nichts geschah. Nur zwei Reihen Türen, eine halbe Meile eines schäbigen Läufers, zwei oder drei schmutzige Fenster, die Licht hereinließen, aber keine Spur von Schwester Gurney.

V

Ich starrte ratlos aus dem Fenster des kleinen Wohnzimmers auf das Verdeck meines unten parkenden Buick hinunter.

Ohne Schuhe und Strümpfe konnte sie nicht weit gekommen sein, sagte ich mir, es sei denn . . . Und meine Gedanken sprangen zu Eudora Drew. Ich sah das Bild vor mir, wie sie quer über ihrem Bett lag, den Schal fest um ihren Hals geknotet.

Einige Augenblicke stand ich unentschlossen da. Es schien so, daß ich nicht viel unternehmen konnte. Ich hatte keinerlei Anhaltspunkt. Die Klingel an der Apartmenttür schellt, sie sagt, es ist der Bote der Lebensmittelhandlung, sie geht in den Vorraum, sie ist verschwunden. Kein Schrei, keine Blutspur, nichts, nichts!

Aber ich mußte etwas tun, also ergriff ich meinen Hut, ging wieder zur Wohnungstür und sah die Tür des gegenüberliegenden Apartments an. Sie verriet mir nicht das geringste. Ich trat über den Gang und drückte auf die Klingel. Fast sofort wurde geöffnet, als ob die Frau, die vor mir stand, auf mein Läuten gewartet hätte.

Sie war klein und dick, mit weißem Haar, einem runden Gesicht mit schlaffer Haut. Bemerkenswert die hellen, etwas vagen vergißmeinnichtblauen Augen. Aber sonst nichts. Ich schätzte sie um Fünfzig herum, und als sie lächelte, zeigte sie große, totwirkende weiße Zähne, die nicht ihre eigenen sein konnten. Sie trug einen hellbeigen Mantel und einen Rock, die beide viel Geld gekostet haben mußten, aber ihr an keiner Stelle paßten. In ihrer kleinen, fetten weißen Hand hielt sie eine Tüte.

»Guten Morgen«, sagte sie und fletschte ihre großen weißen Zähne.

Sie überraschte mich. Ich hatte nicht erwartet, eine dicke, ältere Frau vor mir zu sehen, die aussah, als ob sie gerade von einem Einkauf zurückkäme und jetzt ihr Mittagessen kochen wollte.

»Verzeihen Sie, daß ich Sie störe«, begann ich und lüftete meinen Hut. »Ich suche Schwester Gurney.« Ich deutete auf die halb geöffnete Apartmenttür hinter mir. »Sie wohnt doch hier, nicht wahr?«

Die dicke Frau griff in die Papiertüte und zog eine Pflaume heraus. Sie prüfte sie genau mit mißtrauischen Blicken. Zufrieden mit dem Ergebnis, schob sie die Pflaume in den Mund. Ich sah fasziniert zu.

»Ja, gewiß«, antwortete sie mit undeutlicher Stimme, »sie wohnt hier.« Sie hob die hohle Hand, spuckte den Pflaumenstein dezent hinein und ließ ihn in die Tüte zurückfallen. »Möchten Sie eine Pflaume?«

Ich erklärte, daß ich mir nichts aus Pflaumen mache, und bedankte mich.

»Sie sind sehr gesund«, sagte sie, griff in die Tüte und zog wieder eine Pflaume heraus, die aber die Prüfung nicht bestand. Sie ließ sie wieder in die Tüte plumpsen und fand eine andere, die ihr mehr zusagte.

»Sie haben sie nicht zufällig gesehen?« fragte ich und beobachtete, wie sie die Pflaume zwischen ihren großen Zähnen verschwinden ließ.

»Wen gesehen?«

»Schwester Gurney. Ich bin gerade gekommen und fand die Wohnungstür offenstehen. Aber es meldet sich niemand auf mein Klingeln.«

Sie kaute die Pflaume, während ihr stumpfsinniges Gesicht ausdruckslos blieb. Nachdem sie den Stein ausgespuckt hatte, sagte sie: »Sie sollten auch Pflaumen essen. Ihre Farbe ist nicht sehr gesund. Ich esse jeden Tag zwei Pfund.«

Nach ihrem Umfang war das aber nicht alles, was sie aß.

»Nun, vielleicht entschließe ich mich eines Tages dazu«, antwortete ich geduldig. »Schwester Gurney ist nicht zufällig bei Ihnen in der Wohnung?«

Ihre Gedanken waren schon wieder zu ihrer Tüte zurückgewandert, und sie sah überrascht auf. »Wie meinen Sie?«

Jedesmal, wenn ich so einer Frau begegne, preise ich mich sehr glücklich, daß ich Junggeselle geblieben bin.

»Schwester Gurney.« Ich empfand das Bedürfnis, meine Worte durch Zeichen zu erläutern, wie wenn man mit einem Ausländer spricht. »Die Schwester, die in diesem Apartment hier wohnt. Ich fragte, ob sie zufällig bei Ihnen in der Wohnung ist.«

Die blauen Augen wurden noch ausdrucksloser.

»Schwester Gurney?«

»Die meine ich.«

»In meiner Wohnung?«

Ich holte tief Luft. »Ja. Sie ist nicht zufällig in Ihrer Wohnung?«

»Warum sollte sie?«

Ich bemerkte, daß mir das Blut in den Ohren zu sausen begann.

»Nun, verstehen Sie doch. Ihre Tür stand offen, sie scheint nicht in ihrem Apartment zu sein. Es erschien mir möglich, daß sie zu Ihnen gegangen wäre, um etwas zu fragen, etwa.«

Eine neue Pflaume kam in Sicht. Ich wendete meine Blicke von ihr ab. Der Anblick ihrer großen Zähne, die in die Früchte bissen, fing an, mein seelisches Gleichgewicht zu untergraben.

»O nein, das hat sie nicht getan.«

Der Pflaumenstein erschien und wurde in die Tüte fallen gelassen. Ihr fettes, leeres Gesicht nahm einen schmerzlichen Ausdruck an. Sie dachte nach. Man konnte sie denken sehen, wie man sehen kann, daß eine Schnecke sich bewegt, wenn man scharf genug beobachtet.

»Vielleicht ist sie — in ihrem Bad«, meinte sie schließlich. »Ich würde warten und dann noch einmal klingeln.«

Das war für ihre Beschränktheit fast schon brillant.

»Dort ist sie nicht, ich habe nachgesehen.«

Sie war im Begriff, wieder in eine Pflaume zu beißen, statt dessen senkte sie die Frucht aber, um mich vorwurfsvoll anzusehen.

»Das war aber nicht sehr wohlerzogen von Ihnen.«

Ich nahm meinen Hut ab, strich mit der anderen Hand durch mein Haar. Wenn das so weiterging, würde ich noch an den Wänden hochgehen.

»Ich habe zuerst angeklopft«, setzte ich ihr zähneknirschend auseinander. »Nun, wenn sie nicht bei Ihnen ist, werde ich es noch einmal versuchen.«

Sie dachte immer noch nach. Ihr Gesicht zeigte den gleichen schmerzlichen Ausdruck.

»Ich weiß, was ich an Ihrer Stelle tun würde«, sagte sie.

Ich konnte es mir denken, sagte es aber nicht. Ich befürchtete, sie würde dann ausfallend werden.

»Und was raten Sie mir?«

»Ich würde zum Hausmeister hinuntergehen. Er ist sehr hilfsbereit.« Und dann verdarb sie alles, indem sie hinzufügte: »Wollen Sie wirklich keine Pflaume?«

»Nein, ganz bestimmt nicht. Vielen Dank. Ich werde Ihrem Rat folgen. Verzeihen Sie, daß ich Sie so lange aufgehalten habe.«

»Nicht der Rede wert«, antwortete sie und lächelte.

Ich wendete mich ab, und während sie die Tür schloß, schob sie wieder eine Pflaume zwischen die Zähne.

Ich fuhr im Fahrstuhl zur Halle hinunter und ging über eine dunkle staubige Treppe in den Souterrain. Am Ende der Treppe fand ich eine Tür mit der Aufschrift »Hausmeister«.

Ich hob die Hand und klopfte. Ein dünner, alter Mann mit einem langen, sehnigen Hals, in verblichenes Arbeitszeug gekleidet, erschien. Er war alt und träge und roch leicht nach Kreosot und Whisky.

Er blinzelte mich ohne Neugierde an und äußerte gelangweilt nur ein Wort mit seiner alten, brüchigen Stimme: »Ja?«

Ich hatte nicht das Gefühl, daß er mir viel helfen konnte, solange ich ihn nicht aus seiner Lethargie herausrüttelte. Seinem Aussehen nach kam er selten aus dem Dunkel heraus, und sein Umgang mit seinen Mitmenschen schien beschränkt zu sein. Er und Rip van Winkle hätten zusammen ein glänzendes Team abgegeben, vorausgesetzt, daß van Winkle die Führung übernahm. Sonst wohl kaum. Nein, sonst ganz entschieden nicht. Ich beugte mich vor und hakte einen Finger in seine Brusttasche.

»Hören Sie, Alterchen«, sagte ich so grob wie die Polizisten in Orchid City. »Wachen Sie auf, Sie müssen mir mal eben helfen.« Während ich sprach, schüttelte ich ihn leicht hin und her. »Was ist mit Apartment 246 los?«

Er schluckte zweimal seinen Adamsapfel herunter. Beim zweiten Mal dachte ich, daß er nicht mehr wieder auftauchen würde, aber schließlich kam er doch, wenn auch nur ganz wenig.

Verstört blinzelnd antwortete er: »Was soll im Apartment 246 los sein?«

»Das frage ich Sie. Die Tür steht offen. Niemand ist drin. Jetzt sind Sie dran, Alter. Wissen Sie nicht, warum die Wohnungstür offengelassen wurde? Sie sollten darüber Bescheid wissen.«

»Sie muß oben sein«, sagte er eilfertig, »um die Zeit ist sie immer oben.«

»Heute ist sie es aber nicht. Kommen Sie. Wir zwei werden uns da mal umsehen.«

Er folgte mir so widerstandslos wie ein Lamm. Während wir im Fahrstuhl hinauffuhren, sagte er schüchtern: »Sie hat sich immer anständig verhalten. Was will denn die Polizei von ihr?«

»Habe ich gesagt, daß die Polizei was von ihr will?« fragte ich und sah ihn finster drohend an. »Ich will nur wissen, warum ihre Tür aufsteht, wenn sie nicht zu Hause ist.«

»Vielleicht ist sie fortgegangen und hat vergessen, sie zu schließen«, sagte er, nachdem er über das Problem nachgedacht hatte. Ich konnte ihm anmerken, daß er von seinem Einfall sehr eingenommen war.

»Nun werden Sie ganz schlau«, sagte ich, während der Fahrstuhl mit einem Quietschen anhielt. Ich war froh, aus ihm herauszukommen. Er schien mir nicht solide genug, um eine Person zu befördern, und zwei schon gar nicht. »Haben Sie sie fortgehen sehen?«

Er sagte, er hätte sie nicht fortgehen sehen.

»Hätten Sie sie denn gesehen, wenn sie fortgegangen wäre?«

»Ja.« Er blinzelte, und sein Adamsapfel hüpfte ein paarmal auf und ab. »Von meinem Zimmer kann ich den Hauseingang beobachten.«

»Sind Sie sicher, daß sie während der letzten zehn Minuten das Haus nicht verlassen hat?«

Nein, das konnte er nicht zuverlässig bestätigen, weil er gerade sein Mittagessen kochte.

Wir gingen durch den langen Gang in das tote Ende und betraten Schwester Gurneys Apartment. Wir gingen durch alle Zimmer, aber in keinem war sie zu finden.

»Nicht da«, sagte ich. »Konnte sie auf einem anderen Weg als durch den Hauseingang das Gebäude verlassen?«

Nachdem er eine Weile ausdruckslos die Wand angestiert hatte, erklärte er, es gebe keinen anderen Ausgang.

Ich deutete mit dem Finger auf die gegenüberliegende Wohnung.

»Wer ist die dicke Frau, die Pflaumen ißt?«

Dieses Mal verschwand der Adamsapfel endgültig.

»Pflaumen«, wiederholte er und wich vor mir zurück. Ich glaube, er hielt mich für verrückt.

»Ja, wer ist sie?«

Er sah auf die Tür des Apartments 244, blinzelte und stierte mich mit verängstigten, alten Augen an.

»Hier drin, Mister?«

»Ja, da drin.«

Er schüttelte den Kopf. »Hier wohnt niemand. Das Apartment ist zu vermieten.«

Ich spürte, daß mir plötzlich ein kalter Schauder über das Rückgrat lief. Ich schob ihn beiseite und drückte mit dem Daumen auf den Klingelknopf. Ich konnte das Klingeln deutlich hören. Aber nichts geschah; niemand kam an die Tür.

»Haben Sie einen Hauptschlüssel bei sich?«

Er wühlte in seinen Taschen, zog einen Schlüssel heraus und reichte ihn mir.

»Da drin wohnt niemand, Mister«, sagte er, »das steht seit Wochen leer.«

Ich drehte den Schlüssel im Schloß, stieß die Tür auf und kam in einen Vorraum, der genau dem Vorraum in Schwester Gurneys Apartment entsprach. Schnell ging ich von Zimmer zu Zimmer. Die Wohnung war so leer und kahl wie Mutter Hubbards Speisekammer.

Das Fenster im Badezimmer führte zu einer Feuertreppe. Ich schob das Fenster hoch und beugte mich hinaus. Unten lag eine Seitengasse, die zur Skyline Avenue führte. Für einen starken Mann war es eine Kleinigkeit, ein Mädchen die Feuertreppe zu einem unten wartenden Wagen hinunterzutragen.

Ich beugte mich weiter vor und sah auf einer der eisernen Stufen einen Pflaumenstein liegen. Schade, daß sie ihn nicht verschluckt hatte. Vielleicht wäre sie daran erstickt.

Drittes Kapitel

1

Es gab einmal eine Zeit, in der ich mir einbildete, ich hätte ein gut eingerichtetes, imponierendes, aber nicht angeberisches Büro allererster Klasse. Paula und ich hatten eine ganze Stange mühsam erworbenen Geldes für den Schreibtisch, den Teppich, die Vorhänge und die Bücherschränke ausgegeben. Wir hatten uns sogar zu ein paar Originalaquarellen von einem bekannten Maler der Stadt verstiegen, der sich, nach seinen Preisen zu urteilen, selbst in die Klasse der alten Meister einreihte. Vielleicht mit Recht, aber dann war es ein gut gehütetes Geheimnis. Doch all das war, ehe ich Gelegenheit hatte, die anderen Büros in dem Orchid Building zu sehen. Manche waren eleganter als meins, andere nicht. Aber keins von allen, die ich sah, beeinflußten die hohe Meinung, die ich von meinem eigenen hatte, nicht, bis ich in das Büro von Manfred Willet, dem Seniorchef der Anwaltsfirma Glynn & Coppley, trat. Da erkannte ich mit einem Blick, daß ich noch sehr viel Geld sparen mußte, ehe ich hoffen durfte, einem wirklich erstklassigen Büro auch nur nahezukommen. Im Vergleich mit diesem Büro war meins eine Schusterwerkstatt.

Es war ein großes Zimmer mit hoher Decke und eichener Täfelung. Ein Schreibtisch, groß genug, um darauf Billard zu spielen, stand auf der einen Seite des Raumes vor drei riesigen Fenstern, die bis zur Decke reichten. Vier oder fünf tiefe Sessel und ein bequemes Sofa waren um einen Kamin gruppiert, der groß genug war, um einen kleineren Elefanten darin zu verstecken. Der Teppich, mit dem das Zimmer ausgelegt war, war dick genug, um ihn mit einem Rasenmäher zu scheren. Auf dem breiten Kaminsims und auf gebrechlichen kleinen Tischen durch das ganze Zimmer verteilt standen erlesene Skulpturen aus Jade. Die Schreibtischgarnitur war massives Silber, das dank liebevoller Pflege und ständigen Polierens hell glänzte. Fast weiße Jalousien schützten vor den Sonnenstrahlen, eine geräuschlose Klimaanlage kontrollierte die Temperatur, Doppelfenster, schalldichte Wände und mit Gummi verkleidete Türen sorgten für absolute Stille. Ein Magenknurren mußte in dem Zimmer so laut dröhnen wie das Entladen eines Lastwagens mit Schotter.

Manfred Willet saß in dem gepolsterten Drehstuhl hinter seinem riesigen Schreibtisch und rauchte eine dicke ovale Zigarette mit Goldmundstück. Er war groß und kräftig, um die Fünfundvierzig. Sein dunkles Haar war von grauen Fäden durchzogen, sein glattrasiertes, überraschend anziehendes Gesicht entsprach in der Farbe dem Mahagoni seines Schreibtisches. Sein in London gearbeiteter Anzug mußte jeden Filmstar vor Neid grün werden lassen, und seine Wäsche war so untadelhaft und weiß wie der erste Schnee.

Er ließ mich reden. Seine graugrünen Augen wichen nicht von dem kunstvollen, silbernen Federhalter auf seinem Schreibzeug. Seine große Gestalt regte sich nicht. Sein mahagonifarbenes Gesicht war so nichtssagend und leer wie ein Loch in der Wand.

Ich begann damit, daß ich ihm Janet Crosbys Brief zeigte, berichtete dann von meinem Besuch in Crestways, dem Zustand des Hauses und des Gartens, daß Maureen angeblich krank sei, daß Janet zwei Tage bevor sie an Endocarditis starb, Tennis gespielt hatte. Ich erwähnte Dr. Bewley, und daß Benny Dwan, der für Dr. Salzer arbeitete, mich verfolgt hatte. Ich sprach kurz von meinem Besuch bei Eudora Drew, wie Dwan zu ihr gekommen war und sie erwürgt hatte. Ausführlich schilderte ich meine Unterredung mit Polizeicaptain Brandon, und wie er mich warnend aufgefordert hatte, mich nicht um Salzer und Maureen Crosby zu kümmern. Ich erwähnte beiläufig, daß Brandon für die beiden voreingenommen war, und weshalb. Ich beschrieb ferner, wie Dwan versucht hatte, mich zu erschießen, und wie er von jemand, der in einem Wagen fuhr, dessen Reifen ein Rautenmuster hatten, umgelegt worden war. Ich erwähnte, daß die Sergeanten Macgraw und Hartsell einen Wagen mit derartigen Reifen fuhren. Ich schloß, indem ich ihm meinen Besuch in Schwester Gurneys Apartment schilderte, die Begegnung mit der fetten Frau, die Pflaumen aß, und wie Schwester Gurney verschwand. Es war eine lange Geschichte, und ich brauchte viel Zeit dafür. Aber er mahnte mich weder zur Eile, noch unterbrach er mich, noch wies er darauf hin, daß ich mir Einzelheiten sparen möge. Er saß da, starrte auf sein Schreibzeug, so bewegungslos wie ein Grabdenkmal, und ich hatte die Vorstellung, daß ihm nichts entging, daß er jedes kleine Detail registrierte und daß hinter dem ausdruckslosen, leeren Mahagonigesicht sein Verstand sehr wach und aufmerksam arbeitete.

»Dies also ist meine Geschichte«, schloß ich und beugte mich vor, um die Asche von meiner Zigarette in einen Aschenbecher auf seinem Schreibtisch zu klopfen. »Ich dachte, daß Sie als Treuhänder des Vermögens darüber informiert sein sollten. Brandon hat mir befohlen, die fünfhundert Dollar zurückzugeben.« Ich zog meine Brieftasche, breitete das Geld auf dem Schreibtisch aus und schob die Scheine ohne die Andeutung eines Zögerns vor ihn hin. »Genaugenommen geht die Geschichte mich damit nichts mehr an. Andererseits sind Sie vielleicht der Ansicht, man solle ihr nachgehen. Und wenn das Ihre Meinung ist, bin ich gern bereit, damit weiterzumachen. Offen gesagt, Mr. Willet, interessiert mich diese Angelegenheit.«

Er hob seine Augen zu mir und starrte. Sekunden verstrichen. Mir kam es vor, als sehe er mich gar nicht. Zweifellos dachte er nach.

»Das ist eine ungewöhnliche Geschichte«, sagte er plötzlich. »Ich halte es für unwahrscheinlich, daß ich sie glauben würde, wenn mir der Ruf Ihrer Agentur nicht bekannt wäre. Sie haben für mehrere meiner Klienten eine ganze Reihe delikater Aufträge übernommen, und diese Klienten haben sich über Sie sehr lobend geäußert. Nach allem, was Sie mir berichtet haben, glaube ich, daß man der Sache weiter nachgehen muß, und ich wäre froh, wenn Sie es übernehmen wollten.« Er schob seinen Stuhl zurück und stand auf. »Es muß Ihnen völlig klar sein, daß die Ermittlungen sehr diskret durchgeführt werden müssen und meine Firma damit in keiner Weise in Verbindung gebracht werden darf. Wir sind bereit, für Ihr Honorar aufzukommen, aber Sie müssen uns decken. Unsere Stellung ist etwas schwierig. Es steht uns nicht zu, uns mit Miss Crosbys Angelegenheiten zu befassen, solange wir nicht die Gewißheit haben, daß etwas Ordnungswidriges vorliegt. Und diese Gewißheit besitzen wir nicht, obwohl alles danach aussieht. Wenn Sie irgendeinen handfesten Beweis finden, der Miss Crosby mit diesen ungewöhnlichen Ereignissen in Verbindung bringt, dann können wir natürlich offen auftreten. Vorher aber nicht.«

»Das erschwert es mir«, erwiderte ich. »Ich verließ mich darauf, Sie würden Brandon davon abhalten, mich zu belästigen.«

Er zwinkerte mit den Augen, als er antwortete: »Ich bin überzeugt, daß Sie mit Brandon ohne meine Hilfe fertig werden. Aber falls er Ihnen doch Schwierigkeiten macht, können Sie mich immer als Ihren Anwalt angeben. Wenn es tatsächlich zu einem Überfall kommt, werde ich Sie vor Gericht mit Vergnügen ohne jedes Honorar vertreten.«

»Das ist großartig«, meinte ich sarkastisch. »Inzwischen wurde ich aber bereits überfallen, und wer weiß, wie das ausgeht.«

Er schien nicht der Ansicht, daß das ein Grund zur Sorge sei.

»Zweifellos werden Sie Ihr Honorar so festsetzen, daß Ihr persönliches Risiko dabei berücksichtigt wird«, bemerkte er leichthin. »Letzten Endes ist Ihre Arbeit ja wohl mit gewissen Risiken verbunden.«

Ich hob die Schultern. Mein Honorar, sagte ich mir selbst, würde zweifellos ganz schön hoch ausfallen.

»Also gut«, sagte ich, »ich soll also weitermachen.«

Die Hände auf dem Rücken, den Kopf gebeugt, begann er im Zimmer auf und ab zu gehen und starrte stirnrunzelnd auf den Teppich.

»Ja, gewiß wünsche ich, daß Sie Ihre Ermittlungen fortsetzen.«

»Ich würde Ihnen gerne ein paar Fragen stellen«, sagte ich und zündete mir eine neue Zigarette an. »Wann sahen Sie Maureen Crosby zum letztenmal?«

»Bei Janets Begräbnis. Seither nicht mehr. Ihre geschäftlichen Angelegenheiten sind verhältnismäßig einfach und eindeutig. Dokumente, die ihrer Unterschrift bedürfen, schicke ich ihr mit der Post zu. Es bestand kein Anlaß, mit ihr persönlich zu verhandeln.«

»Sie haben nichts davon gehört, daß sie krank ist?«

Er schüttelte den Kopf. Nein, er habe nichts davon gehört, daß sie krank sei.

»Sind Sie davon überzeugt, daß Macdonald Crosbys Tod durch einen Unglücksfall verursacht wurde?« fragte ich dann unvermittelt.

Darauf war er nicht gefaßt gewesen, und er blickte mich plötzlich scharf an.

»Wie meinen Sie das? Natürlich war es ein Unfall.«

»Kann es nicht Selbstmord gewesen sein?«

»Es bestand kein Grund für Macdonald Crosby, Selbstmord zu begehen.«

»Soweit es Ihnen bekannt ist«, ergänzte ich trocken.

»Im allgemeinen begeht kein Mann Selbstmord mit einem Jagdgewehr, wenn er einen Revolver besitzt, und Crosby besaß einen Revolver. Mit einem Jagdgewehr kann leicht etwas schiefgehen.«

»Wenn er Selbstmord begangen hätte, hätte sich das in irgendeiner Form auf sein hinterlassenes Vermögen oder auf die Erbschaft ausgewirkt?«

»Ja, gewiß.« Sein Gesichtsausdruck verriet, daß ihm plötzlich etwas einfiel. »Er hatte eine Lebensversicherung über anderthalb Millionen Dollar. Die Police enthielt eine Klausel, die die Auszahlung der Versicherungssumme bei Selbstmord ausschloß.

»Wer erhielt das Geld von der Versicherung?«

»Ich verstehe nicht ganz, wohin das führen soll«, sagte er, kehrte zu seinem Schreibtisch zurück und setzte sich. »Würden Sie es mir vielleicht erklären?«

»Mir erscheint es merkwürdig, daß Salzer, der kein approbierter Arzt ist, einen Totenschein unterschrieben haben soll. Der Coroner und Brandon müssen damit einverstanden gewesen sein. Ich versuche mich selbst davon zu überzeugen, daß Crosbys Tod keine dunklen Hintergründe hat. Aber angenommen, er hat Selbstmord begangen. Nach Ihrer Erklärung hätten seine Erben in diesem Falle die anderthalb Millionen der Versicherungssumme nicht erhalten. Wenn aber ein freundlicher, hilfsbereiter Quacksalber und ein bestechlicher Coroner und ein Polizeicaptain sich einig sind, könnte doch alles so hingebogen worden sein, daß es wie ein Unfall aussah, oder nicht?«

»Es ist ziemlich gefährlich, so etwas auszusprechen. Ist Salzer denn kein approbierter Arzt?«

»Nein. Wer hat die Versicherungssumme erhalten?«

»Janet. Und nach ihrem Tod ging das Geld an Maureen über.«

»Maureen hat jetzt also anderthalb Millionen Dollar in bar?«

»Ja. Ich habe versucht, Janet zu überreden, das Geld anzulegen. Sie zog es aber vor, es auf der Bank stehen zu lassen. Das Konto ging in Maureens Besitz über.«

»Was ist mit dem Geld geschehen? Liegt es noch auf der Bank?«

»Meines Wissens ja. Ich habe keinen Zugang zu ihren Kontoauszügen.«

»Können Sie sie einsehen?«

Er sah mich etwa eine Sekunde scharf an. »Es wäre vielleicht möglich, ich weiß aber nicht, warum ich es tun sollte.«

»Man könnte dann feststellen, wieviel von dem Geld noch da ist.« Ich nickte in Richtung auf Janets Brief, der noch auf dem Schreibtisch lag. »Da ist diese Geschichte mit der Erpressung. Und wenn Franklin Lessways, der Coroner, und Brandon bei der Stange gehalten werden mußten, ist es möglich, daß nicht mehr viel davon übriggeblieben ist. Es wäre mir lieb, wenn Sie das feststellten.«

»Also gut, ich will sehen, was ich tun kann.« Er rieb sich nachdenklich das Kinn. »Ich denke, ich kann gegen Salzer etwas unternehmen. Wenn sich das, was Sie sagen, als wahr erweist, dann war er nicht berechtigt, den Totenschein zu unterschreiben, aber ich bin nicht begierig darauf, damit jetzt schon herauszuplatzen. Es scheint kein Zweifel zu bestehen, daß Crosbys Schußverletzung durch einen Unfall verursacht wurde. Die Versicherung schien davon überzeugt.«

»Wenn Brandon und der Coroner den Totenschein anerkannten, blieb der Versicherung auch nichts anderes übrig. Mir sieht es so aus, als ob Salzer sowohl Lessways als auch Brandon finanziert. Was wissen Sie denn über Lessways?«

Willet zog eine Grimasse.

»Oh, ich halte ihn schon für käuflich. Sein Ruf ist ziemlich fragwürdig.«

»Kannten Sie Janet Crosby gut?«

Er schüttelte den Kopf. »Ich habe sie zwei- oder dreimal gesehen. Öfter nicht.«

»Hatten Sie den Eindruck, daß sie herzkrank war?«

»Nein. Aber das besagt gar nichts. Es gibt viele Herzkranke, denen man nichts ansieht.«

»Aber sie spielen auch nicht zwei Tage vor ihrem Tod Tennis wie Janet.«

Ich merkte ihm an, daß langsam Zweifel in ihm aufkamen.

»Was wollen Sie damit andeuten?«

»Nichts. Ich stelle lediglich eine Tatsache fest. Ich bin nicht restlos davon überzeugt, daß sie an einer Herzkrankheit starb.«

Während er mich anstarrte, lastete das Schweigen schwer genug in dem Zimmer, um ein Schlachtschiff zu versenken.

»Sie wollen doch nicht behaupten . . .« begann er und brach dann ab.

»Noch nicht«, antwortete ich, »aber es ist etwas, das man im Auge behalten sollte.«

Ich konnte ihm ansehen, daß ihm dieser Gedanke ganz und gar nicht gefiel.

»Aber lassen wir diesen Punkt für den Augenblick«, fuhr ich fort. »Konzentrieren wir uns auf Maureen Crosby. So, wie das Haus aussieht, und nach dem, was Schwester Gurney mir sagte, ist es durchaus möglich, daß Maureen nicht in Crestways lebt. Aber wenn sie sich nicht dort aufhält, wo ist sie dann?«

»Ja«, gab er zu, »das ist die Frage.«

»Ist sie in Salzers Sanatorium? Ist Ihnen schon der Verdacht gekommen, daß sie dort vielleicht gefangengehalten wird?«

Die Frage veranlaßte ihn, sich kerzengerade auf seinem Sessel aufzurichten.

»Lassen Sie sich von Ihrer Phantasie da nicht zu sehr gewagten Schlüssen verleiten? Ich bekam erst in der vorigen Woche einen Brief von ihr.«

»Das bedeutet nicht sehr viel. Was schrieb sie?«

»Ich forderte sie auf, einige Dokumente zu unterschreiben. Sie schickte sie unterschrieben zurück. Mit einem Begleitbrief, in dem sie sich für die Zusendung bedankte.«

»Von Crestways?«

»Auf dem Briefpapier war Crestways als Adresse angegeben.«

»Das beweist immer noch nicht, daß sie nicht gefangengehalten wird. Oder doch? Ich behaupte nicht, daß es der Fall ist. Aber auch das ist ein Punkt, der erwogen werden muß.«

»Das können wir sofort klären«, sagte er lebhaft. »Ich werde ihr schreiben und sie auffordern, mich aufzusuchen. Ich kann jederzeit einen geschäftlichen Vorwand für eine persönliche Unterredung finden.«

»Ja, das ist ein Gedanke. Würden Sie mir mitteilen, was dabei herauskommt? Vielleicht wäre es ganz gut, wenn man ihr nachfolgt, wenn sie bei Ihnen gewesen ist, und feststellt, wohin sie geht.«

»Ich geben Ihnen Nachricht.«

Ich stand auf. »Ich glaube, das ist alles. Vergessen Sie bitte nicht, festzustellen, wie hoch ihr Bankkonto ist.«

»Ich will alles versuchen. Seien Sie vorsichtig in der Sache, Malloy Ich wünsche keine Rückschläge. Das werden Sie verstehen.«

»Ich werde sehr aufpassen.«

»Was ist Ihr nächster Schritt?«

»Ich muß etwas wegen Schwester Gurney unternehmen. Ich hatte das Mädchen gern. Wenn sie noch lebt, werde ich sie finden.«

Als ich ihn verließ, sah er nicht mehr wie ein Grabdenkmal aus. Er sah aus wie ein schwer geplagter Rechtsanwalt im mittleren Alter mit großen Sorgen. Das bewies zum mindesten, daß er menschlich war.

II

Der Sergeant vom Dienst sagte, Mifflin sei frei, und ich solle zu ihm hinaufgehen. Er sah mich dabei hoffnungsvoll an, und ich wußte gleich, daß er erwartete, von mir den Sieger bei einem der Rennen am nächsten Tag zu erfahren, aber ich hatte andere Dinge im Kopf.

Ich stieg die Steintreppe hinauf. Auf dem Treppenabsatz begegnete ich dem rothaarigen Sergeanten MacGraw.

»Schau, schau, unser Wunderknabe«, sagte er höhnisch, »was hat er denn jetzt für Kummer?«

Ich blickte in seine harten, kleinen Augen, und was ich da sah, gefiel mir gar nicht. Das war ein Kerl, dem es Spaß machte, andere zu quälen. Einer der brutalen Polypen, der sich freiwillig meldete, wenn einer weich gemacht werden mußte, und der das auch noch genoß.

»Nichts macht mir Kummer«, entgegnete ich, »aber wenn ich Sie noch öfter sehe, wird mir vielleicht schlecht.«

»Kluges Köpfchen, was?« Er grinste und zeigte kleine, gelbliche Zähne. »Halten Sie Ihre Pfoten sauber, Wunderknabe, wir passen auf Sie auf.«

»Solange Sie mich dabei nicht in den Kopf schießen, soll es mir recht sein«, gab ich zurück, schob mich an ihm vorbei und ging durch den Gang zu Mifflins Büro.

Ehe ich klopfte, blieb ich stehen und sah über die Schulter zurück. MacGraw stand immer noch oben an der Treppe und starrte hinter mir her. Sein Gesicht war überrascht, seine formlose Unterlippe hing etwas herunter. Als sich unsere Blicke begegneten, drehte er sich um und verschwand die Treppe hinunter.

Mifflin sah auf, als ich in sein Büro trat, und runzelte die Stirn.

»Da bist du schon wieder? Komm doch nicht dauernd hierher. Brandon will es nicht haben.«

Ich zog einen seiner harten Stühle heran und setzte mich.

»Erinnere mich gelegentlich daran, dann werde ich darüber weinen, wenn ich Zeit habe. Ich komme aus einem offiziellen Anlaß. Wenn Brandon das nicht paßt, kann er von mir aus ins Wasser gehen.«

»Was für ein Anlaß?« fragte Mifflin, schob seinen Stuhl zurück und legte seine großen haarigen Hände vor sich auf den Schreibtisch.

»Eine der Krankenschwestern, die Miss Crosby pflegt, ist verschwunden«, erklärte ich. »Das sollte Brandon interessieren, weil diese Schwester in Salzers Diensten steht.«

»Verschwunden?« fragte Mifflin mit fremder Stimme, »was meinst du mit verschwunden?«

Ich schilderte ihm, wie ich Schwester Gurney besucht hatte, wie es an der Wohnungstür klingelte, wie sie hinausgegangen war, um zu öffnen, und nicht wiedergekommen war. Ich berichtete mit allen Einzelheiten von der fetten Frau in dem gegenüberliegenden Apartment, dem Pflaumenstein auf der Feuertreppe, und wie einfach es für einen starken Mann gewesen wäre, Schwester Gurney die Treppe hinunter zu einem parkenden Wagen zu tragen.

»Nun, das ist eine verdammt merkwürdige Geschichte«, sagte Mifflin und wühlte mit den Fingern in seinem schwarzen Haar. »Vor etwa zwei Jahren ist schon einmal eine von Salzers Pflegerinnen verschwunden. Sie wurde nie wiedergefunden.«

»Habt ihr je nach ihr gesucht?«

»Du brauchst nicht gleich ausfallend zu werden, Vic«, sagte er ärgerlich. »Natürlich haben wir nach ihr gesucht, fanden sie aber nicht. Salzer meinte, sie sei fortgelaufen, um zu heiraten. Ihr Vater konnte ihren jungen Mann nicht ausstehen oder so etwas Ähnliches.«

»Salzer hat nicht gemeldet, daß Schwester Gurney vermißt wird?«

Er schüttelte den Kopf.

»Dazu hatte er kaum die Zeit. Außerdem ist ihr vielleicht etwas eingefallen, und sie ging fort, um es zu erledigen. Es muß zahllose Gründe für sie geben, ihre Wohnung zu verlassen.«

»Ohne Schuhe und Strümpfe und mitten in einer Unterhaltung? Mach dir doch nichts vor. Sie wurde verschleppt, das weißt du genau.«

»Ich werde hingehen und mit dem Hausmeister sprechen. Du hältst dich besser da draußen. Brandon werde ich sagen, der Hausmeister hätte sie als vermißt gemeldet.«

Ich zuckte mit den Schultern. »Solange etwas geschieht, soll es mir recht sein. Aber der andere Fall interessiert mich. Wer war diese Schwester?«

Mifflin zögerte, stand dann auf und trat vor einen seiner vielen Aktenschränke.

»Sie hieß Anona Freedlander«, antwortete er, während er in einem Aktenstoß wühlte, dann einen Aktendeckel herauszog und ihn zu seinem Schreibtisch brachte. »Viel wissen wir nicht von ihr. Ihr Vater ist George Freedlander, wohnt in San Franzisko, California Street Nr. 257. Sie verschwand am 15. Mai im vorigen Jahr. Salzer meldete es Brandon. Freedlander kam zu uns, und er vertrat die Meinung, sie sei mit diesem jungen Mann durchgegangen. Der Junge hieß Jack Brett. Brett war bei der Marine. Ein paar Wochen, ehe Anona verschwand, war er desertiert. Brandon sagte, wir brauchten nicht sehr gründlich zu suchen. Das taten wir dann auch nicht.«

»Habt ihr je eine Spur von Brett gefunden?«

»Nein.«

»Ich bin mal neugierig, wie gründlich ihr nach Schwester Gurney suchen werdet.«

»Nun, wir müssen erst einmal davon überzeugt sein, daß sie verschleppt wurde. Nur auf deine Aussage hin wird Brandon nichts unternehmen. Es hängt alles von Salzer ab.«

»In dieser ganzen schönen Stadt scheint alles von Salzer abzuhängen.«

»Ach was, Vic, du übertreibst sinnlos.«

Ich stand auf. »Finde sie, Tim, oder ihr werdet etwas erleben. Ich habe das Mädchen gern.«

»Nun mal mit der Ruhe. Wenn sie verschwunden ist, werden wir sie finden. Sag mal, bist du sicher, daß dieses Pferd Crab Apple in Ordnung ist? Ich will keine fünf Dollar verlieren.«

»Interessiere dich nicht für Crab Apple, sondern kümmere dich um Schwester Gurney«, antwortete ich und stampfte aus dem Zimmer.

Ich fuhr zu dem Orchid Building zurück. Paula wartete in meinem Büro auf mich.

»Wir machen weiter«, erklärte ich und setzte mich hinter meinen Schreibtisch. »Ich war bei Willet, und er will die Ermittlungen finanzieren. Aber er wünscht, daß seine Firma im Hintergrund bleibt und nicht genannt wird.«

»Wie rücksichtsvoll von ihm«, sagte Paula verächtlich. »Das Risiko trägst du vermutlich allein.«

»Er erklärte sich bereit, das extra zu bezahlen«, antwortete ich und grinste. Dann berichtete ich ihr von meinem Besuch im Headquarters. »Dieser Salzer scheint es gewöhnt zu sein, daß seine Pflegerinnen verschwinden. Beachte das Datum. Der 15. Mai. Das ist der Tag, an dem Janet starb. Keiner kann mir einreden, daß ihr Verschwinden nicht irgendwie im Zusammenhang mit Janets Tod steht.«

Paula studierte gründlich mein Gesicht. »Du glaubst also, daß Janet ermordet wurde?«

Ich zündete mir eine Zigarette an und legte das Streichholz sorgfältig in den Aschenbecher, ehe ich antwortete.

»Ich halte es für möglich. Das Motiv ist gegeben. Das viele Geld. Bestimmt starb sie nicht an einem Herzleiden. Arsenik, aber auch andere Gifte führen Herzkrankheiten herbei. Ein alter Knacker wie Bewley konnte darüber leicht getäuscht werden.«

»Aber du weißt es nicht sicher«, antwortete Paula. »Du glaubst bestimmt, daß Maureen ihre Schwester ermordete.«

»Der Anreiz dazu war sehr stark. Abgesehen davon, daß sie ein Vermögen von zwei Millionen Dollar erbte, war da auch noch der kleine Posten der Versicherungssumme. Ich behaupte nicht, daß sie es getan hat. Aber so viel Geld stellt eine große Versuchung dar, besonders, wenn man sich in den Händen von Erpressern befindet. Und noch etwas. Ich bin mir auch nicht völlig darüber im klaren, ob Crosby selbst nicht ermordet wurde. Wenn bei seinem Tod keine fragwürdigen Umstände mitspielten, weshalb zog Salzer dann nicht jemand wie Bewley hinzu, um den Totenschein zu unterschreiben? Warum unterschrieb er ihn selbst? Er mußte Lessways, den Coroner, und auch noch Brandon für sich gewinnen. Daraus schließe ich: entweder war es Selbstmord, oder es war Mord. Ich gehe jede Wette ein, daß es kein Unglücksfall war. Und wie Willet ganz richtig sagte, wenn ein Mann einen Revolver besitzt, ist es unglaubwürdig, daß er sich mit einem Gewehr erschießt. Damit bleibt nur Mord übrig.«

»Deine Schlüsse sind voreilig«, antwortete Paula scharf. »Das ist dein großer Fehler, Vic. Du bist immer zu schnell mit Vermutungen bei der Hand.«

Ich blinzelte ihr zu. »Aber gerade das macht mir doch Spaß.«

III

Zur Entspannung lege ich manchmal Puzzlespiele. Paula beschafft sie von einem beinlosen Kriegsversehrten, zu dem sie an ihren freien Nachmittagen geht, um sich mit ihm zu unterhalten. Der Mann verbringt seine ganze Zeit damit, aus Eisenbahnplakaten, die Paula ihm mitbringt, Puzzlespiele zu sägen. Er macht sie sehr schwierig, und ich brauche ungefähr einen Monat, um eines fertig zu kriegen. Dann schenke ich es einem Krankenhaus und bekomme von Paulas Bekanntem ein neues.

Aus langer Erfahrung mit diesem Puzzlespiel habe ich gelernt, daß die anscheinend kleinen und unwichtigen Stücke sehr häufig den Schlüssel zu dem ganzen Bild geben. Und ich bin immer auf der Suche nach diesen Stücken. Genauso bin ich, wenn ich an einem Auftrag arbeite, immer auf der Suche nach unscheinbaren Kleinigkeiten, die dem Anschein nach für den Fall keine Bedeutung besitzen, tatsächlich aber sehr wichtig sind.

Brütend hatte ich eine Stunde lang in meinem Büro gesessen. Es war jetzt ein paar Minuten nach sieben. Das Büro war für die Nacht geschlossen, nur die Whiskyflasche war mir zur Gesellschaft geblieben.

Ich hatte eine Anzahl Notizen gemacht, die zwar nach etwas aussahen, tatsächlich aber nicht viel ergaben. Und als ich die Liste der möglichen Hinweise durchlas, blieb ich bei Douglas Sherrills Namen hängen. Warum, fragte ich mich, hatte Janet ihre Verlobung eine Woche vor Macdonald Crosbys Tod plötzlich gelöst? Diese Tatsache schien zunächst keine Bedeutung für den Fall zu haben, aber vielleicht lag hier doch eine Spur. Das konnte ich erst endgültig beurteilen, wenn ich wußte, warum die Verlobung auseinandergegangen war. Wer konnte mir das sagen? Offensichtlich Douglas Sherrill, aber zu ihm konnte ich nicht gehen, ohne mir in die Karten gucken zu lassen, und dazu war ich im Augenblick nicht bereit. Wer kam sonst noch in Frage? Ich ging meine Notizen noch einmal durch. John Stevens, Crosbys Butler, bot eine Möglichkeit. Ich kam zu der Ansicht, es lohne den Versuch, ausfindig zu machen, was für eine Art Mensch dieser Stevens war. Wenn er so aussah, als ob man ihm trauen könnte, lohnte es sich vielleicht, ihn ins Vertrauen zu ziehen. Martha Bendix hatte gesagt, daß er jetzt für Gregory Wainwright arbeite.

Was du tust, das tue gleich, dachte ich und schlug Wainwright im Telefonbuch nach. Ich wählte die Nummer, und nach dem zweiten oder dritten Klingeln sagte eine würdige Stimme: »Hier ist die Wohnung von Mr. Wainwright.«

»Spreche ich mit Mr. John Stevens?« fragte ich.

Darauf folgte eine Pause, ehe die Stimme zurückhaltend antwortete: »Stevens am Apparat. Wer ist dort, bitte?«

»Mein Name ist Malloy, Mr. Stevens. Ich möchte Sie gern in einer privaten und wichtigen Angelegenheit sprechen. Es handelt sich um die Familie Crosby. Können Sie mich heute abend noch treffen?«

Wieder diese Pause.

»Ich verstehe nicht ganz.« Es war die Stimme eines freundlichen und vielleicht ein bißchen beschränkten alten Mannes. »Ich fürchte, ich kenne Sie nicht.«

»Vielleicht haben Sie schon von Universal Services gehört?«

Ja, er hatte von Universal Services gehört.

»Ich leite die Agentur«, sagte ich. »Es ist für mich von großer Bedeutung, mit Ihnen über die Crosbys zu sprechen.«

»Ich glaube nicht, daß ich berechtigt bin, mit Ihnen über meinen letzten Arbeitgeber zu sprechen«, sagte er distanziert. »Es tut mir leid.«

»Sie vergeben sich aber nichts, wenn Sie sich anhören, was ich zu sagen habe. Wenn ich Ihnen die Lage erklärt habe, sind Sie vielleicht doch bereit, mir ein paar Fragen zu beantworten. Wenn nicht, dann ist auch nichts verloren.«

Die Pause dauerte dieses Mal länger.

»Nun, ich kann Sie vielleicht treffen, aber ich kann Ihnen nichts versprechen.«

»Das ist völlig in Ordnung, Mr. Stevens. An der Ecke der Jefferson Avenue und der Felman Street ist ein Café. Dort können wir uns treffen. Um wieviel Uhr wäre es Ihnen recht?«

Er sagte, er würde um neun Uhr dort sein.

»Ich werde meinen Hut aufhaben und den *Evening Herald* lesen.«

Er sagte, er würde sich nach mir umsehen, und hängte ein.

Ich hatte bis dahin fast zwei Stunden Zeit und entschloß mich, solange zu Finnegan zu gehen. Es dauerte ein paar Minuten, ehe ich das Büro abgeschlossen hatte. Während ich den Safe verschloß, die Fenster zumachte und Schlüssel umdrehte, dachte ich an Schwester Gurney. Wer hatte sie verschleppt? Warum war sie verschleppt worden? Lebte sie noch? Es waren Gedanken, die zu nichts führten, mich aber beunruhigten. Immer noch in diese Gedanken versunken, trat ich in das äußere Büro, sah mich um, um mich zu vergewissern, daß alles in Ordnung war, ging hindurch, trat in den Gang und schloß die äußere Tür hinter mir ab. Am Ende des Ganges bemerkte ich einen kleinen, untersetzten Mann, der neben der Fahrstuhltür an der Wand lehnte und in einer Zeitung las. Er blickte nicht auf, als ich neben ihm stehenblieb und auf den Fahrstuhlknopf drückte. Ich warf ihm einen flüchtigen Blick zu. Er war dunkel, sein grobes Gesicht mit Pockennarben bedeckt. Er sah aus wie ein Italiener, konnte aber auch ein Spanier sein. Sein marineblauer Anzug glänzte an den Ellenbogen, und die Manschetten seines weißen Hemdes waren schmutzig.

Der Fahrstuhlführer schob die Türen auf, und der Pockennarbige und ich stiegen ein. In der dritten Etage hielt der Fahrstuhl, um Manfred Willet aufzunehmen, der mit blicklosen Augen durch mich hindurchsah und sich dann in die Schlagzeilen der Abendzeitung vertiefte. Er hatte gesagt, daß er Diskretion wünsche, aber ich fand, daß er nicht so weit zu gehen brauche, mich im Fahrstuhl nicht zu erkennen. Indessen bezahlte er mich, und folglich gab er den Ton an.

Ich kaufte einen *Evening Herald* unten am Zeitungsstand und gab damit Willet die Möglichkeit, das Gebäude zu verlassen, ohne über mich zu stolpern. Ich beobachtete, wie er in einen Oldsmobile in der Größe eines Panzerkreuzers stieg. Der Pockennarbige mit den schmutzigen Manschetten war in einem der Sessel in der Halle zusammengesunken und las seine Zeitung. Ich ging durch den Gang zum hinteren Ausgang auf die Sackgasse hinaus zu Finnegans Bar.

Das Lokal war voller Rauch, harter Figuren und lauter Stimmen. Ich hatte erst zwei Schritte in Richtung auf meinen Lieblingstisch gemacht, als Olaf Kruger, der eine Boxschule in der Princess Street betrieb, mich am Arm packte.

Olaf war nicht viel größer als ein Jockei, kahl wie ein Ei und so gerissen, wie man nur wünschen kann.

»Hallo, Vic«, sagte er und schüttelte mir die Hand. »Komm her, und trink einen mit. Hab dich seit Wochen nicht mehr gesehen. Was habe ich dir getan?«

Ich drängte mich zur Bar durch und winkte Mike Finnegan zu, der unter einer Doppelreihe Neonröhren sich plagte, Bier zu zapfen.

»Ich war ziemlich regelmäßig beim Boxen«, sagte ich, während Olaf auf einen Hocker kletterte und sich mit drohenden Gebärden, die niemand ernst nahm, Ellbogenraum verschaffte. »Zufällig habe ich dich nie getroffen. Dieser O'Hara macht sich gut.«

Olaf winkte mit seinen winzigen Händen Finnegan heran. »Whiskys, Mike«, forderte er mit seiner schrillen, pfeifenden Stimme. »O'Hara? Ja, der macht sich gut, aber er ist zu dumm, zu kontern. Ich sag's ihm dauernd, aber er hört nicht auf mich. Eines Tages stößt er auf einen, der länger Luft hat, und dann ist es aus mit ihm.«

Die nächste halbe Stunde sprachen wir über Boxen. Über was anderes konnte Olaf nicht reden. Während wir uns unterhielten, aßen wir jeder zwei Klubsandwiches und tranken doppelte Whiskys dazu.

Hughson, der Sportberichter des *Herald*, schloß sich uns an und bestand darauf, noch eine Runde auszugeben. Er war ein großer, hagerer, zynischer Vogel, der schon kahl wurde, mit schweren Säcken unter den Augen und Zigarrenasche vorn auf seiner Jacke. Man traf ihn nie ohne eine Zigarre, die roch, als hätte er sie vor ein paar Jahren im Mülleimer gefunden. Wahrscheinlich hatte er es wirklich.

Nachdem wir uns drei oder vier seiner langatmigen, anzüglichen Geschichten angehört hatten, fragte Olaf: »Was ist an der Sache mit Dixie Kid, der gestern abend Prügel bezogen haben soll? Stimmt das?«

Hughson verzog das Gesicht. »Weiß ich nicht. Der Junge redet nicht. Er hat ein blaues Auge, falls das was beweist. Einer der Taxifahrer am Pier sagt, er sei ans Ufer geschwommen.«

»Wenn sie ihn vom *Dream Ship* über Bord geworfen haben, mußte er ein schönes Stück schwimmen«, meinte Olaf grinsend.

»Unterhaltet ihr beide euch ruhig«, sagte ich und zündete eine Zigarette an, »um mich braucht ihr euch nicht zu kümmern.«

Hughson hakte einen nikotinbraunen Finger in meine Brusttasche.

»Dixie Kid fuhr gestern abend zum *Dream Ship* hinaus und bekam Streit mit Sherrill. Es wird behauptet, daß vier Kerle nötig waren, um ihn über Bord zu werfen, aber nicht, ehe er Sherrill noch eine verpaßt hatte. Es geht das Gerücht, daß Sherrill ihn wegen Körperverletzung anzeigen will. Wenn er das tut, ist Kid erledigt. Er steckt bis über die Ohren in Schulden.«

»Wenn man mich fragt, dann zeigt Sherrill ihn an«, sagte Olaf und schüttelte seinen kahlen Schädel. »In der Hinsicht hat er einen schlechten Ruf.«

»Er wird es nicht tun«, entgegnete Hughson, »er kann es sich nicht leisten, ins Gerede zu kommen. Ich habe Kid gesagt, er hätte nichts zu befürchten. Aber nicht mal daraufhin hat der Junge den Mund aufgemacht.«

»Wer ist dieser Sherrill überhaupt?« fragte ich, so ruhig ich konnte, und winkte mit dem Finger Finnegan zu, die Gläser wieder zu füllen.

»Du bist nicht der einzige, der das wissen will«, erklärte Hughson. »Keiner weiß was Genaues. Er ist der große Unbekannte. Kam vor etwa zwei Jahren nach Orchid City, hatte einen Job als Grundstückverkäufer bei Selby & Lowenstein. Ich glaube, er verdiente etwas dabei, nicht viel, aber es reichte, um sich selbst ein kleines Haus an der Rossmore Avenue zu kaufen. Dann hat er sich irgendwie mit Janet Crosby verlobt, dieser Millionärin. Aber lange hat das nicht gehalten. Für sechs Monate verschwand er dann von der Bildfläche und tauchte plötzlich als Besitzer des *Dream Ship* wieder auf. Das ist ein Dreihundert-Tonnen-Schoner, den er zu einem Spielkasino umgebaut hat. Das Schiff liegt unmittelbar außerhalb der Dreimeilengrenze vor Anker. Er unterhält eine Flotte Wassertaxis, die zwischen dem Schiff und dem Land hin- und herfahren. Und die Mitglieder des Klubs werden so exklusiv ausgesucht wie bei einem Geburtstagsempfang im Buckingham-Palast.«

»Und Spielen ist nicht die einzige Unterhaltung, die Sherrill zu bieten hat«, ergänzte Olaf und blinzelte. »Auf dem Schiff hat er ein halbes Dutzend ausgesuchter Mädchen. Das ist eine todsichere Sache. Da er drei Meilen außerhalb der Stadtgrenze ist, kann Brandon ihm nichts anhaben. Wetten, daß er einen Haufen Geld macht?«

»Was ich nicht kapiere, ist«, sagte Hughson und griff nach dem Whisky, den ich für ihn bestellt hatte, »wie ein Lump wie Sherrill genug Geld in die Finger bekam, um so ein Riesending wie das *Dream Ship* zu kaufen.«

»Es wird behauptet, er hätte die richtigen stillen Teilhaber gefunden«, meinte Olaf. »Wäre er zu mir gekommen, und hätte er mir einen Anteil an seinem Schiff angeboten, hätte ich sofort zugegriffen. Ich wette, daß jeder Beteiligte ganz schön kassiert.«

Ich hörte zu und fand es großartig, daß ich in der Bar zwei traf, die alles wußten, was ich brauchte, und es erzählten, ohne daß ich darum fragen mußte.

»Das muß eine spaßige Gesellschaft auf dem Schiff sein«, warf ich hin. »Da sollte man Mitglied werden.«

Hughson musterte mich höhnisch. »Du bist nicht der einzige, der das möchte. Aber keine Aussicht, mein Junge. Nur welche mit 'ner dicken Brieftasche haben die Chance. Jedes Mitglied ist sorgfältig ausgesucht. Wer nicht genug Geld hat, ist bei Sherrill unerwünscht. Die Aufnahmegebühr beträgt zweihundertfünfzig Dollar, und der Mitgliedsbeitrag glatte fünfhundert im Jahr. Er interessiert sich nur für die Gutbetuchten. Von Proleten will er nichts wissen.«

»Was für ein Bursche ist denn dieser Sherrill?« fragte ich.

»Das ist ein ganz geleckter Hund«, antwortete Hughson. »Sieht gut aus, ist glatt, hart und helle. Die Art Lumpen, hinter denen die Weiber her sind. Lockiges Haar, blaue Augen, dicke Muskeln und angezogen wie ein Filmstar. Alles, wie ich es mir bei so einem richtigen, ganz großen Schweinehund vorstelle.«

»Hast du eine Ahnung, warum Janet Crosby ihre Verlobung löste?«

»Das Mädchen hatte Verstand. Ich weiß nicht, was passiert ist, aber ich vermute, sie erkannte beizeiten das rote Licht. Er war nur hinter ihrem Geld her, und das merkte sie vermutlich, ehe es zu spät war. Jedes Mädchen, das einen Lumpen wie Sherrill heiratet, ist verraten und verkauft.«

Olaf, den das Gespräch zu langweilen begann, fragte: »Meint ihr, daß Dixie Kid ein Gegner für O'Hara ist? Ich hab die Möglichkeit, sie zusammenzubringen, aber ich bin nicht sicher, ob es wirklich einen guten Kampf gibt.«

Die nächsten fünfzehn Minuten stritten wir uns um die Vorzüge und Nachteile von Dixie Kid, und als ich wieder auf die Uhr blickte, sah ich, daß es für mich Zeit wurde.

»Ich muß jetzt gehen«, erklärte ich und glitt von dem Hocker herunter. »Ich komme nächste Woche in der Trainingshalle vorbei«, versprach ich Olaf. »Bis dahin.«

Olaf erklärte, er würde sich freuen, mich zu sehen, und bat mich, Paula zu grüßen. Hughson trug mir auf, Paula zu sagen, daß er fast jede Nacht von ihr träume. Ehe ich ging, bestellte ich ihnen noch einen Whisky.

Als ich durch das Lokal zur Tür ging, entdeckte ich den Pockennarbigen mit den schmutzigen Manschetten an einem Tisch neben der Tür, immer noch in seine Zeitung vertieft, und als ich die Tür aufstieß, faltete er sie gelangweilt zusammen, schob sie in die Tasche und stand auf.

Ich ging schnell zu der Stelle, wo ich meinen Buick geparkt hatte, stieg ein, ließ den Motor an und fuhr durch die dunkle Gasse. Irgendwo hinter mir dröhnte der Motor eines anderen Wagens auf, und ein paar Standlichter schwammen in meinem Rückspiegel.

Ich fuhr durch die Princess Street und behielt den Rückspiegel im Auge. Der Wagen, der mich verfolgte, war ein Lincoln.

Seine blaue Antiblendwindschutzscheibe verhinderte mich, den Fahrer zu erkennen, aber ich konnte erraten, wer es war.

Am Ende der Princess Street bog ich rechts in die Felman Street ein. Der Verkehr wurde dünner, und ich fuhr schnell, aber der Lincoln hatte keine Schwierigkeit, mir auf den Fersen zu bleiben. Vor mir erkannte ich das rote Neonlicht des Cafés, in dem ich mich mit John Stevens verabredet hatte. Kurz ehe ich das Café erreichte, bremste ich scharf am Bürgersteig. Der Lincoln befand sich zu dicht hinter mir, als daß er etwas anderes tun konnte, als geradeaus weiterfahren. Als er an mir vorbeikam, merkte ich mir seine Nummer. Er verlangsamte sein Tempo.

Ich glitt aus dem Buick und versteckte mich im dunklen Eingang zu einem Geschäft. Der Lincoln hatte fünfzig Meter vor mir angehalten. Der Pockennarbige stieg aus, sah nach beiden Seiten die Straße entlang, ohne zu versuchen, dabei nicht aufzufallen. Er entdeckte sehr schnell, daß ich den Buick verlassen hatte, und kam, die Hände tief in seinen Jackentaschen vergraben, auf meinen geparkten Wagen zu.

Ich wich tiefer in den Schatten zurück, beobachtete, wie er in meinen leeren Wagen hineinsah, nach rechts und links blickte und dann weiterging. Es schien ihn nicht zu beunruhigen, daß er mich nicht entdecken konnte, denn er schlenderte die Straße weiter entlang wie ein beliebiger Abendspaziergänger.

Ich beobachtete ihn, bis er außer Sicht war, überquerte dann die Straße durch die Unterführung für Fußgänger und verschwand in dem Café.

Als ich eintrat, wiesen die Zeiger der Uhr an der Wand auf fünf vor neun. An den Tischen saß nur etwa ein halbes Dutzend Leute. Ein blonder Teenager mit ihrem Boy, zwei ältere Männer, die Schach spielten, zwei Frauen mit Einkaufstaschen und ein Mädchen mit einem dünnen, blassen Gesicht an einem Ecktisch, das Milch trank.

Ich nahm mir einen von der Tür entfernten Tisch, setzte mich und breitete meinen *Evening Herald* auf der Platte vor mir aus. Dann zündete ich mir eine Zigarette an und begann, mir über den Pockennarbigen Gedanken zu machen. War auch er einer von Salzers Figuren, oder vertrat er andere, für mich neue Interessenten an dem Fall? Er beobachtete mich, das war klar, wenn er sich auch sehr ungeschickt dabei anstellte. Entweder das, oder es war ihm gleichgültig, ob ich ihn bemerkte. Ich hätte mir die Nummer des Wagens notieren sollen. Wieder ein kleiner Auftrag für Mifflin, dachte ich, und das erinnerte mich an das Pferderennen. Ich schlug die Sportseite auf und sah nach. Crab Apple hatte sein Rennen gewonnen. Nun, das war mir recht. Mifflin würde nichts dagegen haben, die Autonummer nachzuschlagen, nachdem er ein paar Dollars kassieren konnte.

Schlag neun wurde die Glastür aufgestoßen und ein hochgewachsener, alter Mann trat in das Café. Sofort, als ich ihn sah, wußte ich, er war Stevens. Er sah aus wie ein Erzbischof auf Urlaub. Er kam mit den würdigen Schritten auf mich zu, die Butler so an sich haben, wenn sie verkünden, daß das Diner angerichtet ist. Sein Gesichtsausdruck war etwas beklommen, und seine Augen hatten einen wachsamen, abweisenden Blick.

Ich stand auf. »Mr. Stevens?«

Er nickte.

»Ich bin Malloy. Wollen Sie bitte Platz nehmen. Darf ich Ihnen einen Kaffee bestellen?«

Er legte seine Melone auf einen der Stühle und setzte sich. Ja, er würde Kaffee nehmen.

Um Zeit zu sparen, ging ich an die Theke, bestellte zwei Kaffees und trug sie zu dem Tisch. Der Teenager starrte Stevens an und kicherte in der ungezogenen Art sehr junger Mädchen. Sie sagte etwas zu ihrem Boy, einem Jungen in einem gestreiften Pullover und mit einer Collegekappe auf dem Hinterkopf. Er blickte zu Stevens hinüber und grinste. Vielleicht hielt er es für komisch, daß ein Erzbischof in ein Selbstbedienungscafé kam, vielleicht amüsierte er sich auch über die Melone.

Ich stellte die beiden Tassen auf den Tisch.

»Sehr freundlich von Ihnen, zu kommen, Mr. Stevens«, sagte ich und bot ihm eine Zigarette an. Während er sie anzündete, musterte ich ihn. Er war in Ordnung. Das treuergebene Familienfaktotum, das seinen Mund hielt. Man konnte ihm vertrauen. Die Schwierigkeit würde nur sein, ihn zum Reden zu bewegen. »Was ich Ihnen zu sagen habe, ist streng vertraulich«, fuhr ich fort und setzte mich. »Ich bin beauftragt, über Miss Janet Crosbys Tod Ermittlungen anzustellen. Gewisse Kreise sind nicht restlos überzeugt, daß sie an einer Herzkrankheit starb.«

Er erstarrte und richtete sich gerade auf.

»Wer sind diese gewissen Kreise?« fragte er. »Mir erscheint es schon reichlich spät für Ermittlungen.«

»Das möchte ich im Moment noch nicht sagen«, erklärte ich ihm. »Ich gebe zu, daß es spät scheint, aber erst in den letzten Tagen sind gewisse Tatsachen offenbar geworden, die eine Untersuchung erforderlich machen. Glauben Sie, daß Janet Crosby an einer Herzkrankheit starb?«

Er zögerte.

»Es ist nicht meine Angelegenheit«, sagte er schließlich zurückhaltend. »Aber da Sie mich danach fragen, muß ich zugeben, daß es für mich eine schmerzliche Überraschung war. Sie wirkte so jung und lebensfroh. Aber Dr. Salzer versicherte mir, daß in ihrem Fall durch das plötzliche Verstopfen einer Arterie ein Herzanfall ohne vorherige Symptome eintreten könne. Trotzdem vermochte ich es kaum zu glauben.«

»Ich wüßte gern, ob Sie eine Ahnung haben, weshalb Miss Crosby ihre Verlobung mit Douglas Sherrill löste?«

»Ich fürchte, darüber kann ich Ihnen keine Auskunft geben, ohne zu wissen, wer diese Ermittlungen wünscht«, erwiderte er knapp. »Ich habe von Ihrer Agentur gehört und glaube, daß sie sehr angesehen ist. Aber ich bin nicht bereit, über meine früheren Arbeitgeber zu sprechen, solange ich nicht weiß, wer daran interessiert ist.«

Weiter kamen wir nicht.

Über dem Café lag plötzlich eine eisige Stille, die mich hochblicken ließ.

Die Doppeltüren schwangen auf, und vier Männer drangen ein. Zwei von ihnen trugen Thompson-Maschinenpistolen, die beiden anderen hielten Colts in ihren Händen. Es waren vier dunkelhaarige Südländer, einer davon mein Freund mit den schmutzigen Manschetten. Die beiden mit den Maschinenpistolen schwärmten aus und bezogen Stellung auf beiden Seiten des Raumes, von wo sie freies Schußfeld hatten. Der Pockennarbige mit den schmutzigen Manschetten und ein kleiner Dago mit rotgeränderten Augen kamen durch das Lokal auf unseren Tisch zu.

Stevens stieß ein überraschtes Brummen aus und wollte aufstehen, aber ich packte ihn am Arm und zog ihn auf seinen Stuhl zurück.

»Verhalten Sie sich ruhig«, zischte ich ihm zu.

»Keine Bewegung«, sagte einer der Kerle mit den Maschinenpistolen drohend. Seine Stimme schnitt durch die Stille wie eine Kugel durch einen Berg Himbeereis.

»Bleibt ruhig sitzen und haltet den Mund, oder wir blasen euch alle um.«

Jeder saß oder stand so regungslos wie tot. Wir boten ein Bild wie eine mit Wachsfiguren aufgebaute Szene. Der Barmann stand mit einer Hand am Griff der Sodapumpe starr mit hervorquellenden Augen da. Die Finger eines der älteren Männer hielten seine Dame, mit der er seinen Spielpartner gerade schachmatt setzen wollte. Sein Gesicht zeigte ungläubiges Entsetzen. Das magere, unscheinbare Mädchen hatte die Augen fest geschlossen und preßte beide Hände auf ihren Mund. Der Teenager beugte sich vor, der hübsche, rotgeschminkte Mund hing offen, und in den Augen stand ein schriller Schrei.

Als der Bandit an ihr vorbeikam, drang der Schrei aus ihrem Mund. Es war ein greller, an den Nerven zerrender Laut in dem stillen Raum, und der Bandit fluchte und schlug mit dem Lauf seiner Waffe roh auf ihren schicken, albernen, kleinen Hut. »Ruhe«, schnauzte er sie grob an.

Ich konnte den Kerlen ansehen, daß sie sofort losschießen würden, wenn sich einer auch nur im geringsten bewegte. Sie waren verwegen, mordlustig und zum Schießen bereit. Sie suchten nur nach einem Vorwand, loszuknallen. Dagegen konnte ich nichts tun. Selbst wenn ich eine Waffe bei mir gehabt hätte, würde ich mich nicht gerührt haben. Ein Revolver gegen zwei Maschinenpistolen ist so wertlos wie ein Zahnstocher gegen ein Rapier, und ich wollte auch nicht der einzige sein, den sie aufs Korn nahmen.

Die beiden mit den Pistolen erreichten meinen Tisch.

Ich saß da wie eine Statue aus Stein, die Hände vor mir auf dem Tisch, und sah ihnen entgegen. Ich hörte Stevens an meiner Seite mühsam atmen. Röchelnd zog er die Luft durch die Nasenlöcher und stieß sie pfeifend wieder aus, als ob er vor einem Schlaganfall stünde.

Der Kerl mit den schmutzigen Manschetten grinste mich hämisch an. »Wenn du Schweinehund auch nur eine Bewegung machst, leg ich dich um«, sagte er.

Beide waren sorgsam darauf bedacht, sich aus der Feuerlinie der Maschinenpistolen zu halten.

Der Pockennarbige packte Stevens am Arm.

»Auf, Alter, wir machen eine kleine Spazierfahrt.«

»Lassen Sie ihn los«, sagte ich zwischen den Zähnen.

Der Pockennarbige schlug mir mit dem Lauf seiner Waffe ins Gesicht. Nicht sehr fest, aber fest genug, daß es weh tat.

»Halt die Schnauze«, sagte er.

Der andere rammte Stevens seine Waffe gegen die Rippen und zerrte ihn von seinem Stuhl hoch.

»Fassen Sie mich nicht an«, keuchte Stevens und versuchte schwächlich, sich dem Griff zu entziehen. Knurrend gab ihm der Bandit einen Faustschlag, packte ihn am Kragen und zerrte ihn vom Tisch fort.

Mein Freund mit den schmutzigen Manschetten trat etwas zurück, dafür näherte sich der eine mit der Maschinenpistole, die Mündung seiner Waffe direkt auf meine Brust gerichtet. Ich saß regungslos, hielt mit der einen Hand mein Gesicht und spürte das Blut heiß und klebrig über meine Finger rinnen.

Stevens stolperte und fiel hin.

»Los schon, schneller«, fauchte der Pockennarbige mit den schmutzigen Manschetten wütend. »Schaff den alten, dummen Kerl hier raus.« Er bückte sich und packte Stevens an einem Fußgelenk. Der andere packte den anderen Fuß, und sie zerrten Stevens auf dem Rücken mit sich durch das Lokal und stießen dabei auf dem Weg zur Tür Stühle und Tische um.

Mit dem Fuß traten sie die Doppeltür auf, schleiften den alten Mann über den Bürgersteig zu dem wartenden Wagen. Draußen standen noch zwei mit Maschinenpistolen und bedrohten eine schreckverstörte Menge, die sich zu beiden Seiten des Caféeinganges angesammelt hatte.

Es war der schnellste, verwegenste und kaltblütigste Überfall, den ich je gesehen hatte.

Die beiden mit den Maschinenpistolen im Café wichen rückwärts aus dem Lokal und kletterten schnell in den Wagen. Einer der beiden auf der Straße drehte sich plötzlich um und begann durch die Scheibe nach mir zu schießen. Ich hatte etwas Derartiges erwartet und warf mich von meinem Stuhl flach unter den Tisch, schon als er sich noch umdrehte. Geschosse fraßen sich unmittelbar über mir in die Wand und spritzten Gips auf meinen Kopf und meinen Hals. Eine der Kugeln riß mir den Absatz von einem Schuh. Dann hörte das Schießen auf, und ich spähte gerade noch rechtzeitig unter dem Tisch hoch, um zu sehen, wie sich der Bandit auf das Trittbrett des Wagens schwang, der sich von der Bordkante löste und davonschoß.

Ich rappelte mich hoch und stürzte zum Telefon.

IV

Die Stimme klang wie ein Echo in einem Tunnel, kroch in alle Ecken meines Zimmers: das unterdrückte Wispern eines leise gestellten Radios. Die ganze letzte halbe Stunde hatte ich auf diese Stimme gewartet. Das Puzzlespiel vor mir auf dem Tisch interessierte mich ebensosehr wie die tote Maus, die ich heute morgen in der Falle gefunden hatte, wahrscheinlich noch etwas weniger. Die abgeschirmte Leselampe warf eine einsame Lichtpfütze auf den Teppich. Auf dem Boden neben mir standen in bequemer Reichweite eine Flasche und ein Glas. Ich hatte schon eins getrunken oder auch zwei oder drei. Nach einem derartigen Abend macht ein Glas mehr oder weniger nicht sehr viel aus.

Ich war immer noch etwas schreckhaft. Niemand hat es gern, wenn ein ganzes Magazin aus einer Maschinenpistole auf einen leergeschossen wird. Darin bildete ich keine Ausnahme. Die Art, wie die beiden Banditen den alten Mann aus dem Café geschleift hatten, verfolgte mich. Ich empfand, daß ich etwas dagegen hätte tun sollen. Schließlich war es meine Schuld, daß er dort gewesen war.

»Um neun Uhr heute abend«, verkündete der Rundfunksprecher und durchbrach meine Gedanken, »drangen sechs Männer, von denen man glaubt, es seien Italiener, mit Maschinenpistolen und Pistolen bewaffnet in das Café Blue Bird an der Ecke Jefferson Avenue und Felman Street ein. Während zwei der Banditen den Eingang bewachten und zwei weitere die Gäste des Cafés in Schach hielten, bemächtigten sich die beiden letzten John Stevens' und schleppten ihn aus dem Café in einen wartenden Wagen.

Stevens, der in der Gesellschaft der Stadt als Butler von Mr. Gregory Wainwright, dem Stahlmillionär, bekannt ist, wurde später am Rand der Autobahn nach Los Angeles und San Franzisko gefunden. Vermutlich ist er an einem Herzschlag gestorben, der durch die grobe Behandlung der Banditen herbeigeführt wurde, die ihn in brutaler Weise aus dem rasenden Wagen stießen, nachdem sie feststellten, daß er tot war.«

Die Stimme des Ansagers war so gefühllos und kalt, als ob er die Marktpreise für Fett verlese. Ich hätte gern mit einer Maschinenpistole hinter ihm gestanden und mit einer eben mal kurz über seinem Kopf abgefeuerten Salve etwas Leben in ihn gebracht.

»Die Polizei ist an jeder Information interessiert, die zur Festnahme der Verbrecher führen kann«, fuhr der Ansager fort. »Die sechs Männer werden als klein, untersetzt und dunkelhäutig beschrieben. Sie trugen alle blaue Anzüge und schwarze Hüte.

Ferner ist die Polizei an einer Vernehmung des Unbekannten interessiert, der sich in John Stevens' Begleitung befand, als die Verbrecher am Tatort eintrafen. Nach seinem Anruf im Headquarters der Polizei, in dem er eine Beschreibung der Verbrecher gab und die Nummer ihres Wagens nannte, ist er verschwunden. Augenzeugen haben ihn als groß und kräftig gebaut, mit dunklem Haar, bleicher Gesichtsfarbe und scharfen Gesichtszügen beschrieben. Er hat an der rechten Seite des Gesichts eine Verletzung, die ihm einer der Verbrecher durch einen Schlag beibrachte. Jeder, der diesen Mann erkennt, wird aufgefordert, sich sofort mit Polizeicaptain Brandon, Headquarters der Polizei, Graham 34 44, in Verbindung zu setzen . . .«

Ich beugte mich vor und schaltete den Apparat aus.

Bleich und mit scharfen Gesichtszügen. Aber nicht gut aussehend. Keiner hat gesagt, daß er gut aussähe.

Langsam drehte ich mich in meinem Sessel um.

Sergeant MacGraw stand in der offenen Fenstertür, und hinter ihm lauerte Sergeant Hartsell.

Ich sprang nicht höher als einen Fuß, als ich aus meinem Sessel hochkam. Das ist einer der Reflexe, die zu beherrschen ich nie gelernt habe.

»Wer hat Sie aufgefordert, hierherzukommen?« fragte ich, als ich stand.

»Er will wissen, wer uns aufgefordert hat, hierherzukommen«, sagte MacGraw mit einer Seite seines Mundes. »Sollen wir ihn aufklären?«

Hartsell trat auch in das Zimmer. Auf seinem hageren Gesicht lag ein kalter, finsterer Ausdruck. Seine tiefliegenden Augen waren hart wie Stein.

»Ja, erzähl es ihm.«

MacGraw schloß die Fenstertür hinter sich, ohne mich aus den Augen zu lassen.

»Ein kleines Vögelchen«, sagte er und blinzelte. »Es gibt immer kleine Vögelchen, die uns sagen, was wir wissen wollen. Und das kleine Vögelchen hat auch gezwitschert, daß Sie heute abend mit Stevens zusammen waren.«

Mir brach leichter Schweiß aus. Vielleicht kam es von der schwülen Nacht, vielleicht gefiel mir auch der Anblick der beiden Burschen nicht. Vielleicht erinnerte ich mich an Brandon, und was er über Prügel in einer dunklen Hintergasse gesagt hatte.

»Das stimmt schon, ich war mit ihm zusammen«, antwortete ich.

»Nun, das möchte ich doch einmal klug nennen«, antwortete MacGraw und strahlte. »Der Wunderknabe sagt zur Abwechslung mal die Wahrheit.« Er stieß mit einem dicken Finger in meine Richtung. »Warum sind Sie nicht dageblieben? Die Mannschaft des Streifenwagens hätte sich gern mit Ihnen unterhalten.«

»Ich wüßte nicht, was ich ihnen noch hätte sagen können«, erwiderte ich. »Ich gab dem Sergeant vom Dienst eine Beschreibung des Wagens und der Männer. Damit war es für mich erledigt, und außerdem reichte mir das Ganze für einen Abend. Darum verschwand ich.«

MacGraw ließ sich in einen meiner Sessel nieder, griff in seine Brusttasche und zog eine Zigarre heraus. Er biß die Spitze ab und spuckte die Tabakfetzchen als einen häßlichen Fleck an meine Wand, dann zündete er sie an.

»Das gefällt mir«, sagte er und rollte dicken Rauch in seinem Mund herum, ehe er ihn ausblies. »Sie hatten für einen Abend genug. Doch, das ist sehr hübsch. Aber, Freundchen, Sie haben sich furchtbar geirrt. Für Sie hat es an diesem Abend noch gar nicht richtig angefangen.«

Ich sagte nichts darauf.

»Beeilen wir uns«, sagte Hartsell mit seiner kalten Stimme. »In einer Stunde beginnt mein Dienst.

MacGraw sah ihn stirnrunzelnd an.

»Reg dich nicht auf. Was macht es schon, wenn du ein bißchen später kommst. Wir sind jetzt auch im Dienst, oder nicht?« Er sah mich an. »Worüber haben Sie mit Stevens gesprochen?«

»Ich wollte wissen, ob er glaube, daß Janet Crosby an einer Herzkrankheit starb. Er tat es nicht.«

MacGraw schmunzelte und rieb sich seine großen, weißen Hände. Das zu hören, schien ihm wirklich zu gefallen.

»Du weißt, daß sich der Captain nicht zum Narren halten läßt«, sagte er zu Hartsell. »Ich will nicht behaupten, daß er nach jedermanns Geschmack ist, aber ein Narr ist er nicht. Wörtlich hat er gesagt: ›Ich wette, dieser vorlaute Dummkopf hat mit Stevens über die Crosbys gesprochen.‹ Das sagte er zu mir, sobald wir die Personenbeschreibung erhielten. Und recht hat er gehabt.«

Hartsell warf mir einen langen heimtückischen Blick zu.

»Ja«, sagte er.

»War das alles, was Sie wissen wollten, Wunderknabe?« fragte MacGraw. »Oder haben Sie Stevens noch andere Fragen gestellt?«

»Das war alles, was ich wissen wollte.«

»Hat der Captain Ihnen nicht befohlen, Ihre Finger von den Crosbys zu lassen?«

Jetzt kam es also.

»Er erwähnte etwas Derartiges.«

»Glauben Sie vielleicht, daß der Captain etwas sagt, nur um sich selbst reden zu hören?«

Ich sah von MacGraw zu Hartsell und wieder zu MacGraw zurück. »Weiß ich nicht. Warum fragen Sie ihn nicht selbst?«

»Werden Sie nicht witzig, Wunderknabe. Witzbolde können wir nicht leiden, was meinst du, Joe?«

Hartsell machte eine ungeduldige Handbewegung. »Donnerwetter, machen wir schon los«, sagte er.

»Was wollen Sie losmachen?« fragte ich.

MacGraw beugte sich vor, um noch einen Tabakkrümel gegen die Wand zu spucken. Dann streute er Asche auf meinen Teppich.

»Der Captain ist mit Ihnen nicht so recht zufrieden, Freundchen«, sagte er und grinste. »Und wenn der Captain unzufrieden ist, wird er wütend, und wenn er wütend ist, läßt er es an uns Jungs aus. Darum halten wir es für richtig, ihn wieder zufrieden zu machen. Wir denken, die richtige Methode, um ihn wieder zum Lächeln zu bringen, wäre, Sie zu besuchen und Ihnen eine kleine Lehre zu erteilen. Wir halten es für das beste, Ihnen ein paar hinter Ihre grünen Ohren zu hauen oder sie vielleicht auch abzureißen. Vielleicht ist es auch ein guter Einfall, hier einen kleinen Budenzauber zu veranstalten, mit Ihren Möbeln Fußball zu spielen und ein paar Löcher in die Wand zu hauen, damit mehr Luft hier in die Stinkbude reinkommt. So hatten wir uns das gedacht, nicht wahr, Joe?«

Hartsell leckte sich über seine dünnen Lippen, und in seinen steinernen Augen ließ er etwas hämisch aufleuchten. Er zog ein kurzes Stück Gummischlauch aus seiner Hüfttasche und bog es liebevoll in der Hand.

»Genau das«, sagte er.

»Und habt ihr auch zufällig daran gedacht, was passiert, wenn ihr diese guten Einfälle ausführt?« fragte ich. »Seid ihr schon mal auf den Gedanken gekommen, daß ihr dann wegen Überfalls angezeigt werdet? Und das jemand wie Manfred Willet euch vor Gericht in der Luft zerreißt? Und ihr eure Polizeimarken verliert? Ist euer Spatzenhirn auch auf diesen Einfall gekommen, oder habt ihr das übersehen?«

MacGraw beugte sich vor und drückte seine glühende Zigarre langsam auf meiner polierten Tischplatte aus. Grinsend blickte er auf. »Sie sind nicht der erste Lump, den wir besuchen, Wunderknabe«, erklärte er mir. »Und bestimmt auch nicht der letzte. Wir wissen, wie man mit Anwälten umgeht. Ein Angeber wie Willet kann uns keine Angst machen, und außerdem werden Sie uns nicht anzeigen. Wir sind hergekommen, um Sie über Stevens zu vernehmen. Aus irgendeinem Grund – vielleicht gefällt Ihnen unser Gesicht nicht, oder Sie haben ein bißchen zuviel getrunken, oder weil Ihnen der Hintern weh tut – eins ist so gut wie das andere – werden Sie frech. Tatsächlich werden Sie sehr frech, Wunderknabe. So frech, daß Joe und ich Sie ein bißchen zähmen müssen. Und während wir Sie so sanft zähmen, wie wir nur können, bekommen Sie etwas ab. Und dabei geht hier im Zimmer auch ein bißchen kaputt. Aber das ist nicht unsere Schuld. Wir mögen das nicht sehr – jedenfalls nicht besonders. Und wenn Ihnen unsere Gesichter gefallen hätten, oder Sie nicht zuviel getrunken hätten, oder Ihnen nicht der Hintern weh täte, wäre alles nicht passiert. Das nennt man vor Gericht: Ihr Wort steht gegen unseres – das zweier respektabler, schweren Dienst leistender Polizeibeamter! Selbst ein Angeber wie Willet kann dagegen nicht viel machen. Und abgesehen davon, können wir Sie mit ins Headquarters nehmen und in eine stille kleine Zelle sperren, wo hin und wieder unsere Jungens mal auftauchen, um sich die Stiefel an Ihrem dreckigen Gesicht abzuputzen. Es ist komisch, aber eine ganze Menge von uns besuchen gern gewisse Zellen, um sich die Stiefel an einem dreckigen Gesicht abzuputzen. Ich weiß gar nicht warum, wahrscheinlich hebt es die Laune. Reden wir also nicht mehr viel über Anzeigen wegen Überfalls und unsere Polizeimarken und schlaue Anwälte. Jedenfalls nicht, wenn Sie wissen, was für Sie gut ist.«

Plötzlich hatte ich ein eiskaltes Gefühl im Magen. Mein Wort würde gegen ihres stehen. Nichts konnte sie abhalten, mich festzunehmen und mich in eine Zelle zu sperren. Bis Willet in Bewegung kam, konnte viel passieren. Es schien kein Abend bei Sport und Spiel zu werden.

»Das habt ihr euch also alles überlegt«, sagte ich so ruhig, wie die Umstände mir erlaubten.

»Haben wir, Freundchen«, antwortete MacGraw grinsend. »Es gibt zu viel Lumpen, die uns Ärger machen, und so groß ist unser Gefängnis auch nicht. Darum bringen wir hin und wieder Burschen wie Ihnen bessere Manieren bei und sparen der Stadt damit noch Geld.«

Ich hätte Hartsell im Auge behalten sollen, der ein paar Schritte links etwas hinter mir stand. Nicht, daß ich viel dagegen hätte tun können. Sie hatten mich, und das wußte ich, und schlimmer war noch, sie wußten es auch. Trotzdem war es dumm von mir, ihn nicht zu beobachten. Plötzlich hörte ich ein Zischen, und als ich mich zusammenducken wollte, war es schon viel zu spät. Der Gummischlauch traf mich mitten auf den Kopf, und ich stürzte vorwärts auf Hände und Knie.

Darauf hatte MacGraw gewartet, und sein Fuß schoß vor. Ich fiel zur Seite und versuchte durch die getroffene schmerzende Luftröhre zu atmen. Etwas traf mich auf den Unterarm, daß der Schmerz brennend ins Gehirn schoß. Etwas dröhnte hinten in meinem Nacken, etwas Hartes schlug mir gegen die Rippen.

Ich rollte fort, kam auf Hände und Knie, sah Hartsell auf mich loskommen und versuchte, mich zu ducken. Der Schlauch schien mich direkt ins Gehirn zu treffen, gerade, als ob meine Schädeldecke abgehoben worden und mein Gehirn schutzlos preisgegeben sei. Ich sank auf dem Teppich zusammen, ballte die Fäuste und unterdrückte den Aufschrei, der aus mir hervorbrechen wollte.

Hände packten mich und rissen mich auf die Knie hoch. Durch eine rote Nebelwand erschien MacGraw übergroß, überbreit und überhäßlich. Ich begann nach vorn zu fallen, als er mich losließ. Ich fiel in seine Faust, mit der er mir einen Schlag versetzte, der mich durch den Raum taumeln und den Tisch umwerfen ließ. Ich landete in einem Regen der Stücke meines Puzzlespiels auf dem Rücken.

Ich lag still. Das Licht von der Decke schoß auf mich herunter, hielt an, schoß wieder zurück. Das tat es ein paarmal, darum schloß ich die Augen. Irgendwo dämmerte mir der Gedanke, daß sie das fortsetzen konnten, bis sie völlig erschöpft waren, und um ein paar Schufte wie MacGraw und Hartsell zu ermüden, dazu gehörte viel. Bis sie mit mir fertig waren, blieb von meiner Wohnung nicht mehr viel übrig.

Ich wunderte mich, benommen, warum sie nicht weitermachten, sondern mich ruhig liegen ließen. Solange ich mich nicht rührte, waren die Schmerzen, die ich empfand, erträglich. Ich dachte nicht gern daran, was mit meinem Kopf geschehen mußte, wenn ich mich bewegte. Ich hatte das Gefühl, als ob er an einem Faden hinge. Eine kleine Bewegung konnte genügen, damit er mir davonrollte.

Durch meine Schmerzen und den Nebel hindurch hörte ich eine Frauenstimme fragen: »So stellt ihr euch also einen kleinen Spaß vor?«

Eine Frau! Dieser letzte Schlag mußte mich in eine Art Rausch versetzt haben, dachte ich, oder waren es die Schläge gewesen, die ich auf den Kopf bekommen hatte?

»Der Bursche ist gefährlich, Miss Crosby«, erklärte MacGraw mit der betretenen Stimme eines kleinen Jungen, den man beim Naschen in der Speisekammer erwischte. »Er hat sich der Festnahme widersetzt.«

»Wagen Sie nicht, mich anzulügen.« Es war tatsächlich eine Frauenstimme. »Ich habe alles durch das Fenster beobachtet.«

Das wollte ich mir nicht entgehen lassen, selbst wenn es mich umbrachte. Sehr behutsam hob ich meinen Kopf. Alle Venen, Arterien und Nerven in ihm schrien Mord und Totschlag, klopften, zerrten und benahmen sich ganz allgemein hysterisch, aber es gelang mir, mich aufzusetzen. Lichtpfeile bohrten sich scharf in meine Augen, und einen Augenblick lang hielt ich meinen Kopf zwischen den Händen. Dann blinzelte ich durch meine Finger. MacGraw und Hartsell standen neben der Tür und sahen aus, als ob sie glühende Eisenplatten unter den Füßen hätten. MacGraw zeigte ein verlogenes Damit-habe-ich-nichts-zu-tun-Lächeln. Hartsell sah aus, als krabbele ihm eine Maus im Hosenbein hoch.

Ich wandte mich um, hielt immer noch mit beiden Händen meinen Kopf und sah zu der offenen Fenstertür.

Zwischen den halb geöffneten Vorhängen stand ein Mädchen — ein Mädchen in einem weißen, schulterfreien Abendkleid, das ihre tiefgebräunten Schultern zeigte und eine hübsche kleine Höhlung zwischen dem Ansatz ihrer Brüste. Ihr rabenschwarzes Haar hing ihr in einer sanften Welle auf die Schultern. Es fiel mir schwer, sie richtig zu erkennen, und ihre Schönheit nahm so langsam scharfe Konturen an wie ein Bild, das ein Amateurfotograf an die Wand projiziert. Die verschwommenen Umrisse ihres Gesichts wurden nach und nach klar. Die vernebelten Flecke, die ihre Augen bildeten, füllten sich und gewannen Leben. Ein ovales, sehr liebliches Gesicht mit kleinen Zügen, einer sehr kleinen, vollkommen geformten Nase, roten, sinnlichen Lippen und weiten, großen Augen, so hart und so dunkel wie schwarze Marmorkugeln.

Trotz des Blutes, das in meinem Schädel pochte, und des schmerzenden Halses und des Gefühls, als ob mein Körper durch eine Mangel gedreht worden sei, spürte ich die Verlockung, die von diesem Mädchen ausging, mit der gleichen Intensität wie die Wucht von MacGraws Faust. Es war nicht nur ihr Aussehen, sie besaß auch alles andere. Man konnte es an ihren Augen erkennen, der Art, wie sie dastand, an den Linien ihres Körpers und an der sonnengebräuten Säule ihres schlanken Halses. Es stürmte auf einen ein wie das plötzliche Aufleuchten einer zwanzig Fuß hohen Lichtreklame.

»Wie können Sie es wagen, diesen Mann zu schlagen«, sagte sie mit einer Stimme, die mit der Hitze und Schärfe eines Flammenwerfers durch den Raum fuhr. »Ist das Brandons Einfall?«

»Verstehen Sie doch, Miss Crosby«, sagte MacGraw flehend, »dieser Kerl steckt seine Nase in Ihre Angelegenheiten. Der Captain meinte, wir sollten ihm das verleiden. Wirklich, das ist alles.«

Meines Wissens drehte sie mir jetzt zum erstenmal voll ihr Gesicht zu und sah mich an. Ich kann wirklich nicht besonders erfreulich ausgesehen haben. Ich hatte eine Serie Beulen und Schrammen abbekommen, und die Wunde auf meinem rechten Backenknochen, wo der Pockennarbige mich mit seiner Waffe getroffen hatte, blutete wieder. Irgendwie gelang es mir, sie anzulächeln; etwas verkrampft, mit nicht viel Herz darin, aber immerhin ein Lächeln.

Sie sah mich an wie einen Frosch, den man in seinem Frühstückskaffee findet.

»Stehen Sie auf«, sagte sie kurz, »so schlimm verletzt können Sie nicht sein.«

Aber sie hatte ja nicht drei oder vier Schläge mit einem Gummischlauch und dazu noch ein paar Kinnhaken eingefangen, und darum war es nicht fair von ihr, zu erwarten, daß sie wußte, wie schlimm verletzt ich war.

Vielleicht war es ihre Lieblichkeit, die mich veranlaßte, mir die größte Mühe zu geben, um irgendwie auf die Füße zu kommen. Wir Malloys haben unseren Stolz und sehen es nicht gern, daß unsere Frauen uns für weich halten. Ich mußte aber Halt an einer Stuhllehne suchen, sobald ich stand, und wäre fast wieder zu Boden gegangen, aber indem ich mich an dem Stuhl festklammerte und die Schmerzen erduldete, die von meinen Fersen bis in mein Gehirn und wieder zurückschossen wie ein Rudel Tiger, das in seinem Käfig verrückt geworden ist, begann ich es zu überwinden und das zu gewinnen, was ich meine zweite Phase nenne.

MacGraw und Hartsell sahen mich wie ein paar Bestien an, denen man einen Brocken Fleisch aus den Krallen gerissen hat. Sie begann wieder mit einer verächtlichen, peitschenden Stimme zu ihnen zu sprechen: »Ich verabscheue Gesindel wie euch, und ihr werdet noch etwas erleben. Wenn das die Art und Weise ist, in der Brandon die Polizei leitet, ist es nur um so besser, je schneller er verschwindet.«

Während MacGraw Entschuldigungen murmelte, setzte ich meinen Kompaß und steuerte in einem Zickzackkurs auf die umgefallene Whiskyflasche zu. Der Korken hatte dichtgehalten, und so war der Inhalt nicht zu Schaden gekommen. Es war eine ziemliche Leistung, mich zu bücken und sie aufzuheben, aber es gelang. Ich setzte die Flasche an den Mund und trank.

»Und ehe ihr geht, sollt ihr eine Dosis eurer eigenen Medizin schlucken«, sagte sie und hielt mir das Stück Gummischlauch hin, das sie aufgehoben hatte, als ich die Flasche absetzte. »Los, schlagen Sie sie«, fauchte sie bösartig, »zahlen Sie es ihnen heim.«

Ich nahm den Schlauch, weil sie ihn mir sonst wahrscheinlich ins Gesicht geworfen hätte, und sah Hartsell und MacGraw an, die mich wie zwei Schweine, die erwarteten, abgestochen zu werden, anstierten.

»Schlagen Sie zu«, wiederholte sie mit erhobener Stimme, »es wird

Zeit, daß sie etwas einstecken. Die werden sich nicht wehren. Dafür sorge ich.«

Es war unglaubwürdig, aber ich war fest überzeugt, daß sie ohne sich zu rühren stehengeblieben wären und sich von mir die Schädel hätten einschlagen lassen.

Ich warf den Schlauch auf das Sofa. »Ich nicht. Das macht mir keinen Spaß«, antwortete ich, und meine Stimme klang wie eine Platte, die mit einer abgebrochenen Nadel abgespielt wird.

»Schlagen Sie sie«, zischte sie wütend. »Wovor haben Sie Angst? Die werden nicht wieder wagen, Sie anzutasten. Schlagen Sie sie zusammen.«

»Tut mir leid«, sagte ich, »das ist nicht mein Sport. Schmeißen wir die Kerle raus. Solange die hier drin sind, stinkt's.«

Sie drehte sich um, packte den Schlauch und trat vor MacGraw. Sein weißes Gesicht wurde gelb, aber er rührte sich nicht. Ihr Arm zuckte hoch, und sie schlug ihm über das Gesicht. Ein häßlicher, roter Streifen quoll auf seiner schlaffen Wange auf. Er gab ein wimmerndes Grunzen von sich, rührte sich aber nicht.

Als ihr Arm wieder hochzuckte, packte ich ihr Handgelenk und riß ihr den Schlauch aus der Hand. Die Mühe wurde mit einem stechenden Schmerz durch den Kopf und einem harten, brennenden Schlag ins Gesicht von Miss Spitfire belohnt. Sie versuchte, mir den Schlauch zu entreißen, aber ich hielt sie an den Handgelenken fest und schrie: »Raus mit euch Mistkerlen. Verschwindet, ehe sie euch zusammenprügelt.«

Sie zu halten war etwa das gleiche, als ob man eine wütende Tigerin festhalten wollte. Sie war überraschend kräftig. Während ich mit ihr rang, stampften MacGraw und Hartsell hinaus, als sei ihnen der Teufel auf den Fersen. In ihrer Eile fielen sie die Verandatreppe hinunter. Als ich hörte, wie sie ihren Wagen anließen, ließ ich ihre Handgelenke los und trat zurück.

»Immer mit der Ruhe«, keuchte ich vor Anstrengung. »Jetzt sind sie fort.«

Einen Augenblick stand auch sie keuchend, mit hartem Gesicht und funkelnden Augen vor mir, bezaubernd in ihrer Wut. Dann verschwand der Ärger, das Funkeln in ihren Augen verging, sie warf plötzlich den Kopf zurück und lachte.

»Diesen beiden Lumpen haben wir bestimmt gehörig die Hölle heiß gemacht«, sagte sie und ließ sich auf das Sofa fallen. »Geben Sie mir etwas zu trinken, und nehmen Sie sich selbst auch ein Glas. Sie sehen aus, als ob Sie es nötig haben.«

Während ich nach der Flasche griff, sagte ich: »Sie sind natürlich Maureen Crosby«, und sah sie dabei scharf an.

»Erraten.« Sie rieb sich ihre Handgelenke und verzog das Gesicht zu einer komischen Grimasse. »Sie haben mir weh getan, Sie brutaler Kerl.«

»Das tut mir leid«, antwortete ich und meinte es wirklich.

»Ihr Glück, daß ich hereinsah. Wenn ich nicht gekommen wäre, hätten die Ihnen die Haut abgezogen.«

»Ganz bestimmt.« Ich füllte vier Finger hoch Scotch in ein Glas. Meine Hand war unsicher, und etwas Whisky tropfte auf den Teppich. Ich reichte ihr das Glas und goß mir selbst ein. »Soda oder einfaches Wasser?«

»Nackt wie er ist«, gab sie zurück und hob ihr Glas gegen das Licht. »Ich glaube nicht daran, daß es gut ist, Vergnügen mit Geschäften und Whisky mit Wasser zu vermischen.«

»Das hängt von dem Vergnügen und dem Whisky ab«, antwortete ich und setzte mich. In den Beinen hatte ich ein Gefühl, als ob man mir die Schienbeine herausmontiert hätte. »Sie sind also Maureen Crosby. Schau, schau. Die letzte Person, von der ich erwartet hätte, daß sie mich besuchen würde.«

»Ich war darauf gefaßt, daß es Sie überraschen würde.« In ihren Augen lag ein spöttischer Ausdruck, und ihr Lächeln war berechnend.

»Wie geht es mit der Entziehungskur?« fragte ich und beobachtete sie. »Ich habe immer gehört, Rauschgiftsüchtige sollten sich von Alkohol fernhalten.«

Ihr Mund lächelte weiter, aber ihre Augen zogen nicht mit.

»Sie sollten nicht alles glauben, was Sie so hören.«

Ich trank einen Schluck von dem Whisky. Er war sehr stark. Ich schüttelte mich unwillkürlich und stellte das Glas auf den Tisch.

»Tue ich auch nicht. Sie hoffentlich auch nicht.«

Wir saßen einen langen Augenblick schweigend da und betrachteten uns. Sie beherrschte den Trick, ihr Gesicht ausdruckslos werden zu lassen, ohne daß es etwas von seiner Lieblichkeit verlor, und das fand ich eine bemerkenswerte Leistung.

»Wir wollen es nicht kompliziert machen. Ich bin hier, weil ich mit Ihnen reden will. Sie machen mir eine Menge Scherereien. Wäre es nicht an der Zeit, daß Sie Ihren kleinen Spaten unter den Arm nehmen und in einem anderen Friedhof herumgraben?«

Ich gab vor, als ob ich darüber nachdächte.

»Fragen Sie das nur so, oder soll das ein Vorschlag sein?« antwortete ich schließlich. Ihr Mund spannte sich, und ihr Lächeln verschwand.

»Kann man Sie kaufen? Mir hat man gesagt, Sie seien einer dieser sauberen, schlichten, unbestechlichen Charaktere. Insbesondere riet man mir, Ihnen kein Geld anzubieten.«

Ich griff nach einer Zigarette.

»Ich dachte, wir hätten uns dahingehend geeinigt, nicht alles zu glauben, was wir so hören«, erwiderte ich, während ich mich vorbeugte, um ihr die Zigarette anzubieten. Sie nahm sie, und ich mußte nach einer anderen für mich greifen. Ihr Feuer zu reichen, löste neue schmerzende Stiche in meinem Kopf aus und trug zur Hebung meiner Laune nicht bei.

»Das könnte eine Basis sein«, meinte sie, lehnte sich zurück und blies Rauch gegen die Decke. »Wieviel?«

»Was wollen Sie denn kaufen?«

Sie studierte ihre Zigarette, als hätte sie noch nie im Leben eine gesehen, und sagte ohne mich anzublicken: »Ich will keinen Ärger. Sie machen mir Ärger. Ich könnte Sie dafür bezahlen, damit aufzuhören.«

»Wieviel ist Ihnen das wert?«

Jetzt sah sie mich an.

»Wissen Sie, Sie sind für mich eine schwere Enttäuschung. Sie sind genau das gleiche wie all die anderen schmutzigen kleinen Erpresser.«

»Darin müssen Sie sich natürlich auskennen.«

»Ja. Ich kenne sie ganz genau. Und wenn ich Ihnen sage, wieviel mir es wert ist, werden Sie vermutlich in der Weise lachen, wie sie alle lachen, und das Doppelte fordern. Folglich werden Sie mir sagen, was es Ihnen wert erscheint, und mir die Chance geben, zu lachen.«

Plötzlich wollte ich diese Unterhaltung nicht mehr weiterführen. Vielleicht waren meine Kopfschmerzen so stark, vielleicht fand ich sie so anziehend, daß ich von ihr nicht für einen Schurken gehalten werden wollte.

»Also gut, lassen wir das«, sagte ich, »es war nur ein Scherz. Man kann mich nicht kaufen. Vielleicht kann man mich überreden. Wie kommen Sie auf den Gedanken, ich würde Ihnen Ärger machen? Legen Sie mir Ihre Gründe dar. Wenn Sie mich überzeugen, nehme ich womöglich meinen Spaten unter den Arm und grabe irgendwo anders.«

Sie betrachtete mich ganze zehn Sekunden lang. Nachdenklich, schweigend und ein wenig zweifelnd.

»Sie sollten über diese Dinge keine Witze machen«, sagte sie ernsthaft. »Sie könnten sich damit unbeliebt machen. Ich möchte Sie nicht bei mir unbeliebt sehen. Geben Sie mir also keinen Grund dazu.«

Ich lehnte mich im Sessel zurück und schloß die Augen.

»Ausgezeichnet. Aber sagen Sie das nur, um Zeit zu gewinnen, oder meinen Sie es wirklich?«

»Man hat mir auch gesagt, Sie hätten Manieren wie ein Schwein und wüßten mit Frauen umzugehen. Soweit das Schwein betroffen ist, stimmt es.«

Ich öffnete meine Augen, um sie höhnisch anzustarren.

»Das mit den Frauen stimmt auch. Aber hetzen Sie mich nicht.«

Dann klingelte das Telefon, und wir fuhren beide zusammen. Es stand unmittelbar neben mir, und als ich danach griff, schob sie schnell die rechte Hand in ihre Handtasche und zog eine Pistole Kaliber fünfundzwanzig heraus. Sie hielt die Waffe seitlich an meinen Kopf, der kurze Lauf berührte meine Schläfe.

»Bleiben Sie so sitzen«, sagte sie, und in ihren Augen lag ein Ausdruck, der es mir kalt über den Rücken laufen ließ. »Lassen Sie die Finger von dem Telefon.«

So saßen wir eine Zeitlang, und das Telefon klingelte und klingelte. Die schrille Glocke zerrte an meinen Nerven, hallte von den stillen Wänden des Zimmers zurück, drang durch die geschlossenen Fenstertüren hindurch und verlor sich über dem Meer.

»Was soll denn das?« fragte ich und zog mich langsam zurück. Ich mochte die Berührung der Waffe an meinem Gesicht gar nicht.

»Seien Sie ruhig.« Ihre Stimme klang harsch. »Sitzen Sie still.«

Schließlich wurde das Telefon des Klingelns müde und gab es auf. Sie erhob sich. »Kommen Sie, wir gehen woanders hin.« Und wieder bedrohte mich die Pistole.

»Wo gehen wir denn hin?« fragte ich, ohne mich zu rühren.

»Fort vom Telefon. Kommen Sie, wenn Sie nicht ins Bein geschossen werden wollen.«

Es war aber nicht die Angst davor, ins Bein geschossen zu werden, die mich veranlaßte, mit ihr zu gehen. Es war meine Neugier. Ich war sehr, sehr neugierig, weil sie sich ganz plötzlich fürchtete. Ich konnte die Angst in ihren Augen so deutlich sehen wie die kleine Höhlung an ihrem Busenansatz.

Als wir die Verandastufen hinunter und zu dem Wagen gingen, der vor meinem Gartentor parkte, begann das Telefon wieder zu läuten.

V

Der Wagen war ein stromlinienförmiger schwarzer Rolls, und seine Kraft und sein Anzugsvermögen waren ungeheuer. Nichts an dem Wagen löste das Gefühl des Rasens aus. Kein Schwanken, kein Stoßen, kein Rollen, kein Motorengeräusch. Nur das Brausen des Windes über dem stromlinienförmigen Verdeck und die in schwarzen, verschmierten Strichen vorbeirasende Nacht bestätigten mir, daß sich die um hundertvierzig herumtanzende Nadel des Tachometers nicht irrte.

Ich saß neben Maureen in etwas, das sich wie ein tiefer Lehnsessel anfühlte, und starrte auf den blendenden Lichtteich vor uns auf der Straße, der wie eine verängstigte Katze vor uns floh.

Sie hatte den Wagen über den Orchid Boulevard gejagt, mit wildem Hupen sich einen Weg durch den Theaterverkehr gebahnt. Sie überholte ohne Rücksicht auf den Gegenverkehr, schaffte sich Lücken und entkam einem frontalen Zusammenstoß nur um Haaresbreite.

Sie stürmte die breite, dunkle Monte Verde Avenue hinauf und weiter zur Autobahn nach San Diego. Erst auf der Straße mit den sechs Fahrbahnen begann sie wirklich zu fahren, überholte alles, was sich auf der Straße bewegte, in einem gespenstigen Vorbeihuschen, das die Fahrer der anderen Wagen zu Tode erschrecken mußte.

Ich hatte keine Ahnung, wohin wir fuhren. Und als ich etwas sagte, schnitt sie mir mit einem kurzen: »Schweigen Sie. Ich will nachdenken«, das Wort ab. So fügte ich mich der wahnsinnigen Raserei durch die Dunkelheit, bewunderte die Art, wie sie den Wagen lenkte, ließ mich in das luxuriöse Polster zurücksinken und hoffte, sie würde nichts rammen.

Die Autobahn nach San Diego führt durch eine flache Wüste mit Sanddünen und niedrigem Gesträuch und erreicht plötzlich unmittelbar den Ozean, um gleich darauf wieder zwischen Dünen zu verlaufen. Statt aber auf der Autobahn zu bleiben, als wir den Ozean erreichten, verlangsamte sie das Tempo auf bummelnde neunzig und bog plötzlich in eine schmale Wagenspur ab, die unmittelbar neben dem Meer verlief. Der Weg begann steil bergauf zu führen, die See fiel unter uns zurück, bis wir einen Hügelkamm und schließlich eine steil abfallende Klippe erreichten. Die Geschwindigkeit hatte sie die ganze Zeit über weiter vermindert, und jetzt krochen wir mit kaum fünfundvierzig weiter. Nach dem Tempo, mit dem wir zuerst gefahren waren, schienen wir uns kaum noch zu bewegen. Die grellen Scheinwerfer erhellten ein Schild: *Privat. Zutritt strengstens untersagt*, das am Anfang eines weiteren schmalen Weges stand, der an beiden Seiten von hohem Gebüsch eingefaßt wurde. Sie lenkte den Wagen hinein, und er paßte in diesen Weg wie eine Hand in einen Handschuh. Wir glitten um Biegungen, um scharfe Haarnadelkurven, die uns, soweit ich sehen konnte, nirgends hinführten. Nach ein paar Minuten verlangsamte sie das Tempo noch mehr und hielt vor einem vier Meter hohen, mit Stacheldraht überzogenem Tor an. Sie drückte dreimal auf ihre Hupe, kurze, scharfe Töne, die durch die stille Nacht hallten und noch nicht verklungen waren, als das Tor plötzlich dem Anschein nach aus eigenem Antrieb aufschwang.

»Wirklich sehr raffiniert«, sagte ich anerkennend.

Sie gab keine Antwort, sah mich auch nicht an, sondern fuhr weiter, und als ich zurückblickte, beobachtete ich, daß das Tor sich automatisch wieder schloß.

Plötzlich fragte ich mich, ob ich in der gleichen Weise verschleppt würde, wie Schwester Gurney verschleppt worden war. Vielleicht wirkte jetzt der Whisky, den ich getrunken hatte, denn es war mir tatsächlich gleichgültig. Ich hatte das Gefühl, daß es angenehm sein müsse, mich schlafen legen zu können. Die Uhr auf dem Instrumentenbrett wies auf zwei Minuten vor Mitternacht, meine Bettgehzeit.

Dann erweiterte sich die Fahrspur unvermittelt zu einem Fahrweg, wir glitten durch ein weiteres, vier Meter hohes, offenstehendes Tor, und als ich wieder zurücksah, erkannte ich, daß es gleichfalls zuschwang, als ob es von einer unsichtbaren Hand geschlossen würde.

Im grellen Licht der Scheinwerfer erschien ein Holzhaus im Stil einer Jagdhütte, von blühenden Büschen und Bäumen umgeben. In den Fenstern des Erdgeschosses brannte Licht. Eine elektrische Laterne erhellte die Stufen, die zur Haustür führen. Sie hielt davor an, öffnete den

Wagenschlag und glitt heraus. Ich stieg langsamer aus. Ein zwischen Klippen terrassenförmig angelegter Garten breitete sich vor mir im Mondschein aus. Auf der untersten Terrasse, und sie schien sehr tief zu liegen, konnte ich ein großes Schwimmbecken erkennen. Das Rauschen der Brandung bildete eine gedämpfte Geräuschkulisse, und weit hinten schimmerte der Ozean. Mit fast überwältigender Süße hing der Blüten=duft in der warmen Nachtluft.

»Gehört das alles Ihnen?« fragte ich.

Sie stand neben mir. Ihr Kopf mit dem straffen, glänzenden, dunk=len Haar befand sich in der Höhe meiner Schulter.

»Ja.« Nach einer Pause fügte sie hinzu: »Es tut mir leid, daß ich Sie mit der Waffe bedrohte, aber ich mußte Sie schnell hier heraus=bringen.«

»Ich wäre auch ohne das mitgekommen.«

»Aber nicht, ehe Sie auf den Telefonanruf geantwortet hätten. Für mich war es sehr wichtig, daß Sie ihn nicht beantworteten.«

»Hören Sie mal. Ich habe böse Kopfschmerzen, und ich bin müde. Ich möchte Sie nur um eines bitten. Tun Sie nicht geheimnisvoll. Wür=den Sie mir sagen, warum Sie mich hierhergebracht haben, warum ich den Anruf nicht beantworten durfte und was Sie von mir wollen?«

»Natürlich. Wollen wir hineingehen? Dann gebe ich Ihnen etwas zu trinken.«

Wir gingen die Stufen hinauf. Die Haustür stand offen. Wir traten in eine Halle, gingen durch einen Bogen in einen großen Wohnraum, der sich der Länge nach durch das ganze Haus erstreckte. Er entsprach in allem, was man von einer Millionärin erwartete. Mit Geld war nicht gespart worden. Die Farbgebung war Elfenbein und Magentarot, und der Raum war repräsentativ, ohne aufdringlich zu wirken. Er entsprach nicht meinen Vorstellungen eines Zimmers, aber schließlich ist mein Geschmack ja auch recht simpel.

»Setzen wir uns auf die Veranda«, schlug sie vor. »Gehen Sie schon vor, ich bringe etwas zu trinken.«

»Wohnen Sie allein hier?«

»Von einer Zofe abgesehen, ja. Aber sie wird uns nicht stören.«

Ich trat auf die Veranda hinaus. Dort stand eine dieser drei Meter breiten Gartenschaukeln, und man konnte sich in sie hineinsetzen und die Aussicht bewundern. Es war eine Aussicht, die bewundernswert war. Ich ließ mich auf das weiche Lederpolster sinken und starrte auf die ferne See hinaus. Die ganze Zeit während der Fahrt im Wagen hatte ich mich gefragt, was sie wohl von mir wollen möge. Ich fragte es mich immer noch.

Sie kam nach ein paar Minuten und schob einen kleinen Wagen mit Flaschen, Gläsern und einem Gefäß mit Eis. Sie setzte sich an das andere Ende der Schaukelbank. Zwischen uns lagen gut zwei Meter leerer und freier Raum.

»Whisky?«

»Ja, bitte.«

Ich beobachtete, wie sie einschenkte. Dunkelblaue Lampen unter dem Dach der Veranda geben genug Licht, daß ich sie deutlich sehen konnte. Ich hielt sie für das schönste Mädchen, das ich je gesehen hatte. Schon zu beobachten, wie sie sich bewegte, war ein Vergnügen.

Wir schwiegen beide, während sie den Whisky eingoß. Dann bot sie mir eine Zigarette an, und ich nahm sie. Ich reichte ihr Feuer, zündete dann meine an.

Wir waren jetzt so weit, daß wir anfangen konnten, aber sie schien noch zu zögern, und ich riskierte es nicht, eine Bemerkung fallenzulassen, die sie vielleicht mißtrauisch machen konnte. Wir blickten auf den Garten, das Meer und den Mond, während die Zeiger meiner Uhr weiter rückten.

Plötzlich sagte sie: »Es tut mir leid, wie ich Sie behandelt habe. Ich meine, Ihnen Geld anzubieten, um mich in Ruhe zu lassen. Ich wußte, daß es falsch war, aber ich wollte nichts preisgeben, ehe ich die Möglichkeit hatte, festzustellen, was für ein Mensch Sie sind. In Wirklichkeit suche ich Ihre Hilfe. Ich stecke in einer bösen Patsche und weiß nicht, wie ich herauskommen soll. Ich habe eine schreckliche Dummheit begangen und fürchte mich. Ich bin halb wahnsinnig vor Angst.«

Sie sah nicht so aus, aber das sagte ich ihr nicht.

»Ich möchte wirklich genau wissen, ob er über dieses Haus informiert ist?« fuhr sie fort, als ob sie zu sich selbst spräche. »Wenn ja, kommt er bestimmt hier her.«

»Wollen wir nicht eins nach dem anderen dran nehmen«, schlug ich behutsam vor. »Wir haben ewig lange Zeit. Warum war es so wichtig, daß ich nicht auf den Telefonanruf antwortete? Fangen wir doch damit an.«

»Weil er dann wüßte, wo Sie sind. Und er sucht nach Ihnen«, erklärte sie, als spreche sie zu einem etwas beschränkten Kind.

»Sie haben mir noch nicht gesagt, wer ›er‹ ist. Sherrill etwa?«

»Natürlich«, antwortete sie kurz.

»Und warum sucht er nach mir?«

»Er will keine Schwierigkeiten. Und die machen Sie ihm. Er ist entschlossen, Sie beiseite zu schaffen. Ich habe gehört, wie er Francini den Auftrag gab.«

»Ist Francini der kleine pockennarbige Italiener?«

»Ja.«

»Und der arbeitet für Sherrill?«

»Ja.«

»Es war also Sherrill, der Stevens' Verschleppung veranlaßte?«

»Ja. Das entschied es für mich. Als ich hörte, daß der arme, alte Mann tot war, kam ich sofort zu Ihnen.«

»Weiß Sherrill, daß Sie dieses Haus besitzen?«

Sie schüttelte den Kopf.

»Ich glaube es nicht. Ich habe mit ihm nie darüber gesprochen, und er ist nie hier gewesen. Trotzdem könnte er es wissen. Es gibt nur sehr wenig, was er nicht weiß.«

»Also gut. Nachdem wir das geklärt haben, wie wäre es jetzt, wenn wir ganz von vorn anfangen?«

»Erst will ich Sie etwas fragen«, sagte sie. »Warum gingen Sie zu Dr. Bewley und sprachen mit ihm? Hat jemand Sie beauftragt, herauszufinden, was ich tue?«

»Ja«, antwortete ich.

»Wer?«

»Ihre Schwester Janet«, erklärte ich.

Sie hätte nicht heftiger reagieren können, wenn ich sie ins Gesicht geschlagen hätte. Sie fuhr auf ihrem Platz zurück, als wäre sie auf eine Schlange getreten, und versetzte die Schaukel in heftige Schwingungen.

»Janet?« Das Wort kam in einem entsetzten Flüstern. »Aber Janet ist doch tot. Wie meinen Sie das? Wie können Sie das behaupten?«

Ich zog meine Brieftasche, nahm Janets Brief heraus und reichte ihn ihr hin.

»Lesen Sie selbst.«

»Was ist das?« fragte sie und sah den Brief an, als ob sie sich vor ihm fürchtete.

»Lesen Sie und beachten Sie das Datum. Der Brief war vierzehn Monate lang verlegt worden. Ich selbst las ihn erst gestern oder vorgestern.«

Sie nahm den Brief. Ihr Gesicht erstarrte, und die Pupillen ihrer Augen zogen sich zusammen, als sie die Handschrift erkannte. Nachdem sie gelesen hatte, saß sie ein paar Minuten regungslos da und starrte auf das Papier. Ich ließ ihr Zeit. Angst, echte unverhüllte Angst war klar auf ihrem Gesicht zu erkennen.

»Und das – das hat Sie veranlaßt, mit Ihren Ermittlungen zu beginnen?« fragte sie schließlich.

»Ihre Schwester schickte mir fünfhundert Dollar. Ich fühlte mich verpflichtet, sie auch zu verdienen. Ich fuhr nach Crestways hinaus, um Sie aufzusuchen. Hätte ich Sie dort angetroffen und hätten Sie mir die Bedeutung des Briefes erklärt, hätte ich das Geld zurückgegeben und meine Ermittlungen eingestellt. Aber Sie waren nicht da. Dann begann sich alles mögliche zu ereignen, und ich setzte meine Nachforschungen fort.«

»Ah, so ist das also.«

Ich wartete darauf, daß sie noch mehr sagen würde, aber sie schwieg. Sie saß regungslos da und starrte mit weißem Gesicht und harten Augen auf den Brief.

»Wurden Sie erpreßt?« fragte ich.

»Nein. Ich weiß nicht, warum meine Schwester an Sie geschrieben hat. Ich nehme an, sie wollte mir Schwierigkeiten machen. Das versuchte sie ständig. Sie haßte mich.«

»Warum hat sie Sie gehaßt?«

Sie sah lange in den Garten hinunter, ohne etwas zu sagen. Ich trank in Ruhe meinen Whisky und rauchte. Falls sie mir überhaupt etwas sagen wollte, würde sie das schon zu gegebener Zeit tun. Sie war nicht der Typ, der sich zu etwas drängen ließ.

»Ich weiß nicht, was ich tun soll«, sagte sie endlich. »Wenn ich Ihnen erkläre, warum sie mich haßte, liefere ich mich Ihnen auf Gnade und Barmherzigkeit aus. Sie könnten mich dann ruinieren.«

Dazu hatte ich nichts zu sagen.

»Aber wenn ich es Ihnen nicht erkläre«, fuhr sie fort, und preßte ihre Hände zusammen, »weiß ich nicht, wie ich aus meiner gefährlichen Situation herauskommen soll. Ich brauche jemand, dem ich vertrauen kann.«

»Haben Sie denn keinen Rechtsanwalt?« fragte ich, um etwas zu sagen.

»Er wäre schlimmer als nutzlos. Er ist der Treuhänder meines Vermögens. Nach den Bestimmungen im Testament meines Vaters verliere ich alles, wenn ich in einen Skandal verwickelt werde. Und ich stecke bis über die Ohren in einem furchtbaren Skandal, wenn es bekannt wird.«

»Sie meinen mit Sherrill?« fragte ich. »Haben Sie das *Dream Ship* finanziert?«

Sie erstarrte, drehte sich mir dann zu und sah mich verstört an.

»Das wissen Sie?«

»Ich weiß es nicht. Es ist eine Vermutung von mir. Wenn bekannt wird, daß Sie hinter dem *Dream Ship* stecken, gibt es selbstverständlich einen Riesenskandal.«

»Ja.« Sie rückte plötzlich über die Sitzbank bis dicht neben mich. »Janet war in Douglas verliebt. Und ich war auch verrückt nach ihm. Ich habe ihn ihr fortgenommen. Sie versuchte, mich zu erschießen, aber Vater rettete mich. Er wurde an meiner Stelle getroffen«, platzte sie heraus und verbarg ihr Gesicht in ihren Händen.

Ich saß regungslos wie eine Steinfigur da und wartete. Das hatte ich nicht erwartet, und es überraschte mich.

»Es wurde vertuscht«, fuhr sie nach einer langen Pause fort. »Fragen Sie nicht danach, wie. Aber es lastete auf Janets Gewissen. Sie — sie hat sich vergiftet. Auch das wurde vertuscht. Wir fürchteten, es würde herauskommen, warum sie sich vergiftete. Es war ganz leicht, es zu vertuschen. Der Arzt war alt. Er hielt es für einen Herzschlag. Dann, als ich das Geld bekam, und es war sehr, sehr viel, zeigte Douglas sich so, wie er wirklich war. Er erklärte: wenn ich ihm nicht das Geld gäbe, das *Dream Ship* zu kaufen, würde er verbreiten, daß ich ihm Janet abspenstig gemacht und sie versucht hatte, mich zu töten, aber Vater erschoß und sich dann vergiftete. Alles nur wegen mir. Sie können sich vorstellen, wie die Zeitungen sich darauf gestürzt hätten. Und dann hätte ich alles verloren. Darum gab ich ihm das Geld für dieses widerliche Schiff. Aber das genügt ihm nicht. Er kommt immer wieder und will mehr und überwacht jeden Schritt, den ich tue. Er hat entdeckt, daß Sie mit Ihren Ermittlungen angefangen haben. Er fürchtet, Sie würden die Geschichte aufdecken. Und wenn es Ihnen gelänge, würde er damit natürlich das Druckmittel verlieren, das er gegen mich besitzt. Er tat alles, um Sie daran zu hindern. Als er erfuhr, daß Stevens Sie treffen wollte, ließ er ihn verschleppen. Und jetzt wird er Sie beseitigen. Ich weiß nicht, was ich tun soll. Ich muß mich irgendwo verstecken. Ich möchte, daß Sie mir helfen. Werden Sie mir helfen? Wollen Sie es?« Sie umklammerte jetzt meine Hände. »Versprechen Sie mir, daß Sie mich nicht verraten. Ich gebe Ihnen dafür alles, was Sie wollen. Ich meine es ehrlich. Werden Sie mir helfen?«

Wir hörten ein leises Geräusch hinter uns und drehten uns gleichzeitig um. Ein großer, kräftig gebauter Mann, mit dunklem, lockigem Haar, in einem scharlachroten, ärmellosen Unterhemd und dunkelblauer Hose, stand unmittelbar hinter uns. In der Hand hielt er eine achtunddreißiger Pistole, die er genau auf mich richtete. Auf seinem sonnengebräunten Gesicht stand ein vergnügtes wohlwollendes Lächeln, als ob er sich im stillen über einen Witz freue, der zu hoch war, um von einem durchschnittlich Begabten verstanden zu werden.

»Sie erzählt Ihnen hübsche Geschichten, was?« sagte er mit einer dieser übermännlichen Stimmen. »Sie will also verschwinden und sich verstecken. Nun, das soll sie haben. Sie wird versteckt werden, wo kein Mensch sie wiederfindet, und das gilt auch für Sie, mein naseweiser Freund.«

Ich berechnete den Abstand zwischen uns und fragte mich, ob ich aufspringen und ihn packen könne, ehe er zum Schießen käme, als ich den mir wohlbekannten zischenden Ton eines Totschlägers wahrnahm und mein Schädel zu bersten schien.

Das letzte, was ich hörte, war Maureens wilder, entsetzter Schrei.

Viertes Kapitel

I

Das Zimmer war groß und luftig, die Decke und Wände in einem stumpfen chinesischen Weiß gestrichen. Kalte, weiße Kunststoffvorhänge waren vor den Fenstern zugezogen, und eine abgedeckte Lampe warf einen Lichtschein auf das gegenüberstehende Bett.

In dem Bett lag aufgestützt ein Mann. Er las. Sein fein geformtes Gesicht mit der hohen, breiten Stirn ließ ihn wie einen Studenten aussehen, der sich auf eine Prüfung vorbereitet.

Ein paar Minuten beobachtete ich ihn aus halb geschlossenen Augen und fragte mich vage und unberührt, wer er sein möge und was er in diesem Zimmer mit mir tue. An dem Buch, das er las, erschien mir etwas merkwürdig. Es war ein großer Band, und es war in kleinen Buchstaben eng gedruckt. Erst als er eine Seite umblätterte und ich dabei eine Kapitelüberschrift sah, erkannte ich, daß er das Buch verkehrt herum hielt.

Mich selbst in diesem Raum zu finden, überraschte mich nicht. Ich hatte eine verschwommene Vorstellung, daß ich schon seit ein paar Tagen hier lag, vielleicht sogar Wochen. Das Gefühl des schmalen, hohen Bettes, in dem ich lag, war mir vertraut. Fast so vertraut wie das Gefühl meines eigenen Bettes in meinem Bungalow am Strand, das jetzt so weit zurückzuliegen schien wie der Schnee des vergangenen Winters.

Instinktiv wußte ich — und ich war völlig sicher, daß es mir niemand gesagt hatte — daß ich in einem Krankenhaus lag, und versuchte mich zu erinnern, ob ich von einem Auto überfahren worden war, aber mein Verstand funktionierte schlecht. Er weigerte sich, sich zu konzentrieren, und sprang immer wieder zu dem Mann in dem Bett auf der anderen Seite des Zimmers hinüber. Mein einziges Interesse war, herauszufinden, warum er sein Buch verkehrt hielt, denn mir schien das Buch seinem Aussehen nach schon ohnehin trocken und schwierig genug lesbar zu sein.

Der Mann in dem Bett war jung. Nicht mehr als vierundzwanzig oder so, und sein dichtes, blondes Haar war überlang und glänzte seidig. Er hatte sehr tiefliegende Augen, und im Schatten des Lampenlichts sahen sie fast wie zwei tiefe, dunkle Höhlen in seinem Gesicht aus.

Ich bemerkte plötzlich, daß er auch mich beobachtete, obwohl er zu lesen vorgab. Verstohlen spähte er unter seinen Lidern hervor, während er langsam mit einem konzentrierten Stirnrunzeln ein Blatt umwendete.

»Es liest sich leichter, wenn man das Buch richtig herum hält«, sagte ich, und es überraschte mich, von wie weit entfernt meine Stimme klang, als ob ich in einem anderen Zimmer spräche.

Er blickte auf und lächelte. Er war ein freundlicher, junger Mann, der typische Collegestudent, der mit einem Baseballschläger vertrauter war als mit einem Buch.

»Ich lese Bücher immer auf diese Weise«, antwortete er. Seine Stimme war überraschend hoch und dünn. »Es macht mir Spaß. Und wenn man erst mal hinter den Trick gekommen ist, geht es genauso leicht. Natürlich braucht man eine Menge Übung dazu.«

Er legte das Buch fort. »Nun, wie geht es Ihnen, Mr. Seabright?« fragte er dann. »Ich fürchte, Sie haben eine schlimme Zeit hinter sich. Was macht Ihr Kopf?«

Das war komisch. Aber jetzt, als er mich fragte, stellte ich fest, daß mir der Kopf schmerzte und eine Arterie in meiner Schläfe spürbar klopfte.

»Er tut weh«, antwortete ich. »Ist das hier ein Krankenhaus?«

»Nun, nicht gerade ein Krankenhaus, sondern ein Nervensanatorium.«

»Ein Nervensanatorium? Das kann nicht stimmen. Ein Nervensanatorium ist eine Klappsmühle.«

Er lächelte und nickte mit seinem blonden Kopf.

»Genau das meinte ich, eine Klappsmühle.«

Ich schloß die Augen. Nachdenken fiel mir schwer, aber ich gab mir große Mühe. Ich brauchte ein paar Minuten, ehe ich mich an das zischende Geräusch des Totschlägers erinnerte, an den Mann in dem scharlachroten Unterhemd und Maureens wilden Entsetzensschrei. Ein Sanatorium. Ich spürte ein leichtes mißvergnügtes Prickeln wie Spinnenbeine über mein Rückgrat laufen. Eine Nervenheilanstalt.

Ich setzte mich schnell auf. Etwas hielt mich am linken Handgelenk zurück, fesselte mich an das Bett. Ich drehte mich um, um zu sehen, was es war. Es war eine funkelnde, vernickelte, mit Schwammgummi gefütterte Handschelle. Der andere Teil war an den Sprungfederrahmen angeschlossen.

Der Blonde beobachtete mich mit mildem Interesse.

»Sie glauben, es sei für uns sicherer, wenn sie uns an das Bett fesseln«, erklärte er. »Tatsächlich halte ich es für lächerlich, aber sie haben nur unser Bestes dabei im Sinn.«

»Ja«, sagte ich und legte mich zurück. Noch mehr Spinnenbeine krabbelten über mein Rückgrat. Mir war bei dem Gedanken an die Zukunft nicht wohl. »Wer leitet dieses Haus?«

»Dr. Salzer natürlich. Kennen Sie ihn denn nicht? Er ist sehr charmant und wird Ihnen bestimmt gefallen. Er ist bei allen beliebt.«

Dann fiel mir ein, daß der Mann in dem scharlachroten Unterhemd gesagt hatte, er würde mich verstecken, wo mich nie jemand wiederfinden würde. Selbstverständlich war eine Nervenheilanstalt ein sehr sicheres Versteck für mich. Aber Salzer leitete keine Nervenheilanstalt. Sein Unternehmen war ein Kurheim für überfütterte, reiche Leute. Schwester Gurney hatte mir das gesagt.

»Aber ich dachte, Dr. Salzer ist so ein Naturheilkundiger?« fragte ich vorsichtig, »und sein Haus keine Klappsmühle.«

»Das stimmt, aber ein Flügel ist für Übergeschnappte eingerichtet«, erklärte der Blonde. Er marschierte mit zwei Fingern an der Kante seines Nachttisches entlang. »Im allgemeinen wird nicht darüber gesprochen.« Seine Finger marschierten auf der Kante zurück. »Das ist für die Familienangehörigen viel angenehmer. Sie können dann sagen, man sei zu einer Erholungskur, statt man sitze in einer Gummizelle.«

»Tun wir das denn?« fragte ich.

»Aber ja. Die Wände sind gepolstert. Man sieht es ihnen nicht an, aber versuchen Sie mal, dagegen zu schlagen. Es macht direkt Spaß.« Er beugte sich aus dem Bett und pochte gegen die Wand. Seine Faust gab keinen Ton. »Ich halte es für Gummi. Übrigens, ich heiße Duncan Hopper. Vielleicht haben Sie den Namen meines Vaters gehört: Dwight Hopper.«

Soweit ich mich entsinnen konnte, war Dwight Hopper einer der Großen in der Farben= und Lackindustrie. Ich wußte nicht, daß er einen Sohn hatte.

»Ich heiße Malloy«, sagte ich, »Victor Malloy.«

Er legte seinen Kopf auf die Seite und fixierte mich scharf.

»Wie bitte?«

»Malloy.«

»Wissen Sie das genau?« Langsam erschien ein Lächeln auf seinem Gesicht. »Man hat mir gesagt, Sie hießen Edmund Seabright.«

»Nein, Malloy«, erwiderte ich, und wieder spürte ich die unangenehmen Spinnenbeine in meinem Rücken.

»Ich verstehe.« Er ließ wieder seine Finger die Kante seines Nachttisches entlangparadieren. Er schien das gern zu tun. »Sagen Sie, würde es Ihnen etwas ausmachen, wenn ich Sie Seabright nenne? Bland nennt Sie Seabright. Dr. Salzer nennt Sie Seabright. In Ihren Papieren lautet Ihr Name Seabright. Ich weiß es, weil ich Bland überredet habe, mich hineinsehen zu lassen. Sie werden als manisch=depressiv bezeichnet. Wußten Sie das?«

Plötzlich war mein Mund trocken.

»Als — als was?«

»Manisch=depressiv. Ich halte das für Unsinn.«

»Ja, das ist Unsinn.« Es wurde mir immer schwerer, ruhig zu sprechen und zu denken.

»Darüber bin ich froh. Depressive können so anstrengend sein. Ich hielt Sie gleich nicht dafür und sagte es Bland auch. Aber Bland ist sehr beschränkt, ein sehr ungebildeter Mann. Er hört nie auf das, was ich sage. Ich fürchte, er wird Ihnen nicht gefallen. Er behauptet, ich sei paranoid. Aber das ist völliger Unsinn. Wir hatten heute morgen einen schrecklichen Streit darüber, und er lieh mir dieses Buch. Es handelt über Paranoia. Wirklich recht interessant. Aber ich zeige nicht ein einziges Symptom. Es ist auch ein sehr interessantes Kapitel über manische Depression darin.« Er ließ seine Finger über die Nachttischkante wandern, ehe er fragte: »Haben Sie Halluzinationen?«

Ich erklärte, ich hätte keine Halluzinationen.

»Das freut mich.« Er schien wirklich sehr zufrieden. »Aber es ist merkwürdig, daß Sie glauben, Ihr Name sei Malloy. Oder glauben Sie das doch nicht?«

Ich antwortete sehr deutlich und langsam: »Es ist in keiner Weise merkwürdig, weil Malloy tatsächlich mein Name ist.«

»Ich verstehe.« Er griff nach seinem Buch und begann durch die Seiten zu blättern. »Warum sind Sie dann aber hier, wenn Sie nicht Edmund Seabright sind?«

»Das ist eine lange Geschichte«, antwortete ich, und plötzlich erschien es mir ungeheuer wichtig zu sein, den blonden Mann davon zu überzeugen, daß ich recht hatte. Wer sollte mir glauben, wenn nicht er? »Ich bin eine Art privater Ermittler und arbeite an einem Fall. Ich habe festgestellt, daß Dr. Salzer für die Ermordung von Eudora Drew verantwortlich ist. Der Fall ist zu kompliziert, um ihn Ihnen jetzt auseinanderzusetzen. Aber wegen der Tatsachen, die ich herausgefunden habe, wurde ich verschleppt.« Ich weiß nicht, wie es mir gelang, diese letzten Worte auszusprechen. Es klang scheußlich, aber ich hätte es nicht besser formulieren können, wenn mein Leben davon abgehangen hätte. Ein Ansatz zur Panik begann sich in mir zu regen, als ich auf Hoppers Gesicht den Ausdruck höflicher Ungläubigkeit erkannte.

»Dr. Salzer?« fragte er und lächelte liebenswürdig. »Ein Mörder? Das ist interessant. Und Sie sind so etwas wie ein Detektiv? Habe ich richtig verstanden?«

»Hören Sie mich an«, sagte ich und wühlte mich in dem Bett hoch. »Ich weiß genau, was Sie jetzt denken. Sie halten mich für verrückt, nicht wahr?«

»Selbstverständlich nicht, Mr. Seabright«, sagte er freundlich, »ich denke nichts Derartiges. Ich weiß, daß Sie nicht ganz gesund sind, aber doch nicht verrückt. Eindeutig und zweifellos nicht.«

Ich leckte über meine trockenen Lippen.

»Sind Sie davon überzeugt?«

»Natürlich bin ich davon überzeugt.«

Aber ich erkannte die geheime, unterdrückte Belustigung in seinen tiefliegenden Augen.

II

Hopper sagte mir, daß Bland gegen neun Uhr kommen würde, um das Licht auszuschalten.

»Das ist in etwa fünf Minuten«, sagte er, nachdem er auf seine Armbanduhr gesehen hatte. »Bland leiht mir seine Uhr, weil ich ihm jede Woche dafür hundert Zigaretten gebe. Mein Vater schickt sie mir, aber ich darf natürlich nicht rauchen. Sie scheinen zu glauben, ich wollte mein Bett in Brand setzen.« Er lachte und zeigte dabei kleine, ebenmäßige, weiße Zähne. »Natürlich ist das lächerlich, aber ich nehme an, sie meinen es nur gut.«

Unter dem Schutz der Decke hatte ich versucht, meine Hand aus der Handfessel zu befreien. Wenn ich erst einmal los war, redete ich mir selbst ein, konnte mich nichts, nicht einmal ein Maschinengewehr davon abhalten, hier herauszukommen. Aber die Handfessel schloß fest um mein Handgelenk, und wenn ich mir nicht die Hand abhackte oder den Schlüssel bekam, bestand keine Möglichkeit, von ihr loszukommen.

»Welcher Tag ist heute?« fragte ich plötzlich.

Hopper zog eine Schublade an seinem Nachttisch auf und sah in einem Tagebuch nach.

»Der 29. Juli. Führen Sie kein Tagebuch? Ich tue das. Morgen habe ich einen Gedenktag. Dann bin ich drei Jahre hier.«

Aber ich hörte nicht zu. Ich mußte lange und angestrengt nachdenken, ehe ich mich erinnerte, daß es der 24. Juli gewesen war, an dem Maureen mich mit in ihr Haus genommen hatte. Fünf Tage. Paula und Kerman würden nach mir suchen. Würden sie darauf kommen, auch hier nachzuforschen? Und selbst wenn sie auf den Gedanken kamen, daß ich hier wäre, wie konnten sie zu mir gelangen? Salzer genoß Brandons Schutz, und Brandon würde auf nichts hören, was Kerman sagte. Wenn Sherrill – und ich war überzeugt, daß der Mann in dem scharlachroten Unterhemd Sherrill gewesen war – nicht absolut sicher gewesen wäre, daß hier niemand zu mir gelangen konnte, hätte er mir dann nicht eine Kugel in den Kopf gejagt und mich ins Meer geworfen? Wieso hatte er das nicht überhaupt getan? Vielleicht scheute er sich vor Mord. Stevens war nicht ermordet worden, sein Tod war ein unglücklicher Zufall. Aber Salzer scheute sich nicht vor Mord, es sei denn, daß Dwan seine Befehle überschritten hatte. Vielleicht war es besser, dachte ich, ermordet zu werden, statt für den Rest meines Lebens in einer Gummizelle eingeschlossen zu sein.

Reiß dich zusammen, Malloy, befahl ich mir selbst. Komm zu dir. Was ist passiert? Du hast eins über den Kopf bekommen und bist nach dem wolligen Gefühl hinter deinen Augen und in deinem Mund mit einer Karrenladung Drogen vollgestopft worden. Aber das ist noch keine Entschuldigung dafür, jetzt überzuschnappen. Paula und Kerman werden dich hier herausholen. Behalte die Nerven und warte geduldig, bis es soweit ist.

Die Tür öffnete sich plötzlich und geräuschlos, und ein untersetzter, dunkler Mann kam herein. Er hatte ein paar Schultern, wie man sie bei einem Gorilla erwartete, und sein rundes, rotes Gesicht war sommersprossig und in ein starres, humorloses Grinsen gefaltet. Er trug ein kurzes, weißes Überfallhemd, eine weiße Hose und weiße Schuhe mit Gummisohlen. In den Händen hielt er ein mit einem Handtuch bedecktes Tablett, und er bewegte sich so leise und leicht wie eine Feder, die zu Boden schwebt.

»Na, Hoppy«, sagte er und setzte das Tablett auf einem Tisch neben der Tür ab. »Zeit zum Heiagehen. Wie geht es denn jetzt? Haben Sie in dem Buch was gefunden?«

Hopper deutete mit der Hand auf mein Bett.

»Mr. Seabright hat sich gemeldet«, sagte er.

Bland – denn das mußte Bland sein – trat an das Fußende meines Bettes und betrachtete mich. Sein Grinsen war noch vorhanden. Wenn es sich verändert hatte, war es höchstens breiter geworden.

Seine grünlichen Augen waren so hart und so kalt und so scharf wie Glassplitter.

»Nun, junger Freund«, sagte er. Er hatte eine seltsam flüsternde Stimme, rauh und geheimnisvoll, als ob er ein Kehlkopfleiden hätte. »Ich heiße Bland. Ich werde für Sie sorgen.«

Ich überraschte mich dabei, daß ich meine Hand in die Decke krallen wollte, unterließ es aber rechtzeitig. Nur mit der Ruhe, sagte ich mir selbst, keine Aufregung, nichts übereilen.

»Hallo«, sagte ich, und meine Stimme klang so gespannt wie eine Klaviersaite. »Sie brauchen nicht für mich zu sorgen. Wo ist Salzer? Ich will mit ihm sprechen.«

»*Doktor* Salzer, junger Freund«, antwortete Bland vorwurfsvoll, »keine Respektlosigkeiten.« Er blinzelte Hopper verständnisinnig zu. »Sie werden ihn morgen sehen.«

»Ich wünsche ihn sofort zu sehen«, erklärte ich nachdrücklich.

»Morgen, junger Freund, der Doktor muß auch mal ausspannen. Wenn Sie etwas wollen, dann sagen Sie es mir. Ich bin hier der Boss. Was ich bestimme, wird gemacht.«

»Holen Sie Salzer«, sagte ich und versuchte, meine Stimme zu beherrschen.

»Morgen, junger Freund. Jetzt halten Sie still, ich habe eine kleine Spritze für Sie, und dann werden Sie schlafen.«

»Er denkt, er sei ein Detektiv«, sagte Hopper plötzlich stirnrunzelnd, »er sagt, Dr. Salzer habe jemand ermordet.«

»Sehr respektlos, aber es macht weiter nichts«, antwortete Bland und nahm eine Injektionsspritze aus ihrem Behälter.

»Es hat aber etwas zu bedeuten. Das ist eine Halluzination«, sagte Hopper wütend. »Das steht hier in dem Buch. Ich sehe nicht ein, warum er hier bei mir ist. Ich will das nicht. Vielleicht ist er gefährlich.«

Bland stieß ein kurzes, bellendes Lachen aus.

»Wie komisch, daß Sie das ausgerechnet sagen. Nun haltet den Mund, ich habe noch viel zu tun.« Er befestigte eine Kanüle an der Spritze und begann, sie mit einer farblosen Flüssigkeit zu füllen.

»Ich werde mich bei Dr. Salzer beschweren«, sagte Hopper. »Mein Vater will das nicht haben.«

»Ihr Vater hat einen Knall, und Sie einen doppelten«, antwortete Bland. Er kam zu mir. »Geben Sie mir Ihren Arm, den rechten.«

Ich setzte mich schnell auf. »Das lasse ich mir nicht gefallen«, sagte ich.

»Stellen Sie sich nicht an, junger Freund, es hilft Ihnen doch nichts«, sagte Bland, und sein starres Grinsen wurde breiter. »Legen Sie sich wieder hin, und regen Sie sich nicht auf.«

»Sie geben mir die Spritze nicht«, erklärte ich.

Er packte mit seiner Rechten mein Handgelenk. Seine kurzen, plumpen Finger umklammerten es wie ein Schraubstock.

»Wenn Sie es so haben wollen«, sagte er, sein rotes, sommersprossiges Gesicht dicht vor meinem, »soll's mir auch recht sein.«

Mit einem schnellen Ruck spannte ich meine Muskeln an, in der Hoffnung, seinen Griff zu durchbrechen, aber statt dessen renkte ich mir fast den Arm aus. Ich schnellte vor, versuchte ihn mit der Schulter gegen die Brust zu treffen, aber auch das gelang mir nicht.

Er behielt seinen Griff bei, grinste mich an und wartete, was ich noch unternehmen würde. Ich ließ ihn nicht lange warten und versuchte, meine Beine unter der Decke freizutreten, aber das Laken war so fest wie Segeltuch und so stramm unter die Matraze geschoben, daß ich es nicht lockern konnte.

»Fertig, junger Freund?« fragte er fast belustigt. »Ich werde jetzt die Nadel in Ihren Arm stechen, und wenn Sie sich wehren, bricht sie ab. Seien Sie also vorsichtig.«

Ich knirschte mit den Zähnen, rollte mich von ihm fort und brachte ihn dadurch aus dem Gleichgewicht, so daß er taumelte. Er fing sich sofort wieder, und sein Grinsen verschwand.

»Sie halten sich also für stark«, flüsterte er. »Gut, junger Freund, wollen mal sehen, wie stark Sie sind.«

Er begann meinen Arm umzudrehen. Ich wehrte mich, aber es war, als müßte ich mich gegen eine Dampfwalze wehren. Er war viel zu stark, unglaublich stark und bog mir langsam, aber sicher den Arm hinter den Rücken. Kalter Schweiß lief mir über den Rücken, und ich atmete keuchend, während ich mich wehrte.

Ich nahm alle Kraft zusammen und gewann wieder ein paar Zentimeter für mich. Auch Bland begann schwer zu atmen. Wenn ich mein Gewicht in dem Kampf hätte einsetzen können, hätte ich ihm vielleicht standgehalten. Aber im Bett sitzend, den einen Arm angeschlossen und die Beine festgehalten, hatte ich gegenüber seiner Kraft und seinem Gewicht keine Chance.

Zentimeter um Zentimeter beugte er mich vor, und Zentimeter um Zentimeter wehrte ich mich dagegen. Langsam kam mein Arm hinter meinem Rücken nach oben, wurde mir zwischen die Schulterblätter gezogen. Schmerzen spürte ich nicht. Ich hätte ihn umbringen können. Dann fühlte ich den scharfen Stich der Nadel, und er ließ meinen Arm los und trat zurück.

Auch auf seinem Gesicht stand der Schweiß, und er atmete schwer. Es war nicht ganz so glatt gegangen, wie er es sich gedacht hatte.

»Da wären wir, junger Freund«, keuchte er. »Sie haben bekommen, was Sie gewollt haben. Wenn ich nicht so ein weiches Herz hätte, hätte ich Ihnen den Arm gebrochen.«

Ich versuchte, ihm einen Schwinger zu versetzen, aber mein Arm reagierte nicht. Ich weiß nicht, was er in mich hineingespritzt hatte, jedenfalls wirkte es schnell. Das rote, sommersprossige, verhaßte Gesicht begann zu verschwimmen. Die Wände des Raumes fielen zurück. Hinter dem Gesicht und den Wänden lag ein langer, schwarzer Tunnel.

III

Ich öffnete die Augen.

Blasses Sonnenlicht fiel durch die vergitterten Fenster, warf die Schatten der Eisenstangen auf die gegenüberliegende weiße Wand: sechs scharf gezogene Linien, die mich daran erinnerten, daß ich ein Gefangener war.

Bland bewegte sich geräuschlos in dem Zimmer, ein Staubtuch in seiner breiten, dicken Hand, einen konzentrierten Ausdruck auf seinem sommersprossigen Gesicht. Er wischte überall, nichts entging ihm.

Hopper saß aufrecht im Bett und las sein Buch. Seine Stirn war leicht gerunzelt, und er beachtete Bland nicht einmal, als er seinen Nachttisch abstaubte.

Bland kam zu mir herüber und wischte meinen Nachttisch ab. Unsere Blicke begegneten sich, und sein starres Grinsen wurde breiter.

»Nun, junger Freund«, fragte er, »wie geht es heute?«

»Ganz gut«, sagte ich und rutschte im Bett höher. Mein rechter Arm und meine rechte Schulter schmerzten, und an meinem Handgelenk waren noch die Druckstellen seiner dicken Finger zu sehen.

»Das ist fein. Ich komme in ein paar Minuten mit Rasierzeug, anschließend können Sie baden.«

Das bedeutet, daß er die Handfessel aufschließen muß, dachte ich.

Bland schien zu erraten, was mir durch den Kopf ging. »Und passen Sie auf, junger Freund, machen Sie keinen Ärger«, warnte er. »Glauben Sie nicht, daß Sie hier fortkommen. Das können Sie nicht. Ich bin hier nicht der einzige, es gibt noch ein paar andere wie mich hier. Die Tür zum Treppenhaus ist verschlossen, und an allen Fenstern sind Gitter. Fragen Sie Hoppy, der kann es Ihnen sagen. Als Hoppy zuerst herkam, gab es auch Ärger. Er versuchte fortzulaufen, aber das geht hier nicht.«

Ich starrte ihn hölzern an und antwortete nicht.

»Fragen Sie Hoppy, was wir hier mit ungezogenen Kindern machen. Er kann es Ihnen genau erklären.« Grinsend sah er zu Hoppy hinüber. »Das werden Sie doch tun, Hoppy, was?«

Hopper blickte auf und runzelte die Stirn.

»Sprechen Sie mich nicht an, Sie ekelhafte Ratte. Ihr Anblick ist mir zuwider.«

Bland kicherte. »Immer mit der Ruhe, Junge«, sagte er gelassen lächelnd. »Hacken Sie nicht auf mir herum.« Er ging zur Tür. »Rasieren, dann baden, dann Frühstück. Ich will versuchen, ob ich Extraei für Sie kriege.«

Hopper erklärte ihm, was er mit dem Ei tun könne.

Bland ging kichernd hinaus.

»Versuchen Sie es nicht, Seabright«, sagte Hopper, »es lohnt sich nicht. Sie stecken Sie in eine Zwangsjacke und legen Sie tagelang in eine Wanne mit kaltem Wasser. Was er von der Tür sagte, stimmt. Ohne Schlüssel kommt man hier nicht heraus.«

Ich entschloß mich, abzuwarten und mich umzusehen.

Nach einer Weile kam Bland mit zwei elektrischen Rasierapparaten wieder. Er schloß sie an Steckdosen an und gab den einen Hopper und den anderen mir.

»Beeilt euch, Kinderchen«, sagte er, »ich habe heute viel zu tun.«

»Immer diese Antreiberei«, sagte Hopper wütend. »Warum gehen Sie denn nicht. Wenn ich Ihre widerwärtige Fratze sehe, wird mir schlecht.«

»Das beruht auf Gegenseitigkeit, Jungchen«, sagte Bland fröhlich. »Beeilt euch und rasiert euch ordentlich. Dr. Salzer legt Wert darauf, daß seine Patienten anständig aussehen.«

Dann würde ich Salzer also sehen. Nicht, daß ich von ihm irgend etwas erhoffen konnte. Aber vielleicht konnte ich ihm Angst einjagen. Wenn Sherrill mich hierher gebracht hatte, konnte man Salzer vielleicht davon überzeugen, daß es gefährlich war, Menschen zu verschleppen. Ich hielt es für unwahrscheinlich, aber vielleicht lohnte sich der Versuch.

Als ich mit Rasieren fertig war, kam Bland mit einem weißen Bademantel.

»Werden Sie ja nicht übermütig, junger Freund«, warnte er mit seiner flüsternden Stimme und kam um mein Bett herum, um die Handfessel zu lösen. »Immer hübsch artig.«

Während er die Handfessel aufschloß, blieb ich still liegen. Hopper beobachtete mich mit angespanntem Interesse. Bland trat ein paar Schritte zurück und beobachtete mich ebenfalls.

»Nun aus dem Bett, junger Freund.«

Ich wühlte meine Beine unter der Decke heraus, schwang sie auf den Boden und stand auf. In dem Augenblick, als ich mein Gewicht auf meinen Füßen spürte, wußte ich, daß es hoffnungslos war, irgend etwas zu unternehmen. Meine Beine waren zu zittrig und zu schwach. Ich hätte nicht einmal vor einem angreifenden Stier davonlaufen können.

Ich machte einen taumelnden Schritt vorwärts und landete sofort auf dem Boden. Ich hätte mich nicht hinzusetzen brauchen, aber mir kam der Gedanke, es wäre vielleicht gar nicht so schlecht, wenn Bland mich für viel schwächer auf den Beinen hielt, als ich in Wirklichkeit war.

Ich erhob mich auf Hände und Knie und kam wieder auf die Füße. Bland hatte sich nicht gerührt. Er war argwöhnisch und lief nicht so leicht in eine Falle.

»So helfen Sie mir doch«, knurrte ich ihn an, »oder lassen Sie mich zurück ins Bett.«

»Hören Sie zu, junger Freund, ich warne Sie«, sagte er leise. »Wenn Sie jetzt was anfangen, wird es für sehr lange Zeit das letzte Mal sein, daß Sie es versuchen können.«

»Sparen Sie sich Ihr Geschwätz. Was ist los mit Ihnen, haben Sie Angst vor mir?«

Das war eine Sprache, die er zu verstehen schien, denn er faßte nach meinem Arm, um mich zu stützen.

»Vor Ihnen nicht, junger Freund, und auch vor keinem anderen.«

Er half mir in den Bademantel, öffnete die Tür, und zusammen traten wir in einen langen, breiten Korridor. Ich machte wieder ein paar Schritte und blieb dann stehen, als ob ich mich noch nicht ganz sicher auf den Beinen halten könnte. Die Pause gab mir Zeit, nach rechts und nach links zu blicken. Am einen Ende des Korridors befand sich eine massive Tür, am anderen ein großes, hohes, durch ein dichtes Gitter gesichertes Fenster.

»Gut, gut, junger Freund«, sagte Bland grinsend. »Jetzt haben Sie sich selbst hier umgesehen, und jetzt kommen Sie weiter. Haben Sie sich überzeugt?«

Ja, ich hatte mich überzeugt.

Ich ging mit Bland durch den Korridor. Meine Gedanken jagten sich. Irgendwie mußte ich mir den Schlüssel für die Tür und den Schlüssel für die Handschellen beschaffen. Entweder das, oder ich würde hier bleiben, bis sie mich satt hatten oder ich verfault war.

Ein plötzlicher Lärm ließ uns stehenbleiben. Ein überraschter Ausruf und ein dumpfer Schlag, als ob jemand oder etwas Schweres hingefallen wäre.

Bland packte mich am Arm.

Eine nahe Tür wurde plötzlich aufgerissen, und ein Mädchen schoß in den Gang. Das erste, was ich an ihr bemerkte, und das war auch das Auffallendste, war ihre völlige Nacktheit. Sie schien direkt aus der Wanne gesprungen zu sein, denn auf ihrer weißen Haut glänzten Wassertropfen, und dünner Seifenschaum zeichnete Muster auf ihre schlanken Arme. Sie war blond, und ihr Haar stand in kurzen, strahlenden Locken wie ein Heiligenschein um ihren Kopf. Sie war nicht hübsch, sie war aber auch nicht häßlich. Sie war interessant. Eindeutig und fesselnd interessant. Und ich hatte den Verdacht, daß sie in ihren Kleidern nicht ganz so interessant sein würde. Ich schätzte sie auf etwa fünfundzwanzig. Sie hatte einen schönen Körper, mit langen Beinen und hochsitzenden Brüsten, und ihre Haut hatte die Farbe geschlagener Sahne.

Ich hörte Bland scharf einatmen. »Verdammt noch mal«, sagte er unterdrückt, sprang vor, seine dicken Finger griffen nach dem Mädchen. In seinen Augen schimmerte primitive Jagdlust. Er erwischte das Mädchen am Arm. Ihr Schrei gellte zur Decke und hallte zwischen den Wänden wider. Seine Hand glitt an dem seifigen Arm ab, und sie fuhr herum und raste den Gang hinunter. Sie lief mit einer überraschenden Anmut und schnell wie der Wind.

Bland machte einen Schritt vorwärts, hielt dann inne. Sie konnte ja nicht entkommen. Sie hatte bereits die massive Tür erreicht und trommelte mit geballten Fäusten dagegen.

All dies geschah in wenigen Sekunden. Dann erschien eine Pflegerin aus dem Badezimmer, eine große, kräftig gebaute Frau, deren scharfes, hartes Gesicht vor Überraschung und Wut bleich war. Sie sah den Gang entlang auf den nackten Rücken des Mädchens. Dann sah sie Bland an.

»Schaffen Sie Ihren Patienten fort«, sagte sie, »und verschwinden Sie selbst, Sie Affe.«

»Immer mit der Ruhe«, antwortete Bland, die Augen immer noch auf das Mädchen gerichtet. »Sie haben sie doch laufen lassen, Sie dumme, alte Ziege.«

»Schaffen Sie Ihren Patienten fort, oder ich melde Sie«, fauchte die Pflegerin wütend.

»Ihnen sähe das ähnlich«, entgegnete Bland gehässig.

Er packte mich am Arm.

»Kommen Sie, Freundchen, der Spaß ist vorbei. Sie können nicht behaupten, daß es sich hier nicht leben läßt. Die beste Behandlung und die Folies=Bergère als Gratiszugabe. Was wollen Sie mehr?«

Er schob mich in ein Badezimmer gegenüber dem, aus dem das Mädchen geflohen war, während die Schwester zu ihr lief. Das Mädchen hörte sie kommen und drehte sich zu ihr um. Ihr Schrei gellte mir in den Ohren, brachte meine Nerven zum Zittern. Ich war froh, als Bland die Badezimmertür zustieß und damit jedes Geräusch ausschloß.

Bland war erregt. Seine harten, kleinen Augen funkelten, und er leckte sich ständig mit der Zunge über die Lippen.

»Das ist eine Puppe«, sagte er halb zu sich selbst. »Das hätte ich nicht verpassen wollen, auch wenn es mich ein Wochengehalt gekostet hätte. Nun ziehen Sie schon Ihr Zeug aus, und gehen Sie in die Wanne. Mein Pech, daß ich bei Ihnen sitzen muß, wo draußen die Puppe herumläuft.«

»Benehmen Sie sich nicht so kindisch«, sagte ich angewidert und zog den Bademantel und meinen Schlafanzug aus. »Wer ist das überhaupt?«

»Die Puppe da? Niemand, den Sie kennen. Sie war hier mal Pflegerin, die plötzlich überschnappte, als ein Kerl sie sitzenließ. Jedenfalls wird das erzählt. Sie war schon da, als ich herkam. Warum sie übergeschnappt ist, weil ihr einer durchgegangen ist, verstehe ich nicht. Ich hätte sie jederzeit getröstet, wenn sie gewollt hätte.«

Ich lag ruhig im Badewasser, mit ausdruckslosem Gesicht. Eine Pflegerin! War es etwa die vermißte Krankenschwester, von der Mifflin mir erzählt hatte? Es schien beinahe wahrscheinlich.

»Sie heißt Anona Freedlander — stimmt's?« überrumpelte ich ihn.

Bland konnte seine Überraschung nicht verbergen.

»Woher wissen Sie das?«

»Ich bin Detektiv«, erklärte ich feierlich.

Bland grinste. Er saß auf dem Hocker neben der Wanne und zündete sich eine Zigarette an. »Beeilen Sie sich, junger Freund, und lassen Sie Ihr Detektivspiel jetzt. Ich habe noch viel zu tun.« Achtlos ließ er sein Streichholz in mein Badewasser fallen.

Ich wechselte das Thema. »Was ist denn mit Hopper los?« fragte ich. »Warum ist er hier?«

»Hoppy ist ein schwerer Fall«, antwortete Bland und schüttelte den Kopf. »Jeden Monat hat er ein paar Tage, da traue nicht mal ich mich in seine Nähe zu kommen. Wenn man ihn so sieht, sollte man es gar nicht glauben. Ein sehr heimtückischer Bursche. Wenn sein Alter nicht so viel Geld hätte, säße er in einer Heilanstalt für Verbrecher. Er hat ein Mädchen umgebracht. Der bleibt für den Rest seines Lebens hier. Bei ihm kann man nie wissen. Wenn er in der Stimmung danach ist, könnte er morden. An einem Tag ist er in Ordnung, und am nächsten ist er so gefährlich wie ein ausgehungerter Tiger.«

Ich begann über Bland nachzudenken, fragte mich, ob er gekauft werden könnte.

»Wie ist es mit einer Zigarette?« fragte ich und legte mich in der Wanne zurück. »Ich könnte jetzt eine brauchen.«

»Warum nicht, junger Freund. Solange Sie sich anständig benehmen, werde ich Sie wie meinen Bruder behandeln.« Er zog eine Zigarettenpackung aus der Tasche, gab mir eine und reichte mir Feuer. »Wenn ihr zuerst hierherkommt, versucht ihr alle raffiniert zu sein, und macht euch doch nur Ärger. Hören Sie auf mich, und lassen Sie das. Wir haben gegen alles ein Gegenmittel. Vergessen Sie das nicht.«

Ich zog den Rauch ein. Es schmeckte mir längst nicht so gut, wie ich erwartet hatte.

»Was meinen Sie, wie lange wird man mich hierbehalten?«

Er zog einen alten Briefumschlag aus seiner Tasche, klopfte seine Asche hinein, legte ihn so hin, daß ich ihn auch erreichen konnte.

»Nach Ihren Papieren zu urteilen, sind Sie ein für allemal hier, junger Freund.«

Ich entschloß mich, einen Versuch zu wagen.

»Würden Sie sich gern hundert Dollar verdienen?«

»Wofür?« Seine kleinen Augen wurden wachsam.

»Ganz einfach. Einen Freund von mir anrufen.«

»Und was soll ich ihm sagen?«

Aber das kam etwas zu schnell und ging mir ein bißchen zu glatt. Ich musterte ihn genau. Nein, das würde nicht klappen. Sein spöttisches Lächeln verriet ihn. Er spielte nur mit mir.

»Nichts weiter«, sagte ich, tauchte meine Zigarette in das Badewasser und legte den durchtränkten Stummel in den Umschlag. »Vergessen Sie es. Geben Sie mir das Handtuch!«

Er reichte mir ein dickes Frottiertuch.

»Na, seien Sie nicht so, junger Freund. Vielleicht mache ich mit. Hundert Dollar kann ich immer gebrauchen. Wie ist die Nummer?«

»Lassen Sie nur«, antwortete ich.

Das Grinsen auf seinem Gesicht, den Zigarettenstummel zwischen den Lippen, saß er auf dem Hocker und beobachtete mich.

»Vielleicht möchten Sie Ihr Angebot erhöhen?« meinte er. »Für fünfhundert Dollar, da könnte . . .«

»Streichen Sie es aus dem, was Sie Ihr Gehirn nennen, aus«, sagte ich und zog meinen Schlafanzug an. »Eines Tages werden wir uns unter normaleren Bedingungen begegnen. Ich freue mich heute schon darauf.«

»Das ist in Ordnung, junger Freund. Träumen dürfen Sie bei uns. Das tut keinem weh«, antwortete er und öffnete die Tür, um hinauszublicken. »Kommen Sie, ich muß jetzt Hoppy holen.«

Während ich durch den Gang ging, war aus dem gegenüberliegenden Badezimmer nichts zu hören. Das Bad hatte mir gutgetan. Wenn es eine Möglichkeit gegeben hätte, durch die massive Tür zu kommen, hätte ich es versucht. Aber ich hatte bereits erkannt, daß ich viel Geduld haben mußte. Absichtlich ging ich langsam, stützte mich dabei auf Blands Arm. Für je schwächer er mich hielt, desto überraschter mußte er sein, wenn es plötzlich zur Abrechnung kam.

Ich legte mich in mein Bett und ließ apathisch zu, daß er mir die Handfessel anlegte.

Hopper erklärte, er wolle nicht baden.

»Aber, Junge, so können Sie sich doch nicht benehmen«, sagte Bland vorwurfsvoll. »Sie müssen heute vormittag sauber und ordentlich aussehen. Für elf Uhr ist ein offizieller Besuch angesagt. Coroner Lessways kommt, um sich mit Ihnen zu unterhalten. Jeden Monat kommen zwei Stadträte her, um nach euch Irren zu sehen«, erklärte er mir. »Sie geben zwar nicht viel darauf, was die Verrückten ihnen sagen, aber sie kommen, und manchmal hören sie sogar zu. Doch erzählen Sie ihnen nicht die Geschichte mit dem Mord, junger Freund. Das haben sie alle schon einmal gehört. Für die sind Sie nichts mehr, als noch einer, der nicht ganz richtig im Kopf ist, und helfen wird es Ihnen gar nichts.«

Er überredete Hopper, aus dem Bett zu kommen, und zusammen gingen sie zum Badezimmer. Damit war ich allein. Ich lag in meinem Bett, starrte auf die sechs scharf gezeichneten Schattenlinien an der gegenüberliegenden Wand und strengte meinen Kopf an. Coroner Lessways sollte also kommen. Nun, das war immerhin etwas. Wie Bland gesagt hatte, lag nicht viel Sinn darin, Lessways zu erzählen, daß Salzer für den Mord an Eudora Drew verantwortlich sei. Das war zu weit hergeholt, zu unglaubwürdig, aber falls sich die Chance bot, konnte ich ihm vielleicht etwas bieten, worauf er herumzukauen hatte. Zum erstenmal, seit ich in dieser Falle hier aufgewacht war, empfand ich so etwas wie Hoffnung.

Ich fuhr auf, als die Tür plötzlich lautlos aufging. Niemand war zu sehen. Die Tür wurde nur aufgestoßen und blieb offen stehen. Ich beugte mich vor, um in den leeren Korridor zu blicken. Zunächst dachte ich, daß der Wind die Tür aufgeschoben hätte, aber dann entsann ich mich, daß das Schloß einschnappte, nachdem Bland und Hopper das Zimmer verließen.

Ich wartete, starrte auf die offene Tür und lauschte. Nichts geschah. Ich hörte nichts. Aber da ich wußte, daß jemand die Tür geöffnet haben mußte, glaubte ich plötzlich an Gespenster.

Nach einer Zeit, die mir ewig zu dauern schien, hörte ich ein Papier rascheln. In der absoluten Stille dröhnte es wie ein Donnergrollen. Dann bemerkte ich eine Bewegung, und eine Frau kam in Sicht.

Sie stand unter der Tür, eine Papiertüte in einer Hand, einen leeren, stupiden Ausdruck in ihren verwaschenen Augen. Sie betrachtete mich, ohne zu blinzeln, mit nicht mehr Interesse, als ob ich ein toter Gegenstand wäre, und ihre Hand fuhr, ohne hinzusehen, in die Tüte. Ja, sie war es tatsächlich: Die pflaumenessende Frau. Und mehr noch: Sie aß auch immer noch Pflaumen.

Eine geraume Weile betrachteten wir uns gegenseitig. Ihre Kiefer bewegten sich langsam und rhythmisch auf und ab, während ihre Zähne die Pflaume zermalmten.

»Hallo«, sagte ich, und es reizte mich, daß meine Stimme belegt klang.

Ihre fetten Finger jagten nach einer weiteren Pflaume, fanden eine und brachten sie in Sicht.

»Das ist doch Mr. Malloy, nicht wahr?« fragte sie so höflich wie die Frau des Pfarrers, die mit einem neuen Mitglied der Gemeinde bekannt gemacht wird.

»Stimmt«, bestätigte ich. »Als wir uns das letzte Mal begegneten, hatten wir keine Zeit, uns gegenseitig vorzustellen. Wer sind Sie?«

Sie kaute noch einen Augenblick, spuckte den Pflaumenstein in die hohle Hand und versenkte ihn in die Tüte.

»Nun, ich bin Mrs. Salzer«, sagte sie.

Das hätte ich mir denken können. Sie konnte ja wirklich niemand anderes sein.

»Ich möchte nicht aufdringlich erscheinen«, sagte ich, »aber lieben Sie Ihren Mann, Mrs. Salzer?«

Die Leere in ihrem Blick wurde durch Überraschung verdrängt, die ihrerseits wieder einem Ausdruck überheblichen Stolzes wich.

»Dr. Salzer ist ein sehr guter Mann. Es gibt niemanden in der Welt, der ihm gleichkommt«, antwortete sie und hob ihr wabbeliges, rundes Kinn etwas.

»Das ist bedauerlich. Dann werden Sie ihn vermissen, denn selbst in unseren fortschrittlichen Gefängnissen werden Mann und Frau immer getrennt gehalten.«

Der leere Blick kam in ihre Augen zurück.

»Ich verstehe nicht, was Sie meinen.«

»Nun, das sollten Sie aber. Wenn man Ihren Mann nicht in die Gaskammer bringt, bekommt er zwanzig Jahre. Dazu wird man hier für Menschenraub und Mord verurteilt.«

»Welchen Mord?«

»Auf Anweisung Ihres Mannes wurde eine Frau namens Eudora Drew ermordet. Ich bin verschleppt worden, und auf der anderen Seite des Ganges ist ein Mädchen, von dem ich glaube, daß es auch verschleppt wurde: Anona Freedlander. Und dann ist da noch Schwester Gurney.«

Ein schlaues, kleines Lächeln huschte über das fette Gesicht.

»Mit keiner dieser Geschichten hat er etwas zu tun. Er glaubt, daß Miss Freedlander eine Freundin von mir ist, die ihr Gedächtnis verloren hat.«

»Und vermutlich hält er mich auch für einen Ihrer Freunde«, erwiderte ich sarkastisch.

»Nicht einen direkten Freund, aber einen Freund eines meiner Freunde.«

»Und wie ist das mit Eudora Drew?«

Mrs. Salzer hob ihre fetten Schultern und ließ sie wieder sinken. »Das war ein unglücklicher Zufall. Sie wollte Geld, und ich schickte Benny, um sie zur Vernunft zu bringen. Er wurde zu grob.«

Ich kratzte mich mit dem Daumennagel am Kinn und starrte sie an. Mehr als mein Verstand sagte mir mein Gefühl, daß sie die Wahrheit sprach.

»Wo ist Schwester Gurney?« fragte ich.

»Oh, sie erlitt einen Unfall«, antwortete Mrs. Salzer und spähte wieder in ihre Tüte. Sie zog eine Pflaume heraus und bot sie mir an. »Möchten Sie eine? Sie tun einem gut, wenn man im Bett liegt.«

»Nein. Lassen Sie mich mit den Pflaumen in Ruhe. Was ist ihr geschehen?«

Ihr Gesicht wurde wieder leer.

»Oh, sie ging die Feuertreppe hinunter und glitt dabei aus. Ich setzte sie nachher in den Wagen, aber sie muß sich das Genick gebrochen haben. Ich weiß nicht warum, aber sie schien sich sehr vor mir zu fürchten.«

Mit mühsamer Stimme fragte ich: »Und was haben Sie mit ihr getan?«

»Ich legte sie draußen im Sand irgendwo hinter Büsche.« Sie biß in die Pflaume, deutete dann mit einer fahrigen Bewegung auf das Fenster. »Da draußen in der Wüste. Was hätte ich sonst mit ihr tun sollen?«

Ich strich mit den Fingern durch mein Haar. Vielleicht ist sie verrückt, dachte ich, oder ich muß es sein.

»Haben Sie dafür gesorgt, daß ich hierhergekommen bin?«

»Gewiß«, sagte sie und lehnte sich gegen den Türrahmen. »Verstehen Sie doch. Dr. Salzer besitzt keine medizinischen Kenntnisse, schon gar nicht auf dem Gebiet der Geisteskrankheiten. Aber ich besitze sie. Ich hatte einmal eine sehr große Praxis. Doch dann geschah irgend etwas. Ich erinnere mich nicht mehr genau, was es war. Dr. Salzer kaufte dann dieses Heim für mich. Nach außen leitet er es, aber tatsächlich tue ich die ganze Arbeit. Er ist nicht mehr als ein Aushängeschild.«

»Doch, das ist er wohl«, sagte ich. »Er hat Macdonald Crosbys Totenschein unterschrieben. Dazu besaß er kein Recht. Er ist kein approbierter Arzt.«

»Sie irren sich gründlich«, erwiderte sie ruhig. »Ich unterschrieb ihn. Zufällig haben unsere Vornamen den gleichen Anfangsbuchstaben.«

»Aber er behandelte Janet Crosby wegen einer akuten Endocarditis«, sagte ich. »Das weiß ich von Dr. Bewley.«

»Dr. Bewley hat sich geirrt. Zufällig hatte Dr. Salzer geschäftlich im Hause der Crosbys zu tun, als das Mädchen starb. Er sagte Dr. Bewley, daß ich sie behandelt habe. Dr. Bewley ist ein alter Mann und etwas schwerhörig. Er hat ihn falsch verstanden.«

»Warum wurde er überhaupt gerufen?« wollte ich wissen. »Warum haben Sie den Totenschein nicht unterschrieben, wenn Sie Janet schon behandelt haben?«

»Ich war damals verreist. Mein Mann tat das Richtige, als er Dr. Bewley rufen ließ. Er tut immer das Richtige.«

»Ausgezeichnet«, sagte ich. »Dann wird er mich zweifellos hier herauslassen.«

»Er hält Sie für gefährlich«, antwortete Mrs. Salzer und spähte wieder in Ihre Pflaumentüte. »Und das sind Sie, Mr. Malloy. Sie wissen zu viel. Sie tun mir leid, aber Sie hätten sich wirklich nicht einmischen dürfen.« Sie blickte auf, um mich in alberner Weise anzulächeln. »Ich fürchte, Sie müssen hier bleiben, und es wird nicht lange dauern, dann werden Sie langsam den Verstand verlieren. Sehen Sie, Menschen, die ständig unter Drogen gehalten werden, werden häufig schwachsinnig. Haben Sie das schon gewußt?«

»Und das haben Sie für mich vorgesehen?«

Sie nickte. »Ich fürchte, es geht nicht anders. Aber ich möchte nicht, daß Sie zu unfreundlich über Dr. Salzer denken. Er ist ein so guter Mann. Deshalb habe ich Ihnen das alles gesagt. Tatsächlich mehr, als ich sollte. Aber es spielt keine Rolle. Sie kommen hier nicht heraus.«

So still wie sie gekommen war, begann sie sich zurückzuziehen.

»He«, rief ich, »gehen Sie noch nicht.« Ich setzte mich auf. »Wieviel bezahlt Ihnen Maureen Crosby dafür, daß Sie mich hier festhalten?«

Ihre leeren Augen quollen ein wenig vor.

»Aber sie weiß es doch gar nicht«, antwortete sie. »Mit ihr hat das nichts zu tun. Ich dachte, das wüßten Sie.« Und sie verschwand ziemlich in der Weise, wie man sich vorstellt, daß ein Gespenst verschwindet, nachdem es lange und bis zur Erschöpfung gespukt hat.

IV

Hopper war nach seinem Bad besser gelaunt, und während wir frühstückten, fragte ich ihn, ob er je versucht hätte, zu entfliehen.

»Ich wüßte nicht, wo ich hingehen sollte«, antwortete er und zuckte mit den Schultern. »Im übrigen habe ich eine Handschelle um den Knöchel, die an das Bett angeschlossen ist. Wenn das Bett nicht im Fußboden eingelassen wäre, hätte ich es vielleicht trotzdem versucht.«

»Was hat das Bett damit zu tun?« fragte ich und strich Orangenmarmelade auf dünnen Toast. Mit einer Hand war das nicht leicht.

»Der Reserveschlüssel für die Handschellen wird da in der obersten Schublade aufbewahrt«, erklärte er und deutete auf eine Kommode an der gegenüberliegenden Wand. »Sie bewahren ihn dort für den Fall eines Brandes auf. Wenn ich das Bett von der Stelle bekäme, könnte ich vielleicht rankommen.«

Ich sprang fast an die Decke.

»Was, in der Schublade da?«

»Genau. Keiner darf es wissen, aber ich sah, wie Bland ihn dort einmal herausholte, als er seinen eigenen Schlüssel vergessen hatte.«

Ich maß den Abstand zwischen dem Fußende meines Bettes und der Kommode. Sie befand sich näher bei mir als bei Hopper. Wenn ich nur am Fußknöchel angeschlossen wäre, glaubte ich, sie erreichen zu können. Ich mußte mich zwar sehr strecken, aber ich nahm an, ich könne es gerade schaffen. Aber so wie jetzt, am Handgelenk angeschlossen, war es unmöglich.

»Weshalb sind Sie mit dem Fuß ans Bett gefesselt und ich mit der Hand?« fragte ich.

»Zuerst haben sie mich auch am Handgelenk angeschlossen«, antwortete Hopper gleichgültig und schob sein Tablett von sich. »Aber es störte mich beim Lesen, und darum änderte Bland es. Wenn Sie ihn danach fragen, tut er es bei Ihnen auch. Es macht Ihnen sicher nichts aus, wenn wir jetzt eine Weile nicht reden. Ich möchte in dem Buch weiterlesen.«

Nein, ich hatte nichts dagegen, nicht das geringste. Ich war aufgeregt. Wenn ich Bland überreden konnte, mein Handgelenk freizulassen, erreichte ich vielleicht den Schlüssel. Dieser Gedanke beschäftigte mich für die nächsten Stunden.

Bland kam ein paar Minuten vor elf und brachte eine riesige Vase mit Gladiolen herein. Er stellte sie auf die Kommode, trat dann ein paar Schritte zurück, um sie zu bewundern. »Sind doch schön, was?« fragte er strahlend. »Die sind für die Stadträte. Komisch, wieviel sich diese Kerle aus Blumen machen. Die das letzte Mal hier waren, sahen sich nicht nach einem einzigen Patienten um. Sie standen immer nur überall herum und bestaunten die Blumen.«

Er räumte die Frühstückstabletts zusammen und brachte sie fort. Fast unmittelbar darauf kehrte er zurück. Er musterte uns kritisch, glättete Hoppers Bettdecke, kam zu mir und klopfte mein Kissen auf.

»Jetzt bleibt ums Himmels willen so liegen. Schafft keine Unordnung wieder. Haben Sie denn kein Buch?« fragte er mich.

»Sie haben mir keines geben.«

»Sie müssen ein Buch haben. Das ist auch so eine fixe Idee dieser Schlafmützen. Sie sehen gern, daß die Patienten lesen.«

Er stürzte aus dem Zimmer und kam atemlos mit einem schweren Band zurück, den er mir auf die Knie warf.

»Stecken Sie Ihre Nase da hinein, junger Freund. Ich suche Ihnen etwas mit ein bißchen mehr Saft, wenn sie wieder fort sind.«

»Wie soll ich denn mit nur einer Hand umblättern?« sagte ich und sah auf das Buch. Es trug den Titel: Allgemeine Einführung in die Gynäkologie und Geburtshilfe.

»Gut, daß Sie mich daran erinnern, junger Freund.« Er zog seine Schlüssel. »Wir zeigen ihnen die Handfesseln nicht. Diese Kerle sind zu weichherzig.«

Ich sah zu, wie er die Handfesseln um meinen Knöchel schloß, und wagte kaum, an mein Glück zu glauben. Es war einer der erhabensten Augenblicke meines Lebens.

»Und nun, junger Freund, vergessen Sie nicht: Benehmen Sie sich,« fuhr er fort, als er die Bettdecke wieder glatt zog und in Ordnung brachte. »Wenn man Sie fragt, wie es Ihnen hier gefällt, sagen Sie, daß man Sie gut versorgt, und keine dummen Sprüche. Sie glauben Ihnen doch nicht. Und nachher müßten Sie sich mit mir darüber unterhalten.«

Ich schlug das Buch auf. Die erste Tafel, die ich sah, machte mich blinzeln.

»Ich weiß nicht, ob ich schon alt genug bin, um mir solche Bilder anzusehen«, sagte ich und zeigte ihm die Tafel.

Er starrte darauf, holte tief Luft ein, riß mir das Buch fort und sah nach dem Titel.

»Ist doch nicht zu glauben. Das bedeutet es also.« Und lief aus dem Zimmer, kam atemlos mit einer zweisprachigen Ausgabe Dantes zurück. Ich wünschte, ich hätte den Mund gehalten.

»Das wird ihnen imponieren«, sagte er befriedigt. »Obwohl diese Dummköpfe ja selbst nicht lesen können.«

Ein paar Minuten nach elf waren durch die halb offenstehende Tür vom Gang her Stimmen zu hören.

Bland, der am Fenster gewartet hatte, zog seine Jacke glatt und strich sich über das Haar.

Hopper runzelte die Stirn und klappte sein Buch zu.

»Da kommen sie.«

Vier Männer traten in das Zimmer. Der erste war offensichtlich Dr. Jonathan Salzer. Er sah von den vieren am würdigsten aus. Ein großer, dünner Mann mit einer Mähne wie Paderewski, so weiß wie der Rükken einer Taube. Sein sonnengebräuntes, gefurchtetes Gesicht war kühl und gelassen, die nachdenklichen Augen lagen tief in den Höhlen. Ein Mann, vermutete ich, von über Fünfzig, immer noch kraftvoll, seine Gestalt so gerade und aufgerichtet wie die eines Kadetten bei einer Parade. Er trug einen schwarzen Rock und eine gestreifte Hose, und er schien so untadelhaft wie eine Schaufensterpuppe. Wenn man die Überraschung über seine Haarmähne überwunden hatte, fielen einem als nächstes seine Hände auf. Es waren sehr schöne Hände, lang und schmal, mit beweglichen Fingern; die Hand eines Chirurgen oder eines Mörders. Vielleicht waren sie für beides gleich gut brauchbar.

Ihm folgte Coroner Lessways. Ich erkannte ihn nach den Fotos, die ich gelegentlich von ihm in den Zeitungen gesehen hatte. Ein kleiner, untersetzter Mann mit einem kugeligen Kopf, kleinen Augen und einem verschwommenen, gemeinen, kleinen Mund. Man sah ihm genau an, was er war: ein Winkeladvokat, der sein Leben lang Tricks gebraucht hatte.

Sein Begleiter war von der gleichen Sorte, überfüttert und hinterhältig. Der vierte zögerte vor der Tür, als ob er sich nicht sicher sei, ob er hereinkommen solle oder nicht. Ich machte mir nicht die Mühe, zu ihm hinzusehen. Meine ganze Aufmerksamkeit richtete sich auf Salzer.

»Guten Morgen, meine Herren«, sagte Salzer mit einer tiefen, wohlklingenden Stimme. »Ich hoffe, Sie fühlen sich wohlauf. Coroner Less=

ways, Stadtrat Linkheimer und Mr. Strang, der bekannte Schriftsteller, sind gekommen, um Sie zu besuchen. Sie wünschen, Ihnen ein paar Fragen zu stellen.« Er sah Lessways an. »Wollen Sie jetzt mit Mr. Hopper reden?«

Während Lessways mit eulenhaftem Ausdruck Hopper anstarrte und sich dabei in sicherer Entfernung von ihm hielt, drehte ich mich um, um den vierten Mann anzusehen, den Salzer als Strang vorgestellt hatte.

Einen Augenblick glaubte ich, ich sei wirklich verrückt geworden, denn unter der Tür stand mit nonchalantem, gelangweiltem Gesicht Jack Kerman. Er trug einen weißen Tropenanzug, eine Hornbrille, und aus seiner Brusttasche hing ein gelbrotes Seidentuch in der besten Tradition eines Dandys. Ich konnte mich gerade noch zurückhalten, im Bett hochzufahren. Zum Glück war Salzer mit meinen Krankenpapieren beschäftigt und beachtete mich nicht. Kerman betrachtete mich ausdruckslos, zog eine Augenbraue hoch und fragte Salzer: »Wer ist dieser Mann, Doktor? Er sieht doch ganz gesund aus.«

»Das ist Edmund Seabright«, antwortete Salzer. Er ließ ein Lächeln auf seinem Gesicht erscheinen, das mich an den Weihnachtsmann erinnerte, der im Begriff steht, ein artiges Kind mit einem Spielzeug zu bescheren. »Er ist erst kürzlich zu uns gekommen.« Er reichte Kerman die Krankenpapiere. »Vielleicht interessiert Sie das. Es spricht für sich selbst.«

Kerman schob seine Hornbrille zurecht und blätterte blinzelnd in den Papieren. Ich hatte den Verdacht, daß er mit der Brille nicht sehr gut sehen konnte, und da ich ihn kannte, nahm ich an, daß er sie sich irgendwo geliehen hatte.

»O ja«, sagte er und spitzte die Lippen. »Interessant. Sie haben wohl nichts dagegen, wenn ich ein paar Worte mit ihm wechsele?«

»Gewiß nicht«, sagte Salzer und kam an mein Bett.

Kerman trat neben ihn, und beide starrten auf mich herab. Ich starrte zurück und konzentrierte mich dabei auf Salzer, weil ich wußte, ich würde die Katze aus dem Sack lassen, wenn ich Kerman ansah.

»Dies ist Mr. Strang«, sagte Salzer zu mir. »Er schreibt Bücher über Nervenkrankheiten.« Er lächelte Kerman zu. »Mr. Seabright bildet sich ein, ein berühmter Detektiv zu sein, nicht wahr, Mr. Seabright?«

»Selbstverständlich bin ich ein Detektiv«, sagte ich. »Ich habe entdeckt, daß sich Anona Freedlander hier auf dieser Etage befindet, und Schwester Gurney ist tot, und Ihre Frau hat ihre Leiche irgendwo in der Wüste verborgen. Was halten Sie von dieser Detektivarbeit?«

Salzer hüllte Kerman mit einem gütigen, traurigen Lächeln ein.

»Wie Sie sehen, weist er die typischen Symptome auf«, murmelte er. »Die beiden Frauen, die er nannte, sind verschwunden, die eine vor zwei Jahren, die andere erst kürzlich. Die Zeitungen haben darüber berichtet. Aus irgendeinem Grunde lasten die beiden Fälle auf seinem Gemüt.«

»Ganz offensichtlich«, bestätigte Kerman ernsthaft. Er studierte mich nachdenklich, und mir schienen seine Augen hinter den dicken Brillengläsern zu blinzeln.

»Ich will Ihnen aber noch etwas sagen.« Ich setzte mich halb auf und flüsterte. »Mein Fuß ist mit einer Handfessel ans Bett geschlossen.«

Lessways und Linkheimer waren auch neben Salzer getreten und starrten auf mich herab.

Kerman zog langsam und mißbilligend eine Augenbraue hoch.

»Ist das wahr?« fragte er Salzer.

Salzer neigte den Kopf. Sein Lächeln bekundete sein tiefes Mitgefühl mit der ganzen leidenden Menschheit.

»Manchmal verhält er sich etwas schwierig«, sagte er bedauernd.

»Dann ist es verständlich«, antwortete Kerman salbungsvoll. Er brachte das so überzeugend heraus, daß ich ihn am liebsten gegen das Schienbein getreten hätte.

Bland trat vom Fenster näher und blieb am Kopfende meines Bettes stehen. »Immer mit der Ruhe, junger Freund«, murmelte er mit seiner heiseren Stimme.

»Mir gefällt es hier nicht«, sagte ich zu Lessways gewendet. »Ich protestiere dagegen, daß ich jeden Abend Beruhigungsspritzen bekomme. Ich kann die verschlossene Tür am Ende des Ganges nicht leiden und auch nicht das vergitterte Fenster auf der anderen Seite. Das ist kein Sanatorium hier, das ist ein Gefängnis.«

»Mein lieber Freund«, sagte Salzer begütigend, ehe Lessways eine Antwort einfiel. »Sie werden sich erholen, und Sie werden wieder nach Hause kommen. Wir wollen Sie hier nicht länger behalten als für Ihre Gesundheit unbedingt erforderlich ist.«

Aus dem Augenwinkel bemerkte ich, wie Bland als Warnung für mich, in meinen Äußerungen vorsichtiger zu sein, langsam die Faust ballte. Es gab noch eine Menge Dinge, die ich gern gesagt hätte, aber da Kerman jetzt wußte, wo ich mich befand, hielt ich es für klüger, nicht mehr zu riskieren.

»Nun, gehen wir weiter«, sagte Lessways, »das sieht hier alles sehr gut und ordentlich aus.« Er strahlte Kerman an. »Haben Sie alles gesehen, was Sie zu sehen wünschten, Mr. Strang? Wir wollen Sie nicht drängeln.«

»Doch, gewiß«, entgegnete Kerman gelangweilt. »Wenn Dr. Salzer nichts dagegen hat, komme ich vielleicht einmal wieder.«

»Ich fürchte, das ist gegen die Vorschriften«, sagte Salzer. »Zu viele Besucher können unsere Patienten beunruhigen. Das werden Sie sicherlich verstehen.«

Kerman betrachtete mich nachdenklich. »Sie haben völlig recht, daran habe ich nicht gedacht«, antwortete er und wendete sich zur Tür.

Es war ein würdiger Abgang. Salzer ging als letzter hinaus.

Ich hörte Kerman fragen: »Ist sonst noch jemand hier auf der Etage?«

»Derzeit nicht«, erwiderte Salzer. »Wir hatten in der letzten Zeit einige bemerkenswerte Heilerfolge. Vielleicht wollen Sie sich die Krankengeschichten einmal ansehen?«

Die Stimmen verklangen, und Bland schloß die Tür. Er grinste mich an. »Hat nicht geklappt, Freundchen, wie? Ich habe es Ihnen doch gesagt. Hier sind Sie nur ein Verrückter neben anderen Verrückten.«

Es fiel mir nicht leicht, den Enttäuschten zu spielen, aber irgendwie gelang es mir doch.

V

Salzer hatte völlig recht, als er erklärte, daß Besucher seine Patienten in Aufregung versetzten. Die Wirkung auf Hopper war offensichtlich, obwohl die Anzeichen erst erkennbar wurden, als Bland uns das Mittagessen brachte.

Als Salzer und die Besucher wieder fort waren, lag Hopper bewegungslos auf dem Rücken und starrte mit finsterem Stirnrunzeln zur Decke hinauf. So verharrte er bis zur Essenszeit und antwortete auf keine meiner Bemerkungen. Darum ließ ich ihn in Ruhe. Ich hatte ohnedies genug mit meinen Gedanken zu tun, und auf Unterhaltung war ich nicht begierig. Als aber Bland die Tabletts auf unsere Nachttische stellte, schlug Hopper plötzlich um sich, und sein Tablett landete unter dem Klirren zersplitternden Geschirrs auf dem Fußboden.

Er setzte sich auf, und sein irrer Ausdruck verursachte mir eine Gänsehaut. Sein Gesicht hatte sich so verändert, daß ich es kaum erkannte. Seine Augen zeigten ein starres, blutrünstiges Funkeln, das an den Ausdruck der gefährlichsten Bestien im Zoo erinnerte. Und die Art und Weise, mit der Bland schnell aus seiner Reichweite sprang, erinnerte an einen hüpfenden Frosch.

»Immer mit der Ruhe, junger Freund«, sagte Bland mehr aus Gewohnheit, als um der Wirkung willen.

Hopper kauerte sich im Bett zusammen und starrte ihn an, als wolle er ihn dadurch zwingen, in seine Reichweite zu kommen. Aber Bland ließ sich nicht verleiten. »Verdammter Mist«, sagte er wütend. »Er muß gerade dann anfangen, wild zu werden, wenn meine Dienstzeit zu Ende ist.«

Umständlich räumte er das zerbrochene Geschirr zusammen und legte es auf das Tablett. Als er damit fertig war, hielt er es für das Beste, Hopper zu ignorieren, der ihn unentwegt mit gefährlich funkelnden Augen belauerte.

»Ich gehe trotzdem«, sagte Bland zu mir. »Ich habe eine Verabredung, und die lasse ich nicht sausen. Ihnen kann nichts passieren. Er kommt an Sie nicht heran. Und vielleicht beruhigt er sich auch wieder.

Manchmal ist das so bei ihm. Wenn er versucht, die Wände hochzugehen, klingeln Sie. Quell hat Dienst, aber klingeln Sie nicht, wenn es nicht unbedingt sein muß. Klar?«

»Ich weiß nicht recht«, sagte ich zweifelnd. Hoppers Ausdruck gefiel mir gar nicht. »Wie lange muß ich mit ihm allein bleiben?«

»Quell wird ein paarmal hereinsehen. Ich komme erst morgen früh wieder«, antwortete Bland ungeduldig. »Wenn ich jetzt nicht verschwinde, wird Salzer mich nicht fortlassen, weil ich den Kerl da bewachen muß. Ich bin der einzige, der mit ihm fertig wird.«

Ein Gedanke schoß mir durch den Kopf. Es gefiel mir gar nicht, mit Hopper allein zu bleiben. Schon sein Anblick machte mich kribbelig, aber wenn Bland aus dem Wege und der Schlüssel für die Handschellen in Reichweite war, konnte sich die Möglichkeit ergeben, etwas zu unternehmen.

»Solange jemand in Rufweite ist, bin ich zufrieden«, antwortete ich und legte mich in mein Kissen zurück. »Lieber würde ich aber mit Ihnen gehen. Wie steht es damit?«

»Ne, ne, die Puppe ist schon schwierig genug, wenn ich sie für mich allein habe.«

Er nahm das Tablett mit den Scherben hinaus, während ich zu essen versuchte. Aber Hoppers stoßweises Atmen und die Art, wie er mich von der gegenüberliegenden Wand anstarrte und sein Gesicht verzerrte, schlug sich mir auf den Magen. Nach ein paar zaghaften Versuchen schob ich das Tablett von mir. Was ich wollte, war eine Zigarette. Darauf war ich begieriger als auf alles andere in der Welt.

Nach einer Weile kam Bland zurück. Er hatte sich umgezogen und sah in Zivil so viel besser aus, daß ich ihn kaum wiedererkannte. Seine handgemalte Krawatte blendete mich fast.

»Was ist denn?« fragte er und sah auf mein Tablett. »Glauben Sie, daß es vergiftet ist?«

»Ich habe einfach keinen Hunger.«

Er sah zu Hopper hinüber, der sich in seinem Bett wieder zusammengekauert hatte und Bland mit mörderischen Blicken anstarrte, sobald er eintrat.

»Von ihm lasse ich mir nicht mein Vergnügen verderben«, sagte Bland grinsend. »Immer mit der Ruhe, junger Freund, machen Sie sich nichts daraus.«

»Ich will eine Zigarette«, sagte ich, »und wenn ich keine kriege, fange ich an Krach zu schlagen, ehe Sie aus dem Haus sind.«

»Sie dürfen keine Zigarette haben«, antwortete Bland. »Euch Verrückten kann man keine Streichhölzer anvertrauen.«

»Ich will kein Streichholz, ich will eine Zigarette. Stecken Sie mir eine an und lassen Sie noch ein paar da. Ich kann kettenrauchen. Wenn ich nichts zu rauchen bekomme, schnappe ich über, und dann haben Sie es mit zwei Wildgewordenen zu tun. Das wollen Sie doch nicht.«

Widerwillig rückte er die Zigaretten heraus, steckte eine für mich an und zog sich zur Tür zurück.

»Warnen Sie Quell, daß er vorsichtig mit ihm ist«, sagte er von der Tür. »Vielleicht beruhigt er sich, wenn ich fort bin. Aber was er auch tut, läuten Sie ja nicht in den nächsten fünf Minuten. Lassen Sie mir Zeit, zu verschwinden.«

Hopper versuchte plötzlich ihn zu packen, aber Bland war zu weit fort von ihm, und er griff nur in die leere Luft. An der Art und Weise, wie Bland hinter der Tür verschwand, erkannte ich jedoch, daß er vor Hopper Angst hatte. Das hatte ich auch.

Der Nachmittag war der längste, den ich je erlebt habe. Ich wagte nicht, mich an den Schlüssel für die Handschellen in der Kommodenschublade heranzumachen. Ich hatte keine Ahnung, wann Quell das erste Mal auftauchen würde, und dann war auch da noch das Problem Hopper. Ich wußte nicht, wie er sich verhalten würde, wenn ich versuchte, aus dem Bett zu kommen. Ich wußte genau, ich hatte nur einmal die Chance, mir den Schlüssel zu beschaffen, und wenn ich sie verpaßte, ergab sich nie wieder eine. Ich kam zu dem Ergebnis, daß ich es während der Nacht versuchen mußte, wenn Hopper schlief und Quell im Bett lag. Das bedeutete, daß ich versuchen mußte, der Beruhigungsspritze zu entgehen, und ich hatte keine Vorstellung, wie ich das anfangen sollte.

Sobald Bland verschwunden war, hatte sich Hopper beruhigt. Er beachtete mich nicht, lag da, starrte die Wand an, murmelte Unverständliches vor sich hin und wühlte mit seinen Händen in seinen dichten blonden Haaren. Ich versuchte, seine Worte zu verstehen, aber die Laute kamen nur als ein undeutliches, fernes Grollen zu mir.

Sorgfältig vermied ich jede plötzliche oder hastige Bewegung, um nicht seine Aufmerksamkeit auf mich zu lenken, und lag rauchend da. Als ich ihn schließlich aus meinen Gedanken verdrängt hatte, begann ich mich zu fragen, was Kerman wohl tun würde.

Wie er Lessways eingeredet hatte, daß er ein bekannter Schriftsteller auf dem Gebiet der Geisteskrankheiten sei, war mir rätselhaft. Und ich vermutete, daß Paula ihre Finger dabei im Spiel gehabt hatte. Wenigstens wußten sie jetzt, wo und wie ich untergebracht war. Sie wußten, daß auch Anona Freedlander in dem Gebäude festgehalten wurde. Sie wußten über die Tür am Ende des Ganges und die vergitterten Fenster Bescheid. Das eine oder das andere mußten sie überwinden, um mich zu befreien. Und ich hatte nicht den geringsten Zweifel, daß sie mich befreien würden. Das Problem lag lediglich darin, wann und wie sie es anfaßten.

Gegen halb fünf wurde die Tür aufgestoßen, und ein junger Bursche in einer weißen Uniform, ähnlich der Blands, brachte Teetabletts herein. Er war schlank, übergroß und klapperdürr. Sein langes, dünnes Gesicht zeigte den ernsthaften, konzentrierten Ausdruck eines Pferdes bei einem Rennen. Er ähnelte überhaupt einem Pferd. Seine lange Oberlippe und die großen Zähne gaben ihm ein pferdeartiges Aussehen. Es hätte mich nicht überrascht, wenn er mich angewiehert hätte. Er tat es nicht, statt dessen lächelte er.

»Ich heiße Quell«, sagte er und stellte das Teebrett auf meinen Nachttisch. »Sie sind Mr. Seabright, nicht wahr?«

»Nein«, entgegnete ich, »ich bin Sherlock Holmes. Und wenn Sie auf mich hören, kommen Sie Watson nicht zu nahe. Er hat wieder mal eine seiner Stimmungen.«

Er sah mich lange, traurig und beunruhigt an. Nach seinem Aussehen vermutete ich, daß er noch keine sehr lange Erfahrung im Umgang mit Verrückten besaß.

»Aber das ist doch Mr. Hopper«, erklärte er geduldig, als ob er zu einem Kind spräche.

Hopper saß jetzt aufrecht in seinem Bett, ballte die Fäuste und öffnete sie wieder und knurrte Quell an.

Wenn Quell vielleicht auch noch nicht sehr lange in dieser Umgebung arbeitete, so wußte er doch schon genug, um zu erkennen, daß Hopper nicht in der Laune war, mit ihm Schwarzer Peter zu spielen. Er betrachtete Hopper, wie man vielleicht einen Tiger betrachtet, der plötzlich jemanden unerwartet in seinem Wohnzimmer besucht.

»Ich glaube nicht, daß Mr. Hopper Appetit auf Tee hat«, sagte ich. »Und lassen Sie sich raten, halten Sie sich fern von ihm, bis Bland zurückkommt.«

»Das kann ich doch gar nicht«, sagte er zweifelnd. »Dr. Salzer ist fort, und Bland wird vermutlich erst nach Mitternacht zurückkommen. Er hätte wirklich nicht fortgehen sollen.«

»Zu spät, sich darum zu sorgen«, antwortete ich. »Machen Sie sich dünne, Bruder. Schütteln Sie den Staub von Ihren Füßen, und wenn Sie mir zum Abendessen einen guten Schluck Scotch mitbringen würden, würde ich das begrüßen.«

»Ich fürchte, den Patienten ist Alkohol nicht gestattet«, sagte er ernsthaft, ohne seinen Blick von Hopper abzuwenden.

»Dann trinken Sie selbst etwas und kommen Sie und atmen Sie mich an«, sagte ich. »Selbst das wäre noch besser als gar nichts.«

Er antwortete, er rühre Alkohol nie an, und verschwand mit einem verwirrten, beunruhigten Ausdruck auf seinem Gesicht.

Hopper starrte mich durch das Zimmer an, und unter der intensiven Prüfung seiner finster glimmenden Augen kam mir alles etwas gespenstisch vor. Ich hoffte inbrünstig, daß die Handschelle an seinem Knöchel stark genug war, um ihn festzuhalten, falls ihm plötzlich der Einfall käme, aufzuspringen und sich auf mich zu stürzen.

»Ich habe es mir genau überlegt, Hoppy«, sagte ich langsam und deutlich. »Wir müssen diesem Schuft Bland unbedingt den Hals abschneiden. Das hätten wir längst tun sollen.«

»Ja«, antwortete Hopper, und das starre Glimmen in seinen Augen begann nachzulassen, »das wollen wir tun.«

Ich fragte mich, ob es jetzt sicher sei, einen Versuch zu wagen, an den Schlüssel heranzukommen. Ich war mir über Bruder Quell nicht ganz im klaren. Wenn er mich dabei überraschte, fürchtete ich, daß ich noch mehr Trübsal in sein ohnehin schon recht trübseliges Dasein bringen müsse.

»Ich werde einen Plan ausdenken«, erklärte ich Hopper. »Bland ist sehr gerissen. Es ist sicher nicht leicht, ihm eine Falle zu stellen.«

Hopper schien sich weiter zu beruhigen, und sein verzerrtes Gesicht glättete sich langsam.

»Ich werde mir auch einen Plan überlegen«, antwortete er.

Der Rest des Abends verging damit, daß er über seinem Plan brütete, während ich überlegte, was ich tun sollte, wenn ich mich von der Handfessel befreit hatte. Es schien unwahrscheinlich, daß es mir gelingen würde, aus dem Haus zu entkommen. Aber ich konnte nach Anona Freedlander suchen, mit ihr sprechen, und sie darauf vorbereiten, daß sie bald befreit werden würde. Das wäre auf keinen Fall vergeudete Zeit. Wenn Kerman dann auftauchte, und ich war überzeugt, früher oder später würde er auftauchen, würden wir keine Zeit mit der Suche nach ihr verlieren müssen.

Quell sah gelegentlich herein. Er tat nicht mehr, als seinen Kopf durch die Türspalte zu stecken, und Hopper war zu sehr mit seinem Plan beschäftigt, um ihn zu beachten. Ich zischte Quell jedesmal, wenn er erschien, zu, deutete auf Hopper und schüttelte den Kopf. Quell antwortete mit einem Nicken, sah dabei mehr denn je wie ein Pferd aus und zog sich schweigend zurück. Gegen acht Uhr brachte er mir mein Abendessen, trat dann an das Fußende von Hoppers Bett und lächelte zu ihm hinunter.

»Möchten Sie etwas zu essen, Mr. Hopper?« fragte er überredend.

Hoppers Reaktion erschreckte mich. Quell erlitt dadurch fast einen Herzschlag. Hopper schoß zum Fußende seines Bettes vor. Seine Arme schienen sich auszustrecken, als seien sie aus Gummi, seine gekrümmten Finger krallten nach Quells weißer Jacke, glitten aber ab. Quell sprang zurück, stolperte und fiel beinahe. Sein Gesicht nahm die Farbe von Fensterkitt an.

»Ich glaube nicht, daß Mr. Hopper etwas essen will«, sagte ich, und das Stück Huhn, das ich gerade kaute, schmeckte plötzlich wie Sägemehl. »Ich glaube, daß ich auch keinen besonderen Appetit habe.«

Aber Quell interessierte sich nicht für mein Befinden. Er schoß wie ein weißer Blitz aus dem Zimmer und schlug die Tür hinter sich zu.

Hopper warf seine Bettdecke ab und wollte hinter ihm her. Er landete mit einem dumpfen Schlag auf dem Boden, am Fußknöchel festgehalten und schrie. Er zerrte an seiner Fessel, scheuerte sich den Knöchel auf. Als er sich endlich überzeugt hatte, daß er nicht loskam, schwang er sich auf das Bett zurück, stürzte sich auf die angeschlossene Handfessel und begann wild daran zu reißen. Starr vor Schreck beobachtete ich ihn. Von meinem Bett sah sie beängstigend dünn und zerbrechlich aus. Der Gedanke, daß dieser Wahnsinnige sich losreißen könnte, solange ich noch an mein Bett gefesselt war, jagte mir einen kalten Schauder über den Rücken. Meine Hand reichte nach der Klingel und preßte auf den Knopf.

Er hielt die Fessel jetzt in beiden Händen, stemmte die Füsse gegen das Fußende des Bettes und zerrte, das Gesicht hochrot vor Anstrengung, mit aller Kraft. Die Stange am Fußende bog sich durch, hielt aber. Und die Fessel hielt auch. Schließlich fiel er keuchend zurück, und ich wußte, daß die Gefahr vorüber war. Ich entdeckte Schweiß auf meinem Gesicht. Ohne daß es mir sofort klar bewußt wurde, waren die vergangenen Minuten die scheußlichsten in meinem Leben.

Die Purpurfarbe auf Hoppers Gesicht war einem käsigen Weiß gewichen. Mit geschlossenen Augen lag er still, und ich wartete und beobachtete ihn. Nach einer Weile begann er zu meiner namenlosen Überraschung zu schnarchen. Dann kam Quell mit einer Zwangsjacke in das Zimmer. Sein Gesicht war blaß, aber entschlossen.

»Vorsicht, Vorsicht«, warnte ich und war überrascht, wie unsicher meine Stimme klang. »Jetzt schläft er. Überprüfen Sie lieber die Handschelle. Ich fürchtete schon, er würde sie losreißen.«

»Das kann er nicht«, antwortete Quell und ließ die Zwangsjacke fallen. »Sie ist aus Spezialstahl angefertigt.« Er trat näher und sah auf Hopper hinunter. »Am besten gebe ich ihm eine Spritze.«

»Seien Sie nicht verrückt«, sagte ich scharf, »Bland hat gesagt, Sie sollten nicht in seine Nähe gehen.«

»Aber er muß eine Spritze haben«, antwortete Quell. »Wenn er einen weiteren Anfall bekommt, kann ihm das sehr schaden. Ich täte es lieber nicht, aber es ist meine Pflicht.«

»Zum Teufel mit Ihrer Pflicht«, sagte ich ungeduldig. »Der Bursche ist so gefährlich wie eine scharfe Bombe. Lassen Sie ihn in Ruhe.«

Vorsichtig trat Quell näher an das Bett heran und sah auf Hopper hinunter. Das schwere, schnarchende Atmen hielt an, und sicherer geworden, begann Quell die Bettdecke zu glätten. Mit angehaltenem Atem beobachtete ich ihn, weil ich nicht wußte, ob Hopper sich nur verstellte oder nicht. Ich wußte auch nicht, ob Quell einfach dumm oder sehr tapfer war. Er mußte entweder sagenhaft dumm sein oder Nerven aus Stahl haben, um so nahe an einen tobsüchtigen Irren heranzugehen.

Quell steckte die Decke unter der Matratze fest und trat zurück. Auf seiner Stirn sah ich kleine Schweißtröpfchen. Dumm war er also nicht, erkannte ich. Folglich mußte er tapfer sein. Ich hätte ihm eine Medaille verliehen, wenn ich eine zu vergeben gehabt hätte.

»Er scheint in Ordnung zu sein«, sagte er gefaßter. »Ich werde ihm eine Spritze geben. Wenn er gut ausgeschlafen hat, geht es ihm morgen wieder besser.«

Das war mir nur recht, aber trotz allem war ich beunruhigt. Mich hätte keiner mit noch so viel Orden oder Geld dazu bewegen können, dem schlafenden Hopper so nahe zu kommen.

»Sie riskieren sehr viel«, sagte ich. »Die Nadel wird ihn wecken. Wenn er Sie in die Hände bekommt, sind Sie erledigt.«

Er wandte sich um und sah mich verblüfft an.

»Aus Ihnen werde ich nicht klug«, sagte er. »Sie benehmen sich gar nicht wie ein Patient.«

»Ich bin kein Patient«, erklärte ich feierlich. »Ich bin Sherlock Holmes, das haben Sie vergessen.«

Er wurde wieder traurig und ging hinaus. Minuten verstrichen. Hopper regte sich nicht. Er schnarchte weiter, mit schlaffem und erschöpftem Gesicht.

Nach einiger Zeit, die mir Stunden zu dauern schien, aber nicht länger als zehn Minuten gedauert haben konnte, kam Quell wieder. Er trug ein mit einem Handtuch bedecktes Tablett.

»Hören Sie«, sagte ich und setzte mich auf. »Wollen Sie mir nicht die Handschelle abnehmen. Wenn Hopper zu toben anfängt, kann ich Ihnen helfen. Sie sind doch ein einsichtiger Mann. Wenn er aufwacht und Sie angreift, bekommt er von mir eins über den Kopf.«

Mit ernsten Augen musterte er mich, wie ein Pferd, das einen Sack zweifelhaften Hafers inspiziert.

»Das darf ich nicht tun«, antwortete er, »das ist gegen die Vorschrift.«

Nun, mehr konnte ich nicht für ihn tun. Er war am Ball und mußte zusehen, wie er weiter kam.

»Nun gut«, sagte ich und kämpfte noch mit mir. »Dann will ich wenigstens für Sie beten.«

Er füllte eine Spritze und näherte sich Hopper. Ich sah zu und spürte, wie sich die Haare in meinem Nacken sträubten und mein Herz gegen die Rippen zu pochen begann.

Er wirkte etwas unsicher, aber sein ernstes Pferdegesicht war gefaßt. Behutsam schob er Hoppers Pyjamaärmel zurück und hob die Spritze. Es war, wie einem Mann zuzusehen, der sich an dem Zünder einer scharfen Zeitbombe zu schaffen macht. Ich konnte nichts tun als beobachten und für ihn schwitzen, und ich schwitzte mächtig. Ich wollte ihm sagen, sich zu beeilen und nicht um Himmels willen wie eine Schaufensterpuppe herumzustehen und endlich fertig zu werden.

Trotz seiner Brille war er etwas kurzsichtig und fand nicht gleich die richtige Vene. Sein Kopf kam näher und näher an Hopper, während er dessen weißen und sehnigen Arm betrachtete. Er schien vergessen zu haben, wie gefährlich Hopper war, schien nur daran zu denken, seine Arbeit sorgfältig und richtig zu tun. Sein Gesicht war nur noch einen Fuß von Hopper entfernt, als er mit dem Kopf nickte, weil er endlich die gesuchte Vene gefunden zu haben schien. Sehr behutsam setzte er die Spitze der Nadel an.

Ich wagte nicht zu atmen. Meine Hände hielten meine Bettdecke umklammert. Dann, gerade als er zustechen wollte, richtete er sich mit einem ungeduldigen Ausruf auf und ging zu dem Tablett zurück, das er auf der Kommode abgesetzt hatte.

Mein Atem zischte durch meinen trockenen Mund, und ich krächzte ungeduldig: »Was, zum Teufel, ist denn jetzt los?«

»Ich vergaß den Äther«, erklärte er. »Wie dumm von mir. Man soll vor jedem Einstich die Haut mit Äther säubern.«

Er schwitzte fast so stark wie ich. Aber er war gelehrt worden, vor jeder Spritze die Haut mit Äther zu säubern, und so und nicht anders würde er es tun, selbst wenn die Welt unterging.

Hopper bewegte sich etwas, als Quell seinen Arm mit Äther betupfte. Vor nervöser Erwartung hing ich halb aus dem Bett, als Quells Hand unsicher ihre gespenstige Jagd nach der Vene von neuem begann. Tief beugte sich sein Kopf zu Hopper hinunter, die Blicke suchend auf Hoppers Arm.

Plötzlich öffnete Hopper die Augen. Quell war zu beschäftigt, um es zu bemerken.

»Achtung«, krächzte ich.

Als Quell mit einem unterdrückten Aufschrei hochfuhr, hatte Hopper, schnell wie eine Schlange, ihn schon bei der Kehle.

VI

Mit einer einzigen, rasenden, heftigen Bewegung riß ich die schwere Bettdecke von meinen Beinen und warf mich aus dem Bett. Ich hatte die wahnsinnige Vorstellung, durch die Wucht meines Körpers die Bettstelle vom Boden loszureißen, so daß ich es über den Fußboden schleifen und zu Hopper herankommen konnte. Aber das Bett hielt, und alles, was ich erreichte, war, daß mir der Aufschlag auf den Boden die Luft nahm.

Quells unbeherrschter Entsetzensschrei gellte zur Decke, hallte gegen die Wände und zerplatzte über mir wie ein Schrapnell. Er schrie noch einmal, aber sein nächster Schrei wurde mit einem gurgelnden Geräusch, das mir das Blut gerinnen ließ, abgeschnitten, als Hopper ihm die Kehle zusammenpreßte.

Ich sah nicht zu ihnen hinüber. Ich fürchtete mich davor. Das Geräusch des Kampfes war schlimm genug. Statt dessen stemmte ich mich auf das Bett zurück, rutschte zum Fußende, hob mein freies Bein hinüber und setzte den Fuß auf den Boden. Ich befand mich in einer derartigen Panik, daß ich kaum atmen konnte, und zitterte wie ein alter Mann nach einem Schlaganfall. Ich streckte mich nach der Kommode. Meine Fingerspitzen streiften gerade den Griff der obersten Schublade. Hinter mir klang ein wildes Stöhnen und Grunzen. Ein Geräusch, das sich mit nichts vergleichen ließ, was ich je gehört hatte, und das ich nie wieder zu hören wünschte. Ich streckte mich gewaltsam nach dem Griff. Meine Fingernägel erfaßten ihn. Ich zerrte wild an der Handschelle, und die Haut um meinen Knöchel brannte wie Feuer.

Meine Nägel hakten sich an den Griff, und die Schublade kam einen Zoll weit heraus. Das genügte. Es gab mir genügend Spielraum, um sie mit einem gewaltsamen Ruck ganz herauszureißen, und krachend stürzte sie zu Boden. Sie war mit Handtüchern und Bandagen gefüllt und über das Fußende des Bettes hängend, wühlte ich dazwischen herum und fischte nach dem Schlüssel.

Ein plötzliches Wimmern hinter mir versetzte mein Herz in wildes Jagen, aber ich unterbrach mein verzweifeltes Suchen nicht. Schließlich fand ich den Schlüssel zwischen zwei Handtüchern, und um Atem ringend schwang ich mich auf das Bett zurück und suchte nach dem winzigen Schloß an der Handschelle. Mein Knöchel blutete, aber darum kümmerte ich mich nicht. Ich fand die Öffnung, schob den Schlüssel hinein, drehte ihn um. Die Handschelle fiel ab.

Mit einer einzigen Bewegung war ich vom Bett herunter und halb durch das Zimmer. Dann erstarrte ich, wich zwei Schritte zurück und schluckte den Speichel hinunter, der sich in meinem Mund plötzlich sammelte. Hopper sah mich über Quells Körper lauernd an.

Quell lag quer über dem Bett, schlaff und regungslos, seine weiße Jacke blutbefleckt.

»Den Schlüssel her«, zischte Hopper krampfhaft flüsternd. »Heute sollen noch andere dran glauben.«

Ich wich weiter zurück. Ich habe mich immer für zäh und widerstandsfähig gehalten. Jetzt war ich es nicht. Ich war Malloy der Weichling, mit kaltem Schweiß auf dem Gesicht und einem Bleiklumpen im Bauch. Ich habe in meinem Leben ein paar scheußliche Anblicke gesehen. Aber das da vor mir verdiente den ersten Preis.

»Den Schlüssel her, oder ich bringe Sie auch um«, fauchte Hopper und warf Quells Körper von seinem Bett auf den Boden. Er begann auf dem Bett auf mich zuzukriechen. Sein Gesicht verzerrte sich. Es war ein Bild aus einem Schauerfilm. Ein Alptraum, den man seinen Freunden erzählen konnte, ein Alptraum, den sie nicht glauben würden.

Langsam näherte ich mich in einem weiten Kreis behutsam der Tür. »Gehen Sie nicht fort, Seabright«, zischte Hopper, kauerte sich auf dem Bett zusammen und funkelte mich an. »Den Schlüssel her.«

Ich erreichte die Tür, und als sich meine Hand über der Klinke schloß, stieß er einen unwirklichen Schrei enttäuschter Wut aus und warf sich von dem Bett auf mich zu. Das Bett erbebte, hielt aber an seinem Platz, und seine gekrümmten Finger krallten sich sechs Fuß von mir entfernt in den Teppich. Ich zitterte. Ich bekam die Tür auf und fiel fast in den Gang hinaus.

Ein paar Augenblicke stand ich hilflos in dem langen, stillen Gang. Mein Herz jagte, meine Knie bebten, bis ich langsam meine Selbstbeherrschung wieder erlangte. Ich stützte mich mit einer Hand an der Wand. Langsam machte ich mich auf den Weg zu der massiven Tür am Ende des Ganges. Ich kam an vier anderen vorbei, ehe ich sie erreichte. Ich strich mit meiner Hand über ihre Oberfläche, spürte die weiche Gummiverkleidung kühl unter meiner heißen Haut. Ich drückte auf die Klinke, aber nichts geschah. Die Tür war so fest verschlossen wie ein Pharaonengrab.

Nun, damit hatte ich gerechnet. Aber wenn ich irgendwie konnte, wollte ich hier heraus. Bei dem Gedanken, wieder in dieses Schlachthaus von einem Zimmer zurückzukehren, schauderte mir. Ich packte den Türgriff und zog mit aller Kraft. Es war völlig zwecklos.

Auf diesem Weg gab es kein Entkommen. Ich schlich mich an das andere Ende des Korridors zurück und untersuchte das Gitter hinter dem Fenster. Hier war nur mit einem Stemmeisen etwas auszurichten, und selbst dann hätte man einen halben Tag gebraucht, um herauszukommen.

Die nächste Aufgabe bestand darin, eine Waffe zu finden. Wenn ich etwas fand, das sich als Totschläger verwenden ließ, brauchte ich mich nur in der Nähe der Haupttür zu verstecken und zu warten, bis sich jemand zeigte. So einfach war das. Selbst Malloy hatte gelegentlich einen Einfall.

Ich ging durch den Korridor zurück. Die erste Tür, die ich zu öffnen versuchte, war unverschlossen. Vorsichtig spähte ich in die Dunkelheit und lauschte. Ich hörte meinen eigenen Atem, aber sonst nichts, tastete nach dem Schalter und knipste das Licht an. Wahrscheinlich Quells Zimmer. Es war ordentlich aufgeräumt und sauber, aber keine Waffe oder etwas, das sich als Waffe verwenden ließ, sichtbar. Eine weiße Uniform, die über einer Bahre hing, gab mir eine Idee. Ich glitt in das Zimmer und probierte die Jacke an. Sie paßte nicht besser als eine Maulwurfshaut einem Polarbär passen mochte. Darum hängte ich sie zurück.

Im nächsten Zimmer befand sich auch keine Menschenseele. Über dem schmuddeligen Bett hing ein großer Farbdruck von einem Mädchen, das mit einer G=Saite und einer Perlenschnur bekleidet war. Daran erkannte ich Blands Zimmer. Sie lächelte mich einladend an, aber ich lächelte nicht zurück.

Ich glitt hinein und schloß die Tür hinter mir. Eine schnelle Suche durch eine Kommode ergab unter anderem einen lederbespannten Totschläger mit einer Schlaufe. Es war eine hübsch ausbalancierte, tödliche, kleine Waffe. Gerade das, was ich brauchte.

Ich ging durch das Zimmer zu einem Schrank, fand darin eine Pflegeruniform und probierte die Jacke an. Sie saß beinahe, etwas weit, aber es ging. Ich zog mich um, ließ meinen Schlafanzug auf dem Boden liegen. In einer Hose und mit Schuhen an den Füßen war mir viel wohler. Ein Schlafanzug und nackte Füße sind kein besonders guter Kampfanzug. Ich schob den Totschläger in die Hüfttasche und wünschte, ich hätte eine Schußwaffe.

Unten in dem Schrank fand ich eine halbe Flasche irischen Whisky. Ich riß die Kapsel ab, schraubte den Verschluß auf und nahm einen Schluck. Er lief mir seidenweich durch die Kehle und explodierte in meinem Magen wie eine Tretmine.

Guter Whisky, dachte ich. Und um mich zu vergewissern, nahm ich noch einen Zug aus der Flasche. Er war immer noch sehr gut. Dann schob ich die kleine Flasche in die Seitentasche und schlich wieder zur Tür. Ich fand, ich machte Fortschritte.

Als ich die Tür öffnete, hörte ich Schritte. Ich stand stiller als eine Maus, die eine Katze sieht und wartet. Die Pflegerin mit dem scharfen Gesicht kam durch den Gang und summte vor sich hin. Sie kam ganz dicht an mir vorbei und hätte mich gesehen, wenn sie in meine Richtung geblickt hätte. Das tat sie aber nicht. Sie ging weiter, öffnete eine Tür auf der anderen Seite des Ganges und trat in einen gedämpft beleuchteten Raum. Die Tür schloß sich hinter ihr.

Ich wartete, atmete leise und fühlte mich dank des Whiskys bedeutend sicherer. Minuten verstrichen. Ein kleines Staubflöckchen wurde von einem Luftzug unter einer Tür durch den gebohnerten Korridor geweht. Ein plötzlicher Regenschauer klatschte gegen das vergitterte Fenster. Der Wind seufzte um das Haus. Ich wartete weiter. Ich wollte die Schwester nicht niederschlagen, wenn es sich vermeiden ließ. Ich habe Hemmungen, Frauen zu schlagen. Statt dessen schlagen sie mich.

Die Pflegerin erschien wieder, ging durch den ganzen Korridor, zog einen Schlüssel und schloß die Haupttür auf, ehe ich begriff, was sie tat. Ich sah die Tür aufgehen, ich sah eine Treppe, die irgendwo ins Helle nach unten führte. Ich sprang vor, aber sie war schon durch die Tür und schloß sie hinter sich.

Ich tröstete mich, daß ich noch nicht soweit sei, um hier fortzugehen. Die Tür hatte noch Zeit. Ich entschloß mich, das Zimmer zu durchsuchen, das die Pflegerin gerade verlassen hatte. Vielleicht war Anona darin untergebracht.

Ich zog den Totschläger, widerstand der Versuchung, noch einen Schluck Whisky zu trinken, und ging durch den Gang. Vor der Tür blieb ich stehen, drückte mein Ohr dagegen und lauschte. Nichts außer dem Wind und dem Regen, der gegen das vergitterte Fenster prasselte, war zu hören. Ich blickte über die Schulter zurück. Niemand spähte von den anderen Türen nach mir aus. Der Gang lag so leer und verlassen wie eine Kirche an einem Montagnachmittag. Ich erfaßte die

Klinke und drückte sie langsam herunter. Die Tür öffnete sich, und ich sah in ein Zimmer der gleichen Größe und mit der gleichen Einrichtung, in dem ich gefangengehalten worden war.

Zwei Betten standen darin. Das eine war leer. In dem anderen, unmittelbar vor mir, lag eine Frau. Eine Nachtlampe mit bläulichem Schirm warf geisterhaftes Licht auf ihr weißes Bett und ihr weißes Gesicht. Eine Aura aus blondem Haar ruhte auf dem Kissen, ihre geöffneten Augen studierten mit dem verwirrten Ausdruck eines verlorenen Kindes die Decke.

Ich schob die Tür etwas weiter auf und trat leise in das Zimmer, schloß die Tür hinter mir und lehnte mich dagegen. Ich war nicht sicher, ob sie nicht schreien würde. Die gummiverkleidete Tür hinter mir gab mir aber die Gewißheit, daß niemand es hören würde, falls sie schrie. Aber sie tat es nicht. Ihre Augen starrten weiter zur Decke. Auf ihrer Wange begann ein Nerv zu zucken. Ich wartete. Ich hatte keine sonderliche Eile, und ich wollte sie nicht erschrecken. Langsam wanderte ihr Blick über die Decke zur Wand, die Wand hinunter, bis er auf mir ruhte. Wir sahen einander an. Ich war mir bewußt, daß ich ruhig atmete, und der Totschläger in meiner Hand so überflüssig war wie eine Maschinenpistole bei einer Chorprobe. Ich schob ihn in die Tasche zurück. Sie betrachtete mich. Der Nerv zuckte, ihre Augen wurden größer.

»Hallo«, grüßte ich heiter und ruhig. Es gelang mir sogar zu lächeln.

Malloy im Umgang mit Fremden, eine Gabe, die seine Enkel noch mit ehrfürchtig angehaltenem Atem bewundern würden. Wenn er je Enkel haben sollte, was angezweifelt werden muß.

»Wer sind Sie?« Sie schrie nicht auf, noch versuchte sie, an den Wänden hochzugehen, aber der Nerv auf ihrem Gesicht zuckte weiter.

»Ich bin eine Art Detektiv«, erklärte ich in der Hoffnung, sie nicht aufzuregen. »Ich bin hier, um Sie nach Hause zu holen.«

Als ich jetzt dicht vor ihr stand, erkannte ich, daß die Pupillen in ihren blauen Augen nicht größer als Stecknadelköpfe waren.

»Ich habe nichts anzuziehen«, sagte sie, »man hat meine Kleider fortgenommen.

»Ich werde Ihnen etwas heraussuchen. Wie fühlen Sie sich?«

»Ganz gut.« Der blonde Kopf rollte nach rechts, dann wieder nach links. »Aber ich kann mich nicht erinnern, wer ich bin. Der Mann mit dem weißen Haar sagte mir, ich hätte mein Gedächtnis verloren. Er ist sehr freundlich, nicht wahr?«

»Das sagen alle«, antwortete ich vorsichtig, »aber Sie wollen doch nach Hause, oder nicht?«

»Ich habe kein Zuhause.« Sie zog einen langen, nackten Arm unter der Bettdecke hervor und strich sich mit schlanken Fingern durch ihre blonden Locken. Ihre Hand glitt an ihrem Gesicht herunter, bis sie auf dem zuckenden Nerv ruhte. Sie preßte ihre Fingerspitzen darauf, als wolle sie ihn verstecken. »Ich habe mein Zuhause verloren. Die Schwester sagt aber, daß man danach sucht. Haben Sie es gefunden?«

»Ja. Deswegen bin ich hergekommen.«

Mit gerunzelter Stirn dachte sie darüber einen Augenblick nach. »Dann wissen Sie, wer ich bin?« fragte sie schließlich.

»Sie heißen Anona Freedlander«, antwortete ich, »und Sie wohnen in San Franzisko.«

»Wirklich? Daran erinnere ich mich nicht. Sind Sie ganz sicher?«

Ich betrachtete ihren Arm. Er war von winzigen Narben übersät. Man hatte sie lange Zeit unter der Einwirkung von Drogen gehalten. Sie stand auch jetzt mehr oder minder unter deren Einfluß.

»Ja, ich bin sicher. Können Sie aus dem Bett aufstehen?«

»Ich glaube, das möchte ich gar nicht. Ich möchte jetzt lieber schlafen.«

»Das ist sehr gut«, antwortete ich, »schlafen Sie ruhig. Wir sind noch gar nicht so weit, daß wir hier fort können. Es dauert noch ein bißchen. Wenn Sie ausgeschlafen haben, gehen wir.«

»Ich habe nichts anzuziehen. Oder habe ich Ihnen das schon gesagt? Ich habe jetzt auch nichts an. Ich habe mein Nachthemd ins Bad ge-worfen. Die Schwester wurde sehr böse.«

»Darüber brauchen Sie sich keine Sorgen zu machen. Darum küm-mere ich mich. Bis wir so weit sind, daß wir gehen können, habe ich etwas für Sie gefunden.«

Ihre schweren Lider senkten sich plötzlich, öffneten sich mühsam wieder. Ihre Finger glitten von dem Nerv fort. Er zuckte jetzt nicht mehr. »Sie gefallen mir«, sagte sie schläfrig. »Wer sind Sie, haben Sie gesagt?«

»Malloy, Vic Malloy, eine Art Detektiv.«

Sie nickte.

»Malloy. Ich will versuchen, es zu behalten. Ich habe ein sehr schlechtes Gedächtnis. Ich kann mich nie an etwas erinnern.« Wieder fielen ihr die Augen zu. Ich beugte mich über sie, sah sie scharf an. »Ich kann nicht länger wach bleiben«, murmelte sie. Dann, nach einer langen Pause, als ich schon dachte, sie sei eingeschlafen, sagte sie mit einer fernen Stimme: »Sie hat ihn erschossen, müssen Sie wissen. Ich war dabei. Sie nahm das Jagdgewehr und erschoß ihn. Es war furchtbar.«

Ich rieb meine Nasenspitze mit dem Zeigefinger. Stille legte sich über das Zimmer. Jetzt schlief sie. Was die Schwester ihr auch gegeben haben mochte, es hatte ihr Vergessen gebracht. Vielleicht kam sie bis zum nächsten Morgen nicht wieder an die Oberfläche. Das bedeutete, daß ich sie hinaustragen mußte, falls ich selbst hinauskommen konnte. Aber ich hatte noch Zeit, mir darüber den Kopf zu zerbrechen.

Falls ich sie tragen mußte, konnte ich sie in ein Laken hüllen.

Aber wenn sie darauf bestand, selbst zu gehen, mußte ich etwas finden, das sie anziehen konnte.

Ich sah mich in dem Zimmer um. Die Kommode stand gegenüber dem Fußende des Bettes. Ich zog eine Schublade nach der anderen auf. Sie waren vorwiegend leer oder enthielten Handtücher und Bettwäsche, aber keine Kleider.

Ich ging durch das Zimmer zu dem Schrank, öffnete ihn und sah hinein. Er enthielt einen Morgenrock, Hausschuhe und zwei große Koffer, die ordentlich in dem obersten Fach standen. Ich hob den einen heraus. Der Deckel trug die Initialen A. F. Ich öffnete den Verschluß und schlug den Deckel auf. Sein Inhalt löste das Problem der Kleidung. Er war mit Kleidern vollgepackt. Ich wühlte in ihnen herum. Ganz unten lag eine Schwesternuniform.

Ich schob meine Hand in die Tasche am Kofferdeckel. In einer fand ich einen kleinen, blaugebundenen Taschenkalender aus dem Jahre 1958.

Ich blätterte ihn schnell durch. Er enthielt nur wenige Notizen, und zwischen ihnen lagen große Abstände. Verschiedentlich wurde ein »Jack« genannt, und ich vermutete, das sei Jack Brett, der Deserteur von der Marine, auf den Mifflin mich hingewiesen hatte.

24. Januar: Kino mit Jack, 7.45
28. Januar: Essen im L'Etoile, treffe Jack 6.30
29. Januar: Wochenende zu Hause
5. Februar: Jack muß auf sein Schiff zurück

Dann folgte bis zum 10. März nichts mehr.

10. März: Noch kein Brief von Jack
12. März: Dr. Salzer fragte mich, ob ich außerhalb der Klinik arbeiten wolle, ich habe ja gesagt
16. März: In Crestways die Arbeit aufgenommen
18. März: Mr. Crosby gestorben

Der Rest des Kalenders war so leer wie ihr Leben seit dieser Zeit gewesen war. Wahrscheinlich war sie nach Crestways geschickt worden, um dort jemand zu pflegen. Sie hatte Crosby sterben sehen, darum wurde sie seit fast zwei Jahren in diesem Zimmer festgehalten und unter Drogen gesetzt, in der Hoffnung, daß sich früher oder später ihr Verstand verwirren würde und sie nicht mehr fähig sei, sich an das zu erinnern, was geschehen war. Soviel war offensichtlich. Aber noch erinnerte sie sich. Der Schrecken der Szene haftete immer noch in ihrem Gedächtnis. Vielleicht war sie plötzlich in das Zimmer gekommen, in dem die beiden Mädchen sich um die Waffe stritten. Vielleicht hatte sie sich zurückgezogen, als Crosby sich in den Kampf mischte, weil sie ihn nicht in Verlegenheit bringen wollte, und sie hatte gesehen, wie das Gewehr auf Crosby gerichtet und abgeschossen wurde.

Ich sah auf das stille, weiße Gesicht. Früher einmal hatte das Gesicht Charakter und Geschlossenheit gezeigt, aber jetzt nicht mehr. Sie war nicht der Typ gewesen, der irgend etwas vertuschte oder durch Geld zu beeinflussen war. Viel wahrscheinlicher schien, daß sie darauf bestanden hatte, die Polizei zu rufen. Darum hatte man sie hierhergebracht und eingesperrt.

Ich kratzte mich nachdenklich am Kinn und schlug mit dem Kalender auf meine flache Hand. Das nächste war, hier herauszukommen, und zwar schnell.

Und wie eine Antwort auf diesen Gedanken ertönte plötzlich ein furchtbares Krachen, das das Haus erschütterte. Es klang, als ob ein Teil des Gebäudes eingestürzt sei.

Ich fuhr vor Schreck beinahe aus meiner Haut, erreichte mit zwei Sprüngen die Tür und riß sie auf. Der Gang war voll von Mörtel- und Ziegelstaub, und durch den Dunst kamen zwei Gestalten: Waffen in den Händen, liefen sie schnell auf Hoppers Zimmer zu – Jack Kerman und Mike Finnegan. Bei ihrem Anblick stieß ich einen heiseren Jubelruf aus. Sie blieben sofort stehen, richteten ihre Waffen auf mich.

Kermans gespanntes Gesicht verzog sich zu einem breiten, zufriedenem Grinsen.

»Universal Services stets zu Diensten«, sagte er und packte mich am Arm. »Wie ist es mit einem Schluck, mein Alter?«

»Ich brauche eine Transportmöglichkeit für eine nackte Blondine dringender«, sagte ich, drückte ihn an mich und empfing von Mike einen Schlag zwischen die Schulterblätter, daß ich taumelte. »Was habt ihr gemacht? Das Haus eingerissen?«

»Wir haben zwei Ketten an das Gitter gehakt und es mit einem Zehntonnenlaster samt dem Fenster aus der Mauer gerissen«, erklärte Kerman und grinste von Ohr zu Ohr. »Ein bißchen primitiv, aber wirksam. Wo ist die Blonde?«

An Stelle des vergitterten Fensters befand sich jetzt eine von zerbrochenen Ziegeln umrahmte Öffnung in der Wand des Korridors.

Ich zog Kerman in Anonas Zimmer, während Finnegan den Gang bewachte. Wir brauchten etwa zehn Sekunden, um das bewußtlose Mädchen in ein Laken zu hüllen und aus dem Zimmer zu tragen. »Decke den Rückzug, Mike«, sagte ich, während wir an ihm vorbei zu dem Loch in der Wand eilten. »Wenn es sein muß, schieße.«

»Leg sie mir über die Schulter«, sagte Kerman, vor Aufregung fast stotternd. »An der Hauswand lehnt eine Leiter.«

Ich half ihm über die zerbröckelten Ziegel zu klettern. Neben seinem Gesicht hingen ein nackter Arm und ein nacktes Bein.

»Jetzt weiß ich, warum sich welche zur Feuerwehr melden«, sagte er, während er vorsichtig die Sprossen hinunterstieg.

Unten konnte ich nahe dem Hause einen großen Lastwagen stehen sehen, und am Fuß der Leiter entdeckte ich Paula. Sie winkte mir zu.

»Alles klar, Mike«, rief ich, »komm schnell.«

Als Mike mich erreichte, wurde die Tür am Ende des Ganges auf= gestoßen und die Pflegerin mit dem scharfen Gesicht erschien. Sie warf uns und dem Loch in der Wand einen ungläubig entsetzten Blick zu, dann begann sie zu kreischen.

Wir kletterten schnell die Leiter hinunter und sprangen in den Lastwagen.

Paula saß bereits am Steuer, und während wir noch hinten hinein= kletterten, schaltete sie den Gang ein und raste rücksichtslos quer über Blumenbeete davon.

Kerman hatte Anona auf den Boden der Ladefläche gelegt und sah auf sie hinunter.

»Hm, hm«, sagte er und zwirbelte seinen Schnurrbart. »Wenn ich gewußt hätte, daß sie so hübsch ist, wäre ich bestimmt früher gekommen.«

Fünftes Kapitel

I

Ein Summer summte, und die Platinblonde entknotete ihre langen Beine hinter ihrem Schreibtisch und kam zu mir herüber. Sie sagte, Mr. Willet wolle mich jetzt sprechen. Sie sprach, als ob wir in der Kirche wären, und sah aus, daß sie ohne weiteres bei Izzy Jacobs Girls im Orchid Room Nachtklub in der ersten Reihe hätte tanzen können.

Ich folgte dem Wiegen ihrer Hüften durch das Vorzimmer ins Aller= heiligste. Mit einem smaragdgrünen Nagel klopfte sie zaghaft an die Tür, öffnete sie, schob eine gelockerte Locke zurecht, wie Frauen das so tun, und sagte: »Mr. Malloy ist da.«

Zum Zeichen, daß ich eintreten sollte, trat sie zur Seite. Ich trat ein.

Willet saß in Deckung hinter seinem übergroßen Schreibtisch und starrte mit zweifelndem Ausdruck auf etwas, das wie ein Letzter Wille oder Testament aussah und vermutlich auch war. Eine dicke Zigarette mit Goldmundstück glimmte zwischen zwei braunen Fingern. Ohne aufzusehen, winkte er mich in einen Sessel.

Die Platinblonde verschwand. Ich sah ihrem Abgang zu. An der Tür wiegte sie noch einmal ihre Hüften, daß die Glanzlichter auf der Seide ihres schwarzen Kleides tanzten. Ich bedauerte, daß sie die Tür tatsächlich schloß.

Ich setzte mich, betrachtete das Innere meines Hutes und versuchte mich zu erinnern, wann ich ihn gekauft hatte. Es schien mir schon sehr, sehr lange her zu sein. Das Firmenzeichen des Herstellers war nicht mehr zu entziffern. Ich versprach mir, einen neuen Hut zu kau=

fen, sobald ich Willet überreden konnte, sich von einem Teil seines Geldes zu trennen. Gelang mir das nicht, würde ich mich weiter mit dem Hut begnügen.

Ich dachte das nur, um die Zeit totzuschlagen, denn Willet schien sich in einem Dschungel sich widersprechender Gesetze verloren zu haben. Das Bild eines angesehenen Rechtsanwalts, der sein Geld verdient. Man konnte beinahe die Dollars bei seiner Bank anrollen hören.

»Zigarette?« fragte er plötzlich und gedankenverloren. Ohne den Blick von dem Packen Papier in seiner Hand zu wenden, schob er mir die silberne Dose zu.

Ich nahm eine der dicken Zigaretten mit Goldmundstück, die ich in der silbernen Dose fand, und zündete sie an. Ich hoffte, sie würde auch mir das Gefühl geben, ein Großverdiener zu sein, aber das tat sie nicht. Sie sah sehr viel besser aus, als sie schmeckte. Das tun diese Art Zigaretten immer.

Als ich dann im Begriff war, einzuschlafen, warf er die Papiere plötzlich in einen Ablegekorb, beugte sich in seinem Sessel vor und sagte: »Jetzt wollen wir uns unterhalten, Mr. Malloy. Ich erwarte in zehn Minuten den nächsten Besucher.«

»Dann komme ich lieber ein andermal«, meinte ich gelangweilt. »Wir werden in zehn Minuten doch nicht fertig. Ich weiß nicht, was Ihnen die Verwaltung des Crosbyvermögens einbringt, Mr. Willet, aber es muß ein ganz hübscher Batzen sein. Die Spatzen pfeifen es zwar noch nicht von allen Dächern, aber es sollte mich nicht überraschen, wenn Sie diese Einnahme nicht mehr sehr lange haben sollten.«

Das brachte ihn aus der Ruhe. Er starrte mich finster an, drückte seine halbgerauchte Zigarette aus und beugte sich weit über seinen Schreibtisch vor.

»Was wollen Sie damit sagen?«

»Wollen Sie es mit allen Einzelheiten, oder genügt Ihnen ein Extrakt?« fragte ich. »Das eine ist so schlecht wie das andere, aber mit den Einzelheiten ist es etwas anstrengender.«

»Wie lange kann es dauern?«

»Eine halbe Stunde, vielleicht noch länger. Und dann werden Sie Fragen stellen wollen. Also sagen wir, eine Stunde, vielleicht auch länger. Sie werden sich aber nicht langweilen.«

Er kaute auf seiner Unterlippe, krauste die Stirn, dann griff er nach dem Telefon und sagte drei aufeinanderfolgende Termine ab. Ich erkannte, daß es ihm schwerfiel, aber er tat es trotzdem. Ein Zehnminutengespräch mit einem Mann wie Willet mußte hundert Dollar wert sein, vielleicht noch mehr. Ihm jedenfalls, wenn schon nicht seinen Klienten.

»Beginnen Sie«, sagte er und lehnte sich in seinem Sessel zurück. »Warum haben Sie sich nicht vorher bei mir gemeldet?«

»Das gehört alles dazu«, antwortete ich und legte meinen Hut unter den Sessel. Ich hatte jetzt das Gefühl, es würde nicht sehr lange dauern, bis ich mir einen neuen kaufen konnte. »Ich habe die letzten Tage in einer Anstalt für Geisteskranke verbracht.«

Aber so leicht war er nun auch nicht aus seiner Ruhe aufzustören. Er gab einen brummenden Ton von sich, aber sein Ausdruck veränderte sich nicht.

»Ehe ich anfange, unterrichten Sie mich vielleicht über den Stand von Miss Crosbys Bankkonto. Konnten Sie einen Blick darauf werfen?«

Er schütelte den Kopf.

»Völlig berechtigterweise hat sich der Bankdirektor geweigert. Wenn er mir das Konto gezeigt hätte und diese Tatsache auch nur gerüchtweise bekanntgeworden wäre, hätte er diesen Kunden verloren, und dieser Kunde ist für ihn sehr viel wert. Aber er teilte mir wenigstens mit, daß das Geld der Versicherung von dem Konto abgehoben und in Schatzanweisungen umgewechselt wurde.«

»Sagte er wann?«

»Bald nach der Überschreibung des Vermögens.«

»Und haben Sie an Miss Crosby geschrieben und sie aufgefordert, Sie zu besuchen?«

»Ja, sie kommt morgen nachmittag hierher.«

»Wann haben Sie ihr geschrieben?«

»Am Dienstag. Das ist fünf Tage her.«

»Antwortete sie umgehend?«

Er nickte.

»Dann glaube ich nicht, daß sie die Verabredung einhalten wird. Nun, das werden wir sehen.« Ich klopfte Asche in einen silbernen Aschenbecher. »Also gut, damit sind die Punkte erledigt, die wir besprochen haben. Dann kann ich ja mit meinem Bericht anfangen.«

Ich erzählte ihm, wie MacGraw und Hartsell mich aufgesucht hatten. Er hörte zu, in seinem Sessel zusammengesunken, seine Augen so ausdruckslos wie die abgeblendeten Lichter eines parkenden Wagens. Er lachte nicht, noch weinte er, als ich ihm beschrieb, wie sie mich zusammenschlugen. Ihm war es ja nicht passiert, warum sollte er sich etwas daraus machen? Aber als ich ihm erzählte, wie Maureen auf der Bildfläche erschien, zogen sich seine Brauen zusammen, und er erlaubte sich den Luxus, mit einem Fingernagel auf seiner Schreibtischplatte zu klopfen. Das war wahrscheinlich das äußerste Zeichen von Erregung, das er je zeigte.

»Sie brachte mich zu einem Haus über den Klippen nahe bei der Autobahn nach San Diego. Sie sagte, es gehöre ihr. Es war ein sehr hübsches Haus, wenn man etwas für Häuser übrig hat, die viel Geld kosten und elegant genug sind, daß auch ein Filmstar darin wohnen kann. Wußten Sie, daß sie es besitzt?«

Er schüttelte den Kopf.

»Wir saßen herum und unterhielten uns«, fuhr ich fort. »Sie wollte wissen, warum ich mich für sie interessiere, und ich zeigte ihr den Brief ihrer Schwester. Aus dem einen oder anderen Grunde schien ihr das angst zu machen. Sie spielte kein Theater, sie hatte echte Angst. Ich fragte, ob sie damals erpreßt wurde, aber das bestritt sie und meinte, daß Janet ihr wahrscheinlich Schwierigkeiten machen wollte. Sie behauptete, Janet habe sie gehaßt. Stimmt das?«

Willet spielte jetzt mit seinem Brieföffner. Sein Gesicht war gespannt, der Ausdruck seiner Augen besorgt.

»Soviel ich weiß, vertrugen sie sich nicht. Mehr war es wohl nicht. Sie wissen ja, wie das bei Stiefschwestern mitunter ist.«

Ich bestätigte, ich wisse, wie das bei Stiefschwestern mitunter sei. Ein paar Minuten verstrichen, das einzige Geräusch in dem Raum bildete das emsige Ticken der Uhr auf Willets Schreibtisch.

»Fahren Sie fort«, sagte er kurz. »Was sagte sie sonst noch?«

»Wie Sie wissen, war Janet mit einem gewissen Douglas Sherrill verlobt und wollte ihn heiraten. Was Sie wahrscheinlich nicht wissen, ist, daß Sherrill ein dunkler Ehrenmann ist, vermutlich vorbestraft, auf jeden Fall ein hinterhältiger Schuft. Nach Maureens Worten hat sie Sherrill ihrer Schwester Janet abspenstig gemacht.«

Willet sagte nichts dazu, er wartete ab.

»Die beiden Mädchen hatten eine Auseinandersetzung, die sich offenbar zu einer Schlacht entwickelte«, fuhr ich fort. »Janet griff nach einem Jagdgewehr. Der alte Crosby erschien auf der Bildfläche und versuchte, ihr das Gewehr fortzunehmen. Dabei wurde er erschossen.«

Einen Augenblick glaubte ich, Willet würde mich über seinen Schreibtisch hinweg anspringen. Aber er beherrschte sich und fragte mit einer Stimme, die unter dem Fußboden hervorzukommen schien: »Hat Maureen Ihnen das gesagt?«

»O ja. Sie wollte es sich von der Seele reden. Und hier ist noch eine Kleinigkeit, die Ihnen bestimmt gefallen wird. Der wirkliche Hergang der Schießerei mußte vertuscht werden. Ich irrte mich, als ich annahm, daß Dr. Salzer Crosbys Totenschein unterschrieb. Das hat nicht er, sondern Mrs. Salzer getan. Nach ihren eigenen Worten ist sie eine approbierte Ärztin und mit der Familie befreundet. Eines der Mädchen rief sie, und sie kam ins Haus und brachte alles in Ordnung. Lessways, der nicht der Typ ist, Wohlhabenden Ungelegenheiten zu machen, akzeptierte das Märchen, daß Crosby das Gewehr reinigen wollte und sich dabei durch einen Unglücksfall selbst erschoß. Er glaubte ihrem Wort. Und Brandon tat das gleiche.«

Willet zündete sich eine Zigarette an. Er machte ein Gesicht wie ein Verhungernder, dem man eine Keksdose gibt, die er leer findet.

»Weiter«, sagte er und lehnte sich zurück.

»Aus irgendeinem Grunde hielt sich während der Schießerei eine Krankenschwester namens Anona Freedlander im Haus der Crosbys auf und war Zeugin des Vorgangs. Mrs. Salzer riskierte nichts. Sie sperrte die Pflegerin ein, um unbedingt sicher zu sein, daß sie nichts verraten konnte. Seitdem ist sie in einer Gummizelle in Salzers Sanatorium gefangengehalten worden.

»Sie meinen – gegen ihren Willen?«

»Nicht nur gegen ihren Willen, sondern während dieser zwei Jahre wurde sie ständig unter der Einwirkung von Drogen gehalten.«

»Sie wollen doch nicht behaupten, daß das alles Maureen Crosby bekannt ist?«

»Das weiß ich nicht.«

Willet atmete jetzt schwer. Der Gedanke, daß ein so wohlhabender Klient wie Maureen Crosby wegen Menschenraubes unter Anklage gestellt werden könnte, schien ein schwerer Schock für ihn zu sein, während Anona Freedlanders Schicksal ihn nicht im geringsten berührt hatte.

»Falls Sie übrigens für das arme Mädchen so etwas wie Mitgefühl aufbringen können«, sagte ich, »wir haben Anona vergangene Nacht aus dem Sanatorium herausgeholt.«

»Oh?« Er schien etwas aus der Fassung zu geraten. »Ist zu erwarten, daß sie Schwierigkeiten machen wird?«

Ich grinste ihn unfreundlich an.

»Ich halte das für mehr als wahrscheinlich. Würden Sie sich nicht wehren, wenn man Sie zwei Jahre lang eingesperrt hält, nur, weil zufällig irgendwelche reichen Leute Hemmungen davor haben, ihren Namen in den Zeitungen zu lesen?«

Er fingerte an seinem Kinn und dachte angestrengt nach.

»Vielleicht können wir ihr eine kleine Entschädigung anbieten«, sagte er schließlich, aber der Gedanke schien ihm keine rechte Freude zu machen. »Das beste ist, ich spreche einmal mit ihr.«

»Niemand kommt zu ihr, solange sie nicht in der Lage ist, sich vernünftig zu unterhalten. Augenblicklich scheint sie nicht einmal zu wissen, wie sie heißt.« Ich drückte die Zigarette aus und zündete mir eine meiner eigenen an. »Diese Verschleppung müßte der Polizei gemeldet werden. Wenn das geschieht, erscheint diese ganze üble Angelegenheit in den Schlagzeilen der Zeitungen. Dann sind Sie verpflichtet, die Millionen der Crosbys dem Forschungszentrum der Stadt zu übergeben. Es kann sein, daß Ihnen die Vermögensverwaltung weiterhin übertragen wird. Für wahrscheinlich halte ich das allerdings nicht.«

»Das ist nur ein Grund mehr, daß ich mit dieser Person sprechen muß«, antwortete er. »Im allgemeinen kann man sich in diesen Fällen arrangieren.«

»Seien Sie davon nicht zu fest überzeugt«, hielt ich ihm sanft entgegen. »Schließlich ist da noch mein persönliches kleines Erlebnis. Auch ich wurde verschleppt und fünf Tage gefangengehalten, und auch mir hat man eine gewisse Menge Drogen verabfolgt. Auch diese kleine Geschichte sollte der Polizei nicht vorenthalten werden.«

»Weshalb wollen Sie sich selbst um eine gute Einnahme bringen«, erwiderte er. Und zum erstenmal, seit ich in das Zimmer gekommen war, erlaubte er sich selbst den Anflug eines leisen Grinsens. »Ich wollte Ihnen gerade eine Sonderprämie vorschlagen. Sagen wir weitere fünfhundert Dollar.«

Damit wurde mein Hut zur Gewißheit.

»Das ist ein Angebot. Wir könnten es eine Versicherung gegen auftretende Risiken nennen«, antwortete ich, »aber es müßte zusätzlich zu dem Honorar für den jetzigen Auftrag sein.«

»Geht in Ordnung.«

»Und nun, vielleicht gehen wir jetzt von Anona Freedlander wieder zu der weiteren Geschichte zurück«, sagte ich. »Es kommt noch mehr, und je mehr kommt, desto besser wird es.«

Er schob seinen Sessel zurück und stand auf. Ich beobachtete ihn, wie er das Zimmer zu einem an der gegenüberliegenden Wand stehenden Mahagonischränkchen durchquerte, das sich als Kühlschrank erwies, und mit einer Flasche Haig & Haig und zwei kleinen Gläsern zurückkam. »Nehmen Sie so was manchmal zu sich?« fragte er und setzte sich wieder.

Ich erwiderte, ich nähme es bei jeder Gelegenheit zu mir, die sich dazu biete.

Er füllte beide Gläser, schob eines über den Schreibtisch vor mich hin, stürzte das andere hinunter, um es sofort wieder zu füllen. Die Flasche stellte er mitten zwischen uns.

»Bedienen Sie sich selbst, bitte«, forderte er mich auf.

Ich trank einen Schluck von dem Scotch. Er war sehr gut, so ziemlich der beste Whisky, den ich seit Monaten versucht hatte. Ich fand es wunderbar, wie plötzlich ein großer, angesehener Anwalt menschlich werden konnte, wenn er Gefahren auf sich zukommen sah, die seinen guten Namen bedrohten.

»Wie Maureen Crosby berichtete, lastete der Tod ihres Vaters auf Janets Gemüt«, fuhr ich fort. »Das mag so gewesen sein, aber sie hatte zweifellos eine merkwürdige Art, das zu zeigen. Ich würde meinen, sie wäre dann nicht in der Lage gewesen, Tennis zu spielen oder sich an einer Tanzerei zu beteiligen, aber anscheinend tat sie es. Jedenfalls beging Janet, ebenfalls Maureen zufolge, sechs oder sieben Wochen später Selbstmord. Sie nahm Arsenik.«

Ein winziger Tropfen Scotch schwappte aus Willets Glas auf seine Schreibunterlage. »Gütiger Himmel«, sagte er kaum hörbar.

»Auch das wurde vertuscht. Zufällig war Mrs. Salzer damals verreist, und Maureen und Dr. Salzer zogen Dr. Bewley zu, einen arglosen, alten Esel, redeten ihm ein, Maureen hätte an akuter Endocarditis gelitten, und entgegenkommenderweise unterzeichnete der alte Trottel den Totenschein. Janet hatte eine Zofe, Eudora Drew, die möglicherweise zufällig zuhörte, wie Maureen und Dr. Salzer diesen Plan ausheckten. Die Drew setzte die Schraube an und ließ sich ihr Schweigen bezahlen. Ich machte sie ausfindig und suchte sie auf. Sie war gerissen genug, mich hinzuhalten und sich mit Salzer in Verbindung zu setzen, sagte ihm, ich hätte ihr fünfhundert Dollar für Informationen geboten, und fragte, ob er unter diesen Umständen nicht sein Angebot erhöhen wolle, damit sie den Mund halte. Darauf fand Mrs. Salzer die passende Antwort. Sie schickte ihr einen ehemaligen Sträfling, der für sie im Sanatorium arbeitete, um sie zur Vernunft zu bringen. Wie Mrs. Salzer erklärte, wurde er etwas grob und brachte Eudora Drew um.«

Willet atmete tief und langsam ein. Er trank sein Glas aus wie ein Mann, der eine Stärkung nötig hat.

»Der Butler der Crosbys, John Stevens, wußte auch etwas oder hatte mindestens einen Verdacht«, fuhr ich fort. »Ich überredete ihn, auszupacken, aber er wurde vorher von sechs Burschen, die für Sherrill arbeiten, verschleppt. Sie behandelten ihn etwas zu rauh, und er starb ihnen unter den Händen. Trotzdem war das Mord. Das sind zwei Morde. Nun kommt noch ein dritter. Wie gefällt Ihnen das?«

Mühsam stieß er aus: »Weiter?«

»Erinnern Sie sich noch an Schwester Gurney? Mrs. Salzer gibt zu, auch sie verschleppt zu haben, nur glitt Schwester Gurney, wie Mrs. Salzer behauptete, auf der Feuertreppe aus und brach sich das Genick. Mrs. Salzer versteckte die Leiche irgendwo draußen in der Wüste. Auch das ist Mord.«

»Das ist phantastisch«, sagte Willet, »das ist unglaubwürdig.«

»Unglaubwürdig ist es nur wegen des Motivs. Hier haben wir zwei Personen, Mrs. Salzer und Sherrill, die zusammen drei Morde begangen haben, von der Verschleppung Anona Freedlanders und meiner Person nicht zu reden. Und alles, nur um ein Mädchen davor zu bewahren, in die Zeitung zu kommen? Das macht es unglaubwürdig. Ich glaube, hinter alldem steckt sehr viel mehr, als wir ahnen, nämlich daß diese beiden sich verzweifelt anstrengen, zu verhindern, daß eine sehr lebendige Katze aus dem Sack gelassen wird. Und ich will herausfinden, was das für eine Katze ist.«

»Die Zeitungen sind es ja gar nicht, wovor sie Angst haben«, erwiderte Willet. »Denken Sie doch an das Geld, um das es dabei geht.«

»Ja, schon, aber ich glaube trotzdem, daß da eine Katze ist, die wir noch nicht kennen. Und auf die werde ich Jagd machen. Auf alle Fälle. Aber ich will weiter im Text, das ist längst noch nicht alles. Der große Clou kommt zuletzt. Maureen gestand mir, daß Sherrill sein wahres Gesicht zeigte, nachdem sie das Geld bekommen hatte. Er erwies sich als Erpresser. Er drohte das Gerücht zu verbreiten, Janet hätte ihren Vater erschossen und sich dann vergiftet, weil sie ihn ihrer Schwester Janet abspenstig gemacht hätte. Wenn Maureen aber ihm das *Dream Ship* kaufe, würde er schweigen. Also kaufte sie ihm das *Dream Ship*. Deshalb wechselte sie das Versicherungsgeld in Schatzanweisungen um. Die Schatzanweisungen gab sie Sherrill. Stellen Sie sich die Sensation für die Zeitungen vor, wenn herauskommt, daß Maureen das Kapital für eine Spielhölle gestellt hat. Würde dadurch nicht das gesamte Crosbyvermögen dem Forschungszentrum zufallen?«

Willet brachte es fertig, grün auszusehen, ohne tatsächlich grün zu werden.

»Sie hat das *Dream Ship* gekauft?« fragte er mit mühsamer Stimme.

»Das hat sie mir gesagt. Sie sagte mir auch, daß sie sich vor Sherrill fürchte, und in diesem dramatischen Augenblick erschien Mr. Sherrill persönlich auf der Bildfläche. Er verkündete, daß er Maureen an einen Ort bringen werde, wo niemand sie wiederfinden würde, und daß er mich in der gleichen Weise beseitigen wolle. Ich wollte ihm das ausreden, aber jemand zog mir von hinten eins über den Schädel, und als ich wieder zu mir kam, befand ich mich in Salzers Sanatorium. Wir wollen unsere Zeit nicht damit vergeuden, daß ich Ihnen erzähle, was dort alles passierte. Es genügt, daß mein Assistent Lessways einredete, er sei ein bekannter Schriftsteller, und darauf eingeladen wurde, sich an der monatlichen Besichtigung des Sanatoriums durch den Stadtrat zu beteiligen. Er entdeckte mich und holte mich heraus, und dabei nahmen wir gleich Anona Freedlander mit. Was wir feststellen müssen, ist, ob Sherrill seine Drohung wahrgemacht hat und Maureen Crosby irgendwo verborgen hält. Wenn sie sich morgen hier nicht zeigt, wette ich, daß sie festgehalten wird. Vermutlich auf Sherrills Schiff. Aber wenn sie kommt, neige ich zu der Ansicht, daß sie mit den anderen gemeinsame Sache macht und mich in ihr Haus mitnahm, um mich Sherrill in die Hände zu spielen.«

Willet goß sich wieder sein Glas voll, und seine Hand war nicht besonders sicher dabei.

»Ich halte das für sehr unwahrscheinlich«, antwortete er.

»Das werden wir sehen. Haben Sie die Möglichkeit, ihr Konto sperren zu lassen, falls Sherrill sie festhält?«

»Ich habe überhaupt keine Vollmacht, über ihr Geld zu verfügen. Alles, was ich tun kann, ist, die anderen Treuhänder davon zu informieren, daß Maureen Crosby gegen die Bestimmungen des Testaments verstoßen hat.«

»Wer sind die anderen Treuhänder?«

»Mr. Glynn und Mr. Coppley, die Seniorchefs der Firma, die natürlich in New York sind.«

»Sollten sie nicht informiert werden?«

»Nicht in diesem Stadium«, antwortete er und rieb sich das Kinn. »Ich will offen zu Ihnen sein, Malloy. Sie würden ohne Zögern den Bestimmungen des Testaments folgen, ohne zu berücksichtigen, daß das Mädchen vielleicht unschuldig ist. Meiner Ansicht nach ist das

Testament übertrieben streng. Crosby hat festgelegt, daß das Geld dem Forschungszentrum zufällt, falls Maureens Name überhaupt in einer Zeitung erscheint. Ich vermute, daß ihm ihre kleinen Unarten zuviel geworden waren. Aber was er nicht erkannte, ist, daß er damit jedem skrupellosen Erpresser eine Waffe gegen sie in die Hand gab. Und das ist vermutlich eingetreten.«

»Ist Ihnen bewußt, daß wir drei Morde vertuschen?« fragte ich und füllte mir mein Glas. Bei diesem ganzen Gerede wurde mir der Mund trocken. »Bisher hat Brandon sich der Angelegenheit noch nicht sehr gründlich angenommen, weil er Angst vor dem Geld der Crosbys hat. Wenn aber die Tatsache bekannt wird, daß Maureen mit diesen Morden in Verbindung steht, kann er auf ihr Geld keine Rücksicht mehr nehmen, dann muß er etwas tun. Aber dadurch kommen wir, Sie und ich nämlich, auch in Druck.«

»Solange Zweifel bestehen, müssen wir alles berücksichtigen, was zu Miss Crosbys Gunsten spricht«, erklärte Willet unbehaglich. »Ich würde es mir nie vergeben, wenn sie ungerechtfertigt ihr Geld verliert, weil ich voreilig gehandelt habe. Wie steht es nun mit dieser Freedlander. Wie lange wird es dauern, bis man mit ihr sprechen kann?«

»Das weiß ich nicht. So wie es aussieht, mindestens ein paar Tage. Sie kann sich ja nicht einmal daran erinnern, wer sie ist.«

»Befindet sie sich in einem Krankenhaus?«

Ich schüttelte den Kopf.

»Meine Sekretärin, Miss Bensinger, pflegt sie. Ich habe einen Arzt gerufen. Der kann aber nicht viel für sie tun. Er sagt, es werde einige Zeit dauern. Ich fahre heute nach San Franzisko, um ihren Vater aufzusuchen. Vielleicht kann er helfen, daß sie ihr Gedächtnis wiedergewinnt.«

»Wir werden alle entstehenden Kosten übernehmen«, versprach Willet. »Setzen Sie es auf unsere Rechnung.« Er steckte sich eine neue Zigarette an. »Was wird Ihr nächster Schritt sein?«

»Wir müssen abwarten, ob Maureen auftaucht. Wenn nicht, werde ich zum *Dream Ship* hinausfahren und feststellen, ob sie dort ist. Es gibt noch ein paar andere Spuren, die ich verfolge. Im Augenblick liegen noch verschiedene undurchsichtige Punkte vor, die ich klären muß.«

An der Tür klopfte es, und die Platinblonde kam herein und wiegte sich bis vor Willets Schreibtisch.

»Mrs. Pollard wird ungeduldig«, murmelte sie. »Und diese Nachricht ist gerade eingetroffen. Ich dachte, Sie würden es sofort erfahren wollen.«

Sie reichte ihm einen Zettel. Er las, was darauf stand, und seine Augenbrauen fuhren hoch.

»Gut, gut. Sagen Sie Mrs. Pollard, ich werde sie in fünf Minuten empfangen«, sagte er. Er sah mich an. »Miss Crosby wird morgen nicht kommen. Offenbar hat sie sich auf eine Reise nach Mexiko begeben.«

»Wer hat angerufen?« fragte ich und beugte mich vor.

»Der Mann nannte seinen Namen nicht«, sagte die Platinblonde zu Willet. »Er sagte nur, er spreche im Auftrag von Miss Crosby, und ich solle es gleich an Sie weitergeben.«

Willet sah mich mit hochgezogenen Augenbrauen an. Ich schüttelte den Kopf.

»Es ist gut, Miss Palmetta«, sagte er.

Ich fischte meinen Hut unter dem Sessel hervor und stand auf.

»Sieht nach einem Besuch auf dem *Dream Ship* aus«, sagte ich. Willet stellte den Scotch und die beiden Gläser fort.

»Darüber sagen Sie mir besser nichts«, meinte er. »Sie werden doch vorsichtig sein?«

»Sie werden sich wundern, wie vorsichtig ich sein werde.«

»Vielleicht ist sie doch nach Mexiko gefahren«, meinte er zweifelnd.

Ich grinste ihn ein bißchen an, aber er grinste nicht zurück.

»Sie hören von mir«, sagte ich und ging in das Vorzimmer.

Eine fette, aufgedonnerte Person Marke »Dame der Gesellschaft«, mit Perlen in der Größe eingelegter Zwiebeln um den Hals, saß mühsam atmend in einem der tiefen Sessel. Sie warf mir einen steinernen Blick zu, als ich meinen Weg um sie herum zu Tür suchte.

Ich sah mich nach der Platinblonden um und versuchte mein Lächeln an ihr.

Sie öffnete ihre Augen sehr weit, starrte mich leer an und wendete den Blick dann ab.

Ich ging hinaus. Mein Lächeln hing in dem Raum wie ein unerwünschtes Baby, das auf eine fremde Türschwelle gelegt wurde.

II

Jack Kerman demonstrierte Trixy, dem Mädchen am Telefon, wie Gregory Peck seine Partnerinnen küßt, als ich hereinmarschiert kam. Sie fuhren nicht ganz so schnell wie der Blitz auseinander, aber nicht viel langsamer. Trixy flitzte zu ihrem Platz zurück und begann mit einer Geschäftigkeit, die mich nicht überzeugte, Stöpsel herauszuziehen und einzustöpseln.

Kerman gab mir ein schiefes, verlegenes Lächeln, schüttelte kummervoll den Kopf und folgte mir in mein Büro. »Muß das unbedingt sein?« fragte ich, trat an meinen Schreibtisch und zog eine Schublade auf. »Dazu ist sie noch zu jung.«

Kerman verzog sein Gesicht. »Nach der Art, wie sie sich dabei benimmt, nicht«, antwortete er.

Ich nahm meine achtunddreißiger Pistole heraus, schob sie in die Hüfttasche und steckte noch ein paar Reservemagazine ein.

»Ich habe Neuigkeiten«, sagte Kerman, während er mir etwas verwundert zusah. »Willst du sie jetzt hören?«

»Das hat Zeit, bis wir im Wagen sitzen. Wir fahren zusammen nach Frisco.«

»Du hast wohl genug?«

»Verlaß dich darauf. Von jetzt an riskiere ich nichts mehr. Hast du deine Knarre?«

»Ich kann sie holen.«

Während er hinausging, rief ich Paula an.

»Wie geht es ihr?« fragte ich, als Paula sich meldete.

»Fast unverändert. Dr. Mansell war gerade da. Er hat ihr eine leichte Spritze gegeben. Er sagt, es wird lange dauern, bis sie entwöhnt ist.«

»Ich bin auf dem Weg zu ihrem Vater. Wenn er sie uns abnimmt, werde ich froh sein. Bei dir sonst alles in Ordnung?«

Das bestätigte sie.

»Ich komme auf dem Rückweg vorbei«, versprach ich und hängte ein.

Kerman und ich fuhren im Fahrstuhl hinunter und überquerten den Bürgersteig zu dem Buick.

»Wir fahren heute abend zum *Dream Ship* hinaus«, verkündete ich ihm, als ich den Motor anließ.

»Offiziell oder inoffiziell?«

»Inoffiziell, genau wie im Kino.« Ich überholte einen Lastwagen und raste die Centre Avenue mit einer Geschwindigkeit entlang, die zwei Taxifahrer und ein Mädchen in einem Pontiac in ihrem Ehrgeiz verletzte. »Vielleicht müssen wir sogar hinausschwimmen.«

»Also einschließlich Haien und allem anderen«, meinte Kerman. »Vielleicht schießen sie auf uns, wenn wir versuchen, an Bord zu kommen.«

»Wenn sie uns sehen, tun sie das bestimmt.«

»Dann können wir uns ja auf einen amüsanten Abend gefaßt machen«, sagte Kerman verdrossen. Er ließ sich tief in den Sitz sinken. »Ich kann es kaum erwarten. Vielleicht mache ich besser vorher mein Testament.«

»Hast du denn etwas zu hinterlassen?« fragte ich überrascht und bremste scharf, als die Ampel kurz vor mir auf Rot wechselte.

»Ein paar hübsche Postkarten aus Paris und eine ausgestopfte Ratte«, antwortete Kerman. »Ich hinterlasse sie dir.«

Als das Licht auf Grün wechselte, sagte ich: »Was weißt du noch Neues? Hast du etwas über Mrs. Salzer herausgebracht?«

Kerman zündet sich eine Zigarette an und warf das Streichholz auf den Rücksitz des Pontiacs, der uns zu überholen versuchte.

»Und ob. Fahre vorsichtig, denn das wird dich überraschen. Ich habe den ganzen Morgen gewühlt. Weißt du, wer sie ist?«

Ich bog in den Fairview Boulevard ein.

»So red schon.«

»Macdonald Crosbys zweite Frau und Maureens Mutter.«

Der Buick rutschte halb auf die andere Straßenseite, entging knapp einem Lastwagen, der uns dort arglos entgegenkam, und versetzte dessen Fahrer in wildes Fluchen. Ich brachte ihn vorsichtig wieder auf die richtige Straßenseite zurück.

»Ich habe dir gleich gesagt, du sollst aufpassen«, sagte Kerman und grinste. »Ist das was? Oder nicht?«

»Weiter, was noch?«

»Vor dreiundzwanzig Jahren war sie Hals-, Nasen- und Ohrenspezialistin in San Franzisko. Crosby lernte sie kennen, als sie Janet wegen irgendeiner Kleinigkeit behandelte. Er heiratete sie. Sie führte ihre Praxis weiter, übernahm sich bei der Arbeit, erlitt einen Nervenzusammenbruch und mußte es schließlich aufgeben. Crosby und sie kamen nicht miteinander aus. Er erwischte sie mit Salzer und ließ sich scheiden. Als er nach Orchid City zog, kam sie ihm nach, um in Maureens Nähe zu sein. Gefällt dir das?«

»Nun, es erklärt einiges«, antwortete ich. Wir waren jetzt auf der Autobahn nach Los Angeles und San Franzisko. Und mein Fuß trat das Gaspedal durch. »Es erklärt eine ganze Menge, aber nicht alles. Es erklärt, warum sie ihre Finger im Spiel hatte. Natürlich war sie darauf aus, daß ihre Tochter das ganze Geld behielt. Aber bei allem in der Welt, wie weit hat sie sich dabei eingelassen? Ich wette, daß sie verrückt ist.«

»Das stimmt wahrscheinlich«, räumte Kerman nachgiebig ein. »Bei dem Ärzteverband benahm man sich sehr zurückhaltend. Man erklärte sie hätte schon einmal einen Nervenzusammenbruch gehabt, und man wolle die Sache nicht verschlimmern. Mitten bei einer Operation ging es mit ihr durch. Eine Schwester erzählte mir, wenn der Narkosearzt nicht dazwischengetreten wäre, hätte sie einem Patienten den Hals abgeschnitten. So schlimm war es.«

»Hat Salzer Geld?«

»Nicht die Bohne.«

»Ich möchte wissen, wer das Sanatorium eingerichtet hat. Wahrscheinlich Crosby. Aber Schwester Gurneys Tod kann niemand von ihr abwaschen. Wenn die Polizei die Leiche findet, gebe ich Mifflin einen Tip.«

»Vielleicht finden sie die nie«, sagte Kerman. Er hatte eine sehr geringe Meinung von der Polizei in Orchid City.

»Ich werde ihr helfen, nachdem ich Maureen gesprochen habe.«

Die nächsten Minuten fuhren wir schweigend, während ich angestrengt nachdachte.

Dann sagte Kerman: »Vergeuden wir mit dem Besuch bei dem alten Freedlander nicht unsere Zeit? Können wir ihn nicht anrufen?«

»Deine guten Einfälle kommen immer ein bißchen spät. Aber vielleicht ist der Alte nicht sehr begierig, sie bei sich aufzunehmen. Ein Telefongespräch kann leicht abgebrochen werden. Ich habe das Gefühl, als müßten wir ihm sehr zureden.«

Ein paar Minuten nach drei überquerten wir die Oakland Bay-Brücke, bogen von der Third Avenue in die Montgomery Street und nach links in die California Street ein.

Freedlanders Wohnung lag in der Mitte der Straße auf der rechten Seite. Es war eines dieser unscheinbaren Wohnhäuser. Sechs Etagen mit Kaninchenhöhlen, plärrenden Radios und schreienden Kindern.

Ein paar wilde Bengel kamen die Steinstufen heruntergestürzt, um uns zu begrüßen. Sie taten dem Wagen alles an, außer daß sie die Reifen anbohrten und brennende Streichhölzer in den Benzintank warfen.

Kerman suchte sich den größten und kräftigsten Jungen heraus und gab ihm einen halben Dollar. »Wenn du deine Freunde von dem Wagen fernhältst, bekommst du die andere Hälfte auch«, versprach er.

Der Junge riß einen anderen von dem Auto zurück und schlug ihm hinter die Ohren, um seine Zuverlässigkeit zu beweisen. Als wir ihn verließen, hatte er sich bereits den nächsten vorgenommen.

»Hübsche Gegend hier«, sagte Kerman und strich sich mit dem Daumennagel durch seinen Schnurrbart.

Wir gingen die Stufen hinauf und suchten die zwei langen Reihen Briefkästen ab. Freedlanders Wohnung lag im fünften Stock. Es gab keinen Aufzug, also gingen wir die Treppen hinauf.

»Wie ich mich freuen werde, wenn er nicht zu Hause ist«, keuchte Kerman, als er in der vierten Etage stehenblieb, um sich den Schweiß von der Stirn zu wischen.

»Du trinkst zuviel«, tadelte ich ihn und nahm die Treppe zur nächsten Etage in Angriff.

Wir erreichten einen langen, engen Gang. Irgendwer hatte im Radio Jazz eingestellt. Er füllte den Gang der Länge und Breite nach mit heißen Rhythmen.

Eine schlampig aussehende Frau trat aus einer der nächsten Türen. Sie trug einen schwarzen Strohhut, der seine besten Tage gesehen hatte, und hielt in einer Hand ein Einkaufsnetz. Sie sah uns ungeniert neugierig an, ging dann an uns vorbei zur Treppe. Dort drehte sie sich nach uns um, und Kerman legte die Daumen in die Ohren und wedelte ihr mit den Fingern zu. Die Nase hoch in der Luft, rauschte sie die Treppe hinunter.

Wir gingen durch den Gang und suchten nach der richtigen Tür. Sie hatte weder eine Klingel noch einen Klopfer. Als ich die Hand hob, um zu pochen, drang ein gedämpfter Schlag durch die Tür. Das Geräusch, das entsteht, wenn man eine Tüte aufbläst und dann mit der flachen Hand darauf schlägt.

Ehe der Laut verhallt war, hatte ich meine Pistole gezogen und die

Hand auf dem Türgriff. Ich drückte auf die Klinke und stieß gegen die Tür.

Zu meiner Überraschung flog sie auf. Ich sah in einen mittelgroßen Raum, nach der Möblierung zu urteilen, ein Wohnzimmer.

Kerman hinter mir atmete hörbar. Ich übersah den Raum mit einem Blick, niemand war zu sehen. Zwei Türen führten aus dem Zimmer in Nebenräume. Beide waren geschlossen.

»Hieltst du das für einen Schuß?« murmelte Kerman.

Ich nickte, trat schnell ein und bedeutete ihm, stehenzubleiben. Er blieb, wo er war. Ich glitt durch das Zimmer und lauschte vor der Tür rechts. Aber das plärrende Radio übertönte alles.

Ich winkte Kerman, außer Sicht zu gehen, drückte die Klinke herunter und gab der Tür einen leichten Stoß. Gleichzeitig trat ich zur Seite und drückte mich eng an die Wand. Lauschend warteten wir beide, aber nichts geschah. Durch die offene Tür strömte der scharfe, saure Geruch nach Cordite. Vorsichtig beugte ich mich vor, um in das Zimmer zu sehen.

Mitten in dem Raum lag ein Mann flach auf dem Boden. Er hatte die Beine angezogen und preßte beide Hände gegen die Brust. Zwischen seinen Händen quoll Blut hervor, rann über seine Handgelenke und tropfte auf den Boden. Er war etwa sechzig Jahre alt. Ich nahm an, es war Freedlander. Während ich auf ihn hinuntersah, stöhnte er auf und ließ die Hände sinken.

Ich rührte mich nicht. Ich wußte, daß der Mörder hier drin sein mußte. Es gab für ihn keinen Fluchtweg. Kerman schlich sich hinter mir in das Wohnzimmer und preßte sich auf der anderen Seite der Tür gegen die Wand. Die schwere Fünfundvierziger in seiner Faust sah wie eine Kanone aus.

»Heraus da«, schrie ich drohend. Meine Stimme klang wie eine Kreissäge, deren Zähne sich in einen Astknoten fressen. »Und die Hände über den Kopf!«

Ein Schuß knallte, und das Geschoß pfiff dicht neben meinem Gesicht durch die Tür.

Kerman schob seine Hand um den Türrahmen und drückte zweimal ab. Das Knallen seiner Waffe ließ die Fenster klirren.

»Sie kommen hier nicht raus«, sagte ich und versuchte, den Ton eines verwegenen Polizisten zu treffen. »Wir haben Sie umstellt.«

Aber dieses Mal ließ sich der Mörder auf das Spiel nicht ein. Es folgte nur Schweigen und keinerlei Bewegung. Wir warteten, aber nichts geschah. Ich hatte eine Vision von eintreffenden Polizisten. Ich war aber nicht sehr begierig darauf, mich mit der San Franziskoer Polizei einzulassen. Sie war viel zu tüchtig.

Ich winkte Kerman zu, an seinem Platz zu bleiben, und schlich mich zum Fenster hinüber. Während ich es öffnete, schoß Kerman wieder in das Zimmer, um das Geräusch zu übertönen. Ich beugte mich hinaus.

Kaum einen Meter entfernt lag im rechten Winkel das Fenster des Nebenzimmers vor mir. Auf diesem Weg dorthin zu gelangen, bedeutete, in einer Höhe von fünfzehn Metern von einem Fenstersims auf das andere zu klettern. Ehe ich meinen Fuß auf das Fensterbrett setzte, sah ich mich nach Kerman um. Er schüttelte mit aufgerissenen Augen den Kopf. Ich wies mit dem Daumen auf das Nachbarfenster und wollte auf das Fensterbrett steigen.

Von unten schoß jemand herauf, und die einschlagende Kugel spritzte mir Mörtelstaub ins Gesicht. Ich war so überrascht, daß ich fast den Halt verlor. Ich sah auf die Straße hinunter in die emporgewendeten Gesichter einer ansehnlichen Menschenmenge. In ihrer Mitte stand ein bulliger Polizist, der nach mir zielte.

Ich stieß einen unterdrückten Schrei aus, schnellte mich ab und schlug mit der Schulter gegen das Fenster des Nachbarzimmers, brach durch die Scheibe und landete auf allen vieren auf dem Fußboden. Fast vor meinem Gesicht knallte eine Waffe los, und gleich darauf donnerte Kermans Kanone und riß ein Loch in die Decke.

Ich streckte mich und beeilte mich verzweifelt, hinter einem Bett Deckung zu finden, während weitere Schüsse durch den Raum krachten.

Ich hatte die plötzliche Vision eines dunklen, verzerrten Gesichtes, das über das Bett auf mich herabstierte, und der Mündung einer kurzläufigen, stahlblauen Pistole, die auf meinen Kopf zielte. Dann verschwand die Hand, die die Pistole hielt, ebenso plötzlich, als ein Schuß krachte, und wurde wieder als eine rote schwammige Masse sichtbar.

Es war mein pockennarbiger Freund mit dem schmutzigen Hemd. Er stieß ein Wutgeheul aus und taumelte zum Fenster. Kerman stürzte auf ihn zu. Er traf Kerman mit dem Handrücken, duckte sich und wischte an ihm vorbei durch die Tür ins andere Zimmer und in den Gang hinaus. Wieder krachten Schüsse, eine Frau schrie, ein Körper schlug dumpf zu Boden.

»Paß auf«, keuchte ich, »da draußen ist ein schießwütiger Polyp. Der schießt auf dich, sobald er dich sieht.«

Wir verhielten uns regungslos und warteten.

Aber der Polizist riskierte nichts.

»Alles rauskommen«, grölte er hinter der Tür. Trotz des Abstandes war sein schnaufender Atem zu hören. »Ich schieß euch in Fetzen, wenn ich eine Knarre sehe.«

»Wir kommen«, antwortete ich, »nur keine Aufregung, und schießen Sie nicht.«

Die Hände hoch in der Luft, verließen wir zögernd das Zimmer. In der offenen Eingangstür der Wohnung lag der Pockennarbige. Er hatte einen Einschuß mitten auf der Stirn.

Der Polizist war einer dieser massiven Burschen, mit großen Füßen und einem soliden, knochigen Schädel. Er knurrte uns an und bedrohte uns mit seiner Waffe.

»Nun mal langsam, Kollege«, sagte ich beruhigend. Der Kerl gefiel mir gar nicht. »Hier liegen schon zwei Tote. Sie brauchen nicht unbedingt vier.«

»Wär mir gleichgültig«, antwortete er und zeigte seine Zähne. »Zwei oder vier, das macht mir nichts aus. Zurück an die Wand mit euch, bis der Wagen kommt.«

Wir wichen zurück und standen mit dem Rücken gegen die Wand. Wir brauchten nicht lange zu warten, bis wir das Jaulen der Sirene hörten. Zwei weißgekleidete Männer kamen schnaufend die Treppe herauf, zusammen mit einer repräsentativen Vertretung der Mordkommission. Ich war froh, als ich District Commander Dunnigan unter ihnen erkannte. Wir hatten früher schon miteinander zu tun gehabt.

»Sieh da«, sagte er und starrte uns an. »Ist das euer Begräbnis?«

»Wäre es beinahe geworden«, sagte ich. »Da drin liegt noch ein Toter. Würden Sie dem Polizisten da sagen, daß wir nicht gefährlich sind? Ich habe ständig das Gefühl, daß er doch noch auf uns schießt.«

Dunnigan winkte dem Polypen, seine Waffe einzustecken.

»Ich komme gleich wieder raus, um mich mit Ihnen zu unterhalten.«

Er ging ins Nebenzimmer, um sich Freedlander anzusehen.

»Er ist einer meiner Freunde«, erklärte ich dem Polizisten, der uns finster musterte. »Sie sollten sich genau ansehen, auf wen Sie schießen.«

Der Polyp spuckte aus.

»Dämlich von mir, daß ich euch zwei Halunken nicht gleich umgelegt habe«, sagte er übellaunig. »Wenn Sie mich mit vier toten Spitzbuben gefunden hätten, wäre ich vielleicht Sergeant geworden.«

»Was sind Sie doch für ein liebenswerter, menschenfreundlicher Charakter«, meinte Kerman bewundernd, wich vorsichtshalber aber zwei Schritte zurück.

III

Gegen fünf, nach zwei peinlichen Stunden in District Commander Dunnigans Büro, machten wir uns auf die Rückfahrt nach Orchid City. Er hatte sein Bestes getan, einen Fall aufzudecken, aber jedesmal schnappte gerade dann der Deckel wieder zu, wenn er glaubte, ihn auf zu haben. Er hatte also nichts erreicht.

Meine Geschichte war schlicht und einfach und entsprach mehr oder weniger der Wahrheit. Ich hatte ausgesagt, daß Freedlanders Tochter seit zwei Jahren vermißt wurde. Das konnte er durch eine Rückfrage bei der Vermißtenstelle unserer Polizei bestätigt erhalten. Ich sagte ihm, ich hätte sie auf der Straße aufgegriffen, wo sie sich ziellos herumtrieb, weil sie ihr Gedächtnis verloren hatte, und hätte mich sofort in meinen Wagen gesetzt, um Freedlander aus Frisco in die Wohnung meiner Sekretärin zu holen, wo dessen Tochter inzwischen Unterkunft gefunden habe.

Er wollte wissen, woran ich erkannt hatte, daß sie Freedlanders Tochter sei, und ich erklärte ihm, ich hätte das Rundschreiben der Vermißtenstelle bei der Polizei gelesen und mich an ihre Personenbeschreibung erinnert.

Er starrte mich ein paar Minuten lang mürrisch an und wußte nicht, ob er mir glauben solle oder nicht. Ich starrte zurück.

»Ich hatte immer geglaubt, Sie hätten Besseres zu tun«, war seine abschließende Bemerkung.

Ich erzählte ihm weiter, wie ich zu Freedlanders Wohnung gekommen war, einen Schuß hörte, eindrang, Freedlander tot vorfand und den Pockennarbigen, der zu entfliehen versuchte. Ich sagte, daß er auf uns geschossen hätte und wir dann zurückschossen, und reichte Dunnigan unsere Waffenscheine. Ich meinte, der Pockennarbige sei vielleicht ein Einbrecher. Nein, ich glaubte nicht, ihn schon einmal gesehen zu haben, obwohl es natürlich sein könne. Pockennarbige, fände ich, sähen alle gleich aus.

Dunnigan hatte das unbestimmte Gefühl, daß hinter dem allem viel mehr steckte, als ich ihm erzählte. Das konnte ich seinem großen, eckigen Gesicht deutlich ansehen. Er sagte es auch.

Ich antwortete, daß er wahrscheinlich zuviel Kriminalromane lese, und ob ich jetzt gehen könne, da ich noch viel zu tun habe.

Aber er begann das Ganze wieder von vorn, bohrte, stellte Fragen, vergeudete viel Zeit und kam schließlich wieder dahin, wo er angefangen hatte. Als er so vor mir saß und mich anstarrte, sah er wie ein verblüffter Bulle aus.

Glücklicherweise hatte der Pockennarbige Freedlanders Geld und dessen goldene Uhr an sich genommen, die einzigen Wertobjekte in der Wohnung, und damit war der vollkommene Hintergrund für einen ganz alltäglichen Raubüberfall geschaffen. Schließlich entschloß sich Dunnigan, uns gehen zu lassen.

»Vielleicht war es wirklich ein Raub«, sagte er schwerfällig. »Wenn ihr beiden Vögel nicht dagewesen wäret, würde ich nicht daran zweifeln. Aber euer Auftauchen kommt mir absonderlich vor.«

Kerman sagte, wenn er sich über einen alltäglichen Fall wie diesen schon groß den Kopf zerbreche, würde er ein alter Mann und pensioniert sein, bis er mal an einen wirklichen Fall komme.

»Keine Sorge«, antwortete Dunnigan mürrisch. »Ich weiß nicht, was ich aus euch beiden machen soll. Jedesmal, wenn ihr hier in unserer Stadt auftaucht, gibt es Ärger, und gewöhnlich für mich. Ich wünschte, ihr würdet euch hier nicht zeigen. Ich habe schon genug Arbeit, und ihr braucht nicht herzukommen und mir noch mehr zu machen.«

Wir lachten beide höflich, schüttelten ihm die Hand, versprachen, wir würden zum Inquest zur Verfügung stehen, und verließen ihn.

Wir sprachen kein Wort, bis wir wieder in dem Buick saßen und in

Richtung nach Hause über die Oakland Bay-Brücke rollten. Erst dann sagte Kerman lässig: »Ich habe das Gefühl, daß das Leben für uns schwierig wird, wenn er herausbekommt, daß der Pockennarbige einer derjenigen war, die Stevens verschleppten.«

»Es ist schon schwierig genug. Jetzt haben wir Anona am Hals.« Erst als ich eine Meile oder noch mehr weitergefahren war, sagte ich: »Weißt du, das ist ein teuflischer Fall. Die ganze Zeit schon habe ich das Gefühl, daß sich jemand die größte Mühe gibt, zu verhindern, daß eine große, kräftige Katze aus dem Sack gelassen wird. Etwas fehlt uns noch. Wir sehen dauernd den Sack vor uns und nicht die Katze, und die Katze bietet den Schlüssel zu dem ganzen Fall. Es kann nicht anders sein. Jeder, der etwas davon zu sehen bekommen hat, wurde zum Schweigen gebracht: Eudora Drew, John Stevens, Schwester Gurney und jetzt Freedlander. Und ich habe so eine Ahnung, daß auch Anona Freedlander etwas von der Katze weiß. Irgendwie muß sie ihr Gedächtnis zurückgewinnen, und das bald.«

»Wenn sie etwas weiß, warum haben die sie dann nicht umgebracht, statt sie in der Anstalt festzuhalten?« fragte Kerman.

»Das beunruhigt mich ja gerade. Bisher sind sie alle mehr oder minder durch einen Unfall umgekommen. Freedlander wurde aber ermordet. Das bedeutet, daß sich jemand in Panik befindet, es bedeutet aber auch, daß Anona nicht mehr sicher ist.«

Kerman richtete sich auf.

»Glaubst du, daß sie versuchen werden, an sie heranzukommen?«

»Ja. Wir müssen sie irgendwo an einem sicheren Ort versteckt unterbringen. Vielleicht können wir Dr. Mansell veranlassen, sie in seine Klinik in Los Angeles aufzunehmen, und ich werde zu Kruger gehen, damit er ein paar Aufpasser für sie stellt.«

»Vielleicht hast du auch zuviel Kriminalromane gelesen«, sagte Kerman und sah mich aus den Augenwinkeln an.

Ich ließ den Buick hergeben, was er hatte, während ich über Freedlanders Tod nachdachte, und je länger ich darüber nachdachte, desto unruhiger wurde ich.

Wir erreichten San Lucas, und vor einer Drugstore hielt ich an.

»Was ist los?« fragte Kerman überrascht.

»Ich will Paula anrufen«, sagte ich. »Ich hätte es schon von Frisco aus sollen. Ich werde langsam nervös.«

»Nun aber sachte«, antwortete Kerman ungläubig. »Jetzt geht deine Phantasie mit dir durch.«

»Hoffentlich hast du recht«, sagte ich und eilte zur Telefonzelle. Kerman packte mich am Arm und hielt mich zurück.

»Sieh dir das an.« Er deutete auf den Zeitungsstand. Zollgroße Schlagzeilen zogen sich über die Vorderseite:

FRAU EINES BEKANNTEN NATURHEILKUNDIGEN BEGEHT SELBSTMORD

»Kauf sie«, sagte ich, riß mich los und schloß mich in der Telefonzelle ein. Ich meldete die Nummer von Paulas Wohnung an und wartete. Ich konnte den pfeifenden Ton des Rufzeichens hören, aber niemand antwortete auf den Anruf. Ich stand mit klopfendem Herzen da, den Hörer am Ohr, lauschte und wartete.

Sie mußte zu Hause sein. Wir hatten vereinbart, daß Anona nicht allein gelassen werden dürfe.

Kerman kam und starrte durch die Glastür auf mein angespanntes Gesicht. Ich schüttelte den Kopf, unterbrach die Verbindung und bat das Fernamt, es noch einmal zu versuchen.

Während die Verbindung nochmals hergestellt wurde, öffnete ich die Tür.

»Keine Antwort«, sagte ich. »Ich versuche es noch mal.«

Kermans Gesicht verdüsterte sich.

»Fahren wir weiter. Wir haben noch eine gute Stunde Fahrt vor uns.«

»Wir werden es schneller schaffen«, antwortete ich, und als ich im Begriff war, einzuhängen, meldete sich das Fernamt, und das Mädchen sagte, der Anschluß sei in Ordnung, es melde sich aber niemand.

Ich schmiß den Hörer auf die Gabel, und zusammen rannten wir aus dem Laden. Ich fegte mit dem Buick durch die Hauptstraße, und sobald wir aus der Stadt heraus waren, drückte ich wirklich aufs Gas.

Kerman versuchte, die Zeitung zu lesen, aber bei der Geschwindigkeit, mit der wir fuhren, fiel es ihm schwer, sie ruhig zu halten.

»Sie wurde heute nachmittag gefunden«, brüllte er mir ins Ohr. »Sie nahm Gift, nachdem Salzer Quells Tod der Polizei gemeldet hatte. Kein Wort über Anona, nichts über Schwester Gurney.«

»Sie war die erste, die kalte Füße bekam«, antwortete ich, »oder jemand anderer hat ihr Gift gegeben. Aber zum Teufel mit ihr, ich ängstige mich wegen Paula.«

Später sagte Kerman, er sei nie in seinem Leben so schnell in einem Auto gefahren, und er habe keine Lust, das noch einmal zu erleben. Eine Zeitlang blieb die Tachometernadel bei hundertsiebenunddreißig hängen und hielt sich dort, während wir mit gellendem Signalhorn über die breite Straße brausten.

Eine Verkehrsstreife kam hinter uns her, konnte uns aber nicht einholen. Sie versuchten es zwei oder drei Meilen weit, dann verloren wir sie aus der Sicht. Ich nahm an, sie würde eine Beschreibung unseres Wagens zur nächsten Stadt durchtelefonieren, und ich bog von der Hauptstraße ab und pflügte mich durch einen Feldweg, der kaum breiter als sechs Meter war. Kerman saß nur mit geschlossenen Augen da und murmelte Stoßgebete.

Wir brauchten fünfzehn Minuten weniger als eine Stunde, um Orchid City zu erreichen. Das war gut gefahren. Wir hatten die neunzig ungeraden Kilometer in fünfundvierzig Minuten geschafft.

Paula besaß ein Apartment am Park Boulevard, etwa hundert Meter vom Park Hospital entfernt. Wir röhrten den breiten Boulevard entlang und bremsten vor dem Apartmenthaus, daß die Reifen quietschten wie die Schweine im Schlachthof am Schlachttag.

Der Fahrstuhl schien mir in den dritten Stock hinauf zu kriechen. Schließlich brachte er uns doch nach oben, und wir stürmten beide durch den Gang auf Paulas Tür los. Ich legte mein ganzes Gewicht auf meinen Daumen, als ich auf den Klingelknopf drückte. Wir konnten das Läuten hören, aber niemand öffnete. Mir stand der Schweiß auf der Stirn, als ob ich gerade unter der Dusche herausgekommen wäre.

Ich trat zurück.

»Zusammen«, sagte ich zu Kerman.

Wir warfen uns mit den Schultern gegen die Tür. Es war eine gute Tür, aber wir waren als Männer auch ganz brauchbar. Beim dritten Aufprall gab das Schloß nach, und wir sausten in den Vorraum.

Wir hatten unsere Waffen in den Händen, als wir durch das Wohnzimmer zu Paulas Schlafzimmer stürzten.

Das Bett war in Unordnung. Laken und Decke lagen auf dem Boden. Wir drangen in das Bad und in das Extraschlafzimmer ein: die Wohnung war leer. Sowohl Paula wie Anona waren verschwunden.

Ich stürzte mich auf das Telefon und wählte unser Büro. Trixy sagte, Paula hätte nicht angerufen, aber ein Mann, der seine Nummer nicht nennen wollte, zweimal. Ich befahl ihr, ihm Paulas Nummer zu geben, wenn er wieder anriefe, und hängte ein.

Kerman gab mir mit einer Hand, die leicht zitterte, eine Zigarette. Ohne zu wissen, was ich tat, zündete ich sie an und setzte mich auf das Bett.

»Wir müssen heraus auf das *Dream Ship*«, sagte Kerman mit scharfer, harter Stimme. »So schnell wie möglich.«

Ich schüttelte den Kopf.

»Immer mit der Ruhe«, sagte ich.

»Teufel noch mal«, explodierte Kerman und drehte sich zur Tür. »Sie haben Paula. Also nichts wie hin, und reden wir mit ihnen. Komm schon.«

»Beruhige dich«, sagte ich, ohne mich zu rühren. »Setz dich und geh mir nicht auf die Nerven.

Kerman trat vor mich. »Bist du verrückt, oder was ist mit dir los?«

»Bildest du dir wirklich ein, du würdest bei Tag auch nur in die Nähe des Schiffes kommen?« entgegnete ich und sah ihn an. »Überlege doch. Natürlich fahren wir hinaus, aber erst wenn es dunkel ist.«

Kerman machte eine wütende Handbewegung.

»Ich gehe jetzt. Wenn wir warten, kann es zu spät sein.«

»Ach, halt den Mund«, sagte ich. »Beschaff was zu trinken. Du bleibst hier bei mir.«

Er zögerte, dann ging er in die Küche. Nach einer Weile kam er mit einer Flasche Scotch, zwei Gläsern und einem Krug Eiswasser zurück. Er mischte Drinks, gab mir einen und setzte sich.

»Wir können nicht das geringste dagegen tun, falls sie die Absicht haben, ihr über den Kopf zu hauen«, erklärte ich. »Wenn sie es bis jetzt noch nicht getan haben, tun sie es in dem Augenblick, an dem sie uns kommen sehen. Wir fahren hinaus, wenn es dunkel ist, und eher nicht.«

Kerman antwortete nicht. Er setzte sich zurück, nahm einen großen Schluck aus seinem Glas und preßte die Hände darum zusammen.

Wir saßen da, starrten auf den Boden, dachten nicht, rührten uns nicht, warteten nur. Vier Stunden lagen vor uns, wahrscheinlich sogar noch mehr, ehe wir handeln konnten.

Um halb sieben saßen wir immer noch so da. Die Scotchflasche war etwa noch halb voll. Im Aschenbecher häuften sich die Zigarettenstummel. Wir waren so weit, daß wir an den Wänden hochgehen konnten.

Dann klingelte das Telefon. Ein schriller Laut, der finster drohend durch die stille, kleine Wohnung klang.

»Ich gehe ran«, sagte ich, ging mit steifen Beinen quer durch das Zimmer und hob den Hörer ab.

»Malloy?« fragte eine Männerstimme.

»Ja.«

»Hier ist Sherrill.«

Ich antwortete nicht, sondern wartete, sah durch das Zimmer zu Kerman hinüber. »Ich habe Ihr Mädchen bei mir an Bord«, sagte Sherrill. Seine Stimme klang gedämpft. Sie flüsterte in mein Ohr.

»Ich weiß«, antwortete ich.

»Am besten kommen Sie heraus und holen sie«, sagte Sherrill. »Sagen wir gegen neun. Kommen Sie nicht früher. Ich schicke ein Boot an den Pier, um Sie abzuholen. Kommen Sie allein, und verraten sie es keinem. Wenn Sie die Polizei oder jemand anders mitbringen, bekommt sie eins auf den Kopf und geht über Bord. Verstanden?«

Ich bestätigte, ich hätte verstanden.

»Dann erwarte ich Sie um neun«, sagte er und hängte ein.

IV

Inspektor Bradley von der Vermißtenstelle war ein dicklicher, desillusionierter Polizeibeamter im mittleren Alter, der täglich lange Stunden hinter einem schäbigen Schreibtisch in einem kleinen Büro auf der vierten Etage im Headquarters der Polizei saß und versuchte, auf Fragen Antworten zu finden, auf die es keine Antwort gab. Den ganzen Tag über und während eines Teils der Nacht kamen Leute zu ihm oder riefen ihn telefonisch an, um ihm vermißte Verwandte zu mel=

den, und erwarteten von ihm, daß er sie fände. Das ist keine leichte Aufgabe, wenn, wie in den meisten Fällen, der verschwundene Mann oder die verschwundene Frau einfach weggegangen waren, weil sie ihr Heim oder ihre Frau oder ihren Mann endgültig satt hatten und sehr darauf bedacht waren, daß man sie nicht wiederfand. Die Arbeit hätte ich nicht für das zwanzigfache Gehalt Bradleys übernommen, und außerdem hätte ich sie überhaupt nicht leisten können.

Hinter der Mattglasscheibe in seiner Bürotür brannte noch Licht, als ich klopfte. Eine leere Stimme forderte mich mit einer mechanischen Herzlichkeit auf, einzutreten.

Er war noch da, saß hinter seinem Schreibtisch, eine Pfeife im Mund, einen erschöpften Ausdruck in seinen tiefliegenden, wissenden, braunen Augen. Ein großer Mann, der schon kahl wurde, einen Bauch und schwere Säcke unter den Augen hatte. Ein Mann, der gute Arbeit leistete, der keine Anerkennung und keine Popularität dafür gewann und sie auch gar nicht wünschte.

Sein gelassenes Gesicht verfinsterte sich, als er mich sah. »Gehen Sie«, sagte er hoffnungslos, »ich habe zu arbeiten. Ich habe keine Zeit, mir Ihre Schwierigkeiten anzuhören. Schwierigkeiten habe ich selbst genug.«

Ich schloß die Tür hinter mir und lehnte mich dagegen. Ich war für die Schmeicheleien eines Polizeibeamten nicht in der richtigen Laune, und ich war in Eile.

»Ich brauche Ihre Unterstützung, Bradley«, sagte ich, »und ich brauche sie schnell. Bekomme ich sie gleich von Ihnen, oder muß ich erst zu Brandon gehen?«

Die blaßbraunen Augen zeigten Überraschung.

»In diesem Ton brauchen Sie mit mir nicht zu reden, Malloy«, antwortete er. »Fehlt Ihnen was?«

»Eine Menge. Aber ich habe für Einzelheiten jetzt keine Zeit.« Ich überquerte den kurzen Abstand zwischen Tür und Schreibtisch, stützte meine Fäuste auf seine Schreibunterlage und starrte ihn an. »Ich brauche alles, was Sie über Anona Freedlander haben. Erinnern Sie sich an sie? Sie war eine von Dr. Salzers Pflegerinnen oben in dem Sanatorium am Foothill Boulevard. Sie verschwand am 15. Mai 1958.«

»Ich weiß«, antwortete Bradley und zog seine buschigen Augenbrauen einen Zoll hoch. »Sie sind der zweite Lästige, der ihre Akte in den letzten vier Stunden sehen will. Komisch, wie diese Geschichten immer paarweise auftreten. Es ist mir früher schon aufgefallen.«

»Wer war das?«

Bradley drückte mit seinem Daumen auf einen Klingelknopf auf seinem Schreibtisch.

»Das geht Sie nichts an«, antwortete er. »Setzen Sie sich, und lassen Sie mich zufrieden.«

Während ich mir einen Stuhl heranzog, trat ein Polizeischreiber ein und wartete.

»Bringen Sie noch mal die Akte Freedlander«, befahl ihm Bradley. »Machen Sie schnell. Der Herr hier ist in Eile.«

Der Schreiber warf mir einen ausdruckslosen Blick zu und drehte sich um wie ein Hundertjähriger, der eine steile Treppe hinaufsteigt.

Bradley zündete seine Pfeife an und starrte auf seine tintenbefleckten Finger. Sein Atem ging hörbar.

»Stecken Sie Ihre Nase immer noch in diese Crosby-Affäre?« fragte er, ohne mich anzusehen.

»Immer noch«, antwortete ich kurz.

Er schüttelte den Kopf.

»Ihr jungen und ehrgeizigen Burschen lernt doch nie etwas. Ich habe gehört, MacGraw und Hartsell haben Sie neulich abend besucht.«

»Taten sie. Maureen Crosby kam auch und rettete mich. Wie finden Sie das?«

Er sah mich leicht grinsend an.

»Da wäre ich gern bei gewesen. War sie es, die MacGraw geschlagen hat?«

»Ja.«

»Dolles Mädchen.«

»Ich habe gehört, bei Salzer hat es heute auch eine Affäre gegeben«, sagte ich und beobachtete ihn. »Sieht aus, als ob euer Sportfonds einen Spender verliert.«

»Darüber soll ich weinen? In meinem Alter macht man sich nicht mehr viel aus Sport.«

Wir betrachteten uns etwa eine Minute lang prüfend, ehe ich fragte: »Hat jemand ein Mädchen namens Gurney vermißt gemeldet? Sie war auch eine von Salzers Pflegerinnen.«

Er zupfte an seiner dicken Nase und schüttelte dann den Kopf.

»Nein. Sagten Sie, sie war auch eine Pflegerin bei Salzer?«

»Ja. Nettes Mädchen. Hat eine hübsche Figur. Aber vielleicht kümmert man sich in Ihrem Alter auch nicht mehr um Figuren.«

Bradley bestätigte, daß er auch dafür schon etwas zu alt sei, aber jetzt sah er mich nachdenklich an.

»Es wäre auch nicht mehr sehr sinnvoll, denn sie ist tot.«

»Hat das wirklich etwas zu bedeuten, was Sie da sagen? Oder wollen Sie mich nur aushorchen?« fragte er mit einer leichten Schärfe im Ton.

»Ich habe gehört, daß Mrs. Salzer versuchte, sie aus ihrer Wohnung zu verschleppen. Das Mädchen fiel die Feuerleiter hinunter und brach sich das Genick. Mrs. Salzer versteckte ihre Leiche irgendwo in der Wüste. Wahrscheinlich in der Nähe des Sanatoriums.«

»Wer hat Ihnen das gesagt?«

»Eine alte Dame, die mit einer Kristallkugel herumspielt.«

Er kratzte sich mit dem Pfeifenstil am Unterkiefer und betrachtete mich abwartend.

»Das erzählen Sie besser Brandon, das geht die Mordkommission an.«

»Das ist ein Tip, alter Freund. Beweismittel sind nicht vorhanden. Brandon will Fakten. Und ich bin vielleicht noch nicht so weit, daß ich ihm Fakten geben kann. Ich sage es Ihnen, weil Sie vielleicht die Möglichkeit haben, die Information an die richtigen Stellen weiterzuleiten, vielleicht auch nicht, und mich dabei aus dem Spiel lassen.«

Bradley seufzte, bemerkte, daß seine Pfeife ausgegangen war, und suchte nach Streichhölzern.

»Ihr jungen Leute seid zu unzuverlässig«, sagte er, »aber trotzdem, ich werde es meinen Brieftauben erzählen. Wieviel davon ist wahr?«

»Alles. Weshalb glauben Sie, hat Mrs. Salzer Gift genommen?«

Der Schreiber kam wieder und legte einen Aktendeckel auf den Schreibtisch. Absichtlich langsam ging er hinaus. Wahrscheinlich arbeitete sein Gehirn ebenso schnell wie seine Beine.

Bradley löste die Schnur und öffnete die Akte. Ein paar Sekunden lang starrten wir beide auf ein halbes Dutzend leere Blätter.

»Was zum Teufel ...« begann Bradley, und das Blut stieg ihm ins Gesicht.

»Nun mal mit der Ruhe«, sagte ich, streckte die Hand aus und schob die Blätter mit dem Finger auseinander. Nur weißes Papier, sonst nichts.

Bradley legte den Daumen wieder auf den Klingelknopf und ließ ihn dort.

Vielleicht ahnte der Schreiber Ungelegenheiten, denn er kam schnell.

»Was soll das?« fragte Bradley. »Was denken Sie sich dabei?«

Der Schreiber starrte mit aufgerissenen Augen auf die leeren Blätter.

»Ich weiß nicht, Sir«, antwortete er, und seine Gesichtsfarbe wechselte. »Die Akte war verschnürt, als ich sie bei Ihnen herausholte.«

Bradley atmete schwer, setzte an, um etwas zu sagen, hielt dann inne und deutete zur Tür.

»Gehen Sie«, sagte er.

Der Schreiber ging.

Es entstand eine Pause, ehe Bradley sagte: »Das kann mich meine Stellung kosten. Der Schuft muß die Papiere vertauscht haben.«

»Sie meinen, er hat den Inhalt der Akte an sich genommen und Ihnen das da als Ersatz dagelassen?«

Bradley nickte.

»So muß es gewesen sein. Als ich ihm die Akte gab, lagen eine Fotografie, eine Personalbeschreibung und die Berichte über unsere Ermittlungen darin.«

»Sind keine Durchschläge vorhanden?«

Er schüttelte den Kopf.

Ich dachte einen Augenblick nach.

»Der Bursche, der die Akte sehen wollte«, sagte ich, »war er groß, kräftig, dunkelhaarig, so ein Filmstartyp?«

Bradley blickte mich überrascht an. »Ja. Kennen Sie ihn?«

»Ich habe ihn mal gesehen.«

»Wo?«

»Wollen Sie diese Papiere zurückhaben?«

»Selbstverständlich, was glauben Sie denn?«

Ich stand auf.

»Geben Sie mir Zeit bis morgen früh um neun«, antwortete ich. »Dann habe ich entweder diese Papiere oder den Kerl, der sie gestohlen hat. Ich bin hinter etwas her, Bradley, etwas, in das Brandon sich nicht einmischen soll. Sie brauchen den Verlust doch nicht vor morgen früh zu melden?«

»Wovon reden Sie eigentlich?« fragte Bradley ungehalten.

»Morgen früh habe ich entweder die Papiere oder den Mann. Wenn Sie nichts unternehmen und den Mund halten«, sagte ich und ging zur Tür.

»He, einen Moment noch«, rief Bradley und stand auf.

Aber ich drehte mich nicht um. Ich lief die vier Treppen hinunter zum Haupteingang, vor dem Kerman mit dem Buick auf mich wartete.

V

Wir waren zu viert: Mike Finnegan, Kerman, ich und ein ängstlicher, kleiner Mann mit einem schwarzen, speckigen Schlapphut, ohne Jacke, in einem schmutzigen Hemd und fleckigen, weißen Segelhosen. Wir saßen im Hinterzimmer von Delmonicos Bar, eine Flasche Scotch und vier Gläser auf dem Tisch und dichten Tabaksqualm in der Luft.

Der kleine Mann mit dem speckigen Hut war Joe Dexter. Er betrieb ein Stauereiunternehmen und brachte Fracht zu den Schiffen, die im Hafen vor Anker gingen. Finnegan behauptete, er sei sein Freund, aber so, wie er sich benahm, konnte man davon nicht überzeugt sein.

Ich hatte ihm meinen Plan auseinandergesetzt, und er saß da und starrte mich an, als ob er mich für verrückt hielte.

»Tut mir leid, Mister«, sagte er schließlich, »das kann ich nicht. Damit ruiniere ich mein Geschäft.«

Kerman wippte auf seinem Stuhl, eine Zigarette hing von seinen Lippen, seine Augen waren geschlossen. Er öffnete ein Auge, als er sagte: »Wer macht sich schon etwas aus Ihrem Geschäft. Sie müssen sich mal erholen, alter Freund. Es gibt im Leben Wichtigeres als Geschäfte.«

Dexter leckte sich die Lippen, runzelte zu Kerman die Stirn und rutschte unruhig auf seinem Stuhl hin und her. Unterstützung suchend wendete er sich an Mike. »Ich kann es nicht«, versicherte er, »es geht wirklich nicht. Das *Dream Ship* gehört zu meinen besten Kunden.«

»Auch nicht mehr lange. Verdienen Sie daran, solange es noch geht. Bei dem Geschäft bekommen Sie hundert Dollar.«

»Hundert Dollar?« Dexter verzog höhnisch sein Gesicht. »Sherrill bezahlt mir mehr als das, jeden Monat. Regelmäßiges Geld. Ich tue es nicht.«

Ich winkte Mike zu, sich zurückzuhalten. Mit einem grollenden Ton in der Kehle hatte er sich vorgebeugt.

»Passen Sie auf«, sagte ich zu Dexter. »Alles, was wir von Ihnen verlangen ist, die Kiste mit den Lieferungen heute abend zum Schiff zu bringen. Dafür bekommen Sie hundert Dollar. Wovor haben Sie denn Angst?«

»Und Sie wollen sich in die Kiste legen«, antwortete Dexter. »Darauf lasse ich mich nicht ein. Keiner darf ohne ausdrückliche Erlaubnis auf das Schiff. Wenn die Sie da erwischen – und das werden sie – wissen sie, daß ich damit zu tun hatte. Das wenigste, was Sherrill unternimmt, ist, daß er mir keine Aufträge mehr gibt. Wahrscheinlich schickt er aber einen hinter mir her, der mir über den Schädel schlägt. Ich tue es nicht.«

Als ich die Gläser füllte, sah ich auf meine Armbanduhr. Es war halb acht. Die Zeit verstrich.

»Hör zu, Joe.« Mike beugte sich zu ihm vor. »Der da ist ein Freund von mir, verstehst du? Er will auf das Schiff. Wenn er auf das Schiff will, kommt er auch auf das Schiff, verstehst du? Sherrill ist nicht der einzige, der einem den Schädel einschlagen lassen kann. Tust du es jetzt, oder muß ich grob werden?«

Kerman zog seinen fünfundvierziger Colt und legte ihn auf den Tisch.

»Und wenn Mike mit Ihnen fertig ist, fange ich an«, sagte er.

Dexter stierte auf den Colt und zuckte vor Mikes drohendem Blick zurück.

»Ich laß mir nicht von euch drohen«, sagte er zaghaft.

»Wir können es ja mal versuchen«, meinte Kerman gelassen. »Sie haben zehn Minuten Zeit, dann fange ich an.«

»Laßt ihn doch überlegen«, sagte ich und nahm zehn Zehndollarnoten aus meiner Brieftasche. Ich breitete sie auf dem Tisch aus und schob sie Dexter hin. »Hier nehmen Sie Ihr Geld, und gehen wir los. Sherrill ist fertig. Morgen hat er die Polente am Hals. Kassieren Sie, solange noch etwas zu holen ist.«

Dexter zögerte, nahm dann das Geld mit seinen schmutzigen Fingern auf und rollte es zusammen.

»Für einen anderen würde ich es nicht tun«, erklärte er Mike.

Wir leerten unsere Gläser, schoben unsere Stühle zurück und gingen zum Pier hinaus. Es war eine stille, heiße Nacht, mit einer Andeutung von Regen am Himmel. Draußen am Horizont waren die Lichter des *Dream Ship* zu erkennen.

Wir gingen durch eine Seitengasse zu Dexters Lagerhaus. Es lag im Dunkel. Nachdem er aufgeschlossen und die Tür aufgestoßen hatte, umfing uns der Geruch nach Teer, Öl, feuchten Kleidern und Gummi.

Das Lagerhaus war groß, und überall standen und lagen Kisten, aufgerollte Seile und wasserdichte Kartons herum, die darauf warteten, an die außerhalb des Hafens verankerten Schiffe abgeliefert zu werden. Mitten dazwischen stand eine große, quadratische Packkiste.

»Das ist sie«, sagte Dexter mürrisch.

Wir machten uns mit der Kiste zu schaffen.

»Ich brauche einen Hammer und einen Meißel«, erklärte ich Dexter.

Während er das Werkzeug holte, sagte Kerman: »Glaubst du, daß das der richtige Weg ist?«

Ich nickte.

»Mit etwas Glück habe ich fast eine halbe Stunde Zeit an Bord, ehe sie mich erwarten. In der Zeit kann ich eine Menge tun. Wenn du und Mike um neun Uhr bei dem Schiff seid, kann ich etwas inszenieren, was euch die Möglichkeit gibt, an Bord zu kommen. Danach muß jeder sehen, wie er durchkommt.«

Dexter brachte die Werkzeuge.

»Paßt auf, wie ihr die Kiste wieder zunagelt«, sagte ich zu Kerman, »ich will schnell wieder herauskommen.«

Mike schob Dexter zurück.

»Das ist unsere Sache. Setz dich dort drüben hin und benimm dich.«

Er wollte nicht, daß Dexter die Maschinenpistole sah, die Kerman aus dem Koffer nahm, den er mitgebracht hatte. Hinter der Deckung von Mikes breitem Körper legte Kerman die Waffe auf den Boden der Packkiste.

»Du hast reichlich Platz darin«, sagte er. »Willst du mich wirklich nicht an deiner Stelle gehen lassen?«

Ich kletterte in die Kiste.

»Du kommst mit Mike um neun. Wenn in Sherrills Boot mehr als ein Mann ist und du nicht glaubst, daß du mit ihnen fertig werden kannst, mußt du allein kommen. Jedenfalls werden sie dich für mich halten. Wenn du an Bord schießen hörst, alarmiere Mifflin und einen Haufen Polizisten, und dann komm schnell, verstanden?«

Kerman nickte. Er sah besorgt aus.

»Mike, du kommst mit Dexter«, fuhr ich fort. Wenn er Unsinn mit den Leinen macht, dann hau ihm aufs Dach und schmeiß ihn ins Wasser.«

Mit einem bedrohlichen Stirnrunzeln versicherte Mike, genau das würde er tun.

Als Kerman den Deckel auf die Kiste legte, hatte ich genug Platz, mit angezogenen Knien darin zu sitzen. Luft kam durch die Ritzen genug. Ich rechnete, daß ich nicht länger als eine Minute brauchen würde, um aus ihr herauszukommen.

Kerman nagelte den Deckel fest, und zu dritt hoben sie die Kiste auf eine Sackkarre. Die Fahrt zum Pier hinunter war ziemlich holprig, und bis die Kiste auf Dexters Boot verladen war, hatte ich ein paar Schrammen und Prellungen abbekommen.

Der Außenbordmotor wurde angelassen und tuckerte uns auf das Meer hinaus. Der Wind, der durch die Ritzen der Kiste pfiff, war schneidend, und das Rollen des Bootes, das seinen Weg durch die Wogen klatschte, bereitete mir Unbehagen.

Minuten vergingen, dann flüsterte Mike mir zu, daß wir längsseits des *Dream Ship* kamen.

Von irgendwo gellte eine Stimme, und es folgte eine unfreundliche Unterhaltung zwischen Boot und Schiff. Jemand erhob Einspruch dagegen, die Kiste um diese Zeit in der Nacht zu übernehmen. Dexter spielte seine Rolle gut. Er behauptete, er müsse morgen seinen kranken Bruder besuchen, und wenn sie die Kiste jetzt nicht an Bord hievten, könnten sie das Zeug erst am übernächsten Tag bekommen.

Der Mann auf dem Schiff fluchte auf Dexter und sagte dann, er solle warten, bis er den Ladebaum klar habe.

Mike informierte mich flüsternd durch einen Ritz in der Kiste über das, was vorging.

Nach weiterem Warten wurde die Kiste mit einem heftigen Ruck angehoben und schwang in die Luft. Ich bereitete mich auf eine harte Landung vor, und sie wurde hart. Irgendwo im Innern des Schiffes wurde sie krachend abgesetzt, daß mir alle Knochen durchgeschüttelt wurden.

Der Mann, der auf Dexter geflucht hatte, beschimpfte ihn wieder. Seine Stimme klang nahe. Dann schlug eine Tür zu, und ich war mir selbst überlassen.

Ich wartete, lauschte, vernahm aber nichts. Nach einer Weile entschloß ich mich, mich herauszuwagen. Ich schob den Meißel in die Ritze unter dem Deckel und stemmte ihn hoch. Ich brauchte keine Minute, um aus der Kiste herauszukommen. Ich befand mich in einer tintigen Schwärze. Es herrschte der gleiche Geruch wie in Dexters Lagerhaus, und ich vermutete, daß ich mich im Vorratsraum im Innern des Schiffes befand.

Ich zog meine Taschenlampe und ließ den Strahl durch den großen Laderaum wandern. Er war voller Vorräte, Flaschen, Kisten, Bierfässer und leerem Schweigen. An seinem hinteren Ende befand sich eine Tür. Ich schlich zu ihr, zog sie einen Spalt auf und spähte in einen schmalen, gut beleuchteten Gang.

Die Maschinenpistole hielt ich an meiner Seite. Ich wollte durch sie nicht behindert werden, aber Kerman hatte sie mir aufgedrängt. Er meinte, mit einer Maschinenpistole könne ich die halbe Besatzung zur Vernunft bringen. Ich bezweifelte das und hatte sie mehr zu seiner Beruhigung als zu meiner eigenen mitgenommen.

Durch den engen Gang schlich ich auf eine senkrecht nach oben führende Stahlleiter zu, die an seinem Ende vermutlich auf das Oberdeck führte. Als ich den halben Gang hinter mir hatte, blieb ich abrupt stehen. Auf der Leiter erschienen ein Paar Füße, dann Beine in weißen Matrosenhosen. Eine Sekunde später stand ein Matrose vor mir und starrte mich verstört an.

Er war ein großer Kerl, fast so groß wie ich, und sah zäh aus. Ich hielt ihm die Maschinenpistole unter die Nase und zeigte ihm meine Zähne. Seine Hände fuhren so schnell hoch, daß er sich an der niedrigen Decke die Knöchel aufschlug.

»Einen Ton, und Sie sind ein Sieb«, knurrte ich.

Er stand regungslos da und starrte mit halboffenem Mund die Maschinenpistole an.

»Umdrehen«, befahl ich.

Er drehte sich um, und ich schlug ihm mit dem Kolben der Waffe auf den Hinterkopf.

Als er fiel, packte ich seinen Hemdkragen und ließ ihn vorsichtig zu Boden gleiten.

Ich schwitzte, und mir gefiel das alles nicht. Ich mußte ihn außer Sicht schaffen, ehe jemand anders auftauchte.

Unmittelbar neben mir lag eine Tür. Ich riskierte es, drehte den Türgriff und fand eine leer Kabine. Wahrscheinlich war es seine, und er befand sich auf dem Wege dorthin.

Ich packte ihn unter den Armen, schleppte ihn in die Kabine hinein und schloß und verriegelte die Tür hinter mir. So schnell ich konnte, zog ich ihm seine Uniform aus und vertauschte sie gegen meinen Anzug. Seine Seglermütze war mir etwas zu groß, verdeckte dafür aber einen Teil meines Gesichts.

Ich knebelte ihn, wickelte ihn in ein Laken, befestigte das Laken mit seinem Gürtel und einem Stück Strick, das ich in der Kabine fand. Dann hob ich ihn in die Koje, ließ die Maschinenpistole bei ihm liegen, schob meine Achtunddreißiger in den Hosenbund und trat zur Tür.

Ich lauschte, und da ich nichts hörte, öffnete ich die Tür einen Spalt und spähte hinaus. Der Korridor war so leer wie das Bewußtsein eines toten Mannes und ebenso still. Ich knipste das Licht aus, glitt aus der Kabine und verschloß die Tür hinter mir.

Ich sah auf meine Uhr. Es war fünfundzwanzig nach acht. Das ließ mir noch fünfunddreißig Minuten Zeit, ehe Kerman zu dem Schiff kam.

Sechstes Kapitel

I

Ich stand im Schatten eines Ventilators und blickte über das Bootsdeck. Über mir klatschte ein rotweiß gestreiftes Sonnensegel kräftig in der Brise. Das Deck war in seiner ganzen Länge mit einem dicken, roten Teppich bedeckt, und rote und grüne Lichter zogen sich als eine Kette leuchtender Perlen an der Reling entlang.

Hinter dem Brückendeck konnte ich zwei makellos gekleidete Matrosen unter einer Bogenlampe am Ende des Gangways stehen sehen. Ein Mädchen im Abendkleid und zwei Männer in Abendanzügen waren gerade an Bord gekommen. Die Matrosen salutierten, als die drei über das Deck gingen und durch den Eingang des hellerleuchtetn Restaurants verschwanden, das zwischen der Brücke und dem Vorderdeck aufgebaut worden war. Durch die großen, ovalen Fenster konnte ich Paare zu den gedämpften Tönen von Saxophonen und Schlagzeug tanzen sehen.

Über mir auf dem Brückendeck lehnten sich drei weißgekleidete Gestalten über die Reling und beobachteten den Strom der eintreffenden Gäste. Da oben war es dunkel, und ich erkannte sie nur im Glimmen der Zigarette, die einer von ihnen rauchte.

Niemand beachtete mich, und nach einem schnellen Blick nach rechts und links glitt ich aus dem Schatten des Ventilators über das Deck zu einem Rettungsboot hinüber. Dort blieb ich stehen, lauschte, sah wieder nach rechts und links und erreichte dann mit einem schnellen Sprung den Schatten unmittelbar unter dem Brückendeck.

»Es kommen immer mehr«, vernahm ich eine befriedigte Stimme über mir. »Heute gibt es wieder ein gutes Geschäft.«

»Ja«, bestätigte eine andere Stimme. »Sieh mal die Puppe in dem roten Kleid da. Die kann sich sehen lassen. Wetten, daß . . .«

Aber ich wartete nicht ab, um zu hören, worauf er wetten wollte. Ich fürchtete, sie könnten zu mir hinunterblicken und mich bemerken. Unmittelbar vor mir war eine Tür. Ich schob sie ein Stück auf und hatte eine steile Treppe zu dem unteren Deck vor mir. In der Nähe lachte ein Mädchen, ein lautes, gellendes Gekicher, das mich über die Schulter zurückblicken ließ.

»Blau wie ein Veilchen«, sagte einer der Männer auf dem Brükkendeck über mir.

Gerade waren wieder drei Frauen und drei Männer an Bord gekommen. Eine der Frauen war so betrunken, daß sie sich allein kaum noch aufrecht halten konnte. Während sie zu dem Restaurant gingen, kletterte ich schnell die Treppe zu dem unteren Deck hinunter.

Hier war es dunkel und ruhig. Vorsichtig bewegte ich mich weiter. Mondlicht fiel durch einen dünnen Wolkenschleier und erhellte das

Deck gerade genug, um zu erkennen, daß es völlig verlassen war. Nur ein entfernt liegendes Bullauge bildete einen Lichtfleck, der so fehl am Platz wirkte wie ein Soßenfleck auf einem Brautkleid.

Vorsichtig und geräuschlos schlich ich darauf zu. Als ich die Hälfte des Decks hinter mir hatte, hielt ich an. Vor mir erschien eine weiße Gestalt, bewegte sich auf mich zu. Nirgends war ein Versteck. Das Deck war so leer wie der Rücken meiner nackten Hand. Meine Finger umfaßten den Griff meiner Waffe, während ich zur Reling trat und mich dagegen lehnte.

Ein großer, breitschultriger Mann in einem Trikothemd und weißen Hosen kam in das Licht des Bullauges, ging hindurch und näherte sich mir. Vor sich hinsummend, schritt er an mir vorbei und stieg die Treppe zum oberen Deck hinauf, ohne mir einen Blick zuzuwerfen.

Ich unterdrückte einen schweren Erleichterungsseufzer und schlich weiter auf das Bullauge zu, blieb davor stehen und warf dann einen schnellen Blick hinein. Ich konnte ein Jubelgeheul gerade noch recht=zeitig unterdrücken.

In einem Sessel, das Gesicht mir zugewandt, saß Paula. Vor sich hatte sie eine Zeitschrift, und ihre Stirn zeigte leicht beunruhigte Fal=ten. Sie sah wunderschön und sehr verlassen aus. Ich hatte gehofft, sie auf diesem Deck zu finden. Ich hätte mir nicht denken können, wo sie sonst versteckt sein sollte, aber ich hatte nicht erwartet, sie so bald zu entdecken.

Ich betrachtete die Tür zu der Kabine. Sie hatte einen Riegel, er war zugeschoben. Ich zog ihn zurück, drehte an dem Knopf und drückte gegen die Tür. Sie gab nach, und ich trat ein. Es war, wie wenn man mitten im Winter in ein Treibhaus kommt.

Als Paula mich erblickte, richtete sie sich in dem Sessel auf. Für einen Augenblick erkannte sie mich nicht in der weißen Hose und der Mütze, dann sank sie in sich zusammen und versuchte zu lächeln. Der erleichterte Ausdruck in ihren Augen war mir für die Überfahrt in der Packkiste Belohnung genug.

»Sonst alles in Ordnung?« fragte ich und grinste sie an. Wenn sie nicht so verdammt viel Selbstbeherrschung gezeigt hätte, hätte ich sie geküßt.

»Alles in Ordnung. War es schwer, hierherzukommen?« Sie bemühte sich, gelassen zu klingen, aber in ihrer Stimme schwang ein Zittern mit.

»Es ging. Zumindest wissen sie noch nicht, daß ich hier bin. Jack und Mike kommen gegen neun. Wir müssen vielleicht schwimmen.«

Sie holte tief Atem und stand auf.

»Ich wußte genau, daß du kommen würdest, Vic.« Und gerade als ich dachte, jetzt würde sie mir um den Hals fallen, fuhr sie fort: »Du hättest aber nicht allein kommen sollen. Warum hast du die Poli=zei nicht mitgebracht?«

»Ich nahm an, sie hätte noch keine Lust dazu«, antwortete ich. »Wo ist Anona?«

»Ich weiß es nicht. Hier ist sie, glaube ich, nicht.«

Die Hitze in der Kabine trieb mir den Schweiß aus den Poren.

»Was ist passiert? Erzähle es schnell.«

»Es läutete, und ich ging zur Tür«, antwortete sie. »Ich dachte, du seist es. Vier Burschen drängten mich in den Vorraum zurück. Zwei gingen in das Schlafzimmer, und ich hörte Anona schreien. Die beiden anderen erklärten, sie würden mich auf das Schiff bringen. Einer von ihnen bedrohte mich mit einem Messer. Ich zweifelte keine Sekunde, daß er es benutzen würde, wenn ich ihm einen Vorwand bot.« Sie schnitt eine kleine Grimasse. »Sie brachten mich im Fahrstuhl auf die Straße hinunter. Während der ganzen Zeit drückte mir der eine das Messer in die Seite. Vor dem Haus stand ein Wagen. Sie stießen mich hinein, und der Wagen fuhr los. Während wir fortfuhren, sah ich noch einen großen, schwarzen Rolls vor meinem Hauseingang vorfahren. Einer der Kerle kam mit Anona auf den Armen heraus. Es war am hellen Tag. Die Leute starrten zwar, rührten sich aber nicht. Sie setzten sie in den Rolls, und damit verlor ich sie aus den Augen. Ich wurde auf das Schiff gebracht und hier eingeschlossen. Sie drohten, mir den Hals abzuschneiden, falls ich laut würde. Es sind widerliche, kleine Burschen, Vic.«

»Ich weiß«, antwortete ich grimmig. »Ich kenne sie. Der Rolls gehört Maureen Crosby. Vielleicht haben sie Anona in ihr Haus über den Klippen gebracht.« Ich überlegte einen Augenblick und fragte dann: »Hat jemand mit dir gesprochen?«

Sie schüttelte den Kopf.

»Ehe wir verschwinden, möchte ich mich auf dem Schiff umsehen. Vielleicht ist Maureen an Bord. Hältst du es für sicher, wenn du mit mir kommst?«

»Wenn sie bemerken, daß ich hier fort bin, schlagen sie bestimmt Alarm. Es ist vielleicht besser, wenn ich hier auf dich warte.«

Ich zögerte, wußte nicht, ob ich versuchen sollte, das Schiff sofort zu verlassen, nachdem ich Paula gefunden hatte, oder mich erst vergewissern sollte, daß Anona und Maureen nicht an Bord waren.

»Wenn ich sie hier auf diesem Deck nicht finde, lasse ich alles Weitere«, antwortete ich und wischte mir mit dem Taschentuch über das Gesicht. »Habe ich Fieber, oder ist es hier in der Kabine so heiß?«

»Es ist die Kabine. Seit einer Stunde wird es hier immer heißer.«

»Es scheint fast so, als hätten sie die Heizung eingeschaltet. Halte es noch zehn Minuten aus, Kind, dann bin ich wieder hier.«

»Paß auf dich auf.«

Ich klopfte ihr freundschaftlich auf den Arm, lächelte ihr aufmunternd zu und glitt auf das Deck hinaus. Ich schob den Riegel wieder vor und schlich mich nach achtern.

»Verflucht noch mal, was suchen Sie denn hier«, herrschte mich eine Stimme aus der Dunkelheit an.

Vor Schreck fuhr ich fast aus der Haut.

Ein kleiner, stämmiger Mann mit einer Seglermütze war aus dem Nichts aufgetaucht. Keiner von uns konnte das Gesicht des anderen erkennen. Wir musterten uns gegenseitig.

»Wie oft muß ich noch sagen, daß ihr Kerle von diesem Deck fortbleiben sollt«, schnauzte er und kam näher.

Fast hätte er mich erwischt. Ich sah seinen Arm hochfahren, tauchte aber rechtzeitig zur Seite. Der Schlag wischte mir über die Schulter. Ich rammte ihn mit aller Kraft die Faust in den Bauch. Vor Schmerz japste er auf, krümmte sich vor, versuchte Luft zu bekommen. Ich versetzte ihm eins gegen den Kiefer, wobei ich mir fast die Hand brach.

Er sank auf Hände und Knie, streckte sich dann flach auf dem Rücken aus. Ich beugte mich über ihn, packte ihn an den Ohren und schlug ihn mit dem Hinterkopf kräftig gegen das Deck.

Das Ganze dauerte nur Sekunden. Ich lief zu Paula zurück, entriegelte die Tür, stieß sie auf, sprang zurück und schleppte den Bewußtlosen hinein und ließ ihn zu Boden fallen.

»Ich lief ihm direkt in die Hände«, keuchte ich und beugte mich über ihn. Ich hob ein Augenlid. Er war bewußtlos und würde es eine Zeitlang bleiben.

»Sperre ihn in den Schrank da«, sagte Paula, »ich paß auf ihn auf.« Sie war blaß, aber unerschüttert. Es gehörte eine ganze Menge dazu, um Paula aus der Fassung zu bringen.

Ich schleppte ihn quer durch die Kabine und stieß ihn in den Schrank. Ich mußte ihn hineinquetschen und mich mit meinem ganzen Gewicht gegen die Tür stemmen, um sie schließen zu können.

»Puh«, sagte ich und wischte mir über das Gesicht. »Hier ist er gut aufgehoben. Wenn er nicht erstickt, wird er sich erholen. Hier drin ist es so heiß wie in einem Backofen.«

»Das beunruhigt mich auch. Selbst der Boden ist heiß. Glaubst du, daß es irgendwo brennen kann?«

Ich legte meine Hand auf den Teppich. Er war wirklich heiß. Zu heiß. Ich öffnete die Kabinentür und legte meine Hand auf das Deck. Es war so heiß, daß ich fast Blasen bekam.

»Grundgütiger«, rief ich aus, »du hast recht. Irgendwo unten in dem verdammten Schiff brennt es.« Ich packte sie am Arm und zog sie auf das Deck hinaus. »Du bleibst nicht hier drin. Komm mit, Kind. Halte dich hinter mir. Wir sehen uns schnell um und gehen dann hinauf aufs obere Deck.« Ich sah auf meine Armbanduhr, es war fünf Minuten vor neun. »Jack muß in fünf Minuten da sein.«

Während wir über das Deck liefen, sagte Paula: »Müssen wir nicht Alarm schlagen, Vic, das Schiff ist voller Menschen.«

»Noch nicht, später«, antwortete ich.

Am hinteren Ende des Decks befand sich in der Querwand eine Tür. Ich blieb davor stehen, um zu lauschen, drehte dann den Griff und schob sie langsam auf.

Hinter der Tür war es heißer als vor einem Hochofen beim Abstich. Der Lack an den Wänden hatte Blasen gezogen. Es war ein schöner Raum, groß und luftig und hell und gut möbliert, halb Büro, halb Wohnraum. Große Fenster an beiden Seiten boten einen freien Ausblick auf den Strand von Orchid City und auf den Stillen Ozean. Eine einsame Schreibtischlampe warf ihren Lichtschein auf den Schreibtisch und einen Teil des Teppichs. Alles übrige lag im Dunkeln. Von oben war gedämpfte Tanzmusik und das weiche Scharren tanzender Füße zu hören.

Mit schußbereiter Waffe trat ich ein. Paula kam mir nach und schloß die Tür hinter uns. Es roch versengt und nach Rauch, und während ich mich dem Schreibtisch näherte, bemerkte ich, daß der Teppich glimmte und durch die Ritzen der Dielen feine Rauchfäden aufstiegen.

»Das Feuer ist direkt unter uns«, sagte ich. »Halte dich bei der Tür, der Boden ist vielleicht nicht mehr sicher. Sieht mir ganz nach Sherrills Büro aus.«

Ich wühlte durch die Schubladen des Schreibtisches, ohne zu wissen, wonach ich suchte. Aber ich suchte. In einem der untersten Schubladen fand ich einen großen Umschlag. Nach dem ersten Blick erkannte ich, daß es die verschwundene Vermißtenakte von Anona Freedlander war. Ich faltete sie zusammen und schob sie in meine Hüfttasche.

»Ausgezeichnet«, sagte ich. »Nun raus hier.«

Mit beklommener Stimme fragte Paula: »Vic, was ist das? Da hinter dem Schreibtisch.«

Ich blickte hinter den Schreibtisch. Dort lag etwas. Etwas Weißes. Etwas, das ein Mensch sein konnte. Ich verschob die Schreibtischlampe, so daß das Licht unmittelbar darauf fiel.

Ich hörte, wie Paula schnell und tief einatmete.

Es war Sherrill. Er lag flach auf dem Rücken, die Zähne in einem starren, nichtssagenden Grinsen gebleckt. Sein Anzug glimmte, und seine Hände, die auf dem brennenden Teppich lagen, sahen verschrumpelt und verbrannt aus. Er war aus kurzer Entfernung in den Kopf geschossen worden. Eine Seite seines Schädels war zertrümmert.

Während ich noch vorgebeugt stand und auf ihn hinunterstarrte, entstand plötzlich ein zischendes Geräusch, und zwei lange Flammen züngelten vom Boden hoch und leckten über sein totes Gesicht.

II

Der kleine Italiener stand unter der Tür und grinste uns an. Die Mündung der kurzläufigen Pistole in seiner kleinen, braunen Hand zielte auf meine Brust. Das dunkle, häßliche Gesicht glänzte vor Schweiß, und die dunklen, kleinen Augen funkelten vor Haß. Völlig lautlos war er plötzlich erschienen.

»Her damit«, forderte er und streckte seine Hand aus. »Das, was Sie gerade in Ihre Tasche steckten. Schnell!«

Ich hielt meine Waffe an meiner Seite. Ich wußte, ich konnte sie nicht heben und schießen, weil er mich vorher treffen würde. Mit der linken Hand zog ich den Umschlag aus meiner Hüfttasche. Während ich das tat, bemerkte ich, wie sich der Ausdruck seiner Augen veränderte. Aus wildem Haß wurde rasende Mordgier. Der Knöchel seines Zeigefingers am Abzug seiner Waffe wurde weiß, als er nach den Papieren griff. Das alles sah ich im Bruchteil einer Sekunde und wußte, er würde schießen.

Im gleichen Augenblick stürzte Paula einen Stuhl um, der krachend zwischen ihm und mir auf den Boden schlug. Sein Blick irrte von mir ab und damit auch die Mündung seiner Waffe. Der Schuß krachte, und die Kugel fuhr zwei Fuß an mir vorbei. Ich schoß, ehe er Zeit fand, seine Augen von dem Stuhl ab und mir zuzuwenden. Meine drei Schüsse trafen ihn in die Brust wie Schläge mit einem Vorschlaghammer. Er wurde gegen die Wand zurückgeschleudert, die Pistole entfiel seiner Hand, sein Gesicht verzerrte sich.

»Raus«, sagte ich zu Paula.

Sie bückte sich, packte die Waffe des Italieners und sprang zur Tür hinaus. Als ich durch den Raum lief, spürte ich den Boden unter mir nachgeben. Hinter mir ertönte das Krachen von berstendem Holz. Hitzewellen schlugen nach mir, als ob ich über rotglühende Eisenplatten liefe. Der Fußboden senkte sich und brach ein. Einen furchtbaren Augenblick glaubte ich, mit hinabzustürzen, aber der festgenagelte Teppich trug mein Gewicht lange genug, daß ich die Tür und das Deck erreichen konnte.

Zwischen den heißen Planken quoll der Teer, und Rauch wallte auf.

Von der Mitte des Decks schoß aus dem Dunkel einer nach uns. Das Geschoß schlug durch die hölzerne Wand hinter mir und zersplitterte in einer Kabine einen Spiegel.

Ich schob Paula hinter mich, weil ich wußte, daß mein heller Anzug mich in der Nacht so klar wie ein jagendes Phantom erkennen ließ.

Wieder Schüsse. Ich spürte eine Kugel vor meinem Gesicht vorbeizischen. Das Mündungsfeuer kam hinter einem Rettungsboot hervor. Ich glaubte einen Schatten zu erkennen, der sich gegen die Reling duckte. Zweimal drückte ich ab. Der zweite Schuß erwischte ihn. Er kam hinter dem Boot vorgetaumelt, blieb ausgestreckt auf dem heißen Deck liegen.

»Weiter!« befahl ich. Wir liefen. Das Deck war jetzt so heiß, daß wir die Hitze durch die Sohlen unserer Schuhe spürten. Irgendwie erreichten wir die Treppe, die zum oberen Deck führte. Durch das Tosen der Flammen hindurch konnten wir Rufe und Schreie und das Klirren zerbrechenden Glases hören.

Wir kletterten auf das Oberdeck. An der Reling drängten sich Männer und Frauen in Abendkleidung und schrien und brüllten aus vollem Hals. Der Rauch breitete einen schwarzen Dunstvorhang über das Schiff, und hier oben war es fast so heiß wie auf dem unteren Deck.

Ich konnte drei oder vier der Offiziere des Schiffes sehen, die versuchten, Kontrolle über die Panik zu gewinnen. Sie hätten ebensogut versuchen können, eine Drehtür hinter sich zuzuknallen.

»Jack muß inzwischen in der Nähe sein«, rief ich Paula zu. »Halte dich dicht bei mir. Wir müssen versuchen, die Reling zu erreichen.«

Wir bahnten uns einen Weg durch die kämpfende Masse. Ein Mann packte Paula und riß sie von mir fort. Ich weiß nicht, was er sich dabei dachte. Sein Gesicht war verzerrt, und seine Augen hatten einen irren Ausdruck. Er klammerte sich verzweifelt an mich. Ich gab ihm einen Schwinger ans Kinn, daß er taumelte, und drängte mich dann wieder zu Paula.

Ein Mädchen, das Oberteil ihres Kleides in Fetzen, fiel mir um den Hals und schrie mir ins Gesicht. Ihre Whiskyfahne versenkte mir fast die Haut. Ich versuchte, sie von mir zu schieben, aber ihre Arme schnürten mir fast die Luft ab. Paula riß sie von mir los und gab ihr ein paar hinter die Ohren. Das Mädchen verschwand taumelnd in der Menge und schrie gellend wie die Dampfpfeife einer Lokomotive.

Wir erreichten die Reling. Über die See ausgebreitet nahte sich von allen Seiten eine Armada kleiner Boote. Das Wasser wimmelte nur so von ihnen.

»He! Vic!«

Kermans Stimme übertönte das Gebrüll, und wir sahen ihn, nicht weit von uns entfernt, auf der Reling balancieren und sich dabei an einer Stütze des Sonnensegels festhaltend. Mit dem Fuß stieß er die wildgewordene Menge von sich, wenn sie ihn von seinem Platz herunterzureißen drohte.

»Hierher, Vic!«

Ich schob Paula vor mir her. Wir kämpften uns zu ihm durch, wobei Paula das Kleid vom Rücken gerissen wurde.

Kerman grinste uns aufgeregt zu.

»Mußtest du das Schiff in Brand setzen«, grölte er. »Das nenne ich eine Panik. Was ist nur in die Bande gefahren? Die werden doch von Bord geholt, Wochen, ehe der alte Kahn absäuft.«

»Wo ist dein Boot«, keuchte ich und schob einen älteren Lebemann aus dem Weg, der versuchte, auf die Reling zu klettern. »Immer mit der Ruhe, Opa«, sagte ich. »Zum Schwimmen ist es zu naß. Alle Boote der Welt sind auf dem Weg hierher.«

»Genau hier«, sagte Kerman und deutete nach unten. Er hob Paula auf die Reling, während ich andere Kunden davon abhielt, ihr zu folgen. Er lenkte ihre Füße auf eine Strickleiter, die von der Reling hinunterhing, und sie kletterte wie ein alter Matrose hinab.

»Sie nicht, mein Kind«, schrie Kerman einem Mädchen zu, das sich zu ihm hinaufgekämpft hatte. »Das ist eine Privatgesellschaft. Sie sind erst nächstes Mal dran.«

Das Mädchen warf sich hysterisch schreiend gegen ihn und schlang ihre Arme um seine Beine.

»Verdammt noch mal«, brüllte er. »Lassen Sie mir meine Hose an. He, Vic, hilf mir mal mit dem verrückten Weibsstück.«

Ich schwang mich über die Reling und auf die Strickleiter. »Ich dachte, diese Sorte schätzt du besonders. Bring sie doch mit, wenn sie so an dir hängt.«

Ich weiß nicht, wie er sie losbekam, aber als ich mich in das Boot fallen ließ, kam er auch die Leiter heruntergeglitten und stieß mich fast über Bord, als er darin landete.

»Nun mal langsam«, sagte ich und packte ihn, um nicht zu fallen.

Mike hatte den Außenbordmotor angelassen, und das Boot entfernte sich von dem Schiff. Wir mußten behutsam steuern. Die Zahl der Boote, die auf das *Dream Ship* zukamen, konnte sich sehen lassen. Es war fast so wie bei Dünkirchen.

»Saubere Arbeit«, lobte ich und klopfte Mike auf seinen breiten Rücken. »Ihr kamt gerade im richtigen Augenblick.« Ich sah zum *Dream Ship* zurück. Das untere Deck stand jetzt in Flammen, und um den Rumpf wallte Rauch. »Ich möchte wissen, wie hoch es versichert war.«

»Hast du es angesteckt?« fragte Kerman.

»Nein, du Dummkopf. Sherrill ist tot. Jemand hat ihn erschossen und in dem Schiff Feuer gelegt. Wenn wir ihn nicht entdeckt hätten, wäre nie wieder etwas von ihm gefunden worden.«

»Ein ziemlich kostspieliges Begräbnis«, sagte Kerman bewundernd.

»Wenn das Schiff versichert war, nicht. Unterhalte dich mit Paula. Ich will mir das hier ansehen.« Damit zog ich Anona Freedlanders Akte aus meiner Hüfttasche.

Kerman gab mir eine Taschenlampe.

»Was ist das?« fragte er.

Ich starrte auf das erste Blatt und wagte meinen Augen kaum zu trauen.

Paula sagte: »Wollen wir uns nicht entschließen, was wir jetzt unternehmen, Vic?«

»Was wir tun? Jack und ich machen uns sofort auf die Suche nach Anona. Du informierst Mifflin über Sherrills Tod. Veranlasse ihn, sofort zu Maureen Crosbys Haus über den Klippen zu kommen. Heute nacht geht es zu Ende.

Sie sah mich an.

»Wäre es nicht besser, wenn du selbst zu Mifflin gehst?«

»Dazu haben wir keine Zeit. Wenn Anona in Maureens Haus ist, befindet sie sich in Gefahr.«

Kerman beugte sich vor.

»Um was geht es denn eigentlich?«

Ich wedelte ihm mit den Papieren vor dem Gesicht.

»Hier steht es alles. Und dieser Ochse Mifflin hielt es nicht für wichtig genug, es mir zu sagen. Anona litt seit 1944 an Endocarditis. Ich habe dir doch gesagt, daß sie eine Katze im Sack verborgen hielten. Jetzt ist sie raus.

»Anona war herzkrank?« fragte Kerman mit aufgerissenen Augen. »Du irrst dich, du meinst doch Janet.«

»Hör dir die Personalbeschreibung von Anona an«, sagte ich. »Einssiebenundfünfzig, dunkle Haare, braune Augen, vollschlank. Und jetzt überlege mal.«

»Aber das ist doch falsch. Sie ist groß und blond«, hielt mir Kerman vor. »Wovon redest du denn nur?«

Paula hatte es begriffen.

»Sie ist nicht Anona Freedlander. Das ist es doch, nicht wahr?«

»Verlaß dich drauf, daß sie es nicht ist«, sagte ich aufgeregt. »Versteht ihr es jetzt? Anona starb in Crestways an ihrer Herzkrankheit, und das Mädchen aus Salzers Sanatorium ist Janet Crosby.«

III

Wir standen am Fuß der fast senkrecht aufsteigenden Klippe und starrten in die Dunkelheit hinauf. Weit draußen auf dem Ozean kennzeichnete ein roter Glutschein am Himmel die Stelle, wo das brennende *Dream Ship* lag. Darüber hing ein düsterer Rauchpilz.

»Dort hinauf?« fragte Kerman. »Wofür hältst du mich? Einen Affen?«

»Darüber diskutierst du besser mit deinem Vater, ob du das bist«, antwortete ich und grinste im Dunkel vor mich hin. »Einen anderen Weg gibt es nicht. Die Zufahrt wird durch zwei elektronisch gesteuerte Tore und irre Mengen Stacheldraht geschützt. Wenn wir hinein wollen, bleibt uns nur dieser Weg.«

Kerman trat ein paar Schritte zurück, um die Oberfläche der Klippe zu studieren.

»Dreihundert Fuß und kein Zoll weniger«, sagte er tief beeindruckt. »Jeder Zentimeter wird ein Festessen.«

»Kein Gemecker weiter, und los. Wir müssen es versuchen.«

Die ersten zwanzig Fuß gingen recht einfach. Große Blöcke bildeten am Fuß der Klippe eine Plattform. Über sie hinaufzukommen war kein Kunststück. Wir standen nebeneinander auf einem flachen Fels, während ich den Strahl meiner Taschenlampe in das Dunkel nach oben fallen ließ. Die zerklüftete Oberfläche der Klippe ragte über uns empor, und weit oben, fast an ihrem Ende, bildete ein Überhang ein allem Anschein nach unüberwindliches Hindernis.

»Das da gefällt mir besonders«, sagte Kerman und deutete darauf. »Da oben, wo es sich vorwölbt. Das wird ein Spaß werden. Da kommen wir nur an den Zähnen und Fingernägeln drüber weg.«

»Vielleicht ist es nicht so schlimm, wie es aussieht«, antwortete ich. Aber es gefiel mir selbst nicht besonders. »Wenn wir ein Seil hätten . . .«

»Wenn wir ein Seil hätten, würde ich ganz still irgendwo hingehen und mich aufhängen«, meinte Kerman pessimistisch. »Das würde mir viel Zeit und Mühe sparen.«

»Halt die Schnauze, alter Miesmacher«, entgegnete ich grob und begann nach oben zu klettern. Die Spalten boten ausreichend Halt für Hände und Füße, und wenn der Felshang nicht fast senkrecht gewesen wäre, wäre es beinahe leicht gewesen. Aber unter diesen Umständen war mir bewußt, daß ein falscher Griff oder Tritt dem Aufstieg und mir ein Ende machen würde. Ich würde senkrecht an dem Felsen entlang abstürzen. Es gab keine Möglichkeit, sich dann noch zu halten.

Als ich fünfzig Fuß hoch geklettert war, hielt ich an, um Luft zu schöpfen. Hinuntersehen konnte ich nicht. Der geringste Versuch, mich von der Oberfläche des Felsens zu lösen, würde mich aus dem Gleichgewicht bringen, und ich mußte fallen.

»Wie kommst du voran«, keuchte ich und preßte mich fest gegen die Klippe und starrte in den bestirnten Himmel hinauf.

»So gut wie zu erwarten war«, antwortete Kerman mit einem Stöhnen. »Ein Wunder, daß ich noch lebe. Hältst du es für gefährlich, oder bilde ich mir das nur ein?«

Ich wechselte meinen Griff an einem vorstehenden Felsstück und kletterte ein Stück weiter.

»Gefährlich wird es nur, wenn du fällst. Dann ist es vermutlich aus mit dir«, antwortete ich.

Wir stiegen weiter. Einmal hörte ich das Poltern von fallenden Steinen und Kermans plötzlichem Atemholen. Mir sträubten sich die Haare.

»Paß auf die Felsen auf«, keuchte er, »gerade ist mir ein Brocken unter der Hand weggebrochen.«

»Gut, gut, ich passe auf.«

Als ich ein Viertel der Höhe hinter mir hatte, erreichte ich einen vier Fuß breiten Absatz. Ich schwang mich hinauf, lehnte mich mit dem Rücken gegen die Wand, um zu verschnaufen. Auf dem Nacken und im Rücken stand mir kalter Schweiß. Wenn ich geahnt hätte, daß es so schwer sein würde, hätte ich vielleicht doch die Tore versucht. Aber jetzt war es zu spät. Es konnte durchaus möglich sein, hinaufzuklettern, hinunterzuklettern war dagegen völlig ausgeschlossen.

Auch Kerman erreichte den Absatz. Sein Gesicht glänzte von Schweiß, und seine Beine schienen zu zittern.

»Das nimmt mir für alle Zeit den Geschmack am Bergsteigen«, keuchte er. »Ich war einmal dumm genug, es für einen Sport zu halten. Glaubst du, daß wir über den Überhang kommen?«

»Es bleibt uns gar nichts anderes übrig«, sagte ich und sah in das Dunkel über uns hinauf. »Jetzt können wir nur weiter nach oben. Stell dir doch mal vor, wir müßten hier wieder herunterklettern.«

Ich ließ den Schein der Taschenlampe wieder suchend über die Felswand gleiten. Links von uns zog sich neben dem Übergang eine vier Fuß breite Spalte nach oben.

»Siehst du das?« fragte ich. »Wenn wir uns mit den Füßen und den Schultern gegen beide Seiten stemmen, kommen wir auf diesem Wege vielleicht an dem Überhang vorbei.«

Kerman holte tief Luft.

»Du hast auch Einfälle«, entgegnete er. »Das ist doch unmöglich.«

»Ich glaube doch«, antwortete ich und betrachtete die Wände in der Spalte. »Jedenfalls versuche ich es.«

»Das ist verrückt.« Seine Stimme verriet seine Unruhe. »Da rutschtst du doch ab.«

»Wenn du direkt über den Überhang willst, bitte, versuche es.«

Ich verließ den Absatz, tastete nach einem Halt für meinen Fuß, strich mit der Hand über den Fels, bis ich einen festen Griff fand, und begann weiterzuklettern. Es war schwer und ging langsam. Das blasse Mondlicht war keine große Hilfe, und meistens mußte ich jeden Halt durch Tasten finden. Als ich mit Kopf und Schultern den Anfang der Spalte erreichte, gab der Felsvorsprung, auf dem ich stand, unter mir nach. Meine Finger krallten sich in eine Ritze, und so hing ich.

»Bleib, wo du bist«, keuchte ich, »sonst stürzt du nur mit mir ab.«

»Nur ruhig«, schrie Kerman so hysterisch wie eine alte Dame, deren Kleid in Flammen steht. »Halt dich fest, ich komme schon.«

Ich versuchte eine Stütze für meine Füße zu finden, aber sie rutschten an dem glatten Felsen ab und strampelten nutzlos in der Luft. Dann versuchte ich mich hochzuziehen, wobei mein ganzes Gewicht praktisch an meinen Fingerspitzen hing, aber ich schaffte es nicht. Es gelang mir zwar, mich ein paar Zentimeter höher zu ziehen, aber das war auch alles.

Etwas berührte meinen Fuß. »Vorsichtig jetzt«, flehte Kerman unter mir. Er lenkte meinen Fuß auf seine Schulter. »Jetzt stütze dich und stoße dich dann ab.«

»Damit stoße ich dich doch nur hinunter, du Narr«, keuchte ich.

»Mach schon zu!« Seine Stimme bebte. »Ich habe einen sicheren Halt. Langsam und gleichmäßig. Nur keine heftige Bewegung.«

Mir blieb gar nichts anderes übrig. Sehr vorsichtig verlagerte ich mein Gewicht auf seine Schulter, suchte dann einen besseren Halt für meine Hände.

»Achtung«, keuchte ich. »Jetzt?«

»Ja«, rief Kerman, und ich spürte, wie er sich festklammerte. Ich zog mich hoch und erreichte gleich darauf den Beginn der Spalte. Ich kauerte keuchend auf dem Vorsprung, bis Kermans Kopf über der Kante erschien. Ich streckte ihm die Hand entgegen und zog ihn neben mich hinauf. Wortlos blieben wir nebeneinander hocken.

Nach einer Weile erhob ich mich mühsam wieder auf die Füße.

»Ganz unterhaltsamer Abend«, sagte ich und lehnte mich gegen die Wand der Spalte.

Kerman blinzelte zu mir auf. »Ja«, bestätigte er. »Bekomme ich dafür einen Orden?«

»Ich werde dir statt dessen einen ausgeben.« Ich holte tief Atem, preßte meine Schultern gegen die Felswand und stemmte meine Füße gegen die andere Seite. Durch den Druck zwischen meinen Füßen und Schultern gelang es mir, mich in einer sitzenden Stellung zu halten.

»Willst du wirklich so weiter?« fragte Kerman verstört.

»Ja. In der Schweiz ist das ein alter Brauch.«

»Und muß ich das auch tun?«

»Wenn du den Rest deiner Tage nicht hier verbringen willst, ja«, entgegnete ich herzlos. »Eine andere Möglichkeit gibt es nicht.«

Ich begann mich hochzustemmen. Scharfe Felskanten schnitten mir in den Rücken, und es ging langsam, aber ich kam vorwärts. Wenn meine Beinmuskeln mich nicht im Stich ließen, mußte ich auf diese Weise hinaufkommen. Falls sie nicht mitmachten, gab es einen schnellen Sturz und einen harten Aufschlag.

Vorläufig machten sie noch mit. Immerhin war mir diese Methode noch lieber, als zu versuchen, den Überhang zu durchklettern. Als ich ein Drittel hinter mir hatte, mußte ich anhalten und pausieren. Ich spürte meine Beine, als wenn ich hundert Meilen weit gelaufen wäre, und die Muskeln in meinen Oberschenkeln flatterten.

»Wie kommst du vorwärts, Vic«, rief Kerman und ließ seine Taschenlampe aufleuchten.

»Nun, vorläufig geht es noch«, antwortete ich nicht allzu selbstsicher. »Warte, bis ich ganz oben bin, ehe du es versuchst.«

»Laß dir Zeit, ich habe es nicht eilig.«

Ich kletterte weiter. Es war mühsam, und meine Schultern schmerzten. Ich sah unentwegt zu dem bestirnten Himmel. Er schien näher zu kommen. Aber vielleicht bildete ich es mir nur ein. Jedenfalls spornte es mich an, weiterzumachen. Ich machte weiter. Mein Atem zischte durch die zusammengepreßten Zähne, meine Beine wurden steif, mein Rücken zerschunden. Aufwärts, aufwärts, Zoll um Zoll, weil ich wußte, daß es keine Umkehr gab. Ich mußte dort hinauf oder fallen.

Die Spalte wurde enger, und daran erkannte ich, daß ich den Überhang erreicht hatte. Das Klettern wurde schwieriger. Meine Knie näherten sich immer mehr meinem Kinn. Ich bekam immer weniger Halt.

Dann hielt ich plötzlich inne. Ich konnte nicht mehr weiter. Über mir hatte sich die Spalte bis auf drei Fuß verengt. Ich stemmte mich fest, zog meine Taschenlampe und ließ den Strahl die Felswand über mir beleuchten. In meiner Reichweite wuchs aus dem Felsen ein Busch heraus. Rechts von mir war eine schmale Plattform. Die Oberkante des Überhangs.

Ich steckte die Taschenlampe wieder ein und griff nach dem Busch. Ich faßte ihn unmittelbar an der Stelle, wo er aus der Felsspalte herauskam, und zog leicht. Er hielt. Ich belastete ihn stärker mit meinem Gewicht. Er hielt immer noch. Ich löste meine Füße von der gegenüberliegenden Wand und schwang frei im Raum. Es war ein unvergeßlicher Augenblick. Der Busch bog sich unter meinem Gesicht, aber er hielt. Ich pendelte hin und her, fühlte, wie mir der Schweiß wie Eiswasser das Rückgrat hinunterlief, schwang mich dann auf die Kante zu und fand mit meiner freien Hand einen Halt. Meine Finger klammerten sich fest in eine Ritze. Als Halt genügte es nicht, aber es reichte aus, um mich zu stützen. So hing ich, den Körper gegen die Felswand in der Spalte gepreßt, die Füße frei in der Luft, mit der Rechten den Busch umklammernd, mit der Linken mich in einer schmalen Ritze an der Kante haltend. Eine falsche Bewegung und es war vorbei. Ich hatte Angst — und wie. Ich habe schon manchmal in meinem Leben Angst gehabt, aber so noch nie.

Sehr vorsichtig begann ich mich an der linken Hand hochzuziehen und an der rechten herabzulassen. Langsam kam ich höher. Kopf und Schultern schoben sich über die Kante der Plattform. Als ich meine Brust darüber schieben konnte, begann ich, mich vorzubeugen, bis ich Halt hatte. So hing ich, fast fertig, mit klopfendem Herzen und sausenden Ohren. Nach einer Weile hatte ich genug Kraft gesammelt, um mich ein paar Zoll weiterzuschieben. Ich zog ein Knie hoch und stützte es auf der Kante. Dann stemmte ich mich mit letzter Anstrengung hoch, erreichte den Absatz, lag flach auf dem Rücken, ohne etwas anderes wahrzunehmen als das Pochen meines Herzens und das Keuchen meines Atems.

»Vic!«

Kermans Stimme hallte durch den Kamin der Spalte.

Ich krächzte eine Antwort und kroch an die Kante.

»Alles in Ordnung, Vic?«

Jetzt schien seine Stimme meilenweit entfernt zu sein. Ein schwaches Flüstern in der Finsternis. Ich sah hinunter und nahm einen hin- und herschwingenden Lichtpunkt war. Ich hatte keine Ahnung, daß ich so hoch geklettert war. Und als ich es plötzlich vor mir sah, wurde mir leicht schwindlig.

»Ja«, rief ich hinunter, »laß mich einen Augenblick verschnaufen.«

Nach einer Weile hatten sich meine Nerven, mein Herz und mein Atem beruhigt.

»Das schaffst du nicht, Jack«, rief ich zu ihm hinunter. »Du mußt warten, bis ich mit einem Seil komme. Es ist zu schwer. Versuche es erst gar nicht.«

»Wo willst du ein Seil herbekommen?«

»Weiß ich noch nicht. Irgendwo werde ich eins finden. Warte da.«

Ich drehte mich um und schickte den Strahl meiner Taschenlampe in die Dunkelheit. Ich befand mich nur etwa dreißig Fuß unter dem obersten Rand der Klippe. Der Rest war leicht.

»Ich gehe jetzt«, rief ich zu ihm hinunter. »Bleib da, bis ich mit dem Seil komme.«

Die nächsten dreißig Fuß konnte ich praktisch gehen und kam neben dem schmucken Schwimmbassin heraus. Über mir stand das Haus. Hinter einem der Fenster brannte ein einsames Licht.

Ich ging darauf zu.

IV

Die Veranda lag verlassen, als ich sie erreichte, und die Schaukelbank sah verlockend bequem aus. Ich hätte mich gern darauf ausgestreckt, um die nächsten zwölf Stunden zu verschlafen.

In dem großen Wohnraum brannte eine Stehlampe mit einem gelben und blauen Pergamentschirm. Die Flügeltür, die von der Veranda in den Wohnraum führte, stand offen.

Auf der obersten Stufe zur Veranda blieb ich stehen, weil ich eine Stimme hörte. Eine Frauenstimme, deren Ton in die stille Sommernacht mit dem Blumenduft und dem großen, gelben Mond nicht paßte. Die Stimme war laut und schrill. Vielleicht war sie auch wütend. Und irgendwie schwankte sie wie von unterdrückter Hysterie.

»Ach, schweigen Sie, schweigen Sie, schweigen Sie! Kommen Sie her!« sagte diese Stimme. »Kommen Sie schnell, Sie haben genug geredet. Schweigen Sie jetzt und kommen Sie!«

Ich konnte sie drinnen sehen, wie sie auf einem der großen Sofas kniete und den Telefonhörer in ihrer fest zusammengepreßten Hand hielt. Sie drehte mir den Rücken zu. Das Licht der Lampe fiel unmittelbar auf ihren schön geformten Kopf und ließ ihr rabenschwarzes Haar bläulich schillern. Sie trug eine flaschengrüne Hose mit hoher Taille und ein Seidenhemd in der gleichen Farbe und bot ein Bild, wie Varga es gern zeichnete. Sie war sein Typ. Mit langen Beinen, schmalen Hüften, hohen Brüsten und so lebendig und flink wie Quecksilber.

Sie sagte: »Hören Sie auf. Warum immer das gleiche? So kommen Sie doch. Mehr brauchen Sie nicht«, und schlug den Hörer auf die Gabel.

Mir schien nicht, daß die Situation Heimlichkeiten oder übertriebenen Takt erforderte, und ich war auch nicht in der Laune, den feinen Mann zu spielen. Meine Beine schmerzten, ich war zerschunden und immer noch etwas atemlos, und meine Stimmung so empfindlich wie der Abzug einer Waffe in der Hand eines Bankräubers. Darum kam ich in das Zimmer, ohne mich erst zu bemühen, leise aufzutreten. Meine Schritte klatschten wie kleine Explosionen auf dem Parkett.

Ich sah, wie ihr Rücken erstarrte. Langsam drehte sie den Kopf, sah über die Schulter zu mir zurück. Ihre großen, schwarzen Augen öffneten sich weit. Es entstand eine Pause, in der man langsam bis zehn hätte zählen können. Sie erkannte mich nicht. Was sie vor sich sah, glich einem übergroßen Matrosen in beschmutzter weißer Hose mit einem Riß über dem Knie, einem Hemd, das jede Wäscherei mit einer Beschwerde zurückgewiesen hätte, und einem Gesicht, das mehr Schmutz als Sommersprossen aufwies.

»Hallo«, sagte ich ruhig. »Erinnern Sie sich nicht? Ich bin Ihr Freund Malloy.«

Da erkannte sie mich. Sie holte tief Atem, stieß sich von dem Sofa ab und stand fest auf ihren kleinen, gut geformten Füßen.

»Wie kommen Sie hierher?« fragte sie. Ihr Gesicht und ihre Stimme waren völlig ausdruckslos.

»Ich kletterte die Klippe hinauf. Versuchen Sie es auch mal, wenn Sie was Aufregendes erleben wollen«, sagte ich und trat näher. »Es ist auch gut für die Figur, obwohl an Ihrer nichts auszusetzen ist.«

Sie knickte ihren Daumen, betrachtete ihn und fing dann an, daran zu knabbern. »Sie haben sie doch noch nicht gesehn«, antwortete sie.

»Ist das entscheidende Wort in diesem Satz das ›noch‹?« fragte ich.

»Es könnte sein. Das kommt auf Sie an.«

»Wirklich?« Ich setzte mich. »Wollen wir etwas trinken? Ich bin nicht mehr ganz der Mann, der ich einmal war. Sie werden feststellen, daß ich mit Whisky genießbarer bin.«

Sie ging durch das Zimmer zu einem Flaschenschrank.

»Stimmt das mit der Klippe?« fragte sie. »Es ist noch nie jemand heraufgeklettert.«

»Leander schwamm durch den Hellespont, und dabei sah Hero nicht halb so gut aus wie sie«, antwortete ich leichthin.

»Wollen Sie behaupten, daß Sie da wirklich heraufgeklettert sind?« Sie kam mit einem großen Glas voll Whisky und Eis zurück. Ich fand es verführerischer als sie, aber das sagte ich ihr nicht.

»Ich bin«, antwortete ich und nahm das Glas. »Auf ihre wunderschönen dunklen Augen.«

Sie stand vor mir und sah zu, wie ich ein Drittel des Glases austrank. Dann zündete sie mit einer Hand, die so fest und sicher war wie die Klippe, von der wir sprachen, eine Zigarette an, nahm sie aus ihrem roten, sinnlichen Mund und reichte sie mir.

Dabei berührten sich unsere Finger. Ihre Haut fühlte sich fiebrig an.

»Ist Ihre Schwester hier?« fragte ich und stellte den Whisky behutsam auf den Tisch neben mir.

Wieder betrachtete sie nachdenklich ihren Daumen, sah mich dann aus den Augenwinkeln an.

»Janet ist tot. Sie starb vor zwei Jahren.«

»Seit Sie mir das erzählten, habe ich eine Menge entdeckt. Ich weiß, daß das Mädchen, das Ihre Mutter über zwei Jahre in dem Sanatorium gefangenhielt, Ihre Schwester Janet war. Soll ich Ihnen alles sagen, was ich weiß?«

Sie zog eine leichte Grimasse und setzte sich.

»Wenn Sie absolut wollen, bitte«, antwortete sie.

»Manches beruht auf Vermutungen. Sie können mich ja berichtigen.« Ich lehnte mich tiefer in den Sessel zurück. »Janet war der Liebling Ihres Vaters. Sie und Ihre Mutter wußten, daß er ihr den größten Teil seines Geldes hinterlassen wollte. Janet verliebte sich in Sherrill, der ebenfalls wußte, daß sie Geld zu erwarten hatte. Sherrill war ein ziemlich verwegener Typ, und für verwegene Männer haben Sie viel übrig. Sie hatten mit ihm nebenbei eine kleine Affäre. Als Janet dahinterkam, löste sie ihre Verlobung. Es kam zwischen ihnen beiden zu einem Streit. Eine von ihnen griff nach dem Jagdgewehr. Ihr Vater kam im falschen Augenblick dazu. Haben Sie ihn erschossen oder Janet?«

Sie zündete eine Zigarette an, ließ das Streichholz in einen Aschenbecher fallen, ehe sie antwortete. »Spielt das eine Rolle? Aber wenn Sie es absolut wissen wollen: ich war es.«

»Zu dieser Zeit hielt sich in Ihrem Haus eine Krankenpflegerin auf. Anona Freedlander. Weshalb war sie da?«

»Meine Mutter war nicht ganz richtig im Kopf«, antwortete sie gleichgültig. »Das glaubte sie auch von mir. Sie redete Vater ein, daß ich gepflegt werden müsse, und sie schickte Schwester Freedlander, um hinter mir herzuspionieren.«

»Wollte Schwester Freedlander die Polizei benachrichtigen, als Sie Ihren Vater erschossen?«

Sie nickte und lächelte. Das Lächeln erreichte aber ihre kohlschwarzen, ausdruckslosen Augen nicht.

»Mutter sagte, man würde mich in eine Anstalt bringen, wenn herauskäme, daß ich ihn erschossen habe. Schwester Freedlander zeigte sich aber störrisch. Mutter schaffte sie ins Sanatorium zurück und sperrte sie dort ein. Das war die einzige Möglichkeit, sie zum Schweigen zu bringen. Dann bestand Janet darauf, daß ich auch eingesperrt würde, und Mutter mußte sich fügen. Sie schickte mich hierher. Das Haus gehörte ihr. Janet glaubte mich im Sanatorium. Dann kam sie dahinter, daß ich nicht dort war, konnte meinen Aufenthalt aber nicht ausfindig machen. Ich glaube, deshalb hat sie Ihnen geschrieben. Sie wollte Sie beauftragen, mich zu finden. Dann bekam Schwester Freedlander einen Herzanfall und starb. Die Chance war zu günstig, um sie sich entgehen zu lassen. Mutter und Douglas brachten ihre Leiche nach Crestways. Mutter sagte Janet, ich wolle sie sehen, und sie kam in das Sanatorium. Sie wurde in Schwester Freedlanders Zimmer eingeschlossen und Schwester Freedlander in Janets Bett gelegt. Das war doch ein glänzender Einfall, finden Sie nicht? Ich rief Dr. Bewley, der in der Nähe wohnte. Er kam nicht auf den Gedanken, daß die Tote nicht Janet sei, und unterschrieb den Totenschein. Danach war es leicht. Die Testamentsvollstrecker hatten nicht den geringsten Verdacht, und ich bekam das ganze Geld.« Sie beugte sich vor, um ihre Zigarette in dem Aschenbecher abzuklopfen, und fuhr dann mit der gleichen tonlosen, unbeteiligten Stimme fort. »Was ich Ihnen über Douglas erzählt habe, ist wahr. Der widerliche Schuft wandte sich gegen mich und fing an, mich zu erpressen. Er zwang mich, das *Dream Ship* zu kaufen. Janets Zofe erpreßte mich auch. Sie wußte, daß Janet nicht gestorben war. Dann tauchten Sie auf. Ich dachte, ich könnte Douglas Angst einjagen, wenn ich Ihnen einen Teil der Geschichte erzählte. Aber es funktionierte nicht. Er wollte Sie umbringen, aber das ließ ich nicht zu. Es war meine Idee, Sie in das Sanatorium zu schaffen. Ich kam nicht auf den Gedanken, daß Sie Janet dort befreien könnten. Sobald ich herausfand, wo sie war, ließ ich sie durch Sherrills Leute hierherbringen.«

»War es auch Ihre Idee, Schwester Freedlanders Vater zu erschießen?«

Sie verzog ihr Gesicht zu einer kleinen Grimasse des Abscheus.

»Was konnte ich sonst tun? Wenn er Ihnen mitteilte, daß seine Tochter herzkrank war, war ich überzeugt, daß Sie alles durchschauen würden. Mich überkam eine Panik. Ich glaubte, wenn wir ihn zum Schweigen brächten und uns ihre Papiere von der Polizei beschafften, wären wir in der Lage, weiterzumachen. Aber jetzt erscheint es ziemlich hoffnungslos.«

»Janet ist also hier.«

Sie hob die Schultern. »Ja, sie ist hier.«

»Und Sie versuchen, zu einem Entschluß zu kommen, was Sie mit ihr machen sollen?«

»Ja.«

»Haben Sie schon einen Plan?«

»Vielleicht«, antwortete sie mit einem lauernden Blick.

Ich leerte mein Glas. Ich brauchte den Whisky. »Sie haben auch Sherrill erschossen, nicht wahr? Und das Schiff in Brand gesetzt.«

»Sie haben sehr viel herausbekommen.«

»Taten Sie es oder nicht?«

»Aber ja. Ich wußte, er würde mich verraten, wenn die Polizei ihn erwischte. Er war mir überhaupt lästig. Es machte mir geradezu Spaß, das Schiff anzuzünden. Ich habe es immer gehaßt. Brannte es gut?«

Ich bestätigte, daß es gut brannte.

Ein paar Sekunden saßen wir da und sahen uns gegenseitig an.

»Ich frage mich«, begann sie plötzlich, »ob wir uns nicht verbünden können. Es scheint mir so sinnlos, das ganze Geld diesen eingebildeten Wissenschaftlern zu überlassen. Es müssen fast noch zwei Millionen übrig sein.«

»Und wie sollen wir uns verbünden?«

Sie biß auf ihren Daumen, während sie überlegte, wie wir uns verbünden sollten. »Verstehen Sie, sie ist meine Schwester. Ich kann sie hier nicht lange behalten. Wenn man entdeckt, daß sie lebt, verliere ich das Geld. Es wäre besser, wenn sie stirbt.«

Darauf erwiderte ich nichts.

»Ich bin drei- oder viermal mit einer Waffe bei ihr gewesen«, sagte sie nach einer sehr langen Pause. »Aber jedesmal, wenn ich abdrücken will, hält mich etwas davon ab.« Sie starrte mich an. »Ich würde Ihnen die Hälfte des Geldes geben.«

Ich drückte meine Zigarette aus. »Wollen Sie damit vorschlagen, daß ich es tun soll?«

Dieses Mal griff das maskenhafte Lächeln auch auf ihre Augen über. »Bedenken Sie, was man mit so viel Geld alles anfangen kann.«

»Ich denke daran, aber ich habe es noch nicht.«

»Oh, ich werde es Ihnen schon geben. Ich kann Ihnen jetzt gleich einen Scheck ausschreiben.«

»Den Scheck könnten Sie jederzeit sperren, wenn ich es getan habe. Sie könnten mich auch erschießen wie Sherrill«, antwortete ich und zeigte ihr eines meiner naiven Gesichter.

»Was ich sage, meine ich. Und wenn ich etwas verspreche, halte ich es«, sagte sie geduldig. »Und außerdem können Sie mich auch haben.«

»Wirklich?« Ich gab mir Mühe, daß mein Ton nicht so gleichgültig klang, wie mich ihr Vorschlag ließ. »Ausgezeichnet.« Ich stand auf. »Wo ist sie?«

Sie sah mich an. Ihr Gesicht war immer noch maskenhaft, aber weit oben auf ihrer linken Wange begann ein Nerv zu zucken.

»Werden Sie es tun?«

»Warum sollte ich nicht? Geben Sie mir die Waffe, und sagen Sie mir, wo sie ist.«

»Soll ich Ihnen nicht erst den Scheck ausschreiben?«

Ich schüttelte den Kopf.

»Ich vertraue Ihnen«, antwortete ich und hoffte, daß ich meinen naiven Ausdruck nicht übertrieb.

Sie deutete auf eine Tür gegenüber den Flügeltüren auf der anderen Seite des Raumes.

»Dort drin.«

»Dann geben Sie mir die Waffe. Es muß wie Selbstmord aussehen.«

Sie nickte. »Ja, das dachte ich auch. Sie – Sie werden ihr doch nicht weh tun?«

Ihr Blick war jetzt leblos und leer. Ihre Gedanken schienen weit fort zu sein.

»Die Waffe«, sagte ich und schnippte mit den Fingern.

»Ah ja.« Sie schauderte, runzelte die Stirn und sah sich gedankenverloren in dem Raum um. »Irgendwo hatte ich sie.« Der Nerv unter ihrer Haut zuckte heftig. »Ich glaube, sie muß in meiner Tasche sein.«

Die Tasche lag auf einem der Sessel. Sie trat darauf zu, aber ich kam ihr zuvor.

»Schon gut«, sagte ich, »ich werde sie schon finden. Bleiben Sie nur sitzen, und verhalten Sie sich ganz ruhig.«

Ich griff nach der Tasche.

»Hände weg, Malloy.«

Ich fuhr schnell herum. In der offenen Flügeltür stand Manfred Willet. In der Hand hatte er eine Pistole, und sie war auf mich gerichtet.

V

Maureen schrie schrill. »Sie Idiot, warum haben Sie nicht gewartet? Er wollte es tun. Sie dummer, hirnloser Idiot.«

Willets kalter Blick wanderte von mir zu Maureen.

»Er hätte es natürlich nicht getan«, sagte er kurz. »Er wollte Ihre Waffe. Jetzt seien Sie still und überlassen Sie alles mir.«

Sie erstarrte, fuhr dann zu mir herum. Ihre dunklen Augen glänzten fiebrig.

»Sie wollten es doch tun«, fuhr sie mich an, »oder etwa nicht?«

Ich schüttelte den Kopf.

»Nein«, sagte ich lächelnd.

»Damit wollen wir jetzt aufhören«, erklärte Willet und kam in den Raum. »Setzen Sie sich«, fuhr er zu mir gewendet fort, »ich will mit Ihnen sprechen. Setzen Sie sich auch«, befahl er Maureen.

Ich ließ mich wieder in meinen Sessel nieder, aber sie gehorchte ihm nicht. Regungslos stand sie da, starrte Willet an und nagte mit ihren kleinen, scharfen Zähnen an ihrem Daumen.

»Setzen Sie sich«, wiederholte er und richtete die Pistole auf sie. »Sie sind ebenso verrückt wie Ihre Mutter. Es ist Zeit, daß Sie unter Aufsicht kommen.«

Darauf lächelte sie und schlenderte zu dem Sessel hinüber, auf dem ihre Tasche lag. Sie setzte sich, schlug die Beine übereinander und knabberte weiter an ihrem Daumen.

Willet stand vor dem leeren Kamin. Er hielt seine Waffe in Gürtelhöhe zwischen mich und Maureen gerichtet. Sein Gesicht schien hager und beunruhigt, und seine Augen schossen zwischen mir und Maureen hin und her.

»Wo ist Janet?« fragte er.

Da Maureen nicht antwortete, deutete ich mit dem Daumen auf die Tür gegenüber dem Ausgang zur Veranda.

»Sie behauptet, sie sei da drin.«

»Ist sie in Ordnung?«

»Soviel ich weiß, ja.«

Er schien etwas erleichtert, senkte die Waffe aber nicht.

»Ist Ihnen bewußt, daß man aus der Situation immer noch viel Geld herausschlagen kann, wenn Sie sich auf meine Seite stellen?« fragte er. »Wir können immer noch alles in die Hand bekommen. Mein Fehler war, daß ich ihr zuviel Freiheit ließ. Ich hielt sie für nicht ganz so gefährlich, obwohl ich wußte, daß sie unausgeglichen war. Ich hätte schon früher gehandelt, aber das verhinderte Sherrill. Nachdem er tot ist, geht es alles leichter. Das einzige Hindernis sind Sie jetzt. Werden Sie für fünfzigtausend Dollar Ihren Mund halten?«

Ich zog die Augenbrauen hoch. »Sie hat mir gerade eine Million angeboten«

Er machte eine ungeduldige Handbewegung. »Ich schlage Ihnen ein Geschäft vor. Wir wollen keine Zeit vergeuden. Sie besitzt keine Million. Sie würde Ihnen nicht das geringste geben, selbst wenn sie etwas zu geben hätte. Sie ist nicht in der Lage, die Versicherung für das *Dream Ship* einzuziehen, aber ich bin es.«

»Und was wird aus ihr?« fragte ich und sah zu Maureen hinüber, die mir aus leeren, nichtssagenden Augen einen leeren, nichtssagenden Blick zuwarf.

»Ich werde sie in einer Anstalt unterbringen müssen. Sie hat keine andere Wahl, wenn sie nicht will, daß ich sie der Polizei übergebe und sie wegen Mordes angeklagt wird«, antwortete Willet schnell und gedämpft. »Es kann alles unauffällig geregelt werden. Janet wird vermutlich keine Schwierigkeiten machen. Ich kann sie überreden, das zu tun, was ich ihr sage. Sie bekommt das Geld, das die Treuhänder verwalten. Und wir, Malloy, Sie und ich, bekommen die Versicherungssumme für das *Dream Ship.*«

»Eines möchte ich aber genau wissen. Haben Sie diesen sauberen Plan von Anfang an verfolgt?«

»Diese Frage braucht nicht erörtert zu werden«, entgegnete er kurz.

»Es war sein Plan«, sagte Maureen. »Es war immer sein Plan gewesen. Er spekulierte mit dem Geld, das er als Treuhänder verwaltete. Janet kam dahinter. Er war es, der Mutter überredet hat, Janet in dem Sanatorium einzusperren. Wenn Douglas nicht gewesen wäre, hätte er mich auch einsperren lassen.«

»Schweigen Sie«, herrschte Willet sie an. Sein Gesicht wurde hart.

»Ich habe etwas Derartiges vermutet«, sagte ich. »Einer der Treuhänder mußte mit von der Partie sein. Sie wurden mir verdächtig, Willet, als Sie sich weigerten, Ihre Mittreuhänder zu informieren. Als

Janet dann aus der Wohnung meiner Sekretärin herausgeholt wurde, hatte ich den Beweis. Niemand außer Ihnen, mir und Paula wußte, wo Janet war.«

»Was spielt das für eine Rolle«, sagte er ungeduldig. »Wenn Sherrill und diese wahnsinnige Person hier nicht gewesen wären, hätte es geklappt. Aber Mord geht mir zu weit. Sobald sie damit anfingen, war ich entschlossen, allem ein Ende zu machen. Sie kann noch unschädlich gemacht werden. Kommen Sie auf meine Seite? Ich teile das Versicherungsgeld eins zu eins mit Ihnen.«

»Und wenn ich es nicht tue?«

»Ich bin darauf vorbereitet, zu verschwinden«, antwortete er. »Es ist nicht mein Wunsch, aber wenn es sein muß, tue ich es. Ich muß Sie beide hier festhalten, bis die Versicherung bezahlt hat. Das ist nicht leicht, läßt sich aber machen. Doch wenn Sie klug sind, einigen Sie sich mit mir.«

Ich sah Maureen an.

»Und was haben Sie dazu zu sagen?«

»Sie kann gar nichts dazu sagen«, fuhr Willet ungeduldig dazwischen. »Sie geht entweder in eine Anstalt oder in ein Gefängnis. Sie ist zu gefährlich, um frei herumzulaufen.«

Ich ignorierte ihn und fragte wieder: »Wollen Sie dazu irgend etwas sagen?«

Darauf lächelte sie, ein boshaftes, hartes, kleines Lächeln.

»Nein. Aber ich werde etwas tun.«

Sie mußte die Waffe die ganze Zeit über zwischen Sitz und Armlehne des Sessels versteckt gehalten haben. Der Schuß klang wie ein Donnerschlag. Die Abschußflamme setzte die lose Decke, die über dem Sessel lag, in Brand.

Willet ließ seine Pistole fallen, machte zwei unsichere Schritte vorwärts, die Hände gegen die Brust gepreßt. Ich sah, wie seine Knie nachgaben, als ich mich über die kurze Entfernung zwischen meinem Sessel und ihrem auf Maureen warf. Ich packte ihr Handgelenk, ehe sie die Waffe auf mich richten konnte. Ein Schuß ging los, und ich spürte die Hitze der Explosionsflamme an der Seite meines Halses. Samt dem Sessel stürzten wir krachend zu Boden. Ich wand ihr die Waffe aus der Hand, gab ihr einen kräftigen Stoß und erhob mich.

»Schon gut, schon gut, immer mit der Ruhe«, sagte Mifflin von der Verandatür her und trat mit Jack Kerman ins das Zimmer.

»Bist du verletzt, Vic?« fragte Kerman.

»Nein, nein. Habt Ihr alles gehört?«

»Wir haben alles gehört«, bestätigte Mifflin. »Ist er schwer verwundet?« fragte er und ging auf Willet zu.

»Paßt auf sie auf«, schrie ich und sprang vor.

Maureen schoß auf die Flügeltür zu. Ich griff nach ihr, aber sie war zu schnell. Sie lief über die Veranda und die Stufen der Terrasse hinunter.

»Er ist tot«, vernahm ich Mifflins entsetzte Stimme, während Kerman und ich Maureen nachliefen.

Als wir die erste Terrasse erreichten, war sie schon bei der vierten. Ich packte Kerman am Arm und hielt ihn zurück.

»Laß Mifflin ihr nachlaufen, wenn er sie haben will«, sagte ich.

Mifflin kam hinter uns die Stufen der Terrasse heruntergestampft.

»Wo ist sie hin?« fragte er.

Ich zeigte es ihm.

Sie lief schnell und hatte bereits die unterste Terrasse erreicht. Mifflin raste hinter ihr her, dann blieb er stehen. Sie lief gerade auf die Kante der Klippe zu. Und sie lief immer noch, als sie dahinter verschwand.

Ein paar Sekunden standen wir regungslos, lauschten und warteten, aber wir hörten nichts. Es war, als ob sich zwischen dem Rand der Klippe und dem Ozean eine Kluft geöffnet und sie verschlungen habe.

»Das ist für sie der beste Ausweg«, sagte ich und wandte mich zum Haus zurück. Mir war etwas übel. Wenn sie auch verrückt gewesen war, sie war schön gewesen, und ich bin immer traurig, wenn etwas Schönes zerstört wird.

Als wir die Veranda erreichten, fragte ich: »Bist du die Klippe hinaufgeklettert?«

Kerman nickte.

»Ich kam über den Überhang«, sagte er mit einem übertriebenen Schaudern. »Ich werde den Rest meines Lebens davon träumen. Paula ist auch irgendwo hier. Sie sucht nach Janet Crosby.«

»Und jetzt müssen wir diese ganze Geschichte Brandon auseinandersetzen«, sagte ich, als Mifflin uns keuchend erreichte. »Das wird ein Spaß werden.«

»Sie ist völlig zerschmettert«, berichtete Mifflin und sah uns finster an. »Und nun kommt ihr beiden Kraftprotzen. Geht mit dort hinein und packt aus.«

Wir gingen mit dort hinein und packten aus.

Nachwort

James Hadley Chase, dessen Romane (er veröffentlichte bisher nur einen einzigen Band mit Kurzgeschichten) im Ausland auch unter den Pseudonymen James L. Docherty, Ambrose Grant und Raymond Marshall erschienen, ist einer der produktivsten und erfolgreichsten Autoren der modernen Thrillerliteratur. Und mit Sicherheit ist er auch einer der umstrittensten. Ein Vorwurf, den die Kritiker immer wieder gegen ihn erheben, ist das unterschiedliche Niveau seiner Bücher: Nach einem meisterhaften Thriller folgt schon mal ein schwächeres Buch, und Chase schreckt auch nicht davor zurück, sich selbst zu kopieren. Wenn man bedenkt, daß Chase bisher fast hundert Bücher geschrieben hat, ist das aber wohl verständlich. Außerdem wird dabei leicht übersehen, daß Chase in über vierzig Jahren rastloser Thrillerproduktion eine ganz eigene Welt geschaffen hat; einen geschlossenen Kosmos aus Zynismus, Härte und Amoral. Der süchtige Chase-Leser – und nicht wenige sind nach seinen Büchern süchtig geworden! – will in erster Linie in diese Welt versetzt werden. Die Handlung ergibt sich dann meist von selbst in dieser Welt, wo jeder brutal versucht, seine eigenen Interessen durchzusetzen.

Ein weiterer Vorwurf, den man oft hört, betrifft Chases amoralische Weltsicht und die in seinen Büchern herrschende Gewalttätigkeit. Tatsächlich ist Chases Welt, die meist nur den Namen mit den geographischen Gegebenheiten gemein hat oder völlig fiktiv ist, mit einer Art Dschungel vergleichbar: Jeder kämpft gegen jeden, und Allianzen sind nur kurz, kommen nur durch die jeweiligen Eigeninteressen zustande. Die Motive seiner Charaktere sind fast ausschließlich Gier nach Geld, Sex oder ein geradezu psychopathischer Haß. In der Welt des James Hadley Chase ist wenig Platz für edle Gefühle. Wenn man sie schon einmal antrifft, dann bei schwachen Außenseitern, wie die kleine Vietnamesin in dem grandiosen Roman *Lotosblüten für Miss Quon*, die letztlich durch ihre Selbstlosigkeit scheitern und sterben müssen und meistens auch noch – und hier dokumentiert sich die Größe von Chases Zynismus – das Gegenteil von dem verursachen, was sie eigentlich wollten! Die wenig sympathischen Protagonisten von Chase gewinnen nur, wenn sie skrupelloser und gewalttätiger vorgehen als ihre Kontrahenten. Heinz Remus analysierte Chases Romane so: »Die brutalen Konkurrenzgeschichten von Chase spiegeln einen auf die Spitze getriebenen Kapitalismus wider. Sein sozialdarwinistisches Weltbild schließt Handlungen aus, die nicht von brutalem Vorteilsdenken getragen werden. Oft scheitern seine Protagonisten gerade an ihrer Unfähigkeit zur Kommunikation. Chase schildert eine Welt, die von Psychopaten bevölkert ist. Eine Welt, in der das Materielle höchstes Ziel ist und die Mann-Frau-Beziehung total verdinglicht ist. Kurz: Eine Welt, die unserer Realität sehr ähnlich ist.«

Und wer ist dieser James Hadley Chase?

Er wurde als René Brabazon Raymond am 24. Dezember 1906 in London geboren. Er besuchte die Schule in Rochester, Kent, und ging anschließend zur Luftwaffe, wo er auch das »Royal Air Force Journal« herausgab. Später wurde er Buchvertreter, und als ihm bei dieser Tätigkeit James Malahan Cains Roman *The Postman Always Rings Twice* (zum viertenmal von Bob Rafelson mit Jack Nicholson verfilmt) in die Hände fiel, nahm das Schicksal seinen Lauf. Das Buch beeindruckte ihn stark und darf als der entscheidende Einfluß auf Chase gewertet werden (es inspirierte ihn später zu einem seiner besten Romane: *Das Rasthaus des Teufels [Ullstein Krimi 1751].* Innerhalb von sechs Wochen entstand sein erster Thriller, der neue Maßstäbe setzte: *Keine Orchideen für Miss Blandish.* Das Buch erschien 1939, und bis heute sind in aller Welt über zehn Millionen Exemplare verkauft worden; allein in den ersten fünf Jahren nach Erscheinen wurden über eine Million Exemplare in England und den USA verkauft.

Während die Thriller der zwanziger und dreißiger Jahre, wie sie von Edgar Wallace und Sapper geschrieben wurden, an Patriotismus und oft genug auch an faschistische Neigungen appellierten, beschrieb Chase in seinem emotionslosen Stil eine Welt, in der man nicht zwischen Gut und Böse unterscheiden konnte.

Von nun an rollte die Romanmaschine Chase auf Hochtouren: Manchmal schrieb er drei bis fünf Bücher pro Jahr! Über seine Arbeitsweise sagte er einmal: »Alles ist Phantasie. Sagen wir, daß ich dieses besondere Talent besitze, zu wissen, was die Leute fesselt. Ich weiß genau, daß ich meinen Büchern ein bißchen von diesem und eine Spur von dem geben muß, damit sie sich gut verkaufen. All das ist das Ergebnis von Überlegungen, von kommerzieller Berechnung. Ich beschreibe Amerika in den kleinsten Details, und doch bin ich niemals in New York gewesen. Ich spreche von männermordenden, bildschönen und fatalen Frauen, aber ich habe keine einzige solche Frau kennengelernt. Ich beschreibe wahnsinnig brutale Schlägereien, und dabei habe ich niemals einen Boxkampf gesehen. Ich bin glücklich verheiratet ... Man kann sich das kaum vorstellen. Aber sobald es sich um meine Arbeit handelt, sehe ich die Frau nicht anders als die Hauptfigur, die den Tanz anführt. Ich bin überzeugt, daß die Frauen den Männern einwandfrei überlegen sind, im guten wie im schlechten, an Willenskraft und Entschlußfreudigkeit. Sie sind widerstandsfähiger, was Schmerzen anbelangt, sie haben mehr Energie, kurzum, neben ihnen sind die Männer im allgemeinen Waschlappen. Diese Regel wende ich in meinen Romanen an, aber ich bin überzeugt, daß es im täglichen Leben nicht anders ist. Ich bin ein rein kommerzieller Schriftsteller – und nichts anderes! Ich habe keine Botschaft zu vermitteln; ich brauche keinen Haß zu befriedigen; ich bin in meiner Ehe vollkommen glücklich und schreibe einzig und allein, um Geld zu verdienen. Es paßt mir so, wie es ist. Ich schäme mich nicht dessen, was ich mache, aber ich lege auch keinen Wert darauf, daß man mir Denkmäler setzt.«

Seine größten Erfolg hat Chase übrigens in Frankreich. Von den zahlreichen Verfilmungen seiner Romane – es müßten inzwischen um die fünfzig Filme nach Chase-Stoffen sein – wurden die meisten in Frankreich gedreht. Das verwundert nicht, denn die amoralischen Geschichten von Chase atmen einen ähnlichen Geist wie die französischen Unterweltsromane und Gangsterfilme. In der französischen Kriminalliteratur wurde der gesellschaftliche Außenseiter schon immer heroisiert, und Filme mit Lino Ventura oder Alain Delon stilisierten den Gangster zum Helden in einer hoffnungslosen kapitalistischen Welt.

Zu den Verteidigern von Chase gehören Georg Seeßlen und Bernt Kling; sie schrieben in ihrem »Lexikon zur populären Kultur« über ihn: »Zwar spart er nicht mit der Schilderung von Grausamkeiten, doch anders als etwa bei Spillane oder Fleming, die die Gewalt verherrlichen, versucht er, ein psychologisch fundiertes Bild der gesellschaftlich antagonistischen Kräfte, der Verbrecher und der Hüter des Gesetzes zu geben ... Die Verbrecher bei Chase sind von einer spezifischen Tragik bestimmt, ihr Scheitern steht stellvertretend für das Scheitern der Randgruppenexistenzen, deren es in Amerika ja nicht wenige gibt. Doch indem sich der Verbrecher (der Unangepaßte, der moralisch ›anders‹ konditionierte) als tragisch empfindet, im Zustand der Erwartung eines rituellen Todes, desto mehr verzichtet er auf politische Emanzipation. In dieser Stilisierung liegt der Keim zu einer Ästhetisierung der Gewalt, die bei Chase oft als Befreiung, gar als Erlösung erlebt wird... Diese Romane spiegeln ein letztlich desolates Weltbild, in dem weder Gesetz noch Freundschaft verläßliche Werte sind.« Chase ist sich den sozialen Mechanismen unserer Welt sehr bewußt und geht durchaus kritisch mit ihnen um: In *Dumme sterben nicht aus* (Neuauflage in Vorbereitung) zeigt er zum Beispiel auf, wie ein ehemaliger Journalist und Häftling durch die Bosheit und das Unverständnis seiner Umwelt zur Kriminalität getrieben wird.

Kriminalliteraturgeschichtlich kann Chase für sich in Anspruch nehmen, den bitteren Realismus der amerikanischen Detektivliteratur auf den Thriller übertragen zu haben. Damit hat der den Thriller »erwachsener« gemacht und dieses Subgenre der Kriminalliteratur, über das die Afficionados vorher immer etwas arrogant die Nase gerümpft hatten, zu einer durchaus ernstzunehmenden Form der vielseitigen Kriminalliteratur. Wer seine Romane auf Zynismus und Brutalität reduzieren will, tut ihnen Unrecht und beweist damit nur seine oberflächliche Sicht.

Abschließend noch eine kleine Anekdote, die Chases Einfallsreichtum illustriert:

Vor mehreren Jahren hatte er für einen Roman ein – damals – ganz neues Überfallsystem ausgeknobelt: Ein überfallener Geldtransporter wurde nicht sofort ausgeraubt, sondern in einen Lastwagen verladen, in dem die Gangster alle Polizeisperren ohne Schwierigkeiten passierten. Nach Erscheinen des Romans wandten amerikanische Gangster diese Methode peinlich genau an und erbeuteten so fast eine Million Dollar! Chase dazu: »Das waren keine Gentlemen. Sie haben mir nicht einmal die üblichen zehn Prozent geschickt...«

Martin Compart

Ruth Rendell

Urteil in Stein

Ullstein Buch 10134

ein Ullstein Krimi

Die Coverdales sind eine glückliche Familie. Sie leben auf dem Land in einem gemütlichen Haus in idyllischer Umgebung. Um das Glück vollzumachen, fehlt ihnen nur noch eine tüchtige Haushaltshilfe. Auf eine entsprechende Annonce meldet sich lediglich eine ältere, unsympathisch wirkende Frau. Widerstrebend wird sie eingestellt . . . und sie erweist sich als absolute Perle. Doch die Coverdales wissen nicht, daß sie sich den Tod ins Haus geholt haben . . .

»Ein Klassiker unter den psychologischen Kriminalromanen.« THE TIMES

»Ruth Rendell ist hier auf der allerhöchsten Höhe ihrer Fähigkeiten. Es wäre erstaunlich, wenn sie je ein besseres Buch schriebe.«
DAILY EXPRESS

Robert B. Parker

Bodyguard für eine Bombe

Ullstein Buch 10103

ein Ullstein Krimi

Rachel Wallace ist eine militante Feministin. Ihr neustes Buch schlägt wie eine Bombe ein, denn es prangert Mißstände an und nennt die dafür Verantwortlichen beim Namen. Als ihr anonyme Anrufer mit Mord drohen, engagiert sich Rachel den Privatdetektiv Spenser als Bodyguard.
Doch auch Rachel ist explosiv. Im falschen Moment geht sie vor Wut hoch und entläßt Spenser. Darauf haben ihre Feinde nur gewartet. Jetzt haben sie freie Bahn . . .

»Parker ist der beste Autor auf diesem Gebiet der Literatur.« THE NEW REPUBLIC

Dick Francis

Handicap

Ullstein Buch 10126

Die Verkleidung sieht albern aus: schwarze Perücke, dunkle Brille und schreiend roter Lippenstift. Aber Rosemary Caspar, die Frau des berühmten Pferdetrainers, will von niemanden erkannt werden, als sie Sid Halley, ihren ehemaligen Jockei, um Hilfe bittend aufsucht. Sie hat Angst. Irgend jemand macht ihre Pferde krank, behauptet sie. Drei großartige Tiere, als Zweijährige sichere Gewinner in entscheidenden Rennen, entwickeln plötzlich eine Herzschwäche und gehen als letzte durchs Ziel. Noch bleibt Rosemary ein haushoher Favorit. Aber sie spürt, daß auch er bedroht ist, obwohl die Sicherheitsvorkehrungen absolut zu sein scheinen.
Sid hält Rosemary für hysterisch . . . bis auf ihn selbst ein brutaler Anschlag verübt wird.

»Handicap« wurde von der englischen Crime Writers Association mit dem Gold Dagger als bester Kriminalroman des Jahres ausgezeichnet.

ein Ullstein Krimi

Ellery Queen

Das Rätsel der siamesischen Zwillinge

Ullstein Buch 10104

ein Ullstein Krimi

Draußen
wütet der Waldbrand und schiebt sich immer näher an das Haus heran. Alle Fluchtwege sind abgeschnitten. Der Hausherr und die Gäste sitzen in der Falle.

Drinnen
wütet ein verrückter Mörder. Seine Opfer halten zerrissene Spielkarten in der Hand. Kann Ellery den Mörder noch entlarven, bevor die Flammen sie alle töten?

»Eine außergewöhnliche Geschichte . . . die fast unerträgliche Spannung steigert sich zu einem verblüffenden Höhepunkt. Eine Glanzleistung.« THE OBSERVER